심장이 뛰는 그대에게

오세민 장편소설

심장이
뛰는
그대에게

STORY.B

차례

일러두기
인명, 지명 등 외래어는 국립국어원 외래어표기법을 기준으로 하되,
일부 굳어진 표현 등은 예외로 두었습니다.

고등학교를 3년 다녔다. 재수를 2년 했다. 아침에 눈을 뜨는데 이런 생각이 들었다. 이번에도 떨어지면 난 고등학교를 다닌 시간보다 재수한 시간이 길어지는구나. 고등학생 시절을 잊어버리겠어. 아, 그거 정말 싫은데.

시계를 보니 합격 발표가 나왔을 시간이었다. 컴퓨터를 켰다. 두근두근. 심장 뛰는 소리가 들린다. 언제부터인가 이 소리가 정말로 내 심장 소리인지, 예민해서 들리는 환청인지 생각하는 것도 그만뒀다. 진단명은 공황장애라고 했다. 책상 위에 비상시 먹는 안정제가 있었다. 한 알 꺼내 삼켰다. 천천히 심호흡을 하고 수험번호를 입력했다.

위이잉, 하는 이명이 들렸다. 컴퓨터를 끄고 거실로 나갔다.

식탁에 부모님이 같이 앉아 계셨다. 내가 방에서 나오기만을 기다렸다는 눈치였다. 우리 사이에 대화는 없었다. 아빠는 벌떡 일어나 아무런 말 없이 발코니로 나갔다. 끊은 지 500일째가 얼마 전이었던 거 같은데 다시 담배를 꺼내든 눈치였다.

"용아."

엄마가 말했다.

"우리도 너 열심히 공부한 건 아는데, 삼수도 결과가 안 좋으니 조금 다르게 생각해볼 필요도 있을 거 같다. 어차피 수능 준비는 조금 쉬고 시작해야 하잖니. 그동안 이전에 안 하던 걸 해보면 어떨까?"

엄마는 늘 내 공황 발작을 겁내했다. 내가 불안해질 것 같은 말을 꺼내야 할 때면 천으로 겹겹이 감싸둔 식칼처럼 조심스럽게 접근했다. 그래서인지 오히려 더 쉽게 알았다. 다음에 좋은 말이 오지 않을 거란 사실을.

"알바도 좋지만 슬슬 나름대로 먹고살 길을 알아보자. 연락하는 친구 중에 취직한 애가 있니? 한번 도와달라고 해보면 어때?"

"없어요." 시선은 의자 다리를 보고 있었다. "친한 애들이래 봤자 기껏해야 고등학교 동창 세 명이고…… 다들 졸업하면서 연락이 끊겼어요. 재수하는 동안은 별로 친구 사귈 일이 없었고……."

"그럼 더더욱 간만에 연락해보기 좋겠네. 너희 정말 친하게 다녔잖아. 그, 이름이 뭐더라…… 안경 쓴 애랑 키 큰 애랑 통통한 애. 맞지?"

엄마는 집요했다. 난 엄마를 이기고 싶지 않았다. 누구도 이겨보고 싶었던 적은 없었다.

이런 패배자 근성이 올해도 떨어지게 된 원인이었을지도 모르지.

"네." 짧게 대답하고 다시 방으로 들어갔다. 이쯤 되면 뭐 하러 방에서 나왔는지도 잘 모르겠다.

책꽂이의 가장 깊은 구석을 찾아봤다. 재수 때 휴대전화를 바꾸면서 연락처가 없어졌기 때문이다. 먼지 쌓인 졸업앨범을 꺼냈다.

무겁다. 한 장 한 장 넘겨봤다. 아는 얼굴이 별로 없었다. 그나마 좋아했던 여자애 얼굴이 눈에 들어왔다. 희진이라는 아이였는데 정작 말은 한 번도 못 걸어봤다. 아, 용건이 있는 건 이쪽이 아니었지. 바로 맨 뒷장의 졸업생 전화번호 리스트로 넘어갔다.

중민이. 우리 중에서 제일 인기가 좋은 녀석이었다. 대학이 먼 곳이 아니었다면 좋았을 텐데. 심호흡을 한 번 하고 번호를 눌렀다. 뚜우, 뚜우, 하고 통화중을 알리는 소리가 들렸다. 끊었다. 왜 마음이 편해지는 걸까.

가을이. 공부를 잘하는 편은 아니었지만 좋은 녀석이었다. 녀석도 아직 재수중일 수 있지 않을까? 없는 번호라는 기계음이 돌아왔다. 그래. 그렇겠지.

수한이. 머리가 좋은 녀석이었지. 우리 중 누군가 성공한다면 녀석일 거라는 믿음이 있었다. 셋 중 하나는 받겠지. 번호를 눌렀다. 따르르릉. 따르르릉.

"여보세요?"

뚝! 나도 모르게 통화 종료 버튼을 눌렀다. 왜 그랬는지 모르겠다. 하지만 이유를 생각할 겨를이 없었다. 두근두근. 심장 소리가 너무 커서 아무것도 들리지 않았다.

급하게 안정제를 꺼내 먹었다. 이런. 약 효과가 부족하다. 잦아들지 않아. 한 알 정돈 더 먹어도 된다고 했다. 통이 비어 있었다. 이런 젠장.

벌떡 일어나 방을 나갔다. "용아? 어디 가니?" 귓전을 울리는 심장 소리 틈새로 엄마 목소리가 간신히 들렸다. 대답 없이 집을 나와버렸다. 언제 챙겼는지도 모르겠는데 바지 주머니엔 지갑이 들어 있었다.

약국부터 들렀다. 약국 아저씨가 반갑게 인사했다.

"오, 조 선생님 댁 아들이구나. 시험 잘 봤니?"

아버지 병원 환자들이 자주 가는 약국이라 약사 아저씨와 안면이 있었다. 방금 질문은 못 들은 척했다.

"오늘만…… 처방 없이 주시면 안 될까요? 안정제가 다 떨어져서요."

아저씨 표정이 어두워졌다. 약국 안의 다른 손님들의 눈치를 보는 듯했다.

"흠. 결과가 안 좋았나 보구나. 올해는 그나마 쉽게 나왔다던데."

왜 저런 말을 하는 거지? 대체 어떤 반응을 원하는 거야?

시간이 좀 지나서 그런지 두근거림은 좀 잠잠해졌다. 그래. 시간이 지나면 괜찮아진다. 그러나 당장 발작이 터졌을 때의 고통은 '참으면 된다'로 표현하기엔 한참 부족하다.

"곤란하시면 괜찮습니다. 나중에 처방전 받아올게요." 더는 그곳에 있고 싶지 않았다. 바로 돌아섰다.

나가려는 나를 아저씨가 붙잡았다. "어디 가니? 방금 왔는데 좀 쉬다 가지?"

"올해는 안 하던 걸 해보려고요."

그다음에 내 입에서 나온 말은, 뇌가 아닌 심장을 거쳐 나온, 그런 말이었다.

"고백하고 싶었던 사람이 있어요."

다행히 희진이의 집 위치는 알았다. 어떻게 알았지? 학교에서 조별 과제 발표할 때 알았나? 날마다 어디로 하교하는지 몰래 지켜보다가 알게 됐나? 졸업앨범에 주소가 있었나? 어느 쪽이든 3년이나 지난 정보다. 그저 발이 이끄는 대로 걸어갔다. 지도라도 검색해보고 올걸. 유일한 길이 공사중으로 막혀 있었다. 마침 한가해 보이는 인부 아저씨가 보여 말을 걸어봤다.

"저기요. 무슨 공사인가요?"

난 나름 예의 바르게 물었다고 생각했다. 그러나 돌아온 대답은 그렇지 않았다.

"뭐? 내가 안내원으로 보여? 안 그래도 일할 놈들 죄다 열이 난다느니 전염병이니 줄줄이 병가라 바빠 죽겠구만!"

왜 요즘 사람들은 다들 화가 나 있는 걸까? 뉴스 헤드라인을 보면 종말이라도 다가오는 느낌이다. 정말로 사람들을 예민하게 만드는 바이러스라도 도는 걸까? 아저씨는 그렇게 쏘아붙이곤 공사장 안쪽으로 사라져버렸다.

난 저렇게 되지 말아야지. 하긴, 나 같은 인생의 패배자가 감정을 곧이곧대로 퍼붓고 다니는 건 사치일지도. 주위를 둘러봤다. 기억이 선명해졌다. 희진이의 집은 우리가 다니던 고등학교 근처였다. 학교를 가로지르면 지름길로 갈 수 있겠다 싶었다. 외부인이 학교에 함부로 들락날락하면 혼날 거 같긴 하지만, 지금은 방학이고 난 졸업생이기도 하니까. 뭣보다 난 학교 구조에 밝았다. 인적이 없는 곳을 통해 가로지르는 데엔 경험이 많았다.

뒷길을 통해 담장 안으로 진입했다. 목공실 문을 통해 건물 안으로 들어갔다. 바로 1층을 가로지르면 사람들 눈에 띌 것이다. 3층까지 올라갔다. 오래된 책상과 의자를 쌓아두는 층계 사이 공간이 나타났다. 걸상 더

미는 보이지 않았다. 그 대신 벽에 그려진 낙서가 눈에 들어왔다.

바둑판이다. 벽에 빨간색 펜과 검은색 펜으로 바둑판을 그렸다. 어떻게 잊겠는가? 중민이와 가을이가 수한이와 대결해보겠다고 2대 1 바둑 대결을 벌였다. 수업 종이 울려서 결판은 나지 않았다. 아무도 지우지 않았다니! 주머니를 뒤져봤다. 검은색 컴퓨터 사인펜이 있었다. 그때 누구에서 끝났더라?

"어이, 거기 누구야?"

아래층에서 부르는 목소리에 손을 멈추고 고개를 돌렸다. 빳빳한 와이셔츠 차림의 중년 남성. 아는 얼굴이었다. 학창 시절에 상담 교사였던 사람이다. 이름은 기억이 나지 않는다. 김? 김씨였나? 김 선생님? 기억나는 건 하나뿐이다.

"어? 너 용이 아니냐? 맨날 불안하다고 벌벌 떨던 찌질이?" 상담 교사 치곤 참 말을 쉽게 뱉는 사람이었다는 거.

"예…… 기억하시네요."

"기억하시네요? 새끼 봐라, 싸가지하고는." 옆구리에 끼고 있던 교과서를 둘둘 말아 내 머리를 툭 쳤다. "아무리 졸업생이라도 막 들어오면 안 되지. 그러고 보니 지금 대학 합격 발표 시즌이지? 올해는 붙었냐?"

짜증나는 순간이다. 재미있게도, 불안하면 가슴이 두근거리는데 짜증이 날 땐 뭔가 다른 느낌이다.

"대답 안 해? 그럼 그렇지. 홍구 선생이 자기 반을 제대로 감당한 적이 없었지. 그 사람 찾는 거면 잘못 왔다. 작년에 전근 갔어."

홍구 선생님.

우리 네 사람의 담임이었다.

입에서 쇠 맛이 났다.

"그렇게 나쁜 분은 아니었어요. 발작 때문에 적응하기 힘들었는데 여러 번 도와주셨고요."

"하, 그래. 너랑 쌍으로 어울리는 조합이었지. 아아, 아직도 기억나네. 너희 반 때문에 소풍이 한 번 통째로 취소될 뻔한 적 있었지 않나? 하여간 너희 모난 돌들 때문에 사람들이 얼마나 피해를 본 줄 알아?"

툭툭. 또 머리를 때려댄다. 학생은 교사에게 대들면 안 된다. 난 학생인가? 이 사람은 교사인가?

손을 저어 머리를 때리는 교과서를 쳐냈다. 스스로를 패배자라고 부르는 건 하루에 두 번으로 족하다는 생각이 들었다.

"그러는 김 선생님도 별로 평범한 상담 교사는 아니신 거 같은데요."

순간, 그의 각진 얼굴이 시뻘겋게 변했다. 뭔가 예민한 부분을 건드린 듯했다. 이젠 툭툭, 이 아니라 있는 힘껏 교과서로 머리를 때려왔다.

"니 뭐라고 했어? 졸업했다고 막 나간다, 이거야? 고졸 새끼가 어딜 기어 들어와서 행패야? 확 신고해버릴까, 응?"

신고.

아주 짧은 시간에 온갖 어두운 미래가 눈앞을 지나갔다. 뭐라고 말했는진 기억이 나지 않는다. 나도 모르게 팔을 휘두른 기억만 난다.

김 선생님의 뒤에 계단이 있다는 걸 깜빡하고 있었다. 그가 뒷걸음질했고, 짧은 비명과 함께 계단 아래로 쿵쾅쿵쾅 소리를 내며 굴러 떨어졌다.

쿵쾅쿵쾅.

어쩌면 넘어지는 소리가 아니라 내 심장 소리였을지도.

"어……."

"어어!"

계단 아래에 쓰러진 김 선생님의 얼굴이 두 눈에 박혔다. 쿵쾅쿵쾅. 분노에 짓눌려 있던 공황이 수면 위로 올라왔다. 층계 바닥에 주저앉았다. 약이 없었다. 꽤 많은 시간이 흘러갔다. 그 동안 머릿속엔 한 가지 문장만 무한히 반복되었다.

살인자.

내 인생은 시작되기도 전에 끝나버렸어.

지나가는 사람이 나타나기 전에 숨소리가 제 리듬을 되찾았다. 행운이라는 생각은 들지 않았다. 대신 목공실을 지나갈 때 본 삽을 떠올렸다.

김 선생님은 제법 무거웠다. 목공실에 수레라도 있기를 바랐지만 삽을 발견한 걸로 만족해야 했다. 웃기는 게, 학생 때부터 이럴 때 어떻게 해야 하는지 가을이와 떠들었던 게 도움이 되었다.

야, 넌 죽이고 싶은 놈 없냐?

있지. 누구나 세상이 망하면 죽이고 다니고 싶은 리스트가 있잖아?

학교에서 죽으면 어쩌지? 태워? 숨겨?

묻어야지.

어디에?

"헉, 헉." 학교 뒷산에 도착했다. 숨이 차면서 몇 번쯤 공황이 올 뻔했다. 이럴 줄 알았으면 어떻게든 약을 받아오는 건데. 언덕이나 다름없는 낮은 산이고 가로지르는 길도 있지만 평소엔 아무도 오지 않는 사실상 버려진 곳이다. 가장 좋은 건 땅이 무르다는 사실이었다. 변함이 없었는지 지금도 삽이 어렵지 않게 땅에 박혔다.

"변하지 않았어." 모든 게 그대로다. 학교의 낙서도, 얄미운 교사도, 뒷산의 흙조차. "나 빼곤 전부 그대로야."

바스락! 소스라치게 놀라 뒤를 돌아봤다. 다람쥐 한 마리가 나무 사이를 지나고 있었다. 다리에 힘이 풀려 주저앉았다.

가슴을 움켜잡고 나 자신에게 말했다. "괜찮아! 걱정할 거 없어. 이것만 없던 일로 만들면 돼. 다시 원래대로 돌아갈 수 있어. 이제 조금만……."

딩딩딩딩!

휴대전화 소리! 전화기를 냅다 바닥에 집어던졌다. 화면이 열리면서 수신자가 엄마라는 화면이 떴다. 딩딩딩딩! 벨 소리가 울렸다. 니 부모님은 이제 살인자 아들을 얻었어! 대학도 못 가고 친구 하나 없이 취직도 못 하는 잉여인간 아들을 떠먹여 살리며 노후를 보낼 거야!

하루 종일 심장에 피가 쏠린 탓일까? 벨 소리가 멈추자 머리가 식으면서 냉정을 되찾았다.

"아니야. 그럴 필요 없어."

내가 뭘 해야 하는지 깨달았다. 해야 할 일은 처음부터 정해져 있었다. 어쩌면 아주 예전부터.

김 선생의 허리 벨트를 풀었다. 높은 나뭇가지에 걸었다. 늘어뜨린 벨트 반대편 쪽에 올가미를 만들었다. 내 머리가 들어갈 만한 크기로.

이상할 정도로 마음이 차분해졌다. 나를 쥐어짜는 모든 것, 나를 증오하는 모든 것에서부터 해방될 수 있다는 생각에 집중했다.

숨을 들이쉬고…… 올가미에 머리를 집어넣었다.

떵동.

마지막 순간까지 가만두질 않는구나. 휴대전화를 내려다봤다. 내던져진 상태 그대로, 부재중 전화와 함께 문자 한 통이 도착해 있었다.

조용한 최후를 맞으려면 꺼야겠다는 생각에 전화기를 집어 들었다. 당연히 엄마에게 온 문자라고 생각했는데, 전혀 다른 문자였다. 대충 이런 내용이었다.

대학에서 사과드립니다.
응시자 탈락 공지가 잘못 전송되었습니다.
저희 대학에 합격하셨음을 알려드립니다.

"하…… 하하!"
올가미를 놓았다. 삽을 김 선생의 몸 위에 집어던졌다. 시체부터 숨겨야 한다는 생각 자체를 잊었던 거 같다. 당장 휴대전화로 연락하면 된다는 생각도 하지 못했다. 그냥 집으로 돌아가고 싶었다. 이 소식을 직접 전하고 싶었다.

희진이에게 고백하러 가겠다는 결심을 잊은 건 큰 실수 아니었을까?

바로 집으로 달려갔다. 숨이 차지도, 멀게 느껴지지도 않았다. 금세 아파트 단지에 도착했다. 단지 앞 벤치에 앉아 있는 아빠가 보였다. 날 보자 벌떡 일어났다. 난 달려가면서 휴대전화를 들어올렸다.

그때.

버스 한 대가 단지의 울타리를 밀어버리고 전속력으로 달려 들어왔다.

쾅!

나와 아빠 사이를 가로지른 버스는 아파트 1층 발코니에 부딪친 뒤 수십 미터를 더 가서야 멈췄다.

"아, 아빠!"

버스 너머에서 외침이 들렸다. "용아! 집으로 들어가!

천상 의사는 의사였는지, 아빠는 버스에서 다친 사람들을 끌어내 심폐 소생술을 하기 시작했다. 합격 소식을 알리는 것도 잊었다. 헐레벌떡 집으로 향했다.

집에 들어가니 엄마가 넋이 나간 표정으로 텔레비전을 보고 있었다. 뉴스인 줄 알았는데 국가 비상 상태를 알리는 긴급 방송이었다.

"무, 무슨 일이에요?

창문 너머로 도시 저편에서 검은 연기가 피어오르는 게 보였다. 엄마는 다녀왔냐는 인사조차 잊었는지 대답이 앞섰다.

"모르겠다. 하나도 못 알아 듣겠어. 전쟁은 아니고 무슨 자연 재해 같은데…… 옆 동네에서 패싸움 벌어진 거랑 관련 있나? 근데 왜 죽은 사람을 피하라는 거지?"

죽은 사람을 피하라고? 뉴스에서도 같은 내용이 반복되었지만 몇 번을 봐도 이해하기 힘들었다. 명백하게 긴급 방송이 정보를 제한하고 있었다.

순간, 아빠가 뭘 하고 있는지가 기억났다. "엄마! 아빠를 말려야 해요! 1층에서 사람들 구하고 있어요!"

"사람을 구해?"

"버스가 단지 안으로 밀고 들어와서…… 어쨌든 빨리요!"

"잠깐만. 대피소 주소 나온다! 저거만 받아 적고!"

뭘 챙겨야 한다는 생각도 못 했다. 1층으로 내려왔다. 그새 엔진에 불이라도 붙었는지 버스는 활활 불타고 있었다. 아직 상황을 파악하지 못한 사람들이 하나둘 아파트에서 나와 화재를 구경했다. 그러는 동안에도 도시 곳곳에서 폭음과 비명이 들려왔다. 아빠도 구조 활동이 잘 안 되었는지 심폐소생술을 멈춘 채 주저앉아 있었다.

"아빠! 괜찮아요?"

"난 괜찮다. 이게 다 뭔 소동이지? 누가 소방서에 연락했나?"

"방금 방송에서 대피하라고 나왔어요! 엄마가 내려오면……."

끼에에에.

기이한 신음 소리를 들은 건 그때였다. 꺄악! 이건 사람의 비명 소리다. 구경꾼 중 하나가 아빠를 바라보며 비명을 질렀다. 아니, 아빠가 아니라 아빠가 심폐소생술을 해줬던 시체였다.

"이봐요! 아직 일어나면 안 됩니다. 틀림없이 중상일……."

아빠의 말이 아주 느리게 느껴졌다. 뭔가 눈치챈 사람들이 있었는지 하나둘 비명을 지르며 달아나기 시작했다. 전문적인 의료인이 아닌 내가 봐도, 줄에 매달린 인형처럼 일어나는 그 사람의 움직임은 정상이 아니었다. 오직 아빠만이 상황의 기이함을 눈치채지 못하고 그 사람 바로 옆에 붙어 있었다.

아빠를 말리지 못한 건, 다시 두근거리기 시작한 내 심장 때문이었다.

"끼에에에!"

"우왓!"

일어난 사람이 아빠에게 달려들었다. 침을 질질 흘리며 물어뜯으려는 모습은 어딜 봐도 방금 사고에서 구해준 사람에게 할 수 있는 행동이 아니었다. 아빠가 달려드는 자를 막으려고 버둥거렸다. 그 많던 구경꾼은 모조리 도망가버린 뒤였다. 사람들의 심장이 전부 멈추기라도 한 걸까?

"용아! 도와줘!"

"아……." 숨이 찼다. "……빠!"

도움을 청할 곳이 없다. 카메라로 찍는 사람도 없다. 정작 난 도움이 안 된다. 흐려지는 시야에 사람 모습을 한 짐승이 아빠를 쓰러뜨려 체중으로 짓누르는 모습이 보인다. 난 도움이 안 된다. 신음 소리가 공포가 되어 내 심장을 짓눌렀다. 나는 도움이…….

퍽! 엄마였다. 그새 피난 준비를 했는지 묵직한 배낭까지 메곤 야구방망이로 남자를 쳐 쓰러뜨려버렸다.

아빠가 풀려나자마자 나를 걱정했다. "용아! 괜찮니? 하필 지금 발작이야?"

"약! 남은 거 없니?"

내가 힘겹게 고개를 저었다. 엄마가 와서 나를 부축했다. 한데 그 와중에 버스 안에서 또 끼에에아, 신음 소리가 들렸다. 곧이어 불타는 버스 안에서 불타는 사람이 어기적 걸어 나오는 게 보였다.

엄마의 얼굴이 새하얗게 질렸다. "저, 저게 뭐야?"

아빠가 야구방망이를 들고 앞으로 나섰다. "아까 그 남자도 피부가 차가웠어! 죽었는데 움직여! 가까이 가면 안 돼!"

"그게 그 소리……. 그래, 벙커! 벙커가 있어! 벙커로 가야 해!"

엄마 손에 긴급 방송에서 받아 적은 약도가 들려 있었다. 움직여야 했다. 우리 세 가족은 단지 밖으로 향했다.

버스가 무너뜨린 울타리를 넘어가면서, 내가 가쁜 숨 사이로 말했다.

"아빠…… 엄마…… 나 합격했어……."

두 분 다 대답이 없었다. 방금 사람을 죽이고 왔다는 말을 했어도 차분하셨을까?

도시는 이미 마비 상태였다. 여러 차례의 추돌 사고가 있었는지 도로는 버려진 차로 가득해 걸어서 이동하는 것 말고는 이 난장판을 벗어날 방법이 없었다. 아직 살아있는 시체는 보이지 않았지만, 쇼윈도를 깨고 물건을 훔치는 폭도들과, 이유는 몰라도 산 사람들이 서로 쥐어뜯고 싸우는 건 보였다. 불과 몇 분 전에 내가 합격 문자를 받고 달려온 거리였다는 게 믿기지 않았다.

벙커는 지하철 역 근처에 있었다. 무장한 전투경찰이 모여드는 사람을 지하로 들여보내고 있었다. 아빠는 여느 사람들처럼 사태에 대한 설명을 요구해보려고 했지만, 이내 전경들 역시 우리 못지않게 혼란스럽다는 걸 알고 포기했다.

그때 군인 한 명이 다가왔다.

"저기, 조 선생님 아니십니까? 의사시죠? 도움이 필요합니다!"

이 동네 출신 중에 아빠를 알아보는 사람이 있었나 보다. "맞습니다만, 정신과 의사라……."

"상관없습니다! 도와주세요! 부탁입니다!"

아빠는 고민했다. 엄마가 아무 말 없이 아빠의 팔을 붙잡았다. 아빠는 엄마와 군인의 총을 번갈아 바라봤다. 마지막으로 식은땀을 흘리는 나를 본 다음 대답했다.

"아내와 아들을 확실하게 보호해주십시오. 그럼 도와드리리다."

"여보……."

엄마가 한 번 더 아빠를 말렸다. 아빠는 엄마에게 야구방망이를 넘겨주면서 말했다.

"당장 용이 안정제도 필요하잖아. 의약품과 지도층에 가장 가까이 있을 수 있어. 무슨 소동인지라도 파악하고 올게."

이번엔 나를 바라봤다. 나에겐 짐가방을 맡겼다. 보통은 아들에게 야구방망이를 맡기겠지. 하지만 난 용이니까. 시체가 실수로 계단에서 굴러 떨어지지 않는 한 뭘 할 수 있겠는가?

"조금만 참고 있어. 엄마 잘 따라다니고. 알겠지?"

이 이상의 짐이 되고 싶지 않았다. 고개를 끄덕였다. 아빠가 군인과 함께 멀어졌다. 곧 커다란 방패를 든 전경 한 명이 다가와서 우릴 안내했다.

"따라오시죠. 반대편이 막혔으니 가급적 안쪽에 있는 게 안전할 겁니다."

그를 따라가면서 엄마가 물었다. "이게 다 무슨 일이죠? 외국의 침공인가요? 전쟁 난 거예요?"

전경의 목소리엔 확신이 없었다. "상부에서는 말하지 말라는데, 저희도 뭘 말하지 말라는 건지조차 모르겠습니다. 다만 확실한 건…… 한국 안에서만 벌어지는 일은 아닌 거 같습니다. 보도 관제가 시작되었는데, 어제저녁부턴 미국이랑 호주도 연락이 안 되고 있습니다. 1시간 전부턴 서울도……."

꺄아악!

비명 소리가 나는 곳은 정확히 벙커의 안쪽이었다. 곧 우리가 향하던 전방 안쪽에서 피 흘리는 군인이 달려 나왔다.

"뒷문이 뚫렸다! 누가 열어놨어! 시체들이 들어와!"

"그런⋯⋯." 전경은 자신을 지나쳐가는 군인의 등을 바라봤다. "갑시다! 멀지만 다른 벙커가 있어요!"

그가 앞장서자 엄마가 뒤에서 외쳤다. "잠깐! 애아빠도 데려갈게요!"

"나중에 합류합시다! 여기도 당장 어떻게 될⋯⋯."

끼에에에! 그는 말을 마치지도 못했다. 통로의 코너에서 튀어나온 시체가⋯⋯ 세 명? 세 구? 세 마리?

"아아악!" 전경은 나름 무장중이었지만 여러 마리가 동시에 기습하니 당해낼 도리가 없었다. 그의 전경 방패가 바닥에 떨어졌다.

"용아! 방패 들어!"

엄마가 시키는 대로 방패를 집어 들었다. 우리 둘은 뒤돌아 왔던 길을 달렸다. 근데 어디로 가는 거지? 아빠를 찾으러? 벙커 밖으로? 그다음엔 어디로? 엄마는 알고 달린 걸까?

이제 그 대답은 알 수 없다. 바닥에 쓰러져 있던 시체가 팔을 뻗어 엄마의 발목을 잡았다. 엄마가 바닥에 넘어졌다. 다리 한쪽이 없는 시체는 엉금엉금 기어서 엄마에게 다가갔다. 산송장의 입에서 튀는 침이 엄마의 얼굴에 쏟아졌다. 난 전경 방패를 들어올렸다.

헉. 다리에 힘이 풀린다. 엄마가 위험해. 방패라도 한 번 휘둘러보자.

쿵, 쿵, 주먹으로 가슴을 쳤다. 지금은 안 돼. 나라도 엄마를⋯⋯."

탕! 총소리는 난생처음 들어본다. 아빠였다. 무슨 일이 있었는지는 모르겠지만 아빠 손엔 소총이 들려 있었다.

"엄마 일어나는 걸 도와줘라. 어서 여기를 빠져나가야……."

끼에에에.

잘못 들은 게 아니었다. 엄마가 낸 소리였다. 엄마가 천천히 일어났다. 까뒤집힌 눈엔 핏발이 서 있었다.

아빠가 이를 악 물었다. "그렇군. 그런 시스템이군."

탕! 다음 총소리는, 엄마의 이마를 꿰뚫었다.

엄마가 조용해졌다. 내 심장도 순간적으로 조용해졌다. 아빠가 바닥에 주저앉아 있었다. 이제야 아빠 배에서 피가 난다는 걸 알 수 있었다.

"아빠…… 엄마가……."

"뭐라도 했었어야지!"

아빠가 버럭 소리를 질렀다. 아쿠아리움에 놀러 갔다가 수조에 빠진 일 이후 처음이었다.

"그놈의 발작, 발작! 아무리 그래도 이건 아니잖아! 아무리 그래도 이건…… 윽!"

아빠는 배를 붙잡았다. 더는 소리칠 힘도 없어 보였다. 나는 방패의 묵직함을 두 손으로 느꼈다. 방패를 등에 메면서 중얼거렸다.

"미안해, 아빠."

아빠는 대답 없이 소총을 지팡이처럼 짚고 일어났다. 옆에서 부축했다. 하지만 내가 소총보다 더 나은 지팡이라는 생각이 들지 않았다.

벙커를 나왔다. 그리 오래 있었던 것도 아닌데 다시 나온 지상은 지옥을 방불케 했다. 비명 소리가 울리지 않는 곳이 없었다. 침묵이 있는 곳은 오직 아빠와 나 사이뿐이었다. 아침에 거실에서 느낀 침묵은 비교도 안 될 정도로 어둡고 무거웠다.

아니, 차갑다고 해야 할까? 아빠의 몸이 식고 있었다.

"피가 안 멎는 거 아냐? 병원으로 갈까?"

아빠가 고개를 저었다. "이건 전염병이야. 시체가 모이는 곳은 안 돼."

시체. 왜 이게 떠올랐지?

"내가 다니던 고등학교는 어떨까? 담장도 높고 보건실도 있어. 뭣보다 내가 내부 구조를 잘 알아."

아빠의 흐려져가는 눈에 빛이 돌아왔다. 아빠가 내 머리를 쓱쓱 쓰다듬었다. 그리고 미소를 보여주며 말했다.

"넌 영리한 녀석이야. 이렇게 끝날 줄 알았으면 대학이고 나발이고 같이 여행이나 다닐걸……."

학교로 발걸음을 돌렸다. 하늘에 헬리콥터가 날아가고 있었다. 곧 사람 한 명이 헬리콥터 밖으로 뛰어내렸다. 버려진 헬리콥터가 추락하고, 그 주위로 개미떼같은 시체들이 모여드는 게 먼 거리에서도 보일 정도였다. 오늘 아침만 해도 이 거리엔 법과 정의라는 것이 있었다. 내 미래와 엄마가 있었다. 진즉에 벙커가 아니라 학교로 향했으면 뭔가 달라졌을까? 휴대전화 너머로 '여보세요' 소리가 들렸을 때 대답했다면 뭔가 달라졌을까?

졸업 전에 희진이에게 고백했다면 뭔가 달라졌을까?

학교에 도착했다. 뭔가 달랐다. 정문이 굳게 잠겨 있었다. 방학 중에도 활짝 열려 있던 문이다. 단단한 철문 너머로 사람들이 빼꼼 고개를 내밀었다.

"열어주세요!" 내가 외쳤다. "다친 사람이 있어요! 제발!"

문 너머의 소리가 대답했다. "그럼 더더욱 안 되지. 시체들에게 물린 사람도 난폭해져!"

"물린 게 아니에요! 아직도 변하지 않은 거 보면 모르겠어요? 우리 아빠 의사예요. 틀림없이 도움이 될 거예요!"

의사? 먹히긴 먹혔나 보다. 학교 안에 있던 사람들이 담장 너머로 머리를 내밀기 시작했다. 그런데 그중에 예상치 못한 얼굴이 있었다.

김 선생이었다. 살아있었다.

"저놈! 저놈은 들이면 안 돼! 아주 불량하고 위험한 놈이야! 저런 놈은 살려줄 가치가 없어!"

이 순간이 즐겁기라도 했는지 얼굴이 시뻘게져선 고래고래 소리를 질러댔다. 신속히 묻지 않은 걸 후회할 틈은 없었다. 난 목청 높여 소리쳤다.

"그럼 아빠라도 들어가게 해줘! 난 됐으니까! 그 정돈 해줄 수 있잖아!"

김 선생은 그 제안에 관심이 없었다. 쇠몽둥이로 학교 철문을 두드리며 외쳤다.

"모여라, 시체들아! 뜯어 먹혀 죽어버려라! 자업자득이지, 쓰레기 새끼!"

금세 소음을 듣고 시체들이 모여들었다. 분노가 끓어올랐다. 나도 모르게 아빠의 소총으로 손이 갔다. 김 선생의 심장이 터지는 걸 보고 싶었다. 적어도 담장 위로 올라온 저 대가리엔 한 방…….

내 손을 아빠의 손이 막았다. 아빠가 고개를 가로저었다.

"의미 없는 짓이야. 도망이 먼저다. 빠져나가자."

이미 대로변에서 시체들이 어기적어기적 걸어오고 있었다. 큰길을 빠져나왔다.

이제 선택지가 얼마 남지 않았다. 뭘 찾아다니고 자시고 할 틈도 없었다. 소음이 소음을 불러서 점점 더 많은 시체들이 나와 아빠를 포위하기 시작했다. 탱크 한 대가 가드레일을 들이받고 쓰러진 걸 발견한 건 그때였다.

"아! 무기가 있을 거야! 운이 좋으면 군인도! 조금만 기다려, 아빠!"

숨찬 공황장애 환자와 배에 피가 나는 중상자가 어기적어기적 걸어서 탱크에 도착했다. 쓰러져 죽은 군인이 보였다. 아빠를 내려놓고 군인 몸에 걸려 있던 총이나 수류탄을 닥치는 대로 챙겨 들었다. 그러고 보니 총은 어떻게 쏘는 거지? 이럴 줄 알았으면 군대 미루지 말고 재수 때 다녀올걸!

군인이 되살아나기 시작한 건 그때였다.

"끼에에에!"

"어어어!"

난 화들짝 놀라서 뒤로 나자빠졌다. 군인 손엔 권총이 쥐여 있었다. 권총을 쥔 채 팔을 앞으로 내밀며 나에게 다가왔다.

머리를 스쳐 지나간 생각. 되살아난 시체는 도구를 쓸 줄 모르는구나!

"으아아아!" 타다다다! 닥치는 대로 소총을 겨누고 방아쇠를 당겼다. 흔들리는 총구에 총알이 엉망으로 흩어졌지만 군인은 넝마가 되어 쓰러졌다.

멈추지 않았다. 바로 일어나 다가오는 시체들에게 총구를 돌렸다. 타다다다! 포위해오던 시체들이 하나하나 쓰러져갔다. 마지막 시체가 쓰러지고도 방아쇠에서 손을 떼지 못했다. 공포에 경직된 손이 방아쇠를 놓

지 못했다. 탄창이 바닥이 나고서야 총성이 멈췄다. 움직이는 시체가 더
는 없었다. 모든 것이 조용했다.

"아빠! 내가 해치웠어! 내가 해냈……."

모든 것이 조용했다.

아빠는 이제 움직이지 않았다.

더는 들리는 게 없었다. 시체들의 신음 소리, 산 자의 비명 소리, 엄마
아빠의 잔소리, 내 심장 소리.

이제 나를 얽매는 것이 없었다.

나는…… 어…….

나아느은…….

용이는 자유였다.

"이건 다 아빠 때문이야." 용이가 이를 으득 갈면서 허공에 대고 중얼
거렸다. "쓸데없이 착한 일 한다고 우리가 살 기회를 다 놓쳐버렸어. 구
할 가치도 없는 것들을 구한다고 중요한 시간을 다 날려먹었어. 엄마도
아빠도 아무 의미 없이 삶을 낭비했어. 그러니까 나처럼 무능한 자나 김
선생처럼 비열한 자만 살아남은 거야!"

용이가 전경 방패를 주워 들었다. 총알이 남은 총이 없었다. 여기가 미
국이었다면 적당한 총포상에 들어가서 총알을 구했겠지. 하지만 여긴 한
국이다. 무엇보다, 용이가 지금 가고 싶은 곳은 총포상이 아니었다.

손목시계를 확인했다. 깨져서 멈춘 손목시계를 보며 말했다.

"늦었네. 학교 가야지."

학교에 가는 발걸음은 언제나 가벼웠다. 공부와 시험은 성가셨지만 거기엔 친구들과 담임선생님이 있었다. 다만 방패도 있는데 책가방이 없었다. 교복도 없었다. 그건 심각한 문제였다.

학교에 도착하니 정문이 잠겨 있었다. 상관없다. 용이는 누구보다 학교 구조를 잘 알았다.

담장을 넘어 목공실을 통해 들어갔다. 지하 비품실엔 늘 남는 교복이 걸려 있었다. 사이즈가 맞는 걸 꺼내 입었다. 거울을 보며 피 묻은 옷을 벗고 교복으로 갈아입었다. 누군가의 이름표가 붙어 있어서 가사실습실의 식칼을 가져다가 도려내버렸다.

아. 식칼.

제일 먼저 도착했으니 청소를 해야지.

학교 매점엔 사물함을 쓰는 아이들을 위한 자물쇠가 있었다. 자물쇠를 닥치는 대로 들고 건물 주위를 돌았다. 창문과 문을 모조리 잠가버렸다. 자신이 들어갈 운동장 쪽 문만 남겨놓고 다 잠갔다. 그다음엔, 군인에게서 빼앗은 최루탄을 하나씩 학교 안에 던져 넣었다.

으앗! 뭐, 뭐야! 콜록 콜록! 매워!

최루탄에 눈물 콧물을 쏟는 생존자들이 모조리 운동장 쪽 문으로 밀려나왔다. 유일하게 자물쇠로 잠기지 않은 문앞엔 용이가 기다리고 있었다.

교복을 입고, 식칼과 전경 방패를 들고, 방독면을 쓴 용이가, 그와 그의 아버지를 가로막았던 모든 이들의 앞을 가로막고 서 있었다.

그들에게 말했다.

"여긴 학교입니다. 학생이 아닌 분들은 나가주세요."

픽! 최루가스를 피해 나오는 자를 칼로 찔렀다.

촤악! 앞도 제대로 보지 못하는 자를 칼로 그었다.

콰직! 살려고 버둥거리는 자의 머리를 전경 방패로 찍어버렸다.

이유도 모른 채 죽어가는 비명 소리. 누가 공격하는지도 보지 못한 채 살려달라며 애원하는 소리.

혼돈 속에서 용이가 기쁜 목소리로 외쳤다.

"그래, 이거야! 이렇게 쉬운걸! 진즉에 이렇게 살았어야 하는데! 난 평생을 헛 살았던 거야! 심장만 멈추면, 나는 무적이다!"

마침내 마지막 한 명이 쓰러졌다. 학교 안이 쓰레기로 엉망이 되었다. 전부 치워야 할 텐데. 아직은 아니다. 꼭 치워야 할 쓰레기가 하나 보이지 않았다.

복도 깊숙한 곳으로 들어갔다. 아니나 다를까 복도 안쪽 끝, 최루가스가 적은 곳에 김 선생이 처박혀 있었다.

한 명 더 있군. 할머니 한 명이 김 선생과 함께 쓰러져 있다. 두 사람이 겁에 질린 눈으로 용이의 방독면을 올려다봤다.

김 선생이 눈물과 콧물을 질질 흘리면서 빌었다.

"제발 목숨만 살려줘. 어머니만 살려줘. 자비를 베풀어주면 시키는 건 뭐든지……."

"그럴 필요 없어." 용이가 김 선생의 말을 막았다. "그 할머니는 이미 죽었어."

"엉?"

김 선생이 자기 모친을 돌아봤다. 멀쩡하게 숨을 쉬고 있었다.

용이가 말을 이었다.

"그리고 당신도 이미 죽었어."

김 선생이 눈썹을 찌푸렸다. 용이가 식칼을 들어 올리며 말했다.

"너도, 그 사람도 모두 죽었어. 그러니 무서워할 필요 없어. 내 말을 믿어도 좋아. 왜냐하면 내 귀엔 당신들 심장 소리가 들리지 않거든."

청소가 끝나자 비로소 학교엔 용이 혼자 남았다. 복도에 가득한 시체를 끌고 나왔다. 뒷산으로 갔다. 묻을 필요는 없었다. 그곳에 쭉 늘어놓고 차분하게 손을 털었다.

도시의 소동도 한 풀 꺾인 모양이었다. 전투기 날아가는 소리도 들리지 않았다. 이렇게 마음이 편안해본 게 언제였던가? 안정제 따위, 더 이상 필요 없었다. 이제 용이는 심장의 노예가 아니었다.

그래. 어차피 내 심장은 멈췄다.

마침 벨트로 만든 올가미를 걸어둔 나무가 보였다.

딱 좋은 타이밍이었다. 올가미로 다가갔다. 자연스럽게 머리를 걸었다.

수업이 끝났으니 부모님이 있는 집으로 돌아가야지.

끼에에에.

이상할 정도로 친숙한 신음 소리가 용이의 귓전에 맴돌았다.

주위를 둘러봤다. 그가 죽인 시체들이 일어난 건 아니었다. 멸망한 도시에서 뒷산으로 들어온 시체가 있었다. 멋들어진 정장을 입은 젊은 커리어 우먼이었다. 용이가 눈을 가늘게 떴다. 이 여자를 어디선가 본 적이 있었다.

"아!"

온몸의 근육이 일어나는 느낌. 아침에 졸업앨범에서 본 바로 그 얼굴이었다. 세상이 망하는 그 순간까지 기억 속에서 떠나지 않던 얼굴이었다.

모든 것이 무너지지 않았다면, 지금쯤 고백하고 있었을 그 얼굴이었다.

"희진아!"

"끼에에에."

돌아온 것은 화답이 아닌 신음 소리였다. 그러나……

"살아있었구나!"

"끼에에에."

피칠갑을 한 정장을 입고 어기적어기적 용이를 향해 팔을 뻗어온다.

그러나 용이는 두렵지 않았다.

그에겐 틀림없이 그녀의 심장 소리가 들리고 있었다.

희진이를 학교에 데려갔다.

희진의 몸에 맞을 듯한 교복을 찾았다. 깨끗한 새 교복으로 갈아입혀주었다.

안타깝게도 희진이는 얌전히 있을 기색이 없었다. 그녀에게 생각할 시간을 주고자 했다. 체육물품을 넣어두는 창고가 있었다. 거기에 집어넣었다. 문틈 너머로 그녀가 고맙다고 화답했다. 끼에에에. 끼에에에.

모든 정리가 끝났을 때쯤, 교실 창문 너머로 해가 지고 있었다. 용이는 노을 지는 교실로 돌아왔다. 깨끗하게 닦인 녹색 칠판을 바라보며, 그는 고3 마지막 날 그가 앉았던 책상으로 가서 바른 자세로 앉았다.

숨을 들이쉬고, 내쉬었다.
얼굴에 미소가 가득했다.
"드디어 돌아왔어."
용이는 행복했다.

1화

낡은 군복을 입은 남자가 불 꺼진 냉장고 앞에 선 채, 문학책을 정독하는 시인의 눈빛으로 손에 든 우유팩을 보고 있었다.

"장군님. 무슨 문제 있으십니까?"

부관이 다가왔다. 식량 수급을 위해 버려진 빌라를 뒤지는 중이었다. 장군은 5년 동안 썩을 대로 썩어서 치즈가 되어버린 우유팩을 가리키며 말했다.

"유통기한이 좀비 사태 터진 그 날짜까지네. 우연일까?"

부관이 눈썹을 찌푸렸다. 장군이 요즘 감상적인 모습을 보일 때가 많았다. 잔소리할 생각은 없었지만 당신의 임무를 상기시켰다.

"주 병력이 전부 거주지를 나와 있습니다. 본부에 좀비나 약탈자 들이 들이닥치면 민간인은 전멸이에요. 물자는 충분히 확보했으니 슬슬 돌아가시죠."

"음."

장군이 천천히 고개를 끄덕였다. 둘은 빌라를 나와서 집합 장소인 공터로 돌아왔다.

황당하게도, 두 사람이 첫 도착이었다. 주위에 아무도 없었다.

부관이 혀를 찼다. "이런 군기 빠진 놈들…… 집합 시간보다 10분 일찍 도착해 있으라고 그렇게 일렀는데도!"

장군이 허공을 응시했다. 군기라. 듣기 좋은 말이지. 하지만 모두가 내심 알고 있다. 서로를 '장군'이니 '부관'이니 하는 멋들어진 호칭으로 부르지만, 실상은 고작 몇십 명 규모의 생존자 집단에 불과하다는 걸. 문명 사회가 좀비 사태로 인해 붕괴되자 생존자들은 힘의 질서에 몸을 맡길 수밖에 없었다. 이 시궁창 속에 어떤 '가치'나 '의미'가 남아 있다는 믿음을 줄 수만 있다면 지푸라기라도 아쉬울 판이었다. 그래서 그들은 서로에게 허울뿐인 호칭과 직함을 붙였다. '군기'가 따라 붙어주길 바라기 힘든 허울이었지만, 그것이 그들에게 남은 마지막 '무엇'이었다.

장군도 이 상황이 마음에 안 드는 눈치였지만, 부관만큼 성을 내진 않았다. "요즘 젊은 친구들이 그렇지 뭐. 내가 무전해보지."

순간, 근처 폐건물에서 사람 목소리가 들려왔다.

"살려주세요! 누구 없어요?"

낯선 목소리였다. 장군과 부관이 총의 안전장치를 풀고 폐건물로 들어갔다. 텅 빈 공간 한쪽에 고등학교 교복 차림의 남자가 쓰러져 있고, 다리 주위로 피가 흐르고 있었다.

"도와주세요! 실수로 떨어져서 철근에 다리를 찔렸어요!"

무장이 없다. 부관이 다가가면서 물었다. "이 인근에 생존자 집단이 얼마 없을 텐데…… 거기 혼자인가?"

"좀비들 때문에 동료들과 떨어지는 바람에…… 아웃!"

학생은 통증이 심한지 말을 다 잇지 못했다. 부관이 학생을 도우러 가는 사이 장군은 다시 무전기를 켜보았다. 건물 안이라 그런지 신호가 잘 잡히지 않았다. 혹시 부하들도 건물 안에 있나?

순간, 나름대로 전투에서 뼈가 굵은 장군은 피 냄새를 맡았다. 어디에서 나는지 눈치챌 정도의 개코까지는 아니었다. 다만 저쪽 구석에 방수 포로 덮인 무언가가 그의 육감을 간질였다.

이번에 따라 나온 병사는 도합 20여 명.

나와 부관을 빼고 쌓아놓으면, 딱 저 높이가 되겠다는 생각이 들었다.

"부관! 조시이임!"

늦었다. 학생의 다리 주위에 흐른 피가 토마토케첩이라는 걸 부관이 눈치챈 것도 비슷한 찰나였다. 손가락을 살짝 움직이니 교복 소매 속에 숨겨져 있던 특수 장치에서 단검이 튀어나왔다. 그 단검이 푹, 부관의 경동맥을 찔렀다. 부관은 비명도 지르지 못하고 그 자리에서 쓰러졌다.

철컥! 장군이 일어나는 학생에게 총구를 겨눴다. 세상이 망한 지 5년이나 지났는데 교복을 입고 있는 시점에서 이상한 걸 느꼈어야 했다. 용병이다.

"비열한 새끼!" 표적을 놓칠 만한 거리는 아니었다. "그딴 식으로 내 부하들을 다 죽인 거냐?"

학생은 대답하지 않았다. 미동 없이 서서 조용히 장군을 응시할 뿐이었다.

"용병이지? 그렇지? 우리가 누군 줄 알아? 우리 '8번 벙커 동창회'는 '백화점 일파'와 동맹 관계에 있다! 우릴 건드린다는 건 백화점을 적으로 돌리는……."

순간, 장군의 표정이 굳었다. 교복을 입고 숨겨진 단검을 쓰는 암살 용병. 진작 떠올리지 못한 게 이상할 정도였다.

"네놈…… '폐교의 고딩'이군! 하지만 넌 백화점의 단골 하청업자일 텐데…… 빌어먹을, 백화점의 사주냐?"

용이가 눈을 가늘게 떴다. 그 입에서 나온 목소리는 방금 구조를 요청하던 절박한 목소리와 사뭇 달랐다.

"중요한 걸 눈치챌 때마다 입으로 주절거리는 건 좋은 습관이 아니야, 아저씨."

탕! 장군이 방아쇠를 당겼다. 용이는 죽은 부관의 시체를 방패 삼으며 방수포 쪽으로 향했다. 타겟이 방수포에 쌓인 시체를 엄폐물 삼아 숨어버리자, 장군이 총을 난사하며 다가갔다.

"더러운 새끼들! 조공 받아먹을 땐 언제고 우릴 이렇게 쳐내? 네놈도 백화점 패거리도 다 죽여버릴⋯⋯!"

장군은 당연히 시체 바리케이드 뒤에 용이가 있을 거라고 생각했다. 그런데 뒤엔 아무도 없었다. 발소리는 들리지 않았다. 혹시 장군의 사각을 노려 바리케이드를 빙 돌아서⋯⋯.

푹.

어느새 장군 뒤에 다다른 용이가 장군의 등을 찔렀다. 왼손의 단검은 장군의 신장을 관통했다. 억, 하는 소리와 함께 장군의 손에서 총이 떨어졌다. 장군은 단말마 대신 몸을 부르르 떨면서 애원했다.

"동료들과⋯⋯ 가족들이⋯⋯ 내가 죽으면 그들도⋯⋯."

푹. 용이의 오른손의 단검이 심장을 꿰뚫었다. 장군이 부하들의 시체 더미를 덮으며 쓰러졌다. 용이가 단검에 묻은 피를 장군 옷에 닦으며 중얼거렸다.

"시험 종이 쳤으면 펜을 내려놔야 하는 거야, 아저씨."

백화점은 이 유령 도시의 중심이었다. 위치적으로는 중심이 아니었지만 이 근방에서 가장 큰 생존자 집단의 아지트였기 때문이다. 이 근방의 모든 식수, 식량, 약품은 그들이 독차지했다. 옥상에 세워진 커다란 안테나와 태양열 발전기는 그야말로 힘의 상징이었다.

책가방과 전경 방패를 메고 비닐봉지를 든 용이가 그들 앞에 나타났다. 보초들은 모두 검은색 벨벳 조끼를 입고 있었다. 아마 세상이 망하고 백화점이 버려졌을 때 매장 안에 남아돌던 비품이었겠지. 용이의 교복과 비슷한 분위기다. 주민등록번호가 무의미한 세상에선 한눈에 알아볼 수 있는 드레스코드가 명함이 된다.

용이가 보초들에게 말했다. "의뢰를 완수했다. 점장님을 만나게 해 줘."

보초들은 군말 없이 길을 비켜주었다. 엘리베이터를 타고 점장실로 향했다. 발전기가 있지만 엘리베이터에 전기를 쓰진 않았다. 그럼 무엇으로 움직일까? 용이는 몰라도 되는 것에 고민하느라 에너지를 쓰는 어리석은 학생이 아니었다.

"안녕하세요, 점장님."

사무용 책상에는 카우보이모자를 쓴 채 실내에서도 선글라스를 쓰는 괴팍한 남자가 앉아 있었다. 콧수염과 턱수염을 기르고 부하들과 구분되는 붉은색 벨벳 조끼를 입었는데, 불뚝 튀어나온 배 탓에 조끼 단추들이 간신히 매달려 있었다.

"여어, 고딩이군." 백화점 패거리도 용이 이름을 알았다. 그러나 다들 고딩이라고 불렀다. "그 비닐봉지는 역시나?"

용이는 공손하게 비닐봉지를 점장의 책상 위에 올려놨다. 점장 옆에 서 있던 여자가 비닐봉지를 열어봤다. 그녀의 호칭은 팀장. 명실상부한 백화점의 2인자였다. 항상 펜을 비녀 삼아 둘둘 만 머리를 고정했는데, 간부들에게만 허락된 붉은색 조끼엔 이름이 긁힌 듯 지워진 명찰이 달려 있었다.

"장군이 맞군요. 사후경직도 안 왔네요. 잡고 바로 오신 겁니까?"

팀장은 자기보다 어린 용이에게 경어를 썼다. 용이가 얌전히 고개를 끄덕였다. 점장이 책상 위에 구둣발을 올리면서 칭찬했다.

"과연 폐교의 고딩이야. 확실하고 성실하지! 이러니 단골이 될 수밖에 없다니까? 대체 이 솜씨는 어디서 배운 거야?"

"미적분 배우는 데도 3년이면 족한데, 5년 내내 사람만 죽였으면 익숙해지는 게 정상 아닌가요?"

"캬하하! 두 번만 겸손하다간 간도 빼다 바치겠군!"

점장은 뭐가 그리 재미있는지 손뼉까지 치면서 깔깔거렸다. 팀장이 신호하자 밖에 있던 부하가 쇼핑카트를 밀고 왔다. 보존식과 생필품이 가득 담겨 있었다.

"평소보다 과분한 양이군요. 다른 요청이 있으신지요?"

"에이, 딱딱하게 굴기는. 그냥 앞으로도 잘 지내자는 의미!"

말은 그렇게 했지만, 용이가 쇼핑카트 손잡이를 잡자 다리 한쪽을 뻗어 쇼핑카트 반대쪽에 올렸다. 히죽 웃은 입꼬리가 그의 의중처럼 수염 뒤에 가려져 있었다.

"난 유능한 녀석은 언제든 환영이야. 나사가 풀린 녀석이면 더더욱 좋지. 자유로운 용병도 좋지만, 슬슬 정식으로 우리 멤버가 되는 건 어때? '폐교의 고딩'이라면 우리 '고객만족팀'도 꺼릴 정도의 실력이라고 자타가 인정해. 간부 자리는 약속해줄 테니까. 응?"

그것만은 받아들일 수가 없었다. 용이는 예의 바르게 거절했다.

"죄송합니다. 아직 고등학생이니까요. 졸업하기 전에 취업은 어렵겠습니다.

농담이나 비유가 아니었다. 용이는 교복 차림에 책가방을 메고 있었다. 그는 아직 학생이었다. 그의 삶은 세상이 끝난 날에 멈춰 있었다. 가방에는 교과서 대신 구급상자가 있고 소매 안쪽에는 단검이 있지만, 아직 그는 그가 원하는 졸업식을 경험하지 못했다. 적어도 용이의 머릿속에서, 그는 아직 고등학생이었다.

"미친놈." 점장은 조용히 쇼핑카트에 올린 다리를 내렸다.

쇼핑 카트를 밀고 학교로 돌아왔다. 언제나 그 자리에 존재하는 소중한 마음의 고향. 정문 근처에서 알짱거리는 좀비들을 처치하고 안으로 들어갔다.

의뢰받은 건은 처리가 끝났어도 할 일이 많았다. 종말 시대든 종말 이전 시대든 혼자 사는 사람에겐 집안일이라는 과업이 따라붙는 법이다.

먼저 매점에 가서 식료품을 정리했다. 상하기 쉬운 걸 맨 앞에 두었다. 고라니 고기가 남았지만 이번 주는 장작을 아끼기로 했다. 옥상으로 가서 발전기를 점검했다. 일 처리 대가로 받은 부품으로 낡은 부품을 교체했다. 목공실에 있는 참고서가 아니었으면 이런 건 배우기 어려웠을 터다. 교복을 갈아입고 세탁기를 돌렸다. 밤에 불을 켜는 건 포기해도 세탁기 돌리는 건 포기할 수 없었다. 교복은 언제나 깨끗해야 하니까. 그게 학생의 본분이니까.

단장이 끝나고 비로소 체육 비품 창고로 향했다. 다리에 화살을 맞고 앓던 동안에도 여기만은 하루에 한 번씩 찾았다. 쉬운 일이 아니었다. 창고 앞에만 서면, 아주 오래전에 멈췄던 심장이 다시 날뛰려 들었다. 두근두근. 그 빌어먹을 놈의 소리가 들려온다. 용이가 주먹으로 세게 명치를 쳤다. 퍽. 퍽. 퍽. 죽어라, 더러운 놈. 나는 더는 네놈이 필요하지 않아.

마음을 가다듬고, 조심스럽게 창고 철문의 구멍을 열었다. 보이는 광경은 늘 같다. 창고 한가운데에 서 있는 여학생의 좀비. 이미 죽은 자의 시간은 지난 5년간 멈춰 있었다. 용이가 수염이 잘 안나는 체질이기에 망정이지 여동생으로 보일 뻔했다. 용이는 조심스럽게 이름을 불렀다.

"희진아. 나 왔어."

대답이 없다. 신음 소리조차 없다. 언제부터인가 희진의 좀비는 창고 한가운데에서 꿈쩍도 하지 않고 눈을 감은 채 얼어붙은 것처럼 서 있었다. 죽은 건 아니다. 아니, 죽었지만 멈춘 것은 아니다. 용이는 그를 유리공주 모시듯 지키고 있다. 비품 창고에 숨긴 채, 그 누구에게도 들키지 않도록.

대답이 없는 것에 감사했다. 아직 희진이와 대화를 나눌 마음의 준비가 되어 있지 않았다.

그래.

그때처럼.

9년 전, 내가 교무실에서 나오는 길이었다. 내 팔엔 서류 뭉치가 들려 있었다. 마침 지나가던 체육 선생님과 눈이 마주쳤다. 다음 순간, 위화감을 감지했다.

"그거 성적표 아니냐? 어느 반 학생이니?"

"어……." 미리 생각해둔 변명거리가 있었는데 입 밖으로 제대로 나오지 않았다. "그게 말이죠……."

"아니, 이 녀석 봐라…… 설마 교사 허락도 없이 교무실 서류를 반출하는 거냐?"

두근두근. 심장이 두방망이질했다. "그, 다, 담임 선생님이, 그게, 그러니까……."

"이름이 뭐냐? 서류 좀 치워봐. 명찰이……."

한아름 안은 서류 덕에 명찰이 가려진 상태였다. 체육 선생님은 힘으로라도 서류를 빼앗아버릴 기세였다. 여기서 좌절될 수 없다는 생각과 선생님을 거슬러서는 안 된다는 생각이 머릿속에 뒤엉켜 엉망이 되었다. 그 망설임이 선생님의 미간을 좁히고 있다는 사실엔 미처 신경 쓰지 못했다.

익숙한 목소리가 복도에서 들려온 건 그때였다.

"죄송합니다, 선생님. 제가 부탁한 거예요."

중민이었다. 그가 체육 선생님과 나 사이에 스윽 끼어들더니 트레이드마크인 친근한 미소를 지어 보였다. 녀석이 나타나자 체육 선생님의 미간도 바로 풀어졌다.

"부학생회장! 네 친구였냐? 이 녀석이, 이런 중요한 걸 친구에게 맡기면 안 되지!"

선생님의 꾸중을 중민이는 공손하면서도 유연한 말투로 대응했다.

"학생회끼리 일이 좀 있어서 바빴거든요. 쓸데없는 짓 안 하는 녀석이니까 걱정 않으셔도 돼요. 다음부턴 주의하겠습니다!"

"쯧, 다음부턴 그러지 마라. 그리고 3반 애들에게 체육관 좀 조용히 쓰라고 얘기해줄래? 교사가 호통치는 것보다 니 말을 더 잘 듣는 눈치더라."

"물론이죠! 맡겨만 주세요!"

중민이가 인사를 날리자 체육 선생님은 나와 마주쳤을 때와는 전혀 다른 표정으로 교무실로 들어갔다.

"중민아 고마……." 말을 끝낼 틈도 없었다. 중민이는 내 귀를 붙잡더니 복도 구석으로 질질 끌고 간 뒤 팔짱을 낀 채 쏘아붙이기 시작했다.

"십년감수했네! 내가 니 총알받이냐? 가을이랑 매점이나 가지 갑자기 교무실에서 뭐한 거야? 너네 반 성적표도 아니잖아!"

내가 시익 웃으며 대답했다.

"갑자기 엄청 좋은 아이디어가 떠올랐거든. 성적표를 나눠주러 온 척하면서 희진이 반에 들어갈 거야. 우연히 마주친 척하면서 말을 거는 거지. 어때? 괜찮은 계획이지?"

중민이는 관자놀이를 문지르며 한숨을 내쉬었다. 수한이가 자유 연구라며 여자애들에게 생리주기 물어보러 다닐 때 보이던 그 표정이었다.

"같은 조 배정되자마자 공황 와서 빌빌댄 거 벌써 잊었냐? 난생처음 말 거는 데 계획이 필요한 시점에서…… 에라이, 모르겠다. 해보고 결과나 알려주라."

손을 휘휘 내저으며 떠나갔다. 중민이의 허락까지 떨어졌으니 더 고민할 필요도 없었다. 난 자신 있는 발걸음으로 희진이네 반으로 향했다. 희진이와 나누게 될 첫 대화의 무수한 결과를 상상하면서. 이 모든 계획이 내 머릿속 핑크빛 청사진 그대로 흘러갈 거라 기대했다.

—∿—

탕탕. 탕탕탕!

밤이 깊었다. 양호실에서 자고 있던 용이가 눈을 떴다. 탕탕. 탕탕탕. 야생동물이나 좀비가 낼 수 없는 규칙적인 노크다. 백화점이 긴급한 건을 의뢰할 때 보내는 신호다. 달빛뿐인 어둠 속에 후문 근처에 선 그림자가 보였다.

방패를 메고 후문으로 나갔다. 담장 너머로 고개를 내미니 팀장이 뒷짐 진 자세로 서서 기다리고 있었다. 좀비가 소음을 듣고 와도 대수롭지 않다는 듯이 당당한 모습이었다.

후문을 열었다. "팀장님? 직접? 심각한 일입니까?"

"급한 일입니다." 급한 것치곤 차분하고 냉정한 목소리였다. "당신은 종말 이전에도 이 도시에 살았다고 했죠? 북쪽에 있는 경기장을 아십니까?"

"그럼요. 야구 경기가 자주 열렸죠."

"좋습니다. 거기에 문제가 생겼습니다. 정보가 전혀 없는 외부 세력이 그곳에 있던 저희 멤버를 공격했습니다. 최대한 구해오라는 점장님의 의뢰입니다. 방해되는 건 다 처리하라십니다."

점장의 의뢰는 간결해서 좋다. 그의 의뢰는 길게 고민하게 만들지 않

는다. 뭣보다, 보상을 두고 쩨쩨하게 구는 법이 없다. 굳이 조건을 저울질
하지 않아도 넉넉하게 챙겨줄 것이다.

"한데, 왜 백화점이 직접 나서지 않으시고?"

"잡힌 부하들이 인질로 쓰일 수 있으니까요. 인질을 희생하게 되는 상
황이 온다면 우리가 있는 것보단 없는 쪽이 낫죠. 무엇보다 조용한 처리
는 당신이 전문이니까요."

팀장의 눈이 어둠 속에서 빛났다. 그녀는 고딩의 명성을 잘 알았다. 이
밤중에조차 저 교복 소매 속엔 단검이 숨겨져 있으리라.

"좀비나 야생동물이 아닌 사람을 죽이는 일이라면, 당신이 누구보다
잘하잖아요?"

용이의 대답이 조금 느렸다.

"좋아하는 일은 잘하게 되지만, 잘하는 일이 좋아하는 일이란 법은 없
다고 생각합니다."

10년 전.

야구 경기가 있는 날이었다. 딱히 야구를 보러 간 건 아니었다. 다만 경
기장의 매점 근처를 지나갈 때 익숙한 목소리를 들었다. 팝콘을 파는 매
점이었는데, 알바생이 가을이랑 싸우고 있었다. 굉장히 이상한 광경이었
다. 가을이 집은 멀리 가난한 동네에 있어서 여기까지 오는 일이 드물었
다. 가을이는 유순해서 저렇게 남들 보는 데서 언성 높이는 경우가 좀체

없었다. 하지만 무엇보다 가장 이상한 지점은, 정작 가을이랑 싸우는 알바생은 전혀 싸우는 사람의 표정이 아니었다는 것이다.

"내가 살쪘다고 무시하는 거야 뭐야!" 가을이가 씩씩대며 소리를 내지르는 통에 사람들 시선이 몰렸다.

"살이 찌면 시야에 잘 들어오잖아요? 어떻게 무시할 수 있겠어요?" 멀대같은 키에 비쩍 마른 알바생의 목소리는 이상할 정도로 고저가 없었다.

모른 척 구경만 할 순 없었다. 내가 조심스럽게 끼어들었다.

"가을아? 무슨 일이야?"

"용!" 가을이가 바로 날 알아봤다. 날릴 줄도 모르면서 부들부들 떨리는 주먹을 꾹 쥔 채 하소연하듯이 말했다.

"이 자식이 사람 얼굴 보자마자 뚱뚱하다고 놀리잖아!"

"오해입니다!" 알바생은 기계음 같은 목소리로 공손하게 말했다. "그저 손님이 구매하시려는 팝콘의 칼로리를 고려해볼 때 건강에 무익할 거라는 조언을 드린 것뿐이에요. 손님을 언제나 소중히 대해야 하는 법이잖아요?"

바로 감이 왔다. 아버지에게 들은 적 있었다. 이 알바생은 뚱뚱한 사람 면전에 대고 살찌는 음식을 먹지 말라고 하는 게 배려라 생각한 것이다. 상대방이 그걸 어떻게 느낄지, 판매자와 고객의 관계에서 넘어선 안 되는 선이 어디인지를 이해하지 못한 것이다. 악의는 없었다. 위기가 왔을 때 열심히 뛰면 도움이 될 거라 여기는 멍청한 내 심장처럼.

먼저 가을이를 설득했다. "이 친구, 악의는 없는 거 같다. 왜, 사회적 통념이라든가 눈치 같은 게 병적으로 없는 사람들 얘기 들어봤지? 딱 그런 케이스 같은데."

가을이는 근본이 순한 녀석이었다. 납득할 만한 설명을 듣자 식식거림이 차츰 잦아들었다.

이번엔 알바생 차례였다.

"과체중은 사람들이 가장 들춰지기 싫어하는 결점이야. 엔간히 친한 관계가 아니라면 어떤 이유에서든 입에 올리면 안 돼."

다행히 남의 조언을 받아들이는 것까지 못 하는 녀석은 아니었다. "오오우! 죽은 가족 얘기를 대화 주제로 삼으면 안 되는 거랑 비슷한 건가 보구나! 좋은 정보 고맙다, 용아!"

"잉? 너, 나 알아?"

"우리 학교 애들은 다 기억해. 솔직히, 한 번 본 사람은 전부 다 기억하는 편이야."

"허. 혹시 이 알바, 소문에 듣던 그 이상한 천재……."

"이…… 녀석들!" 별안간 매점 안쪽 문이 열리고 얼굴에 커다란 흉터가 있는 아저씨가 나왔다. 복장으로 보아 매점 매니저가 틀림없었다. "일하다 말고 뭐 하는 거야? 곧 경기 있을 텐데 손님들 다 쫓아내고 있잖아! 누가 잡담하고 떠들래?"

"아니, 그게……."

매니저 아저씨가 이를 악물곤 손바닥을 들어 올렸다. 우린 반사적으로 입을 다물었다. 매니저는 우리 한 명 한 명을 뜯어보더니, 알바생을 노려보면서 잡아먹을 듯 물었다.

"아는 애들이냐?"

"2반 11번 한가을이랑 7반 4번 조용이예요." 출석 번호까지 정확했다.

"그럼 날린 시간까지 일해서 배상해! 똑바로 안 하면 학교에 통지할

048

줄 알아!"

가을이는 못마땅해하면서도 물었다. "일하면서 팝콘 먹어도 돼요?"

아저씨가 뭐라고 대답했는지는 기억나지 않는다.

어느새 나랑 가을이까지 유니폼을 입고 매장 계산대에 서 있었다. 처음엔 알바생 혼자로 충분하던 곳에서 셋이 뭐 하나 싶었는데, 경기 시간이 가까워지자 수다 떨 여유가 없을 정도로 사람들이 몰려들기 시작했다. 문제는 나랑 가을이는 뭘 어떻게 해야 할지 아무것도 모른다는 사실이었다. 서로에 대해 제대로 알지도 못하는 우리 세 사람은 꼼짝없이 난관에 봉착했다.

알바생은 가장 표준적인 답을 내놓았다. "계산대가 세 개 있어. 셋이 동시에 주문을 받으면 세 배로 빠를 거야. 쓰는 방법은 하면서 알려줄게."

"나, 난 팝콘 튀기는 거 하고 싶은데……." 가을이는 여전히 팝콘에 미련을 버리지 못한 게 확실했다.

"넌 팝콘 기계 다루는 법 모르잖아?"

"알아. 적어도 너보단 잘할걸."

예상할 수 있었으면서도 동시에 예상치 못한 발언이었다. 문득 내 머리를 스치고 지나가는 생각이 있었다.

"김수한이라고 했나? 너, 계산하는 거 좋아해?"

수한이라는 이름의 알바생은 어깨를 으쓱 올렸다. "좋아하는 건 잘하기 쉽지만 잘하는 게 꼭 좋아하는 것이라는 법은 없지."

대체 이게 뭔 헛소리야. "얘기가 옆길로 빠지네…… 내 말은, 계산은 잘하지만 사람 대하는 건 잘 못하는 편이지?"

짝, 과장된 박수를 치며 감탄했다. "오우. 방금 예리했어! 어떻게 안 거야?"

"가을이 넌 저거 정말로 다룰 줄 알고?"

"내 손이 스쳐 지나가면 맛이란 것이 폭발하지." 그렇게 자랑할 만한 재주는 아닌 거 같은데 가을이는 멋대로 으스댔다.

"좋아." 내가 손뼉을 짝, 치며 말했다. "분업하자."

간단한 방법이었다. 내가 주문을 받고, 수한이는 계산대만 보고, 가을이가 요리와 포장을 맡았다. 내가 손이 모자라면 가을이가 도와주고, 가을이 바쁘면 수한이가 포장을 도왔다. 수한이는 바쁠 일이 없었다. 녀석의 계산이 계산기보다 빨라서 그냥 영수증 나오길 기다리는 게 전부였으니.

저녁 시간이 가까워져서야 사람이 줄어들었다. 어디를 다녀왔는지 홀연히 매니저가 나타났다. 여전히 불그스름한 얼굴이었지만, 매출 전표를 바라본 그의 표정이 전혀 달라져 있었다.

"다섯 배? 오늘 특별 경기가 있었나? 수한아, 이거 뭐 손댄 거 아니지?"

"제 계산은 정확해요, 삼촌."

역시 친척이었구나. 매니저가 우리를 하나하나 유심히 쳐다봤다. 마침 저녁 타임 알바생들이 들어왔다. 매니저는 계산대를 열더니, 제법 넉넉히 지폐를 쥐어선 나에게 직접 건네주었다.

"용이라고 했지? 수한이를 도와줘서 고맙다. 조카 녀석이 친구가 별로 없거든. 얼마 안 되지만 수고비로 가져가라. 이거로 맛있는 거 사 먹고 우리 수한이랑 친하게 지내다오."

여러모로 의외의 반응이었고, 확실하게 해피엔딩이었다. 우리 셋은 웃을 갈아입고 경기장을 나왔다.

경기장을 나오자마자 가을이가 물었다.

"너, 괜찮아?"

"나? 왜?"

"오늘 사람 엄청 붐볐잖아. 사람 많은 곳에선 무슨 약을 먹어야 하는 병이 있지 않았어? 애당초 경기장엔 왜 혼자 온 거야?"

그렇게 중요한 문제를! 가을이가 말하고 나서야 애당초 왜 경기장에 왔는지 떠올랐다. 난 별로 공이랑 연이 없었다. 결코 경기를 보려고 온 게 아니었다. 공황발작에 대해 행동치료를 해보라고 아빠가 권해서 사람 많은 곳에 일부러 찾아온 것이었다. 그런데 어느새 그 사실 자체를 잊고 있었다. 배터지게 먹고 나서야 땅콩 요리였다는 걸 깨달은 땅콩 알레르기 환자의 기분이었다.

"허, 그러게." 중요한 문제였던 거 같은데, 짧은 웃음으로 받아넘겼다. "그러는 넌 경기장에 왜 온 거야?"

와그작, 주머니에 얻어온 팝콘을 입에 넣으며 대답했다. "팝콘 사러 간 거야. 이 근방에서 여기가 제일 맛과 가격의 균형이 적절하거든."

수한이는 문제집이라도 펼친 것처럼 말했다. "우리 셋 중에서 경기를 보기 위해 경기장에 온 사람은 아무도 없었던 거군! 엄청난 확률의 놀라운 일치야. 이 결과를 앞으로 뭐 하고 시간을 보낼지에 대한 단서로 쓸 수 있을까? 우리 셋이 각자 좋아하는 걸로 대차대조표를 만들어서……."

"노래방은 어때?"

과하게 길어지는 수한 컴퓨터의 연산을 가을이 짤막하게 끊어버렸다. 다행히 호응이 좋았다.

"오우. 노래방! 좋은 후보야. 내가 아는 노래방이 있는데, 부탁하면 미러볼 꺼줄 거야."

미러볼! 난 바로 반응했다. "진짜? 쩌는데! 그거 엄청 짜증나잖아! 깜박깜박 어지러워 미치겠단 말이지!"

가을이가 손에서 팝콘 가루를 털어냈다. "공이고 미러볼이고, 여기 있는 사람 중엔 둥근 거랑 연이 있는 녀석이 없는가 보네."

수한이가 말했다. 어디서 들은 걸 귀신같이 기억해서 한 말인지, 그때 스스로 떠올린 문장인지는 몰라도, 그 사마귀같이 생긴 자폐 천재 자식은 이렇게 말했다.

"이건 아름다운 우정의 시작이 될 거 같군."

경기장에 도착하자마자 작업에 착수했다.

푹! 용이의 단검이 문지기의 목을 관통했다. 밤의 어둠 속에서 새빨갛고 끈적거리는 피가 줄줄 흘러나왔다. 경기장 입구로 다가오는 발소리. 두 명이다. 이자처럼 간단하게 기습할 순 없다. 의표를 찔러야 한다.

보초 둘이 코너를 돌았다. 거기엔 경비가 배를 끌어안고 앉아 있었다. "아퍼어어……." 그에게서 가느다란 신음 소리가 새어나오고 있었다.

"이봐, 괜찮아?" 보초 하나가 다가갔다. "복통이라도 생긴 거야?"

보초가 경비에게 손을 댔다. 툭. 경비가 옆으로 쓰러졌다. 그러자 경비의 등 뒤에 있던 작은 녹음기가 나타났다. 소리는 녹음기에서 나던 것이었다. 두건에 가려져 있던 목덜미의 찔린 상처도 이제야 보였다.

"어? 이게 무슨……."

"윽!" 등 뒤에서 난 소리. 보초가 뒤를 돌아봤다. 그의 동행이 어디선가 나타난 용이에게 급소를 찔리고 있었다. 그의 운명도 크게 다르지 않았다. 비명을 지를 틈도 없이 용이의 단검이 그의 폐를 찔렀다.

먼저 폐를 찌르고, 그다음에 목. 인간은 도움을 청하고, 거기에 답하려고 한다. 신음 소리를 내는 인간이 누군가를 물어뜯고 싶어 환장한 좀비일 가능성이 풍부한 이 시대에조차 인간들은 그 본능을 놓지 못하고 있다. 그래서 용이의 일은 편하다. 가짜 신음 소리가 나오는 녹음기를 다시 챙긴다. 필요할 때 도움을 청하게 하고 필요하지 않을 땐 도움을 못 청하게 하는 것. 이 두 가지만 기억하니 그의 생존율은 믿을 수 없을 정도로 올라갔다.

경기장 관람석 위쪽으로 올라갔다. 경기장 외벽에 가려져 있던 내부가 한눈에 보인다. 경기장 안은 곳곳에 세워진 천막으로 구획화되어 있었다. 두 가지를 알 수 있었다. 꽤나 자원이 넉넉한 집단이라는 것. 우연히 지나치던 게 아니라 어떤 체계화된 목적을 위해 찾아온 것이라는 것.

마침 외벽 꼭대기에 서 있는 보초 한 명이 보였다. 좋은 아이디어가 떠올랐다. 등 뒤로 다가갔다. 하지만 단검은 쓰지 않았다. 우득! 목을 꺾어 상처를 내지 않고 죽였다. 책가방에 손을 넣어 종이쪽지를 꺼냈다. 꼬깃꼬깃 구겨진 종이들이 나왔는데, 거기엔 다양한 글씨체로 '집에 가고 싶다' '더는 못 하겠다' '신이시여 내 영혼을 구하소서' 같은 문구가 적혀 있었다. 그중 '집에 가고 싶다'를 꺼내 그의 주머니에 집어넣었다. 그러곤 외벽에서 밀어 떨어뜨렸다. 스포트라이트가 향하고 있는 곳에 조준해서,

털푸덕.

기대했던 것보다 빠르게 반응이 왔다. 동료들이 시체 주위로 몰려든다. 처음엔 적습을 걱정하는 모습이지만, 이내 유서를 발견하고는 분위기가 달라진다. 관심이 집중된다. 자살은 좋은 구경거리다. 아주 중요한 임무를 맡은 자들을 제외하곤 모두 몰려갔을 것이다. 돌려 말하자면, 여전히 자리를 지키고 있는 자들은 포로를 감시하느라 바쁜 자들이라는 뜻이다. 그들이 있는 천막 쪽으로 발걸음을 옮겼다.

한데 의외의 상황에서 성과가 나왔다. 막 천막들 사이를 뒤지려던 차에, 한 작은 천막에서 수갑을 찬 백화점 패거리 셋이 끌려 나오는게 보였다. 그들은 경기장의 건물 내부로 끌려갔다. 인기척이 사라진 뒤에 천막 안으로 들어갔다. 역시나 안엔 동물 우리 같은 철창이 늘어서 있었다. 그중 하나 안에 포로가 쭈그리고 앉아 있었다.

그런데 포로가 좀 이상했다. 작았다. 웬걸, 어린 여자애였다. 노란 우비를 입고 머리를 양 갈래로 땋았는데 많이 쳐야 중학생 정도로밖에 보이지 않았다. 무엇보다, 백화점 패거리의 트레이드마크인 벨벳 조끼가 보이지 않았다.

어쨌든, 그 애가 먼저 용이에게 말을 걸었다.

"점장이 보낸 거지? 딱 좋을 때 왔어. 열쇠는 그쪽 책상에 있어."

"어……." 혹시 모르니 다시 확인해야 했다. "정말로 너도 백화점 일당이냐? 암호는?"

"에휴, 이래서 용병들은." 여자애는 성가시다는 듯이 눈을 굴렸다. "영수증이 없으면 교환 환불은 불가능합니다. 됐지?"

"허어…… 기가 막히는군." 철창을 열어줬다. "점장은 이런 어린애도 부하로 삼는 건가?”

“당연히 아니지. 나만큼 유능하지 않다면 말이야.”

“유능이라니, 붙잡혀 있던 주제에 무슨.”

“쉿! 온다!”

뭐가 온다는 소리지? 용이가 여자애의 말을 이해하지 못했다. 그가 어물쩍거리는 사이에, 천막 안으로 그림자 하나가 들어왔다. 개조한 창으로 무장한 자였다. 발소리가 들리지 않았다. 아차. 그러고 보니 여긴 잔디 경기장이다. 아무리 용이라도 이런 데서 발소리를 들을 순 없었다.

“치, 침입자다!”

“쳇!”

푹! 적어도 공격은 빨랐다. 순식간에 침입자의 갈비뼈 사이에 칼을 밀어 넣었다. 그러나 이미 그의 목소리를 들은 자가 있었다. 밖에서 웅성거리는 소리가 점점 커졌다.

“빠져나가야겠다! 서둘러!”

용이가 천막 밖으로 나가려고 했다. 그런데 여자애가 전혀 반대 방향을 가리키며 외쳤다.

“아니야! 이쪽이야! 이쪽이 더 적어! 천막을 찢고 나가야 해!”

이번엔 망설이지 않았다. 여자애가 가리키는 쪽의 천막을 찢었다. 정말로 그쪽은 한산했다. 게다가 경기장 건물까지 가까웠다.

“이름이?”

“라니. 넌, 소문의 폐교의 고딩이지?”

“용이다. 뛰자!”

“뛰고 있어!”

둘이 나란히 달렸다. 건물 안으로 들어가는 데까진 성공했다. 그러나 여기서부터가 문제였다. 경기장 스피커에서 경보가 울려 퍼졌다. 지금쯤이면 탈출구가 전부 막히고 있을 것이다.

"제기랄, 걸어 나가긴 글렀군. 아니, 나간다 해도 추적이 붙을 텐데. 동료가 더 필요해. 이봐, 네 동료들이 어디로 끌려갔는지 알아?"

라니가 머리 위 어딘가를 가리켰다. "3층 위. 동문 방향. 포로들 말고도 꽤 목소리가 많아."

이제 감이 왔다. "너, 청력이 대단하군. 점장이 중용할 만한데?"

라니가 자신만만하게 시익 웃었다. "좀비 시대엔 황금 같은 재능이지. 패거리는 너가 구해와. 난 알아서 숨어 있을 테니까. 짐짝만 없다면 숨는 건 정말 잘하거든."

짐짝 취급.

시간이 꽤 지났는데도 익숙해지질 않는단 말이지.

8년 전.

정신을 차려보니 나무 그늘 아래였다. 간단한 현장학습이었다. 학교 근처 공원에 가서 백일장을 하고 오면 되는 일이었다. 그래서 약을 챙기지 않은 게 실수였다. 횡단보도를 건너다가 과속한 차에 치일 뻔했다. 차는 내 옷깃을 스치고 지나갔는데, 문제는 내 심장이 또 착각하기 시작했다. 속이 갑갑하다가, 머리가 핑 돌더니, 쓰러져버렸다. 근래 들어 가장 심한 발작이었다.

"용이야, 정신이 드니?"

홍구 선생님은 고3 때 담임이었다. 우리 네 사람이 고2 때부터 3학년 때까지 같은 반이었던 건 순전히 우연이었지만, 홍구 같은 좋은 선생님을 만난 건 그 이상의 행운이 아니었을까 싶다.

"저 쓰러진 거예요? 이번 공황 미쳤네……." 눈을 뜨고도 정신을 되찾는 게 쉽지 않았다. "죄송해요. 또 짐이 되었네요. 요즘 증상이 꽤 괜찮아서 안심했는데……."

"아니다, 짐은 무슨. 살다 보면 이럴 수도 있는 거지. 다른 애들은 신경 쓰지 말고 쉬어라."

홍구 선생님은 어떤 상황에서도 느긋한 사람이었다. 부러운 재능이다. 나처럼 스트레스 받고 놀랄 때마다 심장이 미쳐 날뛰어서 약 없인 살 수 없는 인간에겐 특히 더 말이다.

늘어지는 목소리와 달리, 날 걱정하는 건 사실이었다. "구급차를 따로 부르진 않았는데, 괜찮겠니?"

이번엔 내 쪽에서 선생님을 안심시켰다. "걱정 마세요. 제 병은 심장 문제가 아니라 정신적인 거니까요. 몸이 힘든 거지 목숨이 위험하진 않아요."

웃긴다. 몸이 힘든 거지 목숨이 위험하진 않은데, 내 심장은 목숨이 위험하다고 생각하는 바람에 정말로 목숨이 위험하게 만든다.

"그래도, 조금 더 쉴게요." 깬 지 얼마 안 되어서 그런지 여전히 어딘가 불편했다. 쿵쿵쿵쿵. 정신이 맑아질수록 심장 뛰는 소리가 커졌다. "아, 진짜 약 가져올걸. 으으, 울렁거려……."

"음? 아, 약이 없구나."

"네. 처방전 없으면 못 사는 약이라 약국 가도 못 구해요. 그렇다고 구급차 부르긴……."

"아니다. 약 가진 애들이 있더구나."

선생님이 손짓을 했다. 그러자 세 사람이 나타났다. 그래, 언제나 셋이지. 중민, 가을, 수한. 나까지 포함해서 넷.

"너희가?" 전혀 예상하지 못했다. "너희가 어떻게 내 약을 가지고 있어?"

중민이가 말했다. "지난번에 롤러코스터 탈 때 너가 나한테 맡겼잖아. 혹시 몰라서 그 뒤로 가지고 있었지."

가을이가 말했다. "너가 먹으려다 말고 아무 데나 둔 거 하나하나 모아 둔 게 있거든. 절대 팔아보려고 한 건 아니다?"

수한이가 말했다. "효과가 궁금해서 먹어보려고 했어. 그런데 용량을 맞출 수가 있어야지. 체중에 맞춰 계산하라고 그러던데 파운드 단위가 아닌 게 확실한 건가?"

꼼꼼한 녀석. 가난한 녀석. 이상한 녀석. 내 친구는 이런 녀석들뿐이다.

안경 쓴 녀석, 덩치만 큰 녀석, 키 큰 녀석. 누가 이들에게서 닮은 점을 찾을 수 있을 것인가?

나는 안다. 다들 공통점 하나가 있었다.

좋은 녀석이라는 것.

그러니까 지금은 다 죽었을 터다.

좋은 사람은 살아남지 못한다.

이곳에 남은 것은 오직 심장이 멈춰버린 자들뿐.

라니가 가리킨 곳은 선수 대기실이었다. 한데 여러 가지 의미에서 평범하지 않았다. 대기실 앞 복도에 철제 캐비닛이 쌓여 있었다. 대기실 안에 있던 선수들의 사물함을 끄집어낸 것이다. 공간을 넓게 쓰고 싶었던 거 같다. 아니면 대기실에 막다른 길을 만들어서 끌려온 포로들이 도망갈 길을 막든가…….

안에서 들리는 소리에 귀를 기울이기 위해 문 옆에 섰다. 한데 문득 캐비닛 안에서 이상한 소리가 들려왔다. 덜컹, 덜컹. 그렇지. 포로를 저 안에 가뒀을 가능성도 있지. 조심스럽게 캐비닛의 구멍을 통해 안을 들여다봤다.

쾅!

캐비닛 안에 있던 것이 문을 두들겼다! 용이의 눈이 커졌다. 누군가가 있다. 하지만 사람은 아니다. 좀비다. 입에 재갈이 물린 좀비가 캐비닛 안에 갇혀 있었다.

"왜?"

이해가 가지 않는다. 복장으로 미루어보건대 자기네 패거리는 아니다. 포로를 잡다가 좀비로 만들어서 입을 막은 뒤 가둬둔 것이다. 왜? 왜 죽이지 않고? 혹시 이 캐비닛이 전부…….

환풍구를 발견한 건 그때였다. 쳐들어가서 다 죽여버리는 건 쉽다. 지금은 정보가 필요하다. 누굴 구해야 하는지 확인할 필요도 있었다.

방패를 캐비닛 사이에 숨겨놓고 환풍구 안으로 들어갔다. 소매 속에 숨겨진 단검이 소리를 내지 않도록 조심해서 기었다. 곧 대기실 내부를 볼 수 있는 위치에 도착했다. 안에선 상상보다 훨씬 이상한 일이 벌어지고 있었다. 수술실처럼 개조된 대기실 안, 정체불명의 무리가 좀비를 수술대 위에 묶어놓고 모종의 실험을 진행하고 있었다.

목소리는 잘 들리지 않았다. 대화도 많지 않았지만.

그러나 나이 많은 자가 금속제 서류가방을 여는 모습은 확실하게 보였다.

서류가방 안에서 나오는 파란색 약병.

젊은 자가 주사기에 약병의 파란 물질을 옮겼다.

그러곤 그 주사기를 수술대 위의 좀비에게 찔러 넣었다.

재갈 물린 좀비는 소리를 내지 못했다. 그러나 그의 발버둥이 점점 약해지는 건 확인할 수 있었다.

마침내 좀비의 발버둥이 완전히 멈췄다. 광기와 본능에 사로잡힌 눈빛은 당혹감과 공포의 시선으로 변해갔다.

"읍읍?" 재갈 아래에서 목소리가 나왔다.

나이 많은 쪽이 확신했다. 그는 즉시 허리춤에 있던 검으로 실험체의 심장을 찔렀다. 그걸 마지막으로, 그가 선언했다.

"성공이다. 치료제가 완성되었다."

용이의 머릿속이 새하얘졌다.

내 심장이 뛰는 동안 좋은 사람들은 다 죽었다.

그녀의 심장이 내 것을 대신해 뛰어주고 있다.

어느 누가 시간은 거꾸로 가지 못한다고 했는가?

저기에 과거로 가는 티켓이 있노라.

콰직! 환풍구 철창이 발길질에 뜯어졌다. 쿵! 용이가 대기실 한복판에 착지했다. 연구자들의 시선이 모였다. 이미 이것은 암살의 구도가 아니었다.

"내놔! 그건 희진이에게 필요해!"

"공격!" 나이 많은 자가 외쳤다. 주사기를 들었던 자가 덤벼왔다. 툭! 용이가 바닥에 있던 상자를 발로 밀었다. 윽! 덤벼들던 자가 상자에 다리가 걸리면서 앞으로 넘어졌다. 푹! 암살 단검이 넘어지는 자의 심장을 찔렀다. 자기 무게에 떠밀려 단검이 깊숙이 쑤시고 들어갔다.

"이런!" 두 번째 병사가 덤벼들었다. 용이는 한 발을 들어 자기 단검에 찔린 자의 몸을 걷어찼다. 단검이 뽑히면서 죽은 몸뚱이가 두 번째 병사를 향해 쓰러졌다. 아앗! 두 번째 병사의 시야가 동료의 주검에 가렸다. 용이는 시체를 방패 삼아 몸을 숨기면서 두 번째 남자의 옆구리에 단검을 꽂아 넣었다.

"네 이놈!" 역시나 나이 많은 자가 리더인 듯했다. 그에겐 귀하디 귀한 총이 있었다. 심지어 산탄총이었다. 저런 거라면 시체 두 구도 도움이 되지 못할 것이다. 심지어 용이에겐 지금 전경 방패도 없었다.

상관없다. 두 번째 남자에게 꽂혔던 단검을 뽑아 나이 많은 자의 얼굴 앞에 대고 휘둘렀다. 검이 닿을 필요는 없었다. 검에 묻은 피가 중요했다. 후두둑. 검에 묻었던 피가 나이 많은 자의 눈에 맞았다.

윽! 손은 반사적으로 방아쇠가 아닌 눈으로 향한다. 안타깝고 한심스러운 본능이여. 암살자는 그것에게 감사한다. 자신의 본능은 적이었으나 타인의 본능은 전우가 된다. 대기실에 있던 세 몸뚱이가 시체로 변하는 데 1분도 안 걸렸다. 다 본능 덕분이다.

"좋았어!" 용이가 서류가방 안에 있던 약병을 집어 들었다. 정말 아름답고 황홀한 파란색이다. 용이가 희진에게 건넬 첫 마디도 이와 비슷한 색일 것이다.

"됐어. 이제 됐어. 그 모든 인내가 드디어 결실을!"

펑!

대기실 벽이 폭발했다. 그의 몸이 허공을 날았다.

정신을 잃은 시간은 길지 않았다. 자동차 위로 떨어진 덕에 몸의 충격이 다소간 줄었다. 하지만 손에 있던 약병을 놓치고 말았다. 허겁지겁 주위를 둘러봤다. 자동차 근처에 깨진 약병이 굴러다니는 게 보였다.

"안 돼애애!"

엉금엉금 기어서 차에서 내려왔다. 충격이 가시질 않았지만, 지금 고통스러운 건 그쪽이 아니었다.

"제기랄! 안 돼! 안 된다고!"

용이의 목소리는 금세 소음에 묻혀버렸다. 쐐애액! 으아악! 화살 소리. 비명 소리. 부우웅! 이얏호! 자동차 소리. 백화점 패거리들이 흔히 내지르는 환호 소리.

주위를 둘러봤다. 백화점 패거리의 자랑거리인 개조 차량들이 경기장 안으로 밀고 들어오고 있었다. 용이가 일으킨 소동으로 지휘체계가 흐트러진 틈을 노리고 신나서 적들을 도륙하고 있었다. 방문자들은 황급히 달아나고 있었다.

"잠깐, 기다려!" 트럭에 올라타는 자들을 향해 손을 뻗었다. "치료제는 주고 가! 가진 건 두고 가라고!"

"여! 살아있었네!" 앳된 목소리에 어울리지 않는 경박한 톤은 쉽게 잊히지 않는다. 라니다. 우비 주머니에 손을 꽂은 채, 전쟁터가 된 경기장이 쇼핑센터 한복판이라도 되는 양 우뚝 서서 용이를 바라보고 있었다.

상황 파악이 먼저였다. "이게 무슨 일이지?"

어깨를 으쓱 들어 보였다. "뭐긴. 분위기가 딱 좋길래 백화점에 구조 신호부터 보냈지. 덕분에 살았지? 고마우면 누나라고 불러도 좋아."

대꾸하기도 피곤했다. 그보다 치료제가 우선이었다. 빠르게 주위를 둘러봤다. 하나하나 붙잡는 건 의미 없다. 핵심적인 인물이 있을 것이다. 자신의 계급을 증명할 것을 착용한 자. 가장 화려한 자. 아니면 가장 강력한 무기를 지닌 자라든가.

문득, 2층으로 개조된 거대한 차량 한 대가 경기장 밖으로 가로질러 가는 게 보였다. 그 꼭대기에 괴한이 장승처럼 서 있었다. 별로 추운 날씨도 아닌데 목도리를 코까지 두른 남자였다. 직감이 뇌리를 스쳤다. 저놈이다.

"으랴아!" 제일 가까운 천막 위로 한달음에 올라갔다. 천막의 탄성을 이용해 있는 힘껏 뛰어올랐다. 2층 차량이 코앞을 지날 때, 문짝에 용접해붙인 발리스타에 매달렸다. 단검은 닿지 않지만 목소리는 닿았다. 목도리 괴한에게 외쳤다.

"멈춰, 이 자식아! 치료제 내놔아!"

아주 짧게, 그자와 용이의 시선이 마주쳤다. 지하철역 앞에서 따라붙는 잡상인이라도 내려다보는 듯한 눈빛이었다. 그자가 지휘봉처럼 생긴 막대기를 들었다. 찰싹! 그걸로 용이의 얼굴을 후려쳤다. 용이는 이를 악물고 버텼다. 남자가 다시 막대기를 휘둘렀다. 덥석! 이번엔 잡는 데 성공했다!

자신의 막대기를 잡아채자 남자가 당황한 거 같다. 그의 눈이 살짝 커졌다.

그 틈을 놓치지 않았다. 용이가 막대기를 힘껏 당겼다. 남자의 상체가 용이 쪽으로 끌려왔다. 잽싸게, 막대기를 놓고 단검을 휘둘렀다. 슉! 얕았다! 단검 끝이 간신히 남자의 뺨을 스쳤다. 짧지만 진한 흉터가 그의 얼굴에 남겨졌다.

그게 성질을 건드린 모양이다. 퍽! 남자의 주먹이 용이의 얼굴에 내다 꽂혔다. 우당탕! 용이의 몸이 차량에서 굴러떨어졌다. 차의 속도가 꽤 빨랐는지 그의 몸이 한참을 땅에서 굴렀다.

끄으으으. 온몸이 흙먼지 범벅이 된 뒤에 간신히 고개를 들었다. 이미 그는 경기장 밖이었다. 저 멀리 떠나가는 차들의 윤곽이 빠르게 작아졌다. 쾅! 분노에 못 이겨 주먹으로 땅을 내리쳤다. 쾅! 반성의 의미로 가슴을 두들겼다. 몸을 뒤집어 하늘을 올려다봤다. 서서히 날이 밝고 있었다. 밤이 끝나고 있었다.

밤이 끝나고 찾아오는 것은, 이제 시작될 긴 낮의 예고였다.

경기장은 수복되었다. 다시 도시는 백화점 패거리의 것이 되었다. 살아남은 잔당은 없었다. 부상자라도 남아 있어야 정상인데, 침입자 중에 남은 자가 하나도 없었다. 그쪽에서 제거하고 떠났다고 생각하는 게 자연스러웠다. 굉장히 독특한 상황이다. 하지만 백화점 패거리는 별로 신경 쓰지 않았다. 그들이 두고 간 자원을 챙겼다고 신나서 파티를 벌이며 낮술을 따를 뿐이었다.

용이는 방패를 찾자마자 학교로 돌아가 잤다. 한나절, 신경이 곤두선 상태에서 잠 같지도 않은 잠을 자며 휴식을 취했다. 준비가 되었다고 판단되었을 때, 다시 백화점을 찾아갔다.

쾅! 점장의 책상 위에 깨진 약병을 올려놓았다. 내용물은 남지 않았지만 병의 안쪽 면에 파란색 흔적은 남아 있었다.

"치료제입니다. 놈들에게 감염자를 되살려낼 치료제가 있습니다. 쫓아가야 합니다."

너무 갑작스러운 이야기였다. 점장과 팀장이 한차례 서로를 바라봤다.

"증거는 없는 거군." 점장이 선글라스를 콧잔등에서 밀어 올렸다. "그몇 방울 남은 걸로 효과가 나타나는 게 아니라면 말이야."

팀장은 긍정적인 편이었다. "그래도 사실이라면 여러 가지가 설명되는데요. 우리 애들은 피험체로 쓰인 거죠. 라니는 너무 어려서 유의미한 결과가 안 나오니까 남겨진 거고요."

용이가 못을 박았다. "전 놈들의 통솔자를 직접 보았습니다. 놈도 저를 봤고요. 차를 타고 이동한 덕분에 타이어 흔적이 고스란히 남아 있습니다. 어차피 애들 우르르 보내기 부담스러우시죠? 물자만 충분히 주신다면 제가 가겠습니다. 딱 한 병만 있어도 이 근방의 왕이 되실 수 있을 겁니다. 잃기만 하는 투자는 아닐걸요."

크흠. 점장이 헛기침을 했다. 비록 심드렁한 표정이지만 많은 생각을 하는 눈치였다. 용이는 별로 마음 졸이지 않았다. 점장이 이전부터 세력 확장을 노리고 있었다는 건 익히 알았다. 거절진 않을 것이다. 중요한 건 차 한 대, 총 한 정이라도 더 뜯어낼 수 있느냐는 거였다.

점장의 입에서 나온 말은 용이의 예측을 훌쩍 넘어가 있었다.

"가는 길엔 좀비도 많겠지? 고딩이 산 건 잘 죽여도 좀비 상대론 좀 구리잖아. 비상벨 하나 붙여줄게. 고라니 데려가."

"고라니?" 고기 도시락 싸준단 얘기가 아니란 건 확실했다.

"라니말이야, 라니. 경기장에서 만났다며?"

그래. 치료제 들고 튀지 않나 감시역 정도 붙일 수는 있겠지. 그런데 하필 그 꼬맹이라니!

"아니, 그 애는 좀……."

"거절할 거 없어. 라니가 운전 잘하거든. 총은 못 주지만 보급품은 섭섭하지 않게 챙겨줄게. 그럼 되겠지?"

협상은 타이밍이다. 용이는 거절할 타이밍을 놓쳤다. 모든 여행의 시작점엔 삐걱거림이 있다. 용이는 이걸로 충분하길 바랄 뿐이었다.

준비는 이틀째 되는 날 끝났다. 용이는 사실상 학교에 있던 짐을 전부 챙겼다. 별로 많지도 않았다. 모범적인 학생은 불필요한 것을 가방에 넣고 다니지 않는 법. 그러나 소중한 모든 것을 챙길 순 없었다. 지하 창고로 향했다. 작별 인사를 해야 했다. 철문 앞에 섰다. 구멍은 열지 않았다. 지금은 그녀를 대면하고 싶지 않았다. 그녀를 다시 마주한다면, 치료제가 손에 들려 있을 때일 것이다.

"어……."

다녀올게. 이번엔 오래 걸릴 거야. 건강하게 있어. 꼭 다시 사람으로 되돌려줄게.

"어어……."

그러고 나서 진정으로 고백할게. 너를 되찾고, 원래의 삶을 되찾고, 우리의 학창 시절을 되찾고 나면, 그때 비로소 나의 사랑을 고백할게. 다시 뛰는 너의 심장에게. 더는 미워하지 않아도 될 나의 심장에게.

"야! 빨랑 나와!" 빵! 빵! 라니가 경적을 울렸다. "뭐 하는데 날밤을 새워? 성인잡지라도 챙겨?"

분위기 초치는 천둥벌거숭이를 향한 살의가 피어오른다. 액땜이라고 여기는 것도 한계가 있지.

학교를 나왔다. 잠그지 않은 문이 있는지 다시 확인한 뒤, 차에 올라탔다. 점장이 준 차는 회색 픽업트럭. 백화점의 개조차량들 같은 무기는 달려 있지 않지만 보급품으로 가득한 짐칸과 우렁찬 엔진 소리는 충분히 믿음직했다.

탕탕! 운전석에서 라니가 차문을 손으로 두드렸다. "아따, 교복 빳빳한 거 보소! 누가 보면 수학여행이라도 가는 줄 알겠네!"

그래, 이것은 수학여행이다.

나는 아직 학생이고, 우리는 학교에서 출발하므로.

부르릉! 그렇게 용이는 출발했다. 저 바퀴 자국이 향하는 방향으로. 그의 행복했던 과거를 되찾을 유일한 장소, 미래가 있는 곳으로.

심장이 뛰는 그대에게로.

2화

짐칸에 물자를 가득 실은 픽업트럭이 도로를 달린다. 덜컹덜컹 차체가 흔들리는 것은 운전이 미숙해서가 아니라 종말 이래 정비되지 못한 아스팔트가 엉망으로 갈라져 있었기 때문이다. 꽤 오래전부터 포장도로를 달리는 것이 비포장도로를 달리는 것보다 나을 바가 없었다. 그럼에도 운전대를 잡은 라니를 흘겨보는 용이의 시선은 명백하게 불만의 메시지를 담고 있었다.

덜컹! 상당히 큰 턱을 넘으면서 차체가 심하게 흔들렸다. 그 바람에 조수석 글로브 박스가 덜컹 열리면서 용이 무릎에 상한 빵조각이 떨어졌다. 용이는 빵조각을 창밖으로 던지면서 우회적으로 쏘아붙였다.

"제대로 가고 있는 거 맞아? 이런 길로 갈 거라면 차라리 임야를 가로질러 달리는 게 나을 거 같은데."

라니가 고개를 획 돌렸다. "뭐? 방향? 너, 지도 안 보고 있었어?"

"아니, 애당초 너가 멋대로 직진하고…… 앞을 봐! 가드레일, 가드레일!"

부웅! 라니가 급하게 핸들을 꺾는 바람에 용이가 차창에 머리를 박았다. 라니는 그 모습을 보며 여유롭게 낄낄거렸다.

"농담이야, 농담! 지도는 필요 없어. 놈들이 향하는 방향을 파악하고 왔으니까, 나침반만 따라가면 돼. 왜? 쫄았어? 쫄았어?"

지난 5년간 용이의 인간관계란 의뢰에 대한 용건만 나누거나 대화가 길어지기 전에 찔러 죽이는 두 가지 유형으로 한정되어 있었다. 이런 대화는 익숙지 않았다. 솔직히, 학창 시절 전체를 포함해서 용이는 별로 대화를 좋아하는 사람이 아니었다.

그래도 인내심엔 한계가 있는 법이다. 끼익! 하고 차가 급정지하자 당장 삿대질이라도 할 기세로 라니를 노려봤다.

"쉿."

용이의 입에서 말이 나올 걸 알기라도 했는지, 별안간 라니가 손가락을 들어올렸다. "조용히."

그제야 용이는 라니가 이유 없이 브레이크를 밟은 게 아니라는 걸 눈치챘다. 잠자코 라니가 눈을 지그시 감은 채 귀를 쫑긋거리는 걸 바라봤다. 이내 그녀가 국도 옆 숲을 가리키며 말했다.

"사람들이 무언가에게 쫓기고 있어. 하지만 좀비는 아니야. 적어도 쫓기는 쪽은 총이 없는 거 같아."

"볼수록 굉장한 청력이군. 그런 건 어디서 배운 거야?"

"타고난 것도 있고, 점장님이 가르쳐준 것도 있고."

"점장이? 너에게? 왜?"

"멀어진다. 지금 쫓지 않으면 놓칠 거야. 어떻게 할래? 무시하고 전진?"

별로 고민할 만한 질문은 아니었다. 전경 방패와 책가방을 등에 메고 차에서 내렸다.

라니를 따라 숲으로 들어갔다. 거리가 가까워지면서 서서히 추적자의 윤곽이 그려졌다. 들개다. 나무 위로 올라간 사람들을 들개들이 포위한 채 으르렁거리는 소리가 용이 귀에도 들렸다.

종말 이전, 인간이 무서워해야 할 야생동물이라곤 밭을 망치는 멧돼지, 로드킬을 일으키는 고라니 정도였다. 하지만 세상이 망하고 인간이 먹이 피라미드의 정점에서 내려오면서부터 하나둘 사람을 무서워하지 않는 동물이 늘어났다. 들리는 바에 의하면 예전에 동물원이 있던 곳 주위에선 호랑이나 곰 같은 맹수도 곧잘 보인다고 한다. 할리우드 영화에 나오는 주인공이라면 총질 몇 방으로 이 문제를 해결하겠지만, 안타깝게도 여긴 한때 총기가 금지되었던 나라다.

조심스럽게 수풀에 숨어서 상황을 분석했다. 용이가 나무 위의 사람들을 가리켰다.

"봐. 야구모자다."

"호오."

라니도 알아봤다. 네 사람이 모두 야구모자를 쓰고 있다. 둘의 기억이 맞다면 경기장에서 치료제를 만들던 자들 중 적지 않은 수가 야구모자를 쓰고 있었다. 백화점의 벨벳 조끼처럼 저들에겐 야구모자가 드레스코드인 것이다. 제대로 찾아왔다.

용이가 빠르게 작전을 짰다.

"들개들이 처리하는 걸 기다린 다음에 살아남은 놈을 족칠까?"

"그것도 좋겠지만……."

라니가 회심의 미소를 지으며 수풀에서 나갔다. 그녀가 들개들 앞으로 가더니, 별안간 무릎을 굽히면서 손뼉을 치기 시작하는 것이었다.

"이리 온! 쯧쯧쯧! 내가 키워줄게! 이리 와봐, 멍멍아!"

컹컹컹! 라니를 발견한 들개 하나가 침을 질질 흘리며 달려왔다. 보고

만 있을 수 없던 용이가 앞으로 나서서 방패로 들개를 막았다.

퍽! 방패에 부딪친 들개가 멀리 나가떨어졌다. 용이가 라니에게 버럭 소리를 질렀다.

"뭐 하는 짓이야?"

라니도 당황한 표정인 걸 보니 고의로 친 장난은 아닌 듯했다. "종말 이전엔 전투용도 아닌 개를 데려다 키웠다면서? 원래 이렇게 길들이기 어려운 거야?"

"그건 반려용 소형견 얘기고! 아니, 어떻게 그런 걸 몰라?"

"그야…… 어이, 온다!"

다른 들개도 달려들었다. 콰직! 들개의 이빨이 용이의 팔을 물었다. 그러나 용이의 표정엔 변함이 없었다. 교복 소매 안쪽엔 장치 단검이 숨겨져 있으니까. 들개의 이빨 정도론 흠집을 낼 수 없었을 것이다.

용이는 기회를 놓치지 않았다.

푹! 들개가 뚫리지도 않는 왼팔에 집중하는 동안 오른팔의 단검으로 심장을 뚫었다.

한 발 더 나갔다. 뚜두둑! 일부러 죽은 개의 주둥이를 붙잡고 비틀어버렸다. 그러곤 엉망이 된 시체를 있는 힘껏 들개 무리 사이에 패대기쳤다.

마지막으로, 얼어붙은 시선으로 들개들을 내려다봤다. 공포와 감정 따위 썩은 심장과 함께 학교 교정 어딘가에 묻고 온 자의 시선으로.

깨갱! 상대가 먹잇감이 아니라는 걸 본능적으로 깨달았는지 들개들이 달아나버렸다. 그 모습을 본 라니가 휘파람을 불어 환호했다.

"죽이는데! 공포 전술이라! 그래야 폐교의 고딩이지!"

용이가 이빨에 찢어진 소매를 짜증스러운 시선으로 내려다보며 말했다.

"거지 같은 것들이 감히 내 교복을…… 다시 걸리면 싸그리 잡아먹을 테다."

짝짝짝! 박수 소리는 나무 위에서 들려왔다. 야구모자를 비스듬히 쓴 짧은 머리의 여자가 제일 먼저 내려왔다. 거구까진 아니어도 제법 근육이 있는 몸이었는데, 박수를 치며 거드름 피우는 모습이 누가 누굴 구해준 건지 헷갈릴 지경이었다.

"멋진 솜씨군! 평범한 생존자는 아닌 거 같고, 이 근방의 용병인가? 원정대 분대장의 권한하에, 셸터를 위해 봉사할 영광을 주지!"

셸터.

용이와 라니가 시선을 나눴다. 강 서쪽의 패자가 백화점이라면, 셸터는 강 동쪽에서 가장 강력한 영향력을 행사하는 생존자 조직이었다. 그런 자들이 어째서 이 머나먼 강 서쪽까지 와서 인체 실험을 했을까? 어쨌든 논리적으로 생각해봐도 좀비 치료제를 만들 수 있을 만한 인프라를 가진 조직이라면 역시 그들뿐이었다. 그리고 용이와 라니가 그 사실을 알게 되었을 때 어떤 행동을 취해야 할지는, 일련의 토론을 거치지 않아도 눈빛만으로 정할 수 있었다. 둘 다 그 정도 짬밥은 있는 생존자였다.

"다행히 부상자는 없는 거 같군요. 저쪽에 저희 차량이 있습니다. 물자는 충분하니 안전한 곳에서 천천히 얘기를 나눌까요?"

"하하! 말이 통하는군! 셸터로 돌아가면 당신들에 대해 좋게 말해주지!"

분대장이란 여자는 용이의 공손한 말에 턱관절의 나사가 풀린 듯 호탕한 웃음을 터뜨렸다. 라니는 다른 세 사람의 불편한 시선을 확인하는 것도 잊지 않았다.

숲을 나오면서 자연스럽게 장작을 모아왔다. 아스팔트 위에 모닥불을 피우고 제일 상하기 쉬운 식량을 구웠다. 용이는 들개 통구이가 살짝 당겼지만 고기 손질할 생각을 하니 아득해서 입을 다물었다.

형무라는 남자가 먼저 나서서 물 끓이는 걸 도왔다. 용이 또래지만 분대에선 제일 젊은 축에 속했다.

"너가 운전을 했다고? 액셀에 다리는 닿아?"

라니가 운전자였다는 말을 듣자 보인 반응이었다. 라니는 뭐가 대수냐는 듯이 어깨를 으쓱였다.

"열정과 인내, 그리고 꼼수가 있다면 이 세상 대부분의 문제는 해결되지."

"하지만 넌 어린애잖아? 면허는 있어?"

"면허가 뭔데?"

형무가 말을 잃었다. 그제야 라니는 자기 설명이 부족했음을 깨닫고 이마를 탁 쳤다.

"그러니까, 난 고아원 출신인데다가 인생 대부분을 종말 시대에 살았거든. 내 이름을 쓸 줄 알기 시작했을 땐 이미 문명이란 게 남아 있지 않았달까? 그래서 종말 이전 상식은 잘 몰라. 그래도 언젠가 개는 키워보고 싶어."

"어쩜 불쌍해라!" 미나는 안경을 쓰고 활을 멘 여자였는데, 물러터진 언행에서 좀비 시대에 걸맞지 않은 젖비린내가 진동을 했다. 용이보다도 나이가 많은 편이었는데도 그 정도였다.

한편, 용이는 분대장과 제일 나이 많은 아저씨를 상대했다. 세 사람이 근방의 지도를 가운데에 두고 둘러앉아 있었다. 대화가 이어지는 동안에도 용이는 교복 재킷을 벗어 뜯어진 소매를 수선했다. 세상이 망하고 교복은 생산이 중단되었지만 학생은 언제나 단정한 모습을 갖추어야 한다는 믿음엔 변함이 없었다.

"셸터는 문명! 셸터는 인간성! 셸터를 돕는 일은 곧 멸망한 세상을 구하는 것!" 분대장의 쩌렁쩌렁한 목소리는 마치 듣는 좀비 있으면 와서 뜯어 먹어달라는 게 아닐까 싶을 정도였다. "우리 원정대는 총대장의 지시하에 중대한 임무를 수행하고자 강 서쪽까지 넘어온 것이지. 본대가 숲 너머에서 야영중인데, 우리 분대가 정찰을 돌던 중 들개의 습격을 받아서 이렇게 된 거야."

시선은 바늘과 실에 고정한 채 물었다. "무려 셸터의 병사라면서 들개도 제압을 못 하다니. 무슨 문제가 있었습니까?"

쳇. "원거리 전투 담당이 워낙 얼빠진 녀석이라 야영지에 화살을 죄다 두고 왔다더군. 부하를 잘못 만나서 나만 고생이지!"

분대장은 노골적으로 미나 쪽을 노려보았다. 당사자더러 들으라는 듯이 떠드는 소리였다. 그러자 미나라는 여자는 잔뜩 위축되어 시선을 내리깔았고, 반면에 형무는 지긋지긋하다는 듯이 눈을 굴렸다. 분대고 동료라고는 하지만 어차피 상부에서 정해준 멤버일 뿐 그리 막역한 사이는 아니라는 걸 짐작할 수 있었다.

슬쩍 아저씨 쪽의 눈치를 살폈다. 야구모자로 탈모를 가린 중년의 남자는 묵묵히 육포를 뜯으며 용이를 응시할 뿐이었다. 그다지 적대적인 시선은 아니라는 직감이 있어서 눈여겨보지 않았다.

질문을 바꿨다. "강 서쪽까지 와서 해결해야 할 임무가 무엇입니까? 아무리 셸터라도 대규모 물자를 동반해 강을 건너는 건 보통 일이 아닐 텐데요."

"그건, 그건 말이지……."

분대장의 목소리가 티 나게 잦아들었다. 동시에 여자의 얼굴에 홍조가 떠올랐다. 용이는 이런 사람들을 잘 알았다. '난 하수인일 뿐이고 사실은 뭐가 어떻게 굴러가는지 잘 몰라'라고 대답하느니 정직함이나 품위를 팔 아먹는 걸 선호하는 종류의 사람들. 문득 학교 상담 교사의 얼굴이 떠올 랐다. 그자의 심장을 뚫는 칼의 감촉과 함께.

분대장의 대답이 늦어질수록 그녀의 얼굴은 점점 터질 듯이 붉어졌다. 보다 못한 아저씨가 끼어들었다.

"극비사항이야. 미안하지만 외부인에게 알려줄 순 없어. 도와준 사람 에게 할 말은 아니지만 이쪽도 사정이 있으니 양해해주게나."

남자는 분대장의 입장을 대변해주려던 것일 터이다. 그러나 분대장 은 아랫사람에게 도움을 받았다는 사실에서 감사보단 모독감을 느끼는 쪽이었다. 그녀가 자기보다 훨씬 나이 많은 남자를 향해 버럭 소리를 질 렀다.

"내가 먼저 대답하려던 거였어! 극비를 극비라고 말하면 그것도 정보 유출이야!"

아저씨는 예상한 반응이었는지 잠자코 분대장의 분탕질을 삼켰다. 오 히려 거기에 반응한 건 라니 쪽에 있던 형무였다.

"분대장님, 흥분하지 마십쇼. 아버진 잘못이 없잖아요?"

형무와 부자관계였군. 분대장은 질세라 목청을 높였다.

"뭐야? 그럼 누구 잘못이라는 거야!"

"싸우면 안 돼요, 여러분! 우린 한 팀이잖아요!"

"화살도 안 챙기는 머저리는 닥쳐!"

금세 분위기는 난장판이 되었다. 말다툼을 하는 형무와 분대장, 그들을 말리는 미나. 아저씨는 거기에 낄 생각이 없다는 듯이 조용히 수통의 물을 들이켰다. 좀비 시대에 가장 소중한 것을 운반하는 위험천만한 임무를 맡았지만, 사소한 예의 문제로 쥐어뜯고 싸우는 자들. 그들을 보자 용이는 문득 종말 초기의 환란이 떠올랐다.

진정한 파국은 용이가 폐교에 자리잡은 이후부터 시작되었다. 터무니없는 속도로 전파되는 바이러스는 불과 몇 주 만에 전 세계 거대 도시들을 함락시켰다. 그래도 첫 1년 동안은 조금씩 희망의 그림자가 보였다. 살아남은 임시 정부들이 연계하고, 과감한 핵미사일 투하가 이어졌다. 뜬소문이긴 해도 좀비 바이러스 백신이 만들어졌다는 얘기도 돌았다. 그때까지만 해도 아직 많은 사람이 마지막 인간성을 지키려는 의지가 있었다. 혹시나 법과 질서가 돌아왔을 때 나만은 지켜야 할 것을 지켰다고 자부하고 싶어하는 사람들이 남아 있었다.

정확히 뭐가 계기였는지는 모르겠다. 장마인지 태풍인지 날씨가 상당히 안 좋은 시기였던 것만 기억한다. 먹구름과 함께 사람들이 하나둘 이전의 세상이 돌아올 거라는 희망을 버리기 시작했다. 임시 정부들이 얼마 남지 않은 자원을 두고 싸우기 시작하고, 그나마 유지되던 통신 위성들이 점점 두절되었다. 한국에서도 내분이 벌어졌다. 북한과 남한? 젊은 계층과 기득권 세력? 부먹과 찍먹? 통신이 막히고 물류가 멈추니 누가 누구랑 싸우고 있는지도 알 수 없는 형국이 되었다. 그저 좀비라는 거역할 수 없는 거대한 어둠 아래에서 빛을 찾길 포기한 자들이 서로 쥐어뜯다가 영원히 가라앉고 있을 뿐이었다.

용이가 태풍에 깨진 학교 유리를 전부 보수했을 때쯤, 강 유역 지역을 제외하곤 생존자가 없다는 소문이 들려왔다.

그리고 백화점이 나타났다. 점장과 그 무리들이 무너진 체제의 빈 자리를 대신했다.

야만과 힘의 시대가 왔다.

마지막 심장소리가 멈췄다.

"너, 용이지?"

아얏. 소매를 꿰매던 바늘이 용이의 손가락을 찔렀다. 용이는 놀란 티를 내지 않으려고 노력하며 중년의 남자를 바라봤다.

아는 얼굴인가?

대답은 남자 쪽에서 나왔다.

"기억 안 나니? 나, 형식이다. 약국 아저씨다. 너희 아버지와 협업하던 약국 말이야."

아주 잠깐, 심장 소리가 들린 거 같은 착각이 들었다.

착각이다.

내 심장은 죽었어.

용이가 경직된 목소리로 말했다. "기억나요. 세상이 망하던 날 보고 5년 만이네요."

5년. 모든 것이 변한 시간이다.

형식의 부모는 실종되고 아내는 죽었으며 밝고 성실했던 아들의 장점이 성실한 것만 남은 시간이었다. 그런데 눈앞의 남자는 5년 전 모습 그대로였다. 아니, 오히려 그보다 더 과거로 돌아간 모습이었다. 수염 한 올 없는 얼굴에 반듯한 교복. 소중한 것을 잃은 많은 이가 기존의 모습을 버리고 광기에 몸을 맡기는 걸 수도 없이 봤다. 그러나 이자는 뭔가 좀 달랐다. 무엇보다 제일 먼저 떠오르는 질문은 이것이었다. 신경안정제를 지속적으로 공급받을 수 없는 이 시대에, 공황 증상 때문에 말도 잘 못하던 소심한 학생이 어떻게 교복 입은 도살자로 거듭났는가?

"우리 가족은 셸터에 발견된 덕에 살아남았단다. 넌 어떻게 지냈니?"

"저요?" 바느질하는 손은 멈추지 않았다. "국영수 위주로 학교 공부에 집중했죠."

비꼬는 게 아니라 정말로 머릿속에 녹음된 소리가 재생되어 흘러나오는 듯한 대답이다. 형식이 피식 웃었다. 그는 그 대답에 만족했다.

"들개를 찢어죽이던 모습은 보통이 아니더구나. 용병으로 살아남으려면 거칠게 살 수밖에 없었겠지. 하지만 언제까지고 그럴 필요는 없다. 우리와 함께 셸터로 가자꾸나. 미나를 봐. 화단에서 꽃만 꺾어도 눈물을 글썽이는 녀석이지만, 셸터는 그런 자들도 살 길을 마련해줘. 너 정도 실력이면 더더욱 대우받을 거다. 한번 고려해보겠니?"

용이는 침묵했다. 별로 형식의 말에 집중하고 있지 않았다. 수선이 끝난 재킷을 입어 단 길이를 확인했다. 그러곤 살짝 시선을 돌려 라니를 바라봤다. 역시나 이쪽을 바라보고 있다. 분대장과 형무의 말다툼 한가운데 있으면서도 용이와 형식의 대화를 듣고 있었다.

걱정 마라, 치료제를 포기할 생각은 추호도 없다, 고 말하고 싶었지만, 지금으로선 전달할 방법이 없었다. 그저 라니 못지않은 날카롭고 차가운 시선으로 무언의 대답을 건넬 뿐이었다.

다툼의 열기가 식었을 때쯤, 숲 건너편에 있는 야영지로 향했다. 차는 두고 갔다. 숲을 가로지를 때 쓰기 힘든 것도 있었지만, 혹시나 야영지의 본대가 분대장 이상으로 거만한 자들일 경우 차를 압수당할지도 모른다는 계산이 포함되어 있었다.

분대장을 포함한 네 사람이 앞서 걷는 동안 용이와 라니가 조용히 꽁무니를 쫓았다. 이번에야말로 용이가 라니에게 의사를 전달했다.

"하수인들은 존재도 모를 정도로 치료제를 관리하고 있다. 셸터 밑으로 들어가면 필시 간부라도 되지 않는 이상 혜택을 받기 어려울 거야. 타협할 수 없는 조건이다. 내가 백화점을 배신할 일은 없으니 걱정 마라."

"왜 그렇게까지 치료제가 필요한데?"

"소중한 사람이 좀비가 되어 있어. 그녀를 치료해주고 싶어."

"누가? 뭐? 폐교에? 진짜?"

백화점은 모르고 있나 보군. 용이가 상의를 살짝 올려 옆구리의 흉터를 보여줬다. 짧게 깎은 손톱으로 어거지로 긁어대는 바람에 생긴 뭉툭한 세 줄기 흉터 자국이다.

"희진이라고, 고등학교 때부터 좋아하던 여자애야. 그녀 덕에 지난 5년간 살아야 할 의지를 굳힐 수 있었어. 초기엔 어떻게 다뤄야 할지 몰라서 이렇게 긁힌 적도 있지만, 요즘은 나도 많이 적응했거든. 하지만 여기까지야. 치료제만 찾으면 희진이에게 삶을 되찾아줄 수 있어. 이 모든 노력의 결실을 볼 수 있어."

"미쳤구만." 라니가 용이의 행동을 간략하게 요약했다. "타액이 아니면 감염은 안 되겠지만, 그래도 미쳤어."

"불만인가?"

"천만에. 지금은 종말 시대고, 난 백화점에서 자랐어. 미친놈이 강한 놈보다 오래 살아남는 건 흔한 일이지. 그 여자의 사랑 덕에 네가 내 목숨을 살린다면 납치범이든 스토커든 난 관심 없어."

"사랑…….."

별로 생각해보지 않은 단어였다. 용이는 희진이를 사랑했다. 그런데 희진이도 나를 사랑할까?

그럴 리가 없지.

난 심장이 멈춘 산송장.

그녀가 제정신이라면 산송장을 사랑하진 않겠지.

"도착이다!"

앞서가던 형무가 외쳤다. 숲이 끝나는 곳엔 고속도로가 있었고 멀리엔 휴게소 간판이 보였다. 필시 버려진 휴게소를 야영지로 쓰는 것이리라. 한데, 눈앞에 펼쳐진 기괴한 광경이 용이와 라니의 시선을 끌었다. 숲의 끝자락부터 해서 휴게소 인근까지, 그 일대에 수백 개의 마네킹이 꼼짝 않고 서 있는 것이었다.

아니, 마네킹이 아니다. 라니가 제일 먼저 알아봤다.

"고치! 고치가 있잖아?"

"고치?"

점장의 수많은 의뢰를 받으며 다양한 살인 경험을 쌓아온 용이지만, 행동반경이 백화점에서 멀리 떨어지지 않은 데다가 좀비보단 사람을 죽일 일이 많았다. 그러다 보니 전문 용어에 대해선 물정이 어두운 면도 있었다. 종말 이전엔 컴퓨터 의자에만 앉아 있어도 지구 반대편의 유행어를 알 수 있지만, 지금은 학교 담장을 넘지 않으면 해가 어느 쪽으로 지는지도 알 수 없는 시대다.

설명은 라니 몫이었다. "좀비가 물어뜯을 인간을 못 찾은 상태에서 오랫동안 수분 공급을 못하면 저렇게 말라서 굳어버려. 일거리가 없을 땐 에너지를 아껴서 하나라도 더 많은 인간을 최대한 오래 감염시키려는 본능이겠지."

굳었다는 표현은 조금 과소평가된 걸지도 모른다. 딱 봐도 피부의 색과 질감이 생물이라기보단 암석에 가깝다는 느낌이 들었다.

"고치…… 번데기라기보단 동면에 가까워 보이는데. 어쨌든 위험하진 않은 거지?"

"누가 일부러 물을 공급해주지 않는 한, 자력으론 다시 못 움직여. 하긴 최근에 이 부근엔 비가 안 내렸지? 이런 곳에 야영지라니 보통 발상이 아닌걸!"

아니지. 치료제를 가진 자라면 오히려 고치들 한복판만큼 안전한 곳도 없겠지. 용이는 분대 4인방을 따라 고치떼 사이를 가로질러 가면서 단검으로 하나씩 쿡쿡 찔러봤다. 간신히 흠집이 날 정도다. 원본이 인간이라는 걸 믿을 수 없을 정도로 단단했다.

"그냥 말랐다고 할 만한 수준이 아닌데. 원래 좀비들에게 이런 돌연변이가 자주 생겨?"

"가끔? 나도 직접 본 건 몇 종류 안 돼."

"움직이지 못하는 게 다행이군. 지금 내 무장으론 이 피부를 뚫을 방법이……."

까아악! 외마디 비명이 일행의 주목을 끌었다. 미나였다. 휴게소에 도달한 미나의 얼굴이 창백해져 있었다. 아니, 그녀만이 아니었다. 형식과 형무도 휴게소 안의 야영지를 보고 겁에 질린 표정이었다. 그도 그

럴 것이, 야영지는 명백히 누군가의 습격을 받은 것처럼 난장판이 되어
있었다.

냄비가 넘어져 꺼진 모닥불을 보면서 라니가 중얼거렸다.

"불을 무서워하지 않았군. 좀비가 아니야. 계획된 습격이다."

용이도 주위를 둘러봤다. 핏자국과 부러진 무기들이 눈에 들어온다.
그래서인지 더더욱 납득할 수 없는 게 있었다. 야영지에 있던 원정대 멤
버는 수십 단위였던 걸로 보인다. 습격이라곤 해도 그들을 일망타진했을
정도라면 꽤 큰 전투가 있었을 것이다.

그런데 왜 시체가 한 구도 없지?

그리고 왜 분대장, 저 여자는 은근슬쩍 안도한 얼굴이지?

그때였다.

푸슉! 어디선가 날아온 다트가 분대장의 어깨에 박혔다. 분대장은 무
슨 일인지 파악할 틈도 없이 온몸에 힘이 스스륵 풀리더니 바닥에 쓰러
져버렸다. 그제야 라니가 외쳤다.

"매복이다! 엄폐해!"

덜컹! 휴게소 식탁을 넘어뜨려 엄폐물을 만든다. 형식도 형무도 황급
히 몸을 숨겼지만 적의 위치를 모르다 보니 금세 마취 다트에 맞아 쓰러
지고 말았다. 남은 건 용이와 라니 그리고 미나뿐이었다.

"야! 이런 걸 들었어야지!"

용이의 비난에 바로 라니가 언성을 높였다. "가만히 숨어 있는 걸 무슨
수로 들어? 내가 무슨 만능 레이더라도 되는 줄 알아?"

그 와중에 미나는 비명만 질러댈 뿐이었다. "우린 다 끝났어! 다 죽을
거야, 으아앙!"

"그래, 넌 궁수였지? 응전해! 야영지에 화살 있댔지? 어디 있어?"

라니의 추궁에 미나는 징징거림을 멈추고 보급품 상자를 끌어당겼다.

"화살은 아직 못 찾았고, 어디보자…… 셸터 규범집이랑…… 안경 상 자랑…… 연막탄이랑……."

"연막탄!" 라니가 용이에게 고개를 돌렸다. "고딩! 연막이 터지는 동 안 놈들 갈아버릴 수 있어? 그동안 내가 화살을 확보할게!"

용이가 책가방에서 방독면을 꺼냈다. "팀플레이는 별로지만, 타협을 거절할 상황은 아니군."

공격! 라니의 신호가 떨어졌다. 미나가 힘차게 연막탄을 던지고, 용이 가 가벼운 몸놀림으로 엄폐물을 넘어 연막탄 방향으로 달렸다. 측면은 전경 방패로 막으면서 몸을 낮춰 습격자를 향해 달려갔다. 계산대 너머 에서 바람총을 들고 있는 자가 돌진해오는 용이의 기세에 놀라 손을 떨 고 있었다.

찰나의 틈에, 다트 하나가 용이의 머리카락을 스치고 지나갔다.

찰나의 틈에, 단검이 그자의 목덜미를 그어버렸다.

찰나의 틈에, 뒤에서 다트가 달아와 용이 허벅지에 꽂혔다.

"어?"

허무하게 당했다. 연막이 터지지 않았다. 불발인가? 아래를 내려다봤 다. 발치에 굴러다니는 연막탄엔 보란 듯이 안전핀이 그대로 꽂혀 있었다.

뒤돌아 엄폐물 너머를 봤다.

죄책감과 자괴감에 빠진 미나의 울상.

그런 그녀를 잡아 죽일 듯이 노려보는 라니의 오만상.

의식이 흐려지는 용이의 시야엔 후회의 잔상.

"팀플레이는 역시 멍청한 짓……."

털썩.

—〰—

운동회 날이었다.

4인 1조로 기마를 만들어 모자를 뺏는 경기였다. 우리 반에선 소위 '중민이 4인방'이 나섰다. 키가 큰 수한이와 덩치가 좋은 가을이가 뒤에. 중민이가 주인공처럼 앞에 섰다. 제일 가벼운 내가 위에 올라서 모자를 뺏는 역할을 했다. 수한이는 끝내 기마전 규칙을 이해하지 못했다. 경기 내내 입으로 이상한 숫자 나열을 중얼거리는 소리가 들렸다. 가을이는 조금만 다른 팀과 충돌할 거 같으면 겁먹고 몸을 움츠러뜨렸다. 덩치 때 문에 더 더웠는지 온몸에 흐르는 땀이 내게도 느껴졌다. 그 와중에 중민 이는 자기 마음대로 기마를 끌고 다니려고 들었다. 전혀 호흡이 맞지 않 아 몇 번이고 쓰러질 뻔했다.

예선도 못 넘어서고 졌다.

운동장 구석에 앉아서 물을 마시고 있는 우리에게 옆반 부반장이 지 나가면서 빈정거렸다.

"허구한 날 몰려다니길래 뭔가 대단한 팀플레이라도 있는 줄 알았네. 모여봐야 별것도 없는데 너흰 왜 맨날 같이 다니냐?"

우리가 왜 어울리냐고?

그야 우리가…….

용이가 잠에서 깼다. 마취 다트는 효과가 빠른 만큼 빨리 깼다. 시각보다 후각이 먼저 돌아왔다. 피와 금속의 냄새가 코를 찔렀다.

"여긴……."

여긴 발전소다. 휴게소에서 멀지 않은 곳에 버려진 발전소가 있었다. 종말 이전엔 발전소 근무자 외엔 방문할 사람이 없는 곳이었지만, 세상이 움직이는 시체로 뒤덮이자 사람을 피해 숨으려는 자들에게 좋은 피난처가 되었다. 다만 이곳에 숨기로 한 자들에겐 독특한 방침이 한 가지 존재했다. 어떻게 보면 은둔 생활을 하면서 식량을 안정적으로 공급받기 위해 피할 수 없는 사항이었을지 모르겠다.

덜컹. 용이가 팔을 뻗자 기지개를 켜기도 어려울 정도로 낮은 우리가 손에 닿았다. 그뿐이 아니었다. 이 낡은 창고 안엔 수많은 사람이 좁은 1인용 우리에 갇힌 채 절망에 빠져 있었다. 그제야 떠오르는 단편적인 기억이 있었다.

바람총을 든 습격자들.

그들이 매고 있던 사람 귀 목걸이.

이제 알겠다. 왜 시체가 한 구도 남아 있지 않았는지.

"식인종들의 식량 창고로군……."

"깼냐? 제일 오래 퍼자네."

익숙하고도 반갑지 못한 목소리가 들려온다. 라니였다. 라니만이 아니었다. 분대 4인방도 각자의 우리 안에 갇혀 있었다. 다들 표정을 보아하니 앞으로 벌어질 운명을 이미 짐작하고 있음이 틀림없었다. 오직 라니만이 소풍이라도 온 모습으로 자기보다 아래쪽 우리에 갇힌 용이를 내려다보고 있었다.

"깼으면 이제 그만 갈까? 이런 허접한 데서 잡아먹혔다간 점장이 저세상까지 쫓아와서 잔소리를 해댈 거야."

허접한 놈들이라. 나름대로 포로를 대하는 방침이 있는지 용이의 방패와 책가방이 사라진 상태였다. 한데 정작 손목 안쪽에 숨겨진 암살 단검은 고스란히 남아 있었다. 소매 속에 숨긴 무기조차 확인하지 않은 것이다. 라니가 오만방자한 게 아니라, 정말 허접한 놈들이다. 탈출할 방법이 수백 가지는 떠올랐다.

그 생각을, 짜증나는 징징거림이 가로막았다. 미나였다.

"정말로 미안해! 내가 실수만 안 했어도 이 지경이 되진 않았을 텐데!"

하필 미나의 우리는 용이의 그것 바로 옆에 있었다. 그녀 역시 활을 빼앗겼는지 비무장인 채로 우리 구석에 쭈그리고 있었다. 시간을 되돌리지 못하는 사과만큼 공허한 것도 없다. 용이도 굳이 일일이 대답할 생각은 없었다. 그러나 용이가 끼어들 틈도 없이, 저 멀리 우리에 있던 분대장이 투덜거렸다.

"알긴 알아? 전부 네놈의 멍청함 때문이다! 본대도 붙잡혔으니 더는 우릴 구하러 와줄 자도 없어. 임무가 실패해서 셸터의 손실이 된다면 이건 다 네 책임이야!"

바로 형무의 목소리도 들려왔다. "빌어먹을, 더는 못 들어주겠네! 그놈의 책임 타령 그만 좀 하면 안 됩니까! 어떻게 이 절체절명의 상황에 책임 전가부터 떠올라요?"

형식도 조용히만 있지는 않았다. "큰소리 내지 말렴. 우리끼리 싸우든 간수들을 자극하든 좋을 게 없잖니."

한번 언성이 높아지자 다른 포로들의 비통한 하소연도 연달아 터져 나왔다. 금세 식량 창고는 주말 시장 한복판처럼 소란스러워졌다. 용이가 끄응 신음 소리를 내며 귀를 틀어막았다. 떠오를 필요 없는 것들이 떠올랐다. 학교 쉬는 시간의 소음. 사람이 꽉 찬 지하철. 아무것도 없는 공허한 광장.

용이의 불안정한 모습을 제일 먼저 알아차린 건 라니였다.

"어이, 왜 그래? 마취약 알레르기라도 떴어?"

약한 모습을 보일 순 없지. 이를 악물고 심장을 진정시켰다. "별거 아니야. 신경 쓸 필요……."

쾅!

형식의 우려대로였다. 소란을 들은 간수가 창고 안으로 들어왔다. 포식자가 나타나자 찬물을 뒤집어쓴 것처럼 조용해졌다. 간수도 습격자들과 마찬가지로 사람 귀로 만든 목걸이를 걸고 있었다. 간수는 짐승을 잡을 때 쓰는 올가미 장대를 들고 거닐면서 겁에 질린 포로들을 하나하나 노려봤다.

"식량들은 굶기는 게 관리하기는 좋은데. 하지만 너무 굶기면 도축할 때 나오는 게 없어서 곤란하단 말이야. 그래도 인생의 마지막 시간을 굶주리며 보내는 게 좋으면 말해라. 우리도 식비 아껴서 나쁠 건 없으니까."

으아아! 이 와중에도 기력이 남아도는 녀석이 있었나 보다. 간수와 제일 가까이 있던 우리의 남자가 철창 밖으로 팔을 뻗어 간수의 옷 덜미를 붙잡았다. 그러나 오래 가진 못했다. 간수가 주머니에서 전기충격기를 꺼내 남자의 팔에 대고 지지자 남자는 바로 눈을 까뒤집으며 우리 바닥에 쓰러져버렸다.

"좋아. 이놈부터 데려가지."

이내 간수의 부하들이 들어와서 우리 안의 남자에게 수갑을 채운 뒤 창고 밖으로 끌고 갔다. 그 남자의 자명한 운명이 눈에 선했는지 포로들이 우리 뒤로 물러나며 벌벌 떨었다. 안타깝게도 간수의 징발은 끝나지 않았다. 그가 몇몇 우리에서 포로들을 더 꺼내갔다. 하필 그중에 형무가 포함되어 있었다.

줄곧 얌전하던 형식도 이 상황에선 침묵을 고수할 수가 없었다.

"내 아들은 안 돼! 형무는 두고 가, 이 자식아!"

픽! 간수는 대꾸할 가치도 없다는 듯 형식의 얼굴에 주먹을 날렸다. 힘 없이 주저앉는 형식을 보며 형무가 이를 악물었다. 앞니가 부러진 채 바닥에 쓰러져 신음하는 형식. 간수는 그 광경이 재미있다는 듯 낄낄거렸다.

"어차피 너도 먹힐 거야, 멍청아! 그렇게 명을 재촉하고 싶어? 늙은 고기는 인기가 없지만 정 원한다면⋯⋯."

툭.

별안간 날아온 투사체가 간수의 뒤통수에 명중했다. 당황한 간수가 말을 멈추고 뒤를 돌아봤다. 맞은편 우리에서, 교복을 입은 남자가 수업 시간에 장난치는 고등학생마냥 바닥의 자갈을 던져서 간수의 뒤통수를 맞춘 것이었다. 하도 어이가 없어서 벙찐 간수가 형식의 존재를 까맣게 잊고 용이에게 다가갔다.

"니가 던졌냐?"

용이는 철창에 기댄 채 축 늘어진 목소리로 말했다.

"여기 너무 시끄럽네요. 조용한 데로 옮기고 싶습니다."

이젠 간수만이 아니라 그를 돕던 부하들도 입을 떡 벌렸다. 절망에 빠져서 도축하기도 전에 우리 안에서 자결한 포로는 본 적 있는데 이건 전혀 새로운 반응이었다.

"이놈이 미쳤나…… 그래, 내 배 속으로 옮겨주마!"

기어이 용이의 손목에 수갑이 채워졌다. 저편의 우리에서 라니가 용이를 바라보며 입으로 뻐끔뻐끔 '무슨 짓이야, 미친놈아?'라고 무음의 메시지를 보냈다. 용이는 입모양을 보고 의미도 알아챘지만, 한마디 저항 없이 순순히 식인종들을 따라 창고를 나갔다.

간수들이 포로들과 함께 떠나가자 다시 정적이 맴돌았다. 바로 라니가 행동에 들어갔다. 어느새 만들었는지 클립으로 만든 철사를 이용해 순식간에 제 우리를 열어버렸다.

오오! 대단해! 나도 열어줘! 포로들이 곳곳에서 도움을 청했다. 라니는 누구보다 대단한 청력의 소유자였지만, 점장 덕분에 쓸모없는 인간의 목소리에 귀를 닫는 법을 충분하고 넘칠 정도로 훈련했다. 그녀는 망설임 없이 창고 천장에 있는 환풍구 안으로 기어 들어갔다. 작은 몸을 살린 유연한 움직임이 담을 넘어가는 구렁이 같았다.

구원의 가능성이 일순간에 사라지자 포로들 사이에 비통과 원망의 한숨이 터져 나왔다. 한편, 분대장은 생각보다 가까이에 떨어진 철사를 보며 여러가지 생각을 하기 시작했다.

식량 창고 밖 복도도 그다지 창고보다 깨끗하다는 느낌은 없었다. 오히려 발전소 내부 전체가 일종의 미로 같아서 간수들을 따라다니는 것만으로도 방향감각이 혼란스러웠다. 갈림길이 나오자 간수는 용이를 포로들에게서 떨어뜨려 다른 곳으로 데려갔다. 용이가 힐끗 사라지는 형무의 뒷모습을 바라봤다.

용이가 끌려간 곳은 바닥에 타일이 깔리고 천장에 갈고리가 달린 방이었다. 도축장이군. 그렇다면 다른 포로들은 지금 당장 죽이진 않는다는 소리겠어.

"제일 건방진 놈부터 처리해주지. 어때? 아직도 여유를 부릴 수 있겠어?"

간수가 수갑이 채워진 용이의 손목을 천장 갈고리에 걸면서 하는 소리였다. 용이는 조롱이 아니라 진심으로 말했다.

"감사합니다. 아까 그곳은 죽을 거 같았어요. 전 소란스러운 곳이 정말 견디기 힘들거든요."

짝! 간수의 거친 싸대기가 날아들었다.

"진짜 해보자는 거야, 뭐야? 너 뭐 믿는 구석 있어?"

화가 머리끝까지 난 간수가 도축용 칼을 들고 위협했다. 용이는 이번에도 아까와 비슷한 목소리로 말했다.

"저기, 옷을 벗기실 거라면 가급적 조심스럽게 부탁드립니다. 이 교복 고치는 데 한참 걸렸어요. 여분도 별로 없으니 부디……."

쫘악! 간수가 억센 손으로 용이의 교복 재킷과 와이셔츠를 뜯어버렸다. 떨그렁, 떨그렁. 단추가 바닥에 떨어지는 소리. 문득 배가 고팠다. 들개 통구이는 맛있었을 것이다. 찢어진 소매. 뜯어진 단추. 멀어지는 학교. 출석부에 그어지는 결석을 의미하는 빨간 ×표.

가늘게 뜬 용이의 시선이 간수의 미간에 박혔다. 시선이 마주치진 않왔다. 간수는 용이의 와이셔츠 안에 있는 것을 보고 얼어붙은 상태였다.

"아니…… 이게 뭐야?"

소매가 긴 교복에 가려서 보이지 않던 상의 피부는 그야말로 넝마 인형을 떠올리게 했다. 칼에 베인 자국. 창에 찔린 자국. 무수한 흉터와 간간이 보이는 총탄 흔적. 종말 시대에 편하게 사는 사람은 없지만, 식인종 패거리 안에서 살아오던 간수조차 이런 끔찍한 몰골은 본 적이 없었다.

"넌 대체 뭐 하는 녀석……."

탁! 순식간에 벌어진 일이었다. 용이의 발차기가 간수 손에 명중했다. 도축용 칼이 떨어졌다.

휘릭! 허리 힘으로 두 다리를 올려 간수의 목을 감았다. 두 허벅지의 힘으로 있는 힘껏 간수의 목을 졸랐다. 간수가 두 팔을 버둥거리며 고함을 질러보려고 했지만 목소리가 나오지 않았다. 심지어 도축장엔 도와줄 사람도 없었다.

"학생들의 성적이 떨어지는 가장 큰 이유가 뭔지 아세요?"

간수의 동공이 파르르 떨린다. 목을 조이는 다리 힘이 점점 강해진다. 귓전에 들리는 목소리가 잦아드는 메아리처럼 점점 멀어진다.

시험이 어려워서? 공부 안 하고 놀아서? 아니에요. 낙제가 무서워서 시도하기를 포기하기 때문이에요. 실력이 향상되려면 처음엔 낮은 성적을 받더라도 꾸준한 도전과 훈련이 필요하거든요. 그런데 한 번의 시험에서 찰나의 실수로 낙제할 수 있는 세상에선, 아이들이 시도 자체를 포기해버려요. 아이들이 이상한 게 아니에요. 정상적인 인간은 실패를 감수하느니 제자리에 서 있는 걸 선택하기 마련이거든요.

뚜둑! 뇌로 가는 산소가 중단되는 것보다 다리 힘이 목뼈를 분질러버리는 게 빨랐다. 용이의 마지막 말이 이미 죽은 남자의 고막을 할퀴고 지나갔다.

"난 낙제를 무서워하지 않았어. 그러다 보니 어느새 여기에 도달해 있었어. 하지만 괜찮아. 왜냐하면 난 학생이고, 학교는 언제나 나를 보살펴 주니까."

털푸덕. 간수의 시체가 타일 위에 쓰러졌다. 그와 동시에, 천장의 환풍구가 열리고 우비를 입은 노란 물체가 도축장 바닥에 착지했다. 라니였다.

"뭐야. 벌써 탈출했어?" 용이가 앓는 소리를 했다. "듣고만 있을 거면 좀 도와주지."

라니가 용이의 흉터들을 바라봤다. 흉터를 꼬맨 흔적이 익숙했다. 백화점의 의뢰를 해결하고, 백화점 덕에 치료한 훈장들이다. 불현듯 불과 하루 동안 벌어진 일들이 떠올랐다.

들개가 달려드는데 소매 속의 단검만 믿고 팔을 내주었다.

암살자 주제에 연막탄만 믿고 엄폐물 밖으로 돌진해 나갔다.

간수를 자극해 일부러 자신을 제일 먼저 죽이게 만든 것도 비슷한 맥락이다.

목숨이 가장 위태로워질 때가 적이 가장 방심할 때라는 것을 아는 것이다.

죽고자 하는 자는 살 것이고 살고자 하는 자는 죽을 것이다.

멋진 말이지.

하지만 정상인은 그런 식으로 살지 않아.

"너…… 죽는 게 무섭지 않아?"

용이는 대답하는 대신 반동을 일으켜 갈고리에서 내려왔다. 간수 주머니에서 열쇠를 꺼내 수갑을 푼 뒤 주섬주섬 교복의 앞섶을 여미며 차림새를 다잡았다. 떨어진 단추들을 하나하나 주워 챙기는 것도 잊지 않았다.

"혹시 총 구한 거 없어? 하나라도 있으면 여러모로 유용할 텐데."

라니의 질문에 대한 대답이 아니었지만 묘하게도 그리 불쾌하진 않았다.

"어차피 놈들도 없을 거야. 원거리 무기로 바람총을 썼었지? 백화점 영역 안에서 총을 유통했다면 안 들킬 수가 없지. 간부는 몇 정 있을지도 모르지만 위협이 될 정도는 아닐 거야."

"좋아. 마침 방패도 되찾아야 하고. 자, 사람들 구하러 가자."

"뭐어?"

라니의 말꼬리가 과하게 높아졌다. 당연히 그녀가 뒤쫓아올 줄 알고 문으로 향하던 용이는 예상치 못한 반발에 발걸음을 멈췄다.

"무슨 문제라도?"

"무운제? 말이 말 같아야 문제 취급이나 하지! 그 머저리들을 갑자기 왜 구하는데? 어차피 셸터 패거리는 죄다 식인종들이 잡아온 거잖아? 이대로 휴게소로 가야지! 치료제만 찾아서 백화점으로 돌아가자고! 치료제 한 병만 있으면 점장님이 그깟 방패야 트럭으로 구해주실 거야!"

용이도 지지 않았다. 목소리는 조곤조곤 차분했지만 더없이 단호했다.

"만약 휴게소에 없다면 어쩔 거지? 식인종들이 습격에서 꼭 고기만 챙겨오진 않았을 거야. 만약 치료제도 같이 훔쳐왔다면 이 발전소 어딘가에 있다는 소린데, 휴게소에 갔다가 다시 돌아오려면 잠입하기 훨씬 어려워질걸."

예리한 지적이었다. 한 번 도주한 자가 발생해 경계를 강화한 뒤라면,

아무리 허접한 조직이라도 다시 파고들기 힘들다는 건 교과서적인 상식이었다.

그래도 라니는 입을 비죽 내밀고 칭얼거렸다.

"그럼 진작 그렇게 말했으면 좋았잖아. 난 무능한 밥벌레들 때문에 고생하는 게 질색이라고."

"어쩔 수 없지. 우리 둘이서 식인종 전체를 상대할 게 아니라면 최악의 상황 직전까진 야구모자 녀석들을 아군으로 삼는 게 유리해. 나도 비효율적인 작전으로 위험을 감수하는 건 질색이지만, 점장에게 빈손으로 돌아가는 게 훨씬 질색이라서 말이야. 넌 안 그런가?"

휘발유를 들고 불구덩이에 뛰어드는 전술을 선호하는 녀석을 따르는 건 찝찝한 짓이다. 하지만 나름 합리적인 행동이라는 건 부정할 수 없었다. 뭣보다, 지금 라니에겐 임무 수행에 방해가 되는 것들을 해치워줄 검이 필요했다. 주둥이가 없는 검이면 더 좋았겠지만 지금은 얌전히 그 뒤를 따라가기로 했다.

자유로워진 건 좋은데 그래도 복잡한 발전소 안을 돌아다니는 건 쉽지 않았다. 라니가 포로들의 위치를 추적하려고 소리에 집중했지만 사방에서 들리는 기계음 때문에 쉽지 않았다. 심지어 곳곳에 식인종들이 돌아다니고 있어서 아무리 조심을 해도 목격되지 않고 숨어다니는 게 불가능했다.

용이와 라니는 이 문제를 전통적인 방식으로 해결했다. 목격되는 게 문제라면 목격자가 없으면 되는 것이다.

코너가 가까워지면 라니가 말했다. "왼쪽. 한 명."

용이는 코너를 돌자마자 단검부터 휘둘렀다. 담배를 피우며 휴식을 취하던 식인종은 뭣 때문에 누구에게 죽었는지도 모른 채 죽었다.

갈림길에서 라니가 말했다. "오른쪽에서 다가온다. 두 명."

턱 밑에 한 방, 폐에 한 방. 용이의 단검은 급소를 빗겨나는 법이 없었다. 경보는 고사하고 비명을 지를 틈도 주지 않았다.

라니는 남을 치켜세우는 걸 별로 즐기지 않지만 이건 감탄할 만했다.

"정말 빠르네. 비결이 뭐야?"

"빠른 게 아니야. 고민하지 않는 거지."

"고민?"

교복을 이 이상 더럽히고 싶지 않았다. 단검에 묻은 피를 식인종의 옷에 대고 닦았다.

"눈앞에 나타나는 상대가 적인지 아군인지 구분하느라 낭비하는 몇 초가 결과를 바꿔. 혼자 일하면 그 몇 초를 아낄 수 있지. 덤으로 이렇게 불필요한 대화를 감수해야 할 일도 줄어들고 말이야."

은글슬쩍 인간 교류에 대한 혐오를 표현한다. 라니는 그런 대우를 잠자코 듣고 넘겨주는 타입이 아니었다.

"누군 너랑 팀 짜고 싶어서 끌려왔는 줄 알아? 이 정도 임무, 나도 얼마든지 혼자서 해결……."

달그락! 발소리다. 복도 창문 너머에서 난 소리다. 용이는 바로 창틈으로 팔을 뻗어 맞은편에 있는 누군가의 목을 찔렀다. 컥, 하는 소리가 나고 이어서 몸뚱이가 쓰러지는 소리가 들렸다. 용이가 창문을 열면서 상대를 확인했다.

"봐라. 쓸데없는 수다를 떠니까 기척도 느끼지 못하고…… 어라?"

이제 식인종 패거리는 딱 보면 알았다. 사람 귀나 신체 부위로 만든 목걸이를 걸고 있었으니까. 하지만 이자는 절대로 그들이 아니었다. 머리엔 야구모자. 손목엔 수갑. 탈주한 셸터 원정대다. 운 좋게 도주 기회를 얻은 거 같은데, 그 운이 여기서 바닥난 모양이다.

라니는 그 꼴이 오히려 재미있다는 듯이 킬킬거렸다. "쓰레기네. 그 잘난 시간 절약 덕에 얜 억울하게 죽은 거잖아? 반성문 쓸 시간이라도 줄까?"

용이는 동요하지 않았다. 오히려 그 순간을 냉정하게 분석했다.

"이 녀석의 동선을 파악하면 셸터 녀석들이 어디 갇혀 있는지 알 수 있겠군. 발자국 흔적이 보이나?"

영 파고들 빈틈이 없는 녀석이다. 라니는 이번에도 한 수 접기로 했다. 다행히 찐득한 무언가가 묻은 발자국이 동선을 남긴 상태였다. 방향이 확인되자 둘의 움직임은 훨씬 빨라졌다.

아래로 몇 층 내려가니 두 사람 앞에 새 창고가 나타났다. 문만 봐도 두 사람이 갇혀 있던 곳보다 넓은 창고임을 짐작할 수 있었다.

용이가 벽돌을 집어 들었다. "내부 상황은?"

이젠 척하면 척이었다. "안전해. 포로뿐이야. 20에서 30명 정도……. 휴게소에서 잡힌 인원은 다 여기 있겠네."

벽돌로 문고리를 내려치려다가 잠시 손을 멈췄다. "그거 이상하군."

"뭐가?"

"치료제라는 엄청난 거래 수단이 있는데 잠자코 식인종들의 식량 창고에 잡혀 있다…… 졸병들이면 몰라도 이 안에 있는 건 간부급일텐데. 어떻게 생각해?"

슬슬 라니의 표정에도 그림자가 드리운다. 뭐, 그렇다고 이제 와서 계획을 바꿀 수도 없었다.

콰직! 문고리를 부숴버렸다. 안으로 들어가니 야구모자를 쓴 자들이 우리 안에 갇혀 있는 게 보였다. 그들의 시선이 용이와 라니로 쏠렸다. 용이와 라니의 시선은 미나와 형식이 갇힌 우리로 쏠렸다.

"어라? 언제 여기 오셨어요?"

형식이 철창에 매달리며 말했다.

"너희가 사라진 뒤 분대장 그 여자가 무슨 수를 썼는지 혼자 탈출하더구나. 심지어 나가면서 놈들에게 들켰는지 식인종들이 흥분해선 셸터 출신자들을 한 곳으로 몰았어. 형무는? 형무는 어떻게 되었니?"

아직은 무사할 거라는 말을 하려고 했는데, 다른 우리에 있던 남자가 끼어들었다. 야구모자에 걸린 배지에 '대대장'이라고 적혀 있었다.

"이봐, 구해주러 온 건가? 도와줘! 충분히 사례하겠다!"

셸터 놈들은 하나같이 보상에 대해 자신감이 넘치는군. 용이가 행동으로 옮기기 전에 라니의 의사를 물었다.

"풀어주려고 하는데, 불만은 없지?"

라니는 대수롭지 않다는 듯이 어깨를 으쓱였다. "어차피 이쪽 계획이라면 최대한 활용하는 게 좋지. 탈출시킨 포로들이 혼란을 일으켜주면 여러모로 편리할 테니까."

그런 생각은 못 했다. 아니, 나는 가능성을 생각하고도 간과하고 있었던 건가?

눈을 가늘게 뜨고 목소리를 더욱 낮췄다. "혼란은 곧 사상자 발생으로 이어진다. 난전이 되면 잠입은 의미가 없어져. 그건 정말 필요한 계획이야?"

"어때? 나도 제법 쓰레기지?"라니는 '쓰레기'라는 단어가 '유능함'을 의미한다고 배운 듯 미소 지었다.

열쇠를 찾아다가 포로들을 풀어줬다. 몇 명 풀어주니 자기들끼리 알아서 서로를 꺼내주기 시작했다. 대대장은 나이가 많은 쪽인 용이에게 다가왔다.

"고맙다. 너희가 아니었으면 원정중에 개죽음당할 뻔했어. 어디 소속이지?"

용이의 두뇌가 빠르게 회전한다. 아직 소속을 밝히긴 이르다. 떠볼 게 많다.

"그냥 떠돌아다니는 생존자들입니다. 한 조직에 머무르는데 이골이 나서요. 다만 얼마 전에 좀 흥미로운 걸 봤는데…… 혹시 파란색 액체, 운반하는 거 없습니까? 그쪽 멤버가 가진 걸 봤는데 값이 나갈 거 같더군요."

"아, 빠른 보상을 원하는군. 안타깝게도 우리도 그걸 운반하는 임무중이라 함부로 줄 순 없어. 애당초 우리도 뭔지 모르는 물건인데, 차라리 물자로 받는 게 낫지 않겠나?"

여기까진 예상하던 답변이었다. 문제는, 그다음에 이어지는 문장이었다.

"어차피 중요한 물건이라 선발대가 먼저 가져가버렸어. 우린 후발대라 부가적인 자재들만 운반하는 참이야. 그중에서라도 가치 있는 게 있다면 감사의 의미에서 넘겨주지."

빌어먹을! 차라리 거짓말이길 바랐다. 그러나 현재까지의 정황으로 미루어봤을 때 이자가 거짓말할 이유는 보이질 않았다. 라니를 돌아봤다. 노골적인 똥 씹은 표정에서 '그냥 떠났으면 귀찮을 일도 없었잖아, 이 자식아'라는 메시지가 느껴졌다.

그때, 부관으로 보이는 자가 대대장에게 다가오면서 말했다.

"대대장님. 그러고 보니 선발대가 까먹고 놓고 간 샘플 하나 챙겨둔 게 있지 않았나요? 하나가 아쉬운 게 군비품인데 정체도 모르는 약품 하나로 퉁칠 수 있으면 이득 아니겠습니까?"

귀가 번쩍 뜨인다. 라니의 눈도 반짝이기 시작한다.

"그랬나? 하지만 아무리 그래도 운반중인데 함부로 반출할 수가…… 게다가 어차피 우리 물건을 다 뺏겨서…….

쿵!

복도에서 들려오는 땅울림. 해방의 기쁨을 만끽하던 셸터 원정대원들의 시선이 밖으로 쏠렸다. 올 것이 오는군. 하지만 쉽사리 패닉에 빠지진 않았다. 비록 무기를 빼앗긴 상태지만 그래도 나름 훈련받은 셸터의 병사들이다. 대대장의 지시가 없어도 알아서 창고 곳곳에서 무기가 될 만한 걸 주워 무장하기 시작했다.

용이가 은근슬쩍 뒤로 물러나 라니에게 다가갔다.

"네가 바라던 난전이다. 만족해?"

라니가 천장 쪽을 올려다보며 작게 신음 소리를 냈다. "이 방 환풍구는 막혀 있어. 여기가 오늘의 고비가 될 거 같네."

쿵!

소리가 더 가까워졌다. 가장 문 쪽에 서 있던 병사가 각목을 들고 외쳤다.

"발소리가 여럿! 어쩔까요, 대대장님? 먼저 나가서……."

콰직!

엄청난 충격과 함께 병사 바로 앞에 있던 문이 넘어졌다. 병사는 문에 깔리면서 하던 말도 다 끝내지 못하고 유명을 달리했다. 박살 난 창고 문 너머에서 나타난 것은, 눈 구멍을 뚫은 포대로 얼굴을 가린 거한이었다. 등에 뭔가를 메고 긴 장대를 들고 있는데, 정체 모를 무장을 빼도 덩치부터가 평범한 사람의 두 배는 됨직했다.

"공격!"

대대장이 외쳤다. 굳이 그의 명령이 아니더라도, 다시 잡히면 어떤 꼴이 될지 빤히 예상한 셸터 병사들이 일제히 달려들었다. 그런데, 오히려 그 머릿수가 약점이 되었다.

거한의 장대는 전기충격기였고 등에 멘 것은 배터리였다.

바지지직! 거한이 가까이에 있던 병사 하나를 장대로 찌르자, 그와 조금이라도 몸이 붙어 있던 병사들은 죄다 오징어 굽는 냄새를 내며 바닥에 쓰러져버렸다. 이내 셸터 병사들은 어찌할 도리가 없다는 생각에 주춤거리며 뒤로 물러나버렸다.

입구가 확보되자 거한의 뒤에서 투실투실한 고령의 여자가 나타났다. 앞치마를 입고 도축 도구를 주머니마다 꽂은 여자였는데 풍채로 보나 태도로 보나 식인종들의 우두머리가 틀림없었다.

"이야, 다들 살판 났는데? 너희가 기운 넘치는 모습을 보니 나도 기분이 좋군. 동물복지 인증마크를 달면 달걀도 값이 오르는 법이거든!"

대대장이 앞으로 나섰다. 우두머리 뒤로 식인종들이 더 모여 있는 게 보였지만, 머릿수가 밀린다고 단념하기엔 필사적인 상황이었다.

"우리는 셸터 소속 제34기 원정대다! 셸터에 대해 들어본 적은 있겠지? 강 동쪽 최강이며 종말 시대 최대 규모의 군대를 가진 생존자 집단이다! 야만스러운 식인 행위를 멈추고 투항해라. 여기서 물러난다면 지금까지의 악행은 눈 감아주겠다!"

푸하하하! 우두머리뿐만 아니라 거한과 다른 식인종들도 폭소를 터뜨렸다. 반찬 종지 위의 당근 조각이 사람 모양인 걸 보고 터뜨리는 웃음과 비슷했다.

"아니, 뜬금없이 뭔 자기소개야? 너희가 셸터 출신인 건 모자 보고 진작 알고 있었어! 근데 그래서 뭐? 여긴 강 서쪽이다! 너희의 이름 따위 아무 의미도 없어! 어차피 너흰 한 명도 못 나가고……."

헉!

별안간 우두머리의 자신감 넘치던 목소리가 턱 막혀버렸다. 그녀가 덜덜 떨리는 손가락을 들어올렸다. 그 손가락이 향한 건 원정대의 대대장도, 그의 등 뒤에 있는 건장한 셸터의 병사들도 아니었다.

라니였다. 용이와 함께 구석에 서 있는 쬐그마한 여자애를 보곤 식인종들의 우두머리가 바들바들 떨기 시작한 것이었다.

"우비를 입고 다니는 꼬맹이! 들은 적 있다. 점장이 직접 키운 인간병기! 왜 백화점의 하수인이 여기 있는 거야? 빌어먹을, 놈들이 우리 존재를 알았어?"

아차! 라니가 자신들의 유명세를 너무 과소평가하고 있었다. 용이라면 근방에서 알려진 용병이지만, 라니는 딱히 백화점의 간부도 아니었다. 헌데 이 나이 지긋한 우두머리의 소식통은 그녀의 예상치를 넘어서고 있었다. 백화점이 무서워서 식인을 감수하면서까지 녹슨 발전소에 숨어 사는 자들의 입장을 미처 고려하지 못한 게 실수였다.

대대장에게도 이건 들려 넘길 만한 정보가 아니었다. 그가 용이를 다시 돌아봤다. 일부러 소속을 숨겼다는 걸 깨달은 눈치였다.

이내 거한이 우두머리와 속닥이기 시작했다. 논의는 금세 끝났다. 우두머리는 방금 전의 조롱을 감추고 예의를 갖춰 대대장에게 말했다.

"셸터가 무서운 건 아니다. 하지만 여기서 싸움이 벌어지면 우리 쪽도 사상자가 나오는 걸 피할 수 없겠지. 어차피 요즘 고기가 부족한 것도 아니니 우리도 필요 이상의 희생을 하고 싶진 않다. 간단한 거래를 제안하지. 거기 여자애를 넘겨라. 산 채로 넘겨도 좋고 죽여도 괜찮다. 여자애만 넘기면 너흴 풀어주겠다."

셸터 병사들의 시선이 일제히 라니에게 쏠렸다.

뿌득. 라니가 이를 갈았다.

작은 두개골 밑에 폭풍우가 친다.

이럴 때 점장이 어떻게 하라고 했지? 점장이 가르친 수많은 생존 기술, 그에게 강요당한 혹독한 훈련들이 주마등처럼 머리를 스치고 지나간다. 그러나 최고의 패도 내려놓을 자리가 있어야 던질 수 있는 것이다. 도저히 힘으로 당해낼 수 없는 거대한 어른들이 그녀를 도마 위의 생선이라도 되는 것 처럼 바라보고 있었다.

겁먹진 않았다. 그녀가 평생 만나온 어른들에게는 줄곧 그런 눈빛밖에 받아보지 않았으니까. 고아원이든, 백화점이든, 아군이든 적군이든 모든 어른은 라니를 그렇게 바라봤다. 쓸데없는 짐덩이. 써먹기 좋은 도구. 굶주린 늪 바닥 같은 질척한 시선은 라니에게서 즐거움과 수지타산밖에 찾지 않았다. 그러니 그녀가 할 수 있는 거라곤, 점장이 가르쳐준 방법으로,

그 모든 옹이 구멍들을 찌르고 파서 다시는 똑바로 쳐다볼 수 없게 만드는 것뿐이었다.

그 방법이 바닥났다.

여기까지인가, 라고 생각했을 때, 익숙하지 않은 등짝이 나타나 그녀 앞을 가로막았다.

철컥. 용이가 라니의 앞에 버티고 서서 양 소매의 단검을 꺼냈다.

"장담하는데, 사상자를 최소한으로 하고 싶은 거라면 이쪽을 고르는 건 잘못된 계산일걸."

이럴 땐 어떻게 반응해야 하지? 역시나 점장의 가르침 가운데 없었다. 그래서 이렇게 말했다.

"야, 너 백병전은 구리잖아!"

용이는 등을 보인 채 말했다. "어쩌겠냐. 점장이 붙여준 비상벨 버리고 돌아갔다간 운동장 흙도 못 밟아보고 머리가 날아갈 텐데."

피식 웃었다. 참 합리적인 판단이네, 폐교의 고딩.

대대장은 이 상황이 마음에 들지 않았다. 하지만 크게 문제될 건 없었다. 그는 자신이 다수 쪽에 있을 거라는 걸 알았다.

"자신감이 과하군, 교복 형씨. 왜 질 싸움을 하려고 들지? 너도……."

피융! 별안간 날아든 화살이 분위기를 반전시킨다. 위협 사격인지 화살은 사람들 머리 위를 가로질러 벽에 박혔다. 박힌 화살을 보니 나무토막을 나이프로 갈아서 만든 야매 화살이다. 그러나 야매라고 해서 살상력이 없는 건 아니다. 누구에게도 총이 없는 이 상황엔 충분히 위협적인 원거리 무기다. 모두의 시선이 화살이 날아온 방향으로 돌아갔다.

먼저, 미나라는 사실이 그들을 놀라게 했다. 줄곧 조용한 게 뭘 하나 싶었는데, 창고에 있던 잡동사니를 모아 임시로 화살과 활을 만들어선 무장을 끝낸 상태였다.

다음으로, 그녀가 용이와 라니 앞에 섰다는 사실이 놀라운 사실이었다. 다리를 뭔 전동의자마냥 바들바들 떠는 주제에 고기 방패가 되어선 대대장과 동료들을 설득하기 시작했다.

"잠시만요! 이건 좀 아니잖아요? 앤 어린애예요! 셸터 규범에도 미성년자의 생명을 해치면 안 된다고 되어 있잖아요? 발전소 사람들도 다시 생각해봐요! 라니를 죽이지 않더라도 백화점으로부터 안전할 방법이 있을 거예요!"

우두머리가 대대장을 노려봤다. "이건 또 뭐야? 너희 쪽 부하지? 그 대단한 셸터가 인적자원 관리를 이렇게밖에 못 해?"

대대장도 같은 의견이었다. "셸터를 위한 일은 곧 인류를 위한 일. 불가피한 희생쯤이야 좀비 시대에 흔한 일이다! 방종 말고 거래를 도와라. 그 둘을 넘겨서 셸터에 대한 충성을 증명해라!"

미나는 평생에 걸쳐 '똑똑하다'라든가 '믿음직하다'라는 말을 별로 못 들어봤다. 종말 이전이든 이후든 다른 사람의 목숨을 좌지우지하는 결정을 떠맡아본 역사가 없었다. 착각하고, 덤벙대고, 대책 없이 행동한 결과가 그녀를 이 지경까지 이끌었다. 심지어 이 일촉즉발의 상황에조차 결정을 내리지 못하고 식은땀만 흘리며 안절부절못하는 중이었다.

식은땀. 목덜미를 따라 흐르는 식은땀. 용이의 눈에 그게 들어왔다.

정확히는, 미나의 목덜미에 난 낯익은 흉터 자국을 두 눈에 새겼다. 용이의 옆구리에 있는 것과 동일한, 무디지만 깊은 네 줄기 흉터.

다른 이들에겐 들리지 않도록 아주 작게, 하지만 한 구절도 놓치지 않도록 또박또박 미나의 귓전에 속삭였다.

"내가 사랑하는 사람도 좀비가 되었어. 희망이 없다고 절망을 선택할 순 없었어. 지난 5년간 그녀를 몰래 보호해왔다. 그런 내가 이 먼 곳까지 나온 건, 너희가 운반하던 물건의 정체가 좀비 바이러스 치료제라는 것을 알았기 때문이다. 선발대가 가져갔다는 파란 액체 말이다."

미나의 눈이 커졌다. 다리의 떨림이 멈췄다. 용이는 악마처럼 속삭이며 유혹 아닌 유혹을 이어갔다.

"너 역시 네 좀비를 숨겨두고 있는 거지? 보나마나 셸터 어딘가에 있고, 그게 알려지는 순간 너도 좀비도 끝장인 거겠지. 이대로 셸터로 돌아가 비간부급에도 치료제 혜택이 돌아오는 그날까지 좀비를 들키지 않기만 기도할 거냐? 아니면 바로 여기서 우리와 함께 둘도 없는 기회를 잡아보겠나?"

인생을 바꿀 '기회'를 선택할 수 있을 정도로 '기회'를 자주 접하려면 철두철미함, 유능함, 부유함이라는 전제조건이 필요하다.

미나에겐 무엇 하나 해당되지 않는 단어들이었다.

길게 생각하지 않았다. 어차피 인내심을 가지고 심사숙고하는 건 그녀의 능력 밖의 일이었으므로.

푸슉!

미나가 화살을 쐈다. 사람은 노리지 않았다. 그녀가 조준한 것은 천장이었다. 발전소 소방장치와 연결된 파이프. 낡은 파이프에 화살이 꽂히자 창고 안에 정체 불명의 액체가 쏟아졌다.

으아앗! 별안간 머리 위에서 액체가 쏟아지자 다들 놀라서 혼비백산했다. 오래가진 않을 것이다. 이것만으로 탈출하기엔 부족하다. 용이와 라니의 빠르고 직관적인 콤비 플레이가 없다면.

"용! 받아!"

라니가 우비를 벗어 던졌다. 용이가 받았다. 그대로 거한에게 달려들었다. 거한은 용이를 향해 전기봉을 찌르려고 다가왔다. 덩치로 보나 무장으로 보나 위압적인 광경이다. 용이가 노리던 것도 그것이었다. 빠르게 우비를 왼팔에 감았다.

부웅! 휘두르는 전기봉. 고무로 된 우비로 전기봉을 쳐내면서 몸을 낮췄다. 동시에 유연한 움직임으로 거한의 다리 사이를 넘어갔다. 순식간에 용이가 거한의 등 뒤에 나타났다. 푹, 하고 등을 찌른 뒤 퍽, 하고 걷어찼다. 한창 작동되는 전기봉을 든 거한이 물기 고인 바닥에 쓰러진다.

파지지직! 끄아아아!

추적추적한 바닥에 서 있던 셸터 병사들이 죄다 전기에 감전되며 쓰러져버렸다. 미리 이 상황을 예견하고 우리 위로 피신해 있던 미나와 라니, 그리고 거한이 쓰러뜨린 문 위에 선 용이만 무사했다.

"이, 이런!"

너무 급작스럽게 변한 사태에 식인종 우두머리가 당황했다. 이번에도 용이가 빨랐다. 속도에서라면 져본 적이 언제인지 기억도 안 난다. 단검을 우두머리의 목에 들이대고 창고 밖 복도에 늘어선 식인종들에게 말했다.

"길 비켜. 이 할매 문을 관 미리 짜둔 거 아니면."

사람이 사람을 먹는다는 인간의 가장 기본적인 윤리를 저버린 자들이었지만, 의외로 동료의 목숨이 위험해지자 바로 사람부터 살리는 길을 택했다. 식인종들이 우르르 양쪽으로 밀려났다. 라니에게 신호하자 두 사람이 바로 용이에게 따라붙었다. 포위망 밖으로 나오자마자 우두머리를 넘어뜨리곤 사각지대로 달아났다.

용이 일행이 시야에서 사라지자 식인종들이 전열을 재정비했다. 당하기만 했던 우두머리는 열이 머리끝까지 올랐는지 주먹을 날려 애꿎은 벽에 자국을 남겼다.

"으으으, 건방진 것들! 하여간 백화점 패거리는 하나하나 방심하면 안 돼!"

그 와중에 셸터 병사들도 차례로 일어나기 시작했다. 충격이 웅덩이를 거쳐 여러 명에게 전해지는 바람에 위력이 세진 않았나 보다. 대대장이 우두머리에게 먼저 다가왔다.

"우리 실책이라는 걸 인정하지. 내부에 배신자가 있을 건 예상치 못했어. 셸터의 문제는 셸터가 해결하고 싶다. 다시 기회를 준다면 우리 선에서 해결하겠다."

우두머리가 대대장을 내려다봤다. 이놈들을 믿어도 될까? 적어도 개개인의 전투 능력은 우리 애들보단 좋을 거 같다. 무엇보다 부하들을 위험에 빠뜨리고 싶지 않았다. 그렇다면 비교적 훈련도 잘 받았고 죽어도 상관없는 셸터 병사들을 동원하는 게 여러모로 이득이긴 한데…….

그때, 다른 셸터 병사 하나가 더 다가왔다.

형식이었다.

"제안하고 싶은 것이 있소. 내 아들이 다른 창고로 끌려갔어. 아들의 안전만 보장해준다면 내가 도움을 줄 수 있을 거 같은데."

용이의 예상대로 형무는 잡혀가자마자 바로 도축당하진 않았다. 그를 비롯한 포로들은 발전소 밖에 있는 작은 건물로 끌려갔다. 본래 발전소의 외부 비품실이었던 곳을 개조한 듯하다.

형무도 바람총에 맞아 의식을 잃고 끌려온 터라 발전소 건물 밖을 보는 건 처음이었다. 발전소는 숲속 한가운데에 있었는데, 사방이 철제 울타리로 막혀 있어서 발전소를 오갈 길은 정문을 통해 고속도로로 이어진 외로운 포장도로뿐이었다. 거대한 굴뚝은 감시탑으로 개조되어 더는 연기가 나진 않지만 건물 전체에서 미세한 기계음이 웅웅 울리고 있었다.

무장한 군대가 온다면 막기 힘들 것이다. 그러나 존재를 숨긴 채 야생동물이나 좀비만 막을 생각이라면?

"천혜의 요새로군······." 형무가 훗날 셸터에 뭐라고 보고할지 떠올리면서 혼잣말을 중얼거렸다.

비품실 앞엔 사람 코로 만든 목걸이를 건 남자가 의자에 앉아 휴대전화로 영상을 보고 있었다. 전파도 인터넷도 없는 시대이니 필시 종말 이전에 저장된 영상을 반복해 보는 것이리라. 남자는 우두머리만큼이나 살이 쪄서 실제 나이보다 늙어 보였는데, 뭘 먹고 저렇게 체중을 불렸을지 생각하니 속이 니글니글해졌다.

포로들을 데려온 사병이 살찐 남자에게 말했다.

"어이, 넷째. 이번 비축분이야. 이 녀석들은 좀 찌워서 먹자더군."

넷째라고 불린 남자가 형무와 포로들을 쭉 둘러봤다. 비교적 마른 자들이 이쪽으로 선별된 모양이다.

"이번 사냥엔 마른 녀석들이 많군. 셸터는 먹을 게 넘쳐난다고 들었는데 그렇지도 않나 보지?"

넷째는, 응차, 하고 의자에서 일어나더니 비품실 문을 열었다. 습하고 폐쇄된 공간이 열리자 안에서 역한 냄새가 흘러나왔다. 일반적인 낡은 건물에서 나는 곰팡내하곤 달랐다. 형무의 기억이 틀린 게 아니라면, 이건 동물 사료 냄새였다.

포로들의 손목을 풀고 안에 가둬버렸다. 철창으로 막힌 작은 창문에서 흘러나오는 빛으로 간신히 앞을 볼 수 있었다. 정말로 건물 안엔 개 사료만 산더미처럼 있었다. 사료만 먹여서 살을 찌운 다음에 잡아먹을 심산인 것이다.

"이대로 죽을 순 없지!" 아직 투지가 남아 있는 포로가 있었나 보다. 애꾸눈의 남자가 건물 내부를 둘러보며 말했다. "이만한 머릿수가 있다면 어떻게든 될 거야! 우리 힘으로라도 탈출할 방법을 찾아봅시다!"

모두가 그런 건 아니었다. 자기 덩치만큼 큰 사료 포대 옆에 쭈그리고 앉은 여자가 무기력한 목소리로 말했다. "밖에 보초 있는 거 못 봤어? 선을 넘는다 싶으면 들어와서 방해하겠지. 이젠 다 틀렸어. 신께 기도하는 게 차라리 현실적일 거야."

신이라, 참 오랜만에 듣는 단어네. 형무는 아버지와 함께 주말마다 다니던 교회를 떠올렸다. 주말마다 교회를 다닐 정도로 제법 독실한 집안이었다. 엄마도 죽을 때 마지막으로 주님을 부르짖으면서 떠나갔다. 내가 기도를 그만둔 것도 대충 그쯤이 아닌가 싶다.

기도하지 않을 거라면 몸으로 뛰어야지. 형무가 사료 포대를 기어 올라가 창문의 철창에 매달렸다. 보초가 화장실을 가거나 교대하느라 자리를 비우는 순간이 있을 거라고 추측했다. 다행히 보초가 보이는 위치의 창문이었다. 다시 휴대전화를 보고 있는 넷째의 투실투실한 뒷목이 눈에 들어왔다.

뒤통수를 보는 건 처음이어서일까?

그의 뒷덜미에 있는 작은 물고기 문신을 보자, 5년 동안 잠들어 있던 기억이 떠올랐다.

"어이! 당신! 그, 그 누구냐. 맹 뭐시기 아니야?"

우연으로 맞추기엔 드문 성이다. 넷째의 손가락이 휴대전화를 끄는 게 보였다.

"그래, 기억난다! 아버지 약국에 자주 오던 당뇨병 환자! 나랑 같은 학교 아니었나? 제기랄, 엄청 변했구만!"

학연, 지연, 혈연. 식인종에게 포위되어 목숨이 경각에 달렸을 때야말로 지인 찬스를 써야 할 때가 아닐까?

"이봐, 아버지가 한 번씩 비타민 영양제 챙겨주시던 거 기억 나? 학교에서도 한 번씩 아는 척하고 했잖아! 우리 아버지도 지금 저 안에……."

최대한 넷째에게 옛날 생각을 떠올리게 만들어보려는 시도였다. 인육과 지방에 묻혀 잊힌 그의 인간성을 끌어내면 도망갈 틈을 만들 수 있지 않을까 싶었다.

그러나 돌아온 것은 올가미였다. 넷째는 기대어져 있던 올가미 장대를 들더니 그걸 철창 사이로 나온 형무의 목에 걸어버렸다.

"아악!" 형무는 별안간 철창을 사이에 두고 올가미에 걸려 꼼짝도 할 수 없는 꼴이 되어버렸다. "무슨 짓이야!"

넷째는 버려진 동물원의 괴롭힘당하는 짐승이 된 형무를 보며 낄낄거렸다.

"하하하! 너도 우리 학교 학생이었어? 내가 배에 인슐린 주사 놓을 때마다 놀려대던 녀석 중 하나였겠지? 아니면 내가 운동장에서 구경만 해

야 할 때 여학생들이랑 꿍냥거리던 녀석? 아무렴 어때. 마지막에 이기는
건 이쪽이 되겠네!"

올가미에 목이 졸려서 소리도 제대로 나오지 않았다. "무슨 소리……
난 그런 기억 없어! 난 너와 같은 반조차……."

"상관없어!" 넷째는 충분히 그 순간을 즐기고 있었다. "이제 먹이사슬
위에 올라온 건 사지 멀쩡하고 똑똑한 녀석들이 아니라 바로 이 몸이란
말이지! 건강하고 상식적인 녀석들이 지배하던 세상은 끝났어! 너희 같
은 잘난 새끼들에게 양보하고 살아야 하는 세상은 이제 없다고! 자, 이제
너희도 당해봐! 아웃사이더로 태어났다는 이유로 물러나 살아야 하는
게 어떤 기분인지 느껴봐!"

그 세상이 더는 없다고? 좀비 시대의 끝이 보이지 않고, 치료제나 백신
의 개발이 가망없다는 생각은 있었다. 하지만 형무가 속한 셸터는 그럼
에도 불구하고 정상적인 세상의 가치를 지켜내기 위해 노력하는 자들이
모인 곳이었다. 그리고, 아직은 힘의 논리에 의존해야 하는 건 있지만, 나
름 성과가 있었다.

한데 넷째의 말은 전혀 달랐다. 이자는 이전의 세상이 돌아오기를 전
혀 바라지 않고 있었다. 아니, 종말로 인해 모든 질서가 뒤집어진 걸 되려
기뻐하고 즐기고 있었다. 어떻게 그럴 수가 있지? 나사 풀린 약탈자들,
인간과 짐승의 경계가 희미해진 이 혼돈을 어찌 더 낫다고 생각할 수 있
을까?

셸터의 논리대로라면, 그런 사악한 악당들은 좀비만도 못한 괴물들이
니 다 죽이면 그만이었다. 문명의 이기와 양심을 버린 자들에게 나눠줄
자비와 식량은 없었다.

그럼에도 불구하고 형무의 뇌리엔, 교복을 입고 산송장 같은 표정을 한 채 그와 아버지를 구해줬던 남자의 얼굴이 스치고 지나갔다.

그러고 보니 그 얼굴도 예전에 본 기억이……

아니, 감상에 빠져 있을 틈이 없었다. 넷째가 한 손으론 올가미 장대를 쥔 채 한 손으론 옆구리에서 총을 꺼내고 있었다.

"아아아, 실증났다. 넌 죽어서 내 목걸이에 추가해야지! 고통 없이 죽을 생각을 하니 기쁘지, 응?"

글렀다. 형무가 건물 안의 다른 포로들을 향해 외쳤다.

"이봐! 나 좀 도와줘! 잡아당겨줘! 제발, 부탁이야!"

대답이 없다. 포로들은 그저 자기도 보초에게 미움받았다가 형무와 같은 꼴이 되지 않기를 바랄 뿐이었다. 하나같이 뒤로 물러나 구경만 하는 포로들. 필요 이상으로 남의 일에 참견하지 않는 마음가짐. 참 건강하고 상식적인 모습이다. 선이 악이 되고 악이 선이 된 세상에서, 형무의 긴 생존이 막을 내리는 순간이었다.

퍽.

총성이 아니었다. 홀연히 나타난 그림자가 형무에게 정신이 팔린 넷째의 뒤통수를 바위로 후려쳤다. 두개골이 함몰되니 단방에 숨이 끊어졌다. 장대를 잡은 힘이 빠지자 형무가 간신히 올가미를 벗고 숨을 돌릴 수 있었다. 넷째를 죽인 자는 쓰러진 넷째의 소지품을 뒤지더니, 그의 총을 챙겨 옆구리에 꽂았다.

분대장이었다.

"당신! 아직 도망 안 갔어? 여기서 뭘 하는 거야?"

분대장은 아무 말 없이 형무를 바라봤다. 그녀가 의미심장한 미소를 지었다. 아무리 봐도 적응이 안 되는 미소였다.

대답이 아니라, 혼잣말을 했다. "여지를 남겨두지 않는 게 좋겠군······."

그러곤, 아니나 다를까 형무를 구하지 않고 혼자 떠나버렸다. 도움을 청하는 게 얼마나 의미 없을지 직감했기에 형무도 조용히 있었다.

사실 분대장에게 비비는 것보다 더 좋은 방법이 있었다. 창문에서 내려와 포로들을 둘러봤다. 형무의 위기를 구경만 하던 포로들이 그의 시선을 피했다. 혐오스러운 놈들. 그들과 같은 입장이었을 때 다르게 행동했을지 묻는다면 자신 있게 대답할 수 없었지만, 어쨌든 꼴도 보기 싫은 놈들이었다.

그래도 분대장보단 나았다. 뭣보다 이게 마지막 희망이었다.

"보초가 죽었어. 감시자가 없는 지금이 기회다. 문을 부술 걸 찾아보자고. 뭔가 파성추로 쓸 만한 게 없을까?"

파성추라. 포로들의 시선이 일제히 사료 포대 사이에 있던 긴 벤치로 옮겨갔다. 한 명 한 명 자리에서 일어났다. 방금 전까지 나몰라라 하던 사이를 뭉치게 하는 데 딱 적절한 만큼의 희망이었다.

그러는 사이에 분대장은 발전소를 둘러싼 울타리의 자물쇠를 부숴 열고 있었다. 보고 있는 눈이 없는 걸 여러 번 확인한 뒤에, 울타리를 열곤 다시 닫지 못하게 잠금쇠까지 부숴버렸다. 그러곤 다시 발전소 안으로 들어갔다.

화창하던 하늘엔 먹구름이 끼기 시작했다.

발전소 상층의 기계실로 보이는 곳에서 잠시 발걸음을 멈췄다. 라니는 우비를 돌려받고 용이는 단검의 피를 닦았다. 미나는 또 주저앉아서 훌쩍이기 시작했다. 전기봉이 닿은 자리가 살짝 녹은 걸 본 라니가 용이에게 짜증을 냈다.

"얀마! 조심해서 못 써? 내 트레이드마크라고!"

"그 트레이드마크 때문에 이 지경이 된 거 몰라?"

"내가 워낙 특출나서 소문이 자자한 걸 어쩌라고?"

"몸으로 때우는 건 내가 다 하고 있거든!"

우에에엥! 숨어 있다는 것도 잊었는지 미나의 울음소리가 보란 듯이 커졌다. 용이와 라니는 잠자코 있었다. 왜 저러는지 모를 것도 아니었다. 미나는 지금 강 동쪽에서, 어찌 보면 종말 시대를 통틀어 가장 거대한 조직을 배신한 셈이다. 물론 용이와 라니라면 배신했다는 사실을 아는 자들을 다 죽여서 문제를 해결하겠지만, 미나는 생각이 거기까지 닿을 정도로 노련하지 못했다.

무엇보다 미나에겐 더 큰 목적이 있었다. 강미나는 종말 이전에도 늘 손해를 보고 빼앗기는 입장에 있었다. 어느 날 세상이 좀비로 가득 차 망해버렸고, 기존 문명은 몰락했다. 미나에겐 이게 기회로 보였다. 마음을 잃은 산송장으로 가득 찬 냉정하고 잔인한 세상을 새로운 무언가로 채울 기회. 종말 이전보다 더 나은 세상을, 종말 이후에 다시 세울 기회. 그녀야 뒤에서 구경하다가 잔일이나 돕는 신세지만, 어쨌든 그 거대한 계획의 일부가 될 수 있는 기회.

그러니까 이 모든 건, 셸터에서 극비로 취급하는 좀비 치료제를 빼돌리기 위해 동료들을 배신한 게 아니었다. 라니라는 어린아이의 목숨을 구하고 새로운 세상에서 올바른 삶을 살 수 있도록 돕기 위한 선택이었다. 어쩔 수 없었다. 그렇게 믿기로 했다. 그렇게 스스로에게 주문을 걸지 않으면 견딜 수 없었다.

미나의 울음소리가 잦아들자 라니가 말했다.

"놈들은 우리를 찾고 있을 거야. 당연히 출구부터 막아놨겠지. 통상적인 출구론 나가지 못해. 내부 구조에 밝은 자가 필요해. 누구 하나 잡아서 족치면 어떨까?"

"치료제는 찾아서 가야지. 포로들에게 빼앗은 물건을 모아둔 장소가 있을 거야. 잘하면 내 물건들도 거기 있겠지. 팀을 둘로 나눠서 하나는 치료제를 찾고 하나는 탈출로를 확보하자."

"팀을 어떻게 짜는데? 난 이 짐덩이 데리고 다니기 싫다."

"난 암살자고 넌 무기가 없잖아. 궁수 하나 데려가."

"그래 놓고 혼자 치료제 들고 튀려고?"

"여태껏 이 모든 걸 겪으면서 어떻게 날 의심하냐?"

이 둘이 손발이 맞는 건 딱 누군가를 죽이거나 나쁜 짓을 할 때뿐이다. 여유가 생기고 대화만 오가면 서로 싸우느라 정신이 없다. 미나가 소매로 눈물 콧물을 닦으면서 말렸다. "얘들아, 싸우지 마! 우리끼리라도 힘을 합쳐야……."

"어이! 들리냐, 용이! 나다, 형식이 아저씨다!"

기계실로 연결된 구름다리 아래를 내려다봤다. 아래층으로 형식이 돌아다니는 게 보였다. 라니가 미나를 돌아봤다. 미나는 심각한 고민 없이 손을 흔들며 앞으로 나서려고 했다. 라니가 얼른 그녀를 끌고 기계실 안으로 들어갔다.

용이가 기계실 문앞을 가로막고 형식 앞에 섰다. 단검은 소매 속에 숨겨두었다.

"무사하셨군요. 어쩐 일이죠? 저희와 있는 것보단 셸터에 섞여 있는 게 안전할 겁니다."

형식은 바로 본론으로 들어갔다. 총을 꺼내 겨누는 것도 잊지 않았다.

"용아. 목숨부터 구해야지. 너희에게 승산이 있다고 보니? 여자애를 넘기렴. 그 여자애는 백화점의 하수인이다. 위험을 감수할 만한 가치가 없는 인간이야."

"식인종들의 총인가요? 그런 귀한 걸 넘겨주다니, 상당히 필사적이긴 한가 보네요."

"당연하지! 상대가 백화점이다! 생존이라는 핑계로 무슨 짓이든 서슴지 않는 괴물들이야. 강 서쪽이 지옥이 된 건 다 놈들 때문이다. 생존자들의 전쟁에서 살아남는 건 셸터 쪽이 되어야 해!"

푸훗. 용이가 웃음을 터뜨렸다. 마지막으로 웃어본 게 언제인지 기억도 안 난다. 옛 지인을 만난 덕일까? 아니면 이것은 웃음이 아니라 심장이 멈춘 고기 풍선에서 새어 나온 바람 소리일 뿐일까?

"지겹지 않아요, 아저씨? 어린애를 죽이면서도 살아남기 위해 어쩔 수 없었다. 저항하지 못하는 사람들을 약탈하면서도 살아남기 위해 어쩔 수 없었다. 종말 이전엔 인간의 자격이라도 되는 것처럼 떠받들던 그 모든 원칙과 법을 어기면서도 살아남기 위해 어쩔 수 없었다. 저를 죽이고도 똑같이 말할 건가요? 살아남기 위해 어쩔 수 없었다고?"

형식이 이를 악물었다. 총을 쥔 손에 힘이 들어갔다.

"입 다물어! 네가 뭘 알아!"

탕! 총구가 불을 뿜었다. 제대로 조준도 안 되고 터무니없이 타이밍도

늦은 사격이었다. 용이는 원숭이처럼 순식간에 구름다리의 난간을 타며 형식의 사각으로 이동했다. 엄청난 속도로 상대의 의표를 찔러 등 뒤를 노렸다.

그런데 이번엔 한 가지 문제가 있었다. 의표를 찌르는 자의 가장 큰 약점은, 의표를 찌를 줄 아는 자가 자기만이 아니라는 걸 간과한다는 것이다. 형식은 자신이 용이를 상대로 정면 대결에 승산이 없다는 걸 알았다. 그래서 총 말고도 도움이 될 만한 걸 더 가져왔다.

형식이 윗옷을 활짝 열었다. 수많은 수류탄이 나무에 맺힌 열매처럼 주렁주렁 매달려 있었다. 용이의 단검이 멈췄다. 형식이 수류탄 안전핀들이 연결된 끈을 검지로 잡았다.

"날 건드리면 잡아당길 거다! 안전핀만 뽑혀도 수류탄은 터지는 거 알지?"

용이가 기계실 창문을 바라봤다. 라니가 줄곧 상황을 지켜보고 있었다. 둘의 시선이 마주쳤다.

용이가 고개를 끄덕였다. 이 방법이 가장 합리적이다.

라니가 고개를 저었다. 지랄 마, 미친놈아.

깡! 용이가 구름다리를 지탱하던 녹슨 쇠사슬을 단검으로 후려쳤다. 안 그래도 관리되지 않던 구름다리가 연결부 채로 뜯겼다. 용이와 형식이 선 다리 전체가 아래층으로 추락했다.

콰장창!

얼마나 높은 곳이었는지는 모르겠지만 기계실하곤 충분히 멀어졌다. 충격으로 형식이 정신을 못 차리는 사이에 용이가 바로 공격에 들어갔다. 첫 칼질에 수류탄과 연결된 끈들이 잘려나갔다. 두 번째 칼질은 정확히 형식의 어깨에 박혔다.

턱! 이번엔 늦지 않았다. 형식의 손이 그의 어깨를 찌른 용이의 손목을 붙잡았다. 다른 손으론 용이의 멱살을 잡았다. 떼낼 수가 없었다. 이 남자는 모든 힘을 쏟아붓고 있었다.

용이가 말했다. "합리적으로 생각하세요. 감정에 치우치는 건 죽음으로 이어지는 길일 뿐입니다. 놈들이 뭘 약속했든 당신의 승산은 여기까지⋯⋯."

퍽! 형식이 용이를 걷어찼다. 용이가 뒤로 나자빠졌다. 그사이에 옷에 걸린 수류탄 중 하나를 들었다. 안전핀을 뽑고, 저 위의 기계실을 향해 있는 힘껏⋯⋯.

스걱.

수류탄을 쥔 팔이 잘려나갔다. 피가 솟구치고, 수류탄이 바닥에 떨어졌다. 용이가 수류탄을 발로 차냈다. 구석으로 굴러간 수류탄이 터지고, 그의 단검에선 형식의 피가 뚝뚝 떨어졌다.

엄청난 출혈이다. 형식이 바닥에 주저앉았다. 그가 잘려나간 자신의 팔을 내려다봤다. 천천히 고개를 들어 용이를 올려다봤다. 들개를 찢어 죽이고 겁줘 쫓아내던 그때와 똑같은 눈빛이다. 그러나 위에서 내려다볼 때와 아래에서 올려다볼 때가 이렇게 다를 줄은 몰랐다.

용이가 말했다.

"왜 이렇게 된 거죠? 이럴 필요는 없었습니다. 우린 좋은 이웃이었잖아요. 좋은 이웃으로 남을 수 있었잖아요."

피식. 이번엔 형식이 웃었다. 심장이 멈춰가는 고기 풍선에서 새어 나오는 바람 소리였다.

"좋은 이웃? 웃기고 있네. 난 네 아버지 병원의 하청업자일 뿐이었어. 네 아버지의 박애주의자 행세 상대해주느라 우리 약국이 얼마나 고생했는 줄 알아? 그걸 견디게 해준 건, 오로지 내 아들이 그 자식의 아들보다 낫다는 사실뿐이었어. 기묘한 패거리 몇 명 말고는 제대로 된 친구도 없는 공황장애 찌질이가 결국 대학도 떨어지고 실패자가 되어 부모 등골이나 빼먹고 살더군."

빠르게 얼굴의 핏기가 사라져간다. 그러나 미소만은 가시지 않는다. 제법 만족스러운 최후를 맞이하고 있는 거 같다.

"너희 부모님은 어떻게 되었냐? 너도 백화점 멤버라면, 점장의 보호 아래에 있나? 자기 아들이 실패한 재수생에서 미친 도살자가 되어 있는 걸 보고 기뻐하시나? 아니면, 이렇게 대단한 살인마가 되고서도 부모님은 못 구한 거냐? 그거 축하할 일이구나. 공황 증상에 사로잡힌 노예에서 풀려난 대가로 이런 괴물이 된 걸 못 보고 떠난 게 그들의 유일한……."

스걱.

심장이 멈춘 자가 다른 이의 심장을 멈추게 했다.

좀비 시대에 흔한 일이었다.

다만, 이 검을 움직인 것은 분노였다.

누구를 향한 분노였는지는 아무도 모를 일이었다.

용이가 형식과 함께 아래층 어디론가 사라졌다. 미나와 단둘이 남겨진 라니가 바로 기계실 뒷문을 찾았다.

"이동하자."

"둘을 구하러 가게?"

일일이 설명해야 하다니, 짜증나는 여자다. 용이에겐 필요 없는 과정이었는데.

"그럴 시간이 어딨어? 저 아저씨가 여기 나타났다는 건 적들도 우리 위치를 눈치챘다는 거야. 얼른 치료제를 챙겨서 달아나야 해. 아니, 치료제 구할 틈이나 있으려나…… 고딩은 알아서 살아남을 테니까 밖에서 합류하자고."

"적……."

라니는 벌써 뒷문으로 나가는 중이다. 그런데 미나가 우두커니 서서 시간을 지연시키고 있었다. 가족 같은 사이라고 하면 과대평가겠지만, 반나절 전까지만 해도 동료였던 자들이 적이 되었다. 제 손으로 이 상황을 초래하고도 그걸 받아들이는 데 시간이 걸리는 스타일이었다.

그런 그녀에게 라니는 자비 없이 쏘아붙였다. "안 따라올 거야? 그럼 그 활이라도 주던가."

"넌 어떻게 이런 걸 이렇게 잘하는 거야? 아직 어린애잖아."

'이런 거'가 뭐고 '이렇게'가 뭐며 '어떻게'가 무엇을 의미하는 건지 하나도 명확한 게 없는 대명사 투성이의 문장이다. 라니는 요령껏 대답했다.

"너는 어떻게 이런 걸 이렇게 못하는 거야? 종말 시대를 5년이나 살아온 어른이잖아."

"어린애는 이렇게 살면 안 돼. 애들에게 이런 일이 벌어지면 안 된다고."

"요즘은 누구나 이렇게 살아. 애고 어른이고 전부 다."

라니가 다시 밖으로 향했다. 미나가 뒤를 따랐다. 라니의 청력을 최대한 활용해 발소리가 없는 곳으로 이동했다. 문이 막힌 곳이나 너무 녹슬어서 위험한 곳을 피하니 선택지가 많지 않았다. 아니, 미나가 없었으면 환풍구를 기어갈 수도 있고 창틀을 넘나들 수도 있었겠지만 그런 건 평생에 걸쳐 인간병기 훈련을 받은 자에게나 가능한 것이었다.

어느새 두 사람은 예전에 쓰레기 처리장이던 곳에 도착했다. 가운데에 구덩이가 있고 구덩이 주위로 철조망이 빙 둘러 있었다. 다만 좀 이상한 게, 철조망 너머에 의자들이 세워져 있었다. 마치 구덩이를 구경하려고 마련해놓은 관객석 같았다. 이 발전소 직원들은 쓰레기 쌓이는 걸 구경하는 취미가 있었나?

답을 아는 데엔 오랜 시간이 걸리지 않았다. 처리장을 가로지르려던 라니와 미나의 눈앞에서 문이 닫혔다. 동시에 곳곳에 숨어 있던 식인종들이 우르르 튀어나왔다.

"하아, 매복." 라니가 한숨을 내쉬었다. "어째 너무 순탄하다 했지."

미나는 새파랗게 질려버렸다. "말도 안돼! 어떻게 우리가 여기로 올 줄 알고?"

뻔하지. 저쪽은 내 경이로운 청력의 존재를 알아. 애당초 이쪽으로 오게 만들려고 길을 막고 소리를 내서 천천히 유도한 거야. 라니는 일일이 설명하려다가 관뒀다. 어쨌든 결론은 자신의 실책에 대한 지적으로 이어질 거 같았으니까.

"애당초 이쪽으로 오게 만든 거지! 그 꼬마가 소리를 잘 듣는다는 건 알고 있었어. 일부러 길을 막고 곳곳에서 소리를 내서 원하는 방향으로 오게 만든 거지!"

식인종들 사이에서 그들의 우두머리 노파가 나왔다. 히죽 미소 지으면서 라니가 생각했던 걸 고스란히 말했다. 미나가 주위를 둘러보며 탈출로를 찾았지만, 성과는 없었다. 대신 한때 그녀의 동료였던 셸터 원정대가 식인종들과 한패가 되어서 그들 사이에 끼어 있는 건 볼 수 있었다.

라니에겐 그다지 상관 없는 일이었다. 그녀가 우두머리를 올려다보며 말했다.

"우릴 죽이고 싶었다면 기회는 얼마든지 있었던 거 같네. 달리 원하는 게 있는 건가?"

우두머리가 근처에 있던 의자에 앉았다. 근처에 있던 부하가 재료를 알고 싶지 않은 소시지와 술을 가져다주었다.

"네 처형은 기정사실이야. 근데 그냥 죽이자니 여러모로 아쉽더라고. 어차피 네놈들 본거지에 연락할 수 있는 거 같지도 않고…… 그럼 그 대단한 백화점의 인간병기가 활약할 기회를 보고 죽이는 게 엔터테인먼트적 관점에서 이득이잖아?"

짝! 우두머리가 박수를 쳤다. 그러자 거구의 식인종 하나가 철창을 펄쩍 뛰어넘어 라니 앞으로 다가왔다. 이제 확실해졌다. 여긴 식인종들이 먹잇감들을 잡아먹기 전에 마지막으로 가지고 노는 곳이다. 우두머리 입에서 '이기면 살려준다'라는 뉘앙스의 말이 나올 거라는 직감이 라니의 뇌리를 스치고 지나갔다.

"자, 놀아보자! 조건은 간단하다. 우리 쪽 챔피언을 모두 이기면 셸터 궁수는 살려주지. 지면 둘 다 오늘 저녁거리다!"

와아아아! 식인종들이 일제히 기쁨의 환호성을 질렀다. 반면 미나의 손은 덜덜 떨리고 있었다. 그녀가 라니의 어깨를 붙잡으며 눈물 가득한 목소리로 말했다.

"어, 어, 어쩌지? 어차피 넌 죽인대. 이제 어떻게 하지?"

어쩌냐고?

우두머리의 사고방식이 내 예측을 벗어나지 않고 있어.

승산이 있다는 뜻이야.

시간을 벌어야 해.

라니가 미나에게 우비를 맡기고 그녀의 임시 활을 가져왔다. 활을 몽둥이처럼 들고 자신 앞에 선 거구에게 다가갔다.

"어쩌긴. 저놈들에게 잊을 수 없는 하루를 선물해줘야지."

형식이라는 성가신 짐이 사라지니 이동 속도가 눈에 띄게 빨라졌다. 식인종 병사를 고문해서 포로 압수품 보관창고의 위치를 알아내고도 시간이 남았다. 라니를 보호해야 한다는 생각은 잊어버린 지 오래였다. 치료제가 가까워질수록 머릿속에 떠오르는 건 희진이와의 추억뿐이었다.

복도를 걷다가 마주친 추억.

급식실 맞은편 테이블에서 눈이 마주친 추억.

그녀에게 내 이름을 기억시킬 만한 기회였던 추억.

마침내 압수품 창고 앞에 도착했다. 보초 정도는 있을 줄 알았는데 묘할 정도로 조용했다. 대부분의 식인종이 본래 쓰레기 폐기장이었던 아레나에서 한참 어린 여자애를 괴롭히느라 여념이 없다는 걸 예상하진 못했다.

발로 걷어차서 창고 문을 부숴버렸다. 용이 일행이나 셸터 원정대를 비롯해 식인종들이 붙잡은 무수한 생존자의 소지품이 거기에 쌓여 있었다. 그중에서도 제일 먼저 용이의 시선을 끄는 건, 입구에서 멀지 않은 곳에 있는 그의 소지품이었다.

"드디어!"

혼자 일하는 걸 선호하는 암살자에게 있어서 등 뒤의 공격에 대비하는 건 중요한 문제다. 그보다 중요한 건, 학생에게 책가방은 군인에게 총만큼 중요하다는 사실이다. 책가방과 전경 방패를 등에 멨다. 벌써부터 모든 것이 제자리에 돌아왔다는 기분이 들었다.

단 한 가지만 남았다.

유리병 안에 든 파란 희망. 좀비 바이러스 치료제.

기가 막힐 정도로 가까운 곳에 보였다. 안쪽 수납장 위에 셸터 원정대의 보급품과 함께 굴러다니고 있었다. 그것의 가치를 모르는 자가 할 만한 행동이었다. 그것의 가치를 아는 자는 놓칠래도 놓칠 수가 없는 것이었다.

팔을 뻗어, 붙잡았다. 형체가 있는 꿈처럼 손에 붙잡혔다. 유리병은 금속처럼 차가웠지만 용이의 삶 그 어디에서도 느껴보지 못한 온기가 그곳에 있었다.

머리 위로 들어 보이면서 얼굴에 만연한 미소를 지었다.

"드으으디어!"

쨍그랑.

어디선가 날아온 투사체가 손안의 유리병을 깨뜨려버렸다. 깨진 병에서 흘러내린 파란 액체가 불타버린 당첨 복권의 재 가루처럼 손가락 사이로 흘러내렸다.

뒤를 돌아봤다. 열린 창고 문 앞에 총을 든 누군가가 서 있었다. 분대장이었다.

"널 따라다니면 치료제를 찾을 수 있을 거라고 생각했지. 이제 그것의 존재를 아는 자들만 사라지면……."

많은 의문이 남아 있다.

왜 선발대만이 치료제의 존재를 알았는가?

왜 셸터는 강 너머에까지 원정대를 보내면서 치료제 실험을 감행했는가?

왜 분대장은 선발대 외에 치료제의 존재를 아는 자들을 비밀리에 제거하려고 했는가?

그 답을 알 방법은 분대장을 족치는 것뿐이었다.

그러나 그 모든 진실이 더는 용이에겐 중요하지 않았다.

으아아아!

용이가 한달음에 분대장에게 달려들었다. 탕! 분대장은 반사적으로 방아쇠를 당겼다. 총구를 떠난 총알은 '폐교의 고딩'보다 빨랐지만, 분대장의 동체 시력은 그 속도를 따라잡기에 턱없이 느렸다.

푹! 단검 끝이 분대장의 팔을 찔렀다. 총은 천장을 향해 총성을 뿜으며 분대장의 손을 떠나 바닥에 떨어졌다. 부웅, 하고 용이의 공격이 허공을 갈랐다. 분대장은 황급히 몸을 굴려 공격을 피했다.

"으아아아!"

겁에 질린 비명. 총이 있어도 밀리는 상대인데 총을 잃고 팔엔 칼집까지 생겼으니 이젠 승산이 없다. 분대장이 허겁지겁 도망쳤다. 앞뒤 분간 없이 근처에 있던 외부 비상계단 문으로 달려들었다. 철문이 열리니 발전소 외부의 숲이 시야에 들어왔다. 습기를 머금은 숲의 흙냄새가 훅 안으로 들어왔다.

"비!"

비가 내린다. 비상계단을 가린 처마 위로 세찬 빗줄기가 쏟아지고 있었다. 분대장은 비상계단을 내려가지 못하고 멈췄다. "이런 젠장!"

왜 비를 보고 분대장이 멈췄을까? 용이는 그걸 계산할 겨를조차 없었다. 걷잡을 수 없는 분노로 제정신이 아니었다. 붉은 천을 본 황소처럼 그의 미래를 빼앗은 자에게 돌진할 뿐이었다. 아니, 과거인가?

분대장은 임기응변에 능한 여자였다. 달려드는 용이를 피해 타이밍 좋게 슬쩍 옆으로 돌았다. 비가 내려 미끄러워진 비상계단 바닥을 밟은 용이는 균형을 잃고 미끄러졌다.

으왓! 비상계단 난간을 붙잡고 버텼다. 문제는 분대장이었다. 그대로 용이의 옷덜미를 붙잡았다. 비상계단 밖으로 던져버릴 셈이었다. 여긴 적어도 4층. 아무리 용이라도 머리부터 떨어지면…….

탕!

건물 안에서 날아든 총성. 분대장이 떨어뜨린 총을 누군가가 주워서 정확히 분대장의 어깨를 맞췄다. 아악, 하는 짧은 비명과 함께 분대장은 용이 대신 비상계단 아래로 굴러 떨어져버렸다. 분대장이 사라지자 총을 쏜 자가 팔을 뻗어 용이를 건물 안으로 잡아당겼다. 틀림없이 용이를 도와주려는 행동이었다.

문제는 용이 당사자였다. 머리끝까지 솟구친 피가 식지 않은 상태였다. 갈가리 찢어도 시원찮을 분대장이 사라져버렸다. 갈 곳 없는 분노는 자신을 구해준 자까지 노렸다. 단검으로 총을 든 자의 미간을 노렸다.

"정신차려! 나야, 형무!"

간신히 단검이 멈췄다. 어쩐지 심장이 철렁 내려앉는 기분이 들었다.

그 덕에 분노에서 벗어나 이성을 되찾았다. 그를 구해준 것은, 그가 죽인 남자의 아들이었다. 아버지의 지인의 아들이었다.

그런 자를 죽이는 건, 뭐랄까…….

합리적이지 못했다.

"고, 고마워." 쉰 소리가 나와서 헛기침을 섞어 말했다.

"천만에. 덕분에 저 망할 여자에게 한방 먹여보네. 속이 다 시원하구만."

형무는 밝은 표정으로 총의 안전장치를 잠갔다. 여러모로 일이 잘 풀린다. 근거는 다소 빈약하지만, 곧 아버지도 구할 수 있을 거라는 확신이 들었다.

반면 용이의 표정은 점점 어두워졌다. 이성이 돌아오자 후회와 아쉬움이 몰려왔다. 방금 난 화를 낸 건가? 오늘 하루에만 얼마나 감정에 휩쓸린 거지? 지난 5년간 심장을 멈춘 덕에 살아남아온 내가, 오늘 하루에만 합리적이지 못한 행동을 몇 번이나 저지른 건가? 죽은 자식의 시체를 만지는 심정으로 방금 전까지 유리병을 쥐고 있던 손을 들어보았다. 파란 액체는 이제 대부분 흘러버려 흔적만 남아 있을 뿐이었다.

자신의 젖은 손을 응시하는 용이를 보고는 형무가 눈살을 찌푸렸다.

"어이, 혹시 빗물 묻은 거 아냐? 빨리 손을 닦지 그래?"

빗물? 그러고 보니 분대장은 비가 내리는 건물 밖으로 나가지 않으려고 했지. 비에 무슨 문제가 있는 건가?

현지 말을 모르는 외국인 관광객 표정을 한 용이를 보자 형무가 사태의 심각성을 깨달았다.

"맙소사. 설마 너 비가 위험한 걸 모르는 거야? 지난 5년 동안 비에 맞거나 물에 빠진 적이 한 번도 없어?"

"어…… 식수는 전부 의뢰인에게 공급받았고, 원체 수영이나 물에 들어가는 걸 싫어하는 성격이라. 굳이 비를 맞으러 나갈 일도 없었고……."

"이제라도 알아서 다행이군. 좀비 사태 초기엔 괜찮았는데, 점점 전 세계의 모든 물에 좀비 바이러스가 증식하기 시작했어. 이제 끓여서 소독하지 않은 모든 물은 상처에 닿거나 마시기만 해도 감염되어버려. 너, 방금 꼼짝 없이 좀비가 될 뻔한 거야."

사태의 심각성을 깨달은 용이가 고개를 획 돌려 열려 있는 비상문 밖을 바라봤다. 해가 져서 어두워진 숲과 굵은 빗줄기가 발전소에서 흘러나오는 희미한 빛을 잡아먹고 있다. 이 비가 그치기 전까진, 발전소는 창살 없는 거대한 감옥이나 다름없었다.

"비가 그칠 때까진 어떻게든 여기서 살아남아야겠군."

"그래. 다행히도 꽤나 규모가 있는 시설이니까 적절히 숨을 곳만 찾으면……."

끼에에에…….

쏴아아아 내리는 빗소리를 뚫고 들려오는 신음 소리.

숲의 흔들리는 나뭇잎이 낸 환청이었을까? 발전소 안의 기계와 녹슨 경첩들이 낸 화음에 불과했을까?

비상문으로 다가간 용이와 형무는 그것이 근거 없는 공포가 아님을 깨달았다. 휴게소를 포위했던 고치들. 비에 맞아 물기를 머금어 되살아난 좀비들에게, 어둠 속에서 빛나는 발전소의 존재는 그야말로 먹잇감의 위치를 알려주는 등대와도 같았다.

그들이 모여들고 있었다. 식인종들은 하찮은 즐거움에 팔려 감시가 느슨해졌다. 분대장이 활짝 연 울타리는 여전히 저 밖의 어둠으로 입을 벌리고 있었다. 지옥에서 돌아온 자들에게 그야말로 완벽한 환경이었다.

쓰레기 처리장은 원래부터 조명이 밝은 곳이 아니었다. 식인종들이 재미 삼아 포로들끼리 싸움을 붙일 때 쓰려고 철창과 의자를 마련해두긴 했지만, 보초나 경비 당직들이 자기 일도 내팽개치고 모여들 만큼 인기 있는 오락거리의 무대는 아니었다.

오늘은 달랐다. 오늘의 선수는 상상을 초월했다. 그녀는 백화점에서 온 침입자. 백화점의 폭정을 피해 숨어온 자들로 이루어진 식인종 집단에서 이만큼 맛깔나는 선수도 없을 것이다. 심지어 이 쬐그마한 소녀는 벌써 도전자를 다섯 명째 해치우는 중이었다. 도전자도 한때 식인종의 동료였던 자들이지만, 그들의 시체가 쌓여갈수록 쓰레기 처리장에 모인 관객들의 열기는 뜨거워져만 갔다.

다른 의미에서 열기가 오른 자도 있었다. 철창 밖으로 끌려 나온 미나는 식인종들에게 붙잡힌 채 고래고래 분노의 고함을 지르고 있었다.

"이 짐승만도 못한 것들! 어린 여자애에게 무슨 짓을 하는 거야! 이만큼 이겼으면 됐잖아? 이제 풀어줘!"

의미 없는 아우성은 관객들의 함성에 묻혀 누구에게도 들리지 않는다. 미나는 고개를 들어 관객들의 추악한 면면을 돌아봤다. 대부분이 식인종이다. 하지만 그 사이엔 이제 그들과 한패가 되어버린 원정대 대원도 있었다. 대대장마저 우두머리의 오른팔이라도 된 것처럼 그들 사이에 끼어 폭력과 야만의 기쁨을 한껏 누리고 있었다. 미나의 안경에 김이 찼다. 이를 악물었다. 그녀가 걸어온 길, 목숨 걸고 지켜온 가치가 쓰레기 처리장의 악취와 하나가 되어가는 것을 느꼈다.

결국 이건가?

문명을 향한 노력, 정상적인 세상을 향한 이상이 도달하는 곳은 여기인가?

마지막에 승리하는 것은 폭력과 야만인가?

우리가 알고 있던 종말 이전의 세상은, 그저 사람인 척하는 산송장들이 이쁘게 꾸며놓은 거대한 똥무더기에 불과했던 건가?

"다음 선수, 입장!"

우두머리가 소리쳤다. 바로 새로운 남자가 철창 안으로 들어갔다. 라니가 제자리뛰기를 하면서 몸을 풀었다. 빠르게 움직이는 동공과 쫑긋거리는 귀가 몇 초 만에 상대의 약점을 파악했다.

우오오오! 달려드는 남자. 라니는 잽싸게 몸을 굴려 그의 손아귀를 피했다. 그와 동시에 남자가 허리에 차고 있던 벨트를 풀어버렸다. 모든 벨트 끝엔 금속 조임쇠가 있다. 벨트를 철퇴처럼 빙글빙글 돌리다가 퍽, 하고 남자의 이마를 맞췄다. 아악, 하고 남자가 비틀거렸다.

비틀거리는 그 몇 초.

그 몇 초 만에 남자의 목에 미나가 깎아 만든 임시 활을 꽂아 넣었다. 부러진 나뭇가지의 뾰족한 모서리가 깊숙이 파고들었다.

쿵, 하고 거대한 몸뚱이가 쓰러졌다. 와아아아! 그 놀라운 움직임에 감탄한 관객들이 거품을 물며 환호했다.

쳇. 라니가 혀를 찼다. 좋지 않다. 활이 부러져버린 데다 너무 빨리 이겼어. 시간을 끌어서 체력을 온존해야 하는데. 점점 다급해지고 있다. 이래선 오래 못 버텨.

버티면 뭐?

살아서 뭐? 그다음엔 뭔데? 살기 위해 또 속이고 뺏고 죽이는 거? 그렇게 살아서 운 좋게 천수를 누리면 뭐가 기다리고 있지? 이 모든 게 무슨 의미가 있다고 이 고생을 해야 하는 거야?

점장과의 대화가 어렴풋이 떠올랐다.

'이 세상은 거지 같은 똥통이야. 천수를 누리다 죽는다는 건 인간이 겪을 수 있는 가장 끔찍한 최후지.'

라니가 물었다.

'그럼 우리는 왜 살아야 하는 거죠?'

점장이 함박 미소를 지으며 대답했다.

'나를 똥통에 빠뜨린 자, 내가 똥통에 빠지는 걸 구경만 한 자, 내가 이 모든 것을 똥통이라고 느끼게 해준 자들에게 똥통 이상의 지옥을 보여주기 위함이지.'

"으랴아!"

철창 밖에서 난 소리였다. 미나였다. 그녀가 뭘 발견한 모양이다. 별안간 자신을 잡고 있던 식인종을 엎어치기로 쓰러뜨리더니 철창 안으로 뛰어 들어왔다. 여기까진 그리 놀랄 일이 아니었다. 한데, 어디서 구했는지 미나 손에 총이 들려 있었다. 그녀가 총으로 관객석의 우두머리를 겨누면서 외쳤다.

"다 닥쳐! 이 짓거리를 멈추라고!"

총. 쓰레기 처리장 안이 찬물을 부은 것처럼 조용해졌다. 식인종 중에서 바람총이나 화살을 가진 자들이 일제히 미나를 조준했다.

반면, 우두머리는 별로 동요하지 않았다. 미나를 붙잡고 있던 식인종을 바라봤다. 역시나 그가 가지고 있던 걸 훔친 것인지, 제 몸을 더듬으며 사라진 총을 확인하고 있었다. 이걸로 확실해졌다.

"멍청하긴. 우리 중 실탄을 가진 총이 있는 자는 나와 일부 간부뿐이야. 사병들이 가진 건 당연히 위협용 공포탄이지. 개나 소나 실탄을 나눠 줄 만한 자원이 있었으면 우리가 뭐 하러 이 발전소에 숨어 살았겠나?"

우하하하! 긴장이 풀렸는지 패거리들이 웃음을 터뜨렸다. 그제야 훔친 총의 잔탄을 확인한 미나가 성급했음을 깨달았다. 또다시 그녀의 아둔함이 명을 재촉했다. 라니를 내려다봤다. 라니는 이제 지칠 대로 지친 듯 비난할 기운도 없어 보였다.

남은 길은 하나뿐이었다. 미나가 바닥에 떨어져 있던 도끼를 들었다. 눈물이 그렁그렁한 얼굴로 라니를 내려다보며 말했다.

"저놈들은 널 놔주지 않을 거야. 이대로 마지막의 마지막까지 괴롭히다가 죽일 셈이야. 혹시나, 혹시나라도 너에게 마음의 준비가 되어 있다면, 최소한 고통 없이 죽는 건 도와줄게. 최소한 존엄하게 죽는 것 정돈 도와줄 수 있어."

허. 이건 또 새로운 자극이군.

똥통에 빠뜨린 자도 아니고, 똥통에 빠지는 걸 구경만 하는 자도 아니고, 똥통이라고 느끼게 하는 자도 아니야.

픽! 손바닥으로 미나의 등을 쳤다. 그녀의 눈물이 뚝 그쳤다. 라니는 미나에게 도끼를 넘겨받으면서 시익 웃어 보였다.

아무 말도 하지 않았다. 그냥 그대로 조용히 미나에게 등 뒤를 맡겼다.

우두머리는 그 꼴이 마음에 들지 않았다. 짜증이 올라오면서 손에 힘이 들어간 순간, 반쯤 남은 술병이 쨍그랑 깨져버렸다. 벌떡 일어나 소리쳤다.

"이제 재미없다! 그만 놀자! 동시에 공격해라! 일제히 들어가서 죽여……."

끼에에에!

우두머리의 지시가 저 멀리서 들려오는 비명 소리에 가려져버렸다. 그 소리가 산 자의 것이 아니라는 사실쯤은 쓰레기 처리장의 모두가 본능으로 알았다. 일제히 시선이 입구 방향으로 향했다. 연이어 처리장 입구를 박차고 들어온 것은, 정신 없이 달리고 있는 용이와 형무였다.

처리장 안에 들어온 두 사람 눈에 제일 먼저 보인 것은 철창, 그리고 그 안에 있는 라니와 미나였다. 거의 반사적으로 철창을 뛰어넘어 경기장 안으로 들어갔다. 주위를 포위한 식인종이 바람총과 화살로 그들을 노리고 있다는 건 신경 쓸 겨를이 없었다.

"왜 이제 와!" 라니가 용이에게 버럭 성질을 냈다.

"준비해! 온다!" 용이가 바닥에 떨어진 우비를 주워 라니에게 집어던지면서 외쳤다.

끼에에에!

왔다! 용이와 형무를 쫓아온 좀비들. 분대장이 열어놓은 울타리를 넘어온 좀비들이 우르르 쓰레기 처리장 안으로 몰려들었다. 네 사람을 겨누던 무기들이 황급히 좀비들에게로 돌아갔다. 허나 늦었다. 천혜의 요새에서 울타리만 믿고 퇴폐적 즐거움에 푹 빠져 있던 식인종은, 딱 그들의 견실함만큼의 최후를 맞이했다.

반격하라! 도망가! 밀지 마! 으아아악!

우두머리가 뭐라뭐라 지시를 내리긴 했지만 애당초 식인종 패거리는 일사분란한 지휘체계에 익숙하지 못했다. 셸터 병사들은 좀 나았을지도 모르지만, 좁아터진 쓰레기 처리장에 잔뜩 몰린 인파는 제대로 대응도 못 하고 허둥대기 시작했다. 방금 전까지 라니 일행에게 철창 안은 감옥이었지만, 이젠 여기서 가장 안전한 장소가 되었다.

오래 가진 못했다. 살아남은 자들이 쓰레기 처리장을 나가니 슬슬 좀비들의 시선이 철창 안으로 이어졌다. 끼에에에! 좀비들이 일제히 밀어대니 철창이 넘어지기 일보 직전이었다.

"이제 어떡해?" 미나가 총알도 없는 총을 들고 바들바들 떨었다.

"천장! 봐둔 곳이 있어! 윗층으로 올라갈 틈새가 있어!" 라니가 쓰레기 처리장의 천장 한쪽을 가리켰다. 확실히 대들보 근처의 합판이 얇아서 닿기만 하면 층간 사이 공간으로 올라갈 수 있을 거 같았다. 문제는 어떻게 저기 닿느냐는 건데…….

용이는 말하지 않았다. 바로 미나 손에 들려 있던 총을 빼앗아서 철창으로 다가갔다. 총의 손잡이로 철창의 아래쪽 경첩을 내리쳐 부쉈다. 좀비들이 미는 힘이, 철창을 아래쪽부터 밀어내면서 좀비들이 철창을 머리 위로 들어 올리는 형세가 되었다.

용이가 제일 먼저 그 철창 위로 올라가며 외쳤다. "위로!"

자세한 설명도 필요 없다. 형무, 미나, 라니도 용이를 따라 철창 위로 올라갔다. 이내 쓰레기 처리장엔 좀비가 발 디딜 틈 없이 가득 차고, 한 장의 얇은 철창이 커다란 서퍼보드라도 되는 것처럼 좀비의 팔의 바다를 아슬아슬하게 떠다녔다. 설상가상으로, 좀비 습격의 소동이 발전소 전역으로 번지고 있었는지 전등이 꺼지고 어슴푸레한 비상등이 들어왔다. 시야까지 엉망이 된 상태에서 발밑에서 들려오는 좀비들의 신음 소리는 사람을 미치게 만들기 충분했다.

"아아악! 우린 이제 다 죽을 거야!"

미나가 주저앉으려고 한다. 좋은 생각이 아니다. 좀비 손가락이 철창의 구멍 사이로 비집고 올라오는 꼴이 식인 지렁이들의 무도회 같다. 짝! 라니가 바로 미나의 뺨에 싸대기를 날렸다. 하마터면 안경이 날아갈 뻔했다. 간신히 정신을 차린 미나에게 버럭 소리를 질렀다.

"날 목마 태워! 미나는 형무 머리 위로! 용이는 균형 잘 맞추고 있어! 움직여, 당장!"

일단 목표가 생기니 일사분란하게 움직였다. 형무와 미나가 인간 피라미드를 만들자, 라니는 가벼운 몸놀림으로 기어올라 대들보 위로 올라갔다. 일단 거기까지 도달하니 다음은 쉬웠다. 라니가 천장을 열어 위층으로 올라가고, 미나와 형무를 끌어올렸다.

마지막은 용이 차례였다. 혼자 남으니 균형을 맞추기도 쉽지 않다. 천장의 구멍으로 팔을 내리고 있는 미나를 올려다봤다. 그녀와 눈이 마주쳤다. 팔을 뻗어 그녀의 손을 잡으려는 순간······.

미나가 갑자기 손을 치웠다. 그러곤 두 눈을 부릅뜨고 물었다.

"너, 형식이 아저씨는 어떻게 됐어? 아저씨랑 떨어졌었잖아. 왜 형무랑 나타난 거지?"

빌어먹을. 하필 지금 그 질문을.

용이도 실수했다. 빠르게 대답했어야 했다. 어차피 전후사정을 아는 자는 없다. 미나 같은 천치쯤이야 간단한 거짓말로 속여넘길 수 있었을 것이다.

왜 망설였을까?

또 심장에게 진 거야?

대가는 처절했다. 미나의 안경에 붉은 비상등이 반사되었다.

"역시 넌 망가진 인간이야. 라니처럼 무고한 아이들이 너같은 부류 옆에 있다가 똑같이 좀비 시대의 괴물이 되어버려. 인류의 미래를 위해서라도 넌 사라져야 해. 일말의 양심이 남아 있다면 지금까지 죽인 무고한 사람들의 얼굴을 떠올리며 죽어가도록 해."

마침 위층에서 좀비의 비명 소리가 들렸다. 미나는 천장 합판을 닫고 사라져버렸다. 세 사람이 좀비를 피해 달아나는 소리가 들렸다.

용이만이 좀비로 가득한 쓰레기 처리장에 홀로 남았다.

철창 위에서 간신히 균형을 맞추며 좀비의 바다를 표류하는 통나무가 되었다.

다행히 쫓아온 좀비들을 따돌리는 건 오래 걸리지 않았다. 복도에 세워진 선반장을 넘어뜨려 좀비들의 접근을 막았다. 이미 발전소 전역이 좀비로 가득 찬 거 같지만, 간신히 버려진 회의실에 들어가 숨을 돌릴 수 있었다.

"제기랄! 고딩이 자식, 제기랄!"

라니가 분통이 터졌는지 벽을 주먹으로 쾅 쳤다. 다행히 소음이 심해서 미나와 용이 사이의 마지막 대화는 듣지 못한 모양이다. 미나는 모른 척 조용히 시선을 돌리며 '이게 너에게 더 올바른 길이야'라고 되뇌었다.

용이의 희생은 형무에게도 충격이었지만, 그래도 라니만큼은 아니었다. 그에겐 당장 더 큰 문제가 남아 있었다.

"아버지…… 아버지를 구해야 해. 마지막으로 어디 계셨는지 아는 사람 있어?"

침묵이 감돌았다. 라니와 미나, 둘 다 형식이 어떻게 되었을지 대충 감을 잡고 있었다. 물론 형무로선 그 침묵의 의미를 알 수 없었다.

"그렇다면…… 주차장으로 가자."

"주차장?"

형무가 고개를 끄덕였다. "난 셸터에 들어가기 전까지 아버지랑 오래 돌아다녔거든. 이런 일이 벌어지고, 서로 위치를 파악할 수 없을 땐 차가 있는 곳에서 합류하기로 했어."

반대할 만한 이유가 없는 제안이었다. 일제히 주차장 쪽으로 향했다. 가는 길에 사람의 시체, 좀비의 시체가 넘쳐났다. 암울한 광경이었지만, 한편으론 이미 이 부근의 분란이 끝났다는 의미이기도 했다. 이 시체들이 더는 식인종의 식량이 되지 못한 채 썩어가리라는 사실에 기뻐해야 할까, 슬퍼해야 할까?

역시나 주차장 안은 생각보다 조용했다. 꽤 많은 사람이 이곳에 왔다가 헛걸음했다는 걸 알 수 있었다. 첫째는 차량 자체가 얼마 없었기 때문이었고, 둘째는 주차장의 유일한 출구가 쓰레기 더미로 만든 바리케이드로 막혀 있었기 때문이었다.

형무가 바리케이드 너머의 어둠을 응시했다. "좀비가 이리로 들어오진 못하겠지만 우리도 못 나가겠는걸. 식인종들은 차량을 쓸 일이 없었나?"

라니는 차량 밑에 숨었을 적을 체크했다. "숨어 사는 녀석들이니 특별한 상황이 아니면 멀리 나갈 일도 없었겠지."

"어? 저거 우리 차 아니야?"

그 와중에 미나가 좋은 걸 발견했다. 범퍼에 장애물 제거기가 달리고 창문에 철판을 단 버스 한 대가 주차되어 있었다. 형무도 아는 물건이었다. 그가 버스 옆으로 다가가면서 외쳤다.

"어? 물자 운반용 버스잖아? 그러고 보니 휴게소에서 안 보였지! 식인종이 이것도 빼앗아왔구나!"

라니가 감탄했다. "하! 니들 좋은 거 있었네. 기름은 있어? 이거 타고 가면 되려나?"

"그건 어려울걸. 개조 차량이라 특수 키가 있어야 움직이는데 대대장이 가지고 있어."

"망할. 죽었겠지? 아까 그 난장판 속에서……."

라니의 말이 멈춘다. 그녀의 귀가 이번에도 소리를 잡아냈다. 위치는 주차장 측면의 정비실 구역. 라니가 내려온 셔터를 손가락으로 가리켰다. 형무가 조심스럽게 셔터로 다가갔다.

드르륵! 셔터를 올린다. 그러자 안에서 최대한 숨죽이고 있던 사람들이 헉, 하고 작은 비명 소리를 낸다. 무려 수십 명의 사람. 그들이 정비실 구석에 숨어서 두려움에 찬 눈으로 세 사람을 올려다보고 있었다. 세 사람 역시 별로 좋은 표정은 아니었다. 당황하고 있었다. '식인종'이라고 부르는 집단에게서 볼 것이라고 예상하기 힘든 무리였으니까.

아이들이었다. 라니 또래 혹은 라니보다 어린 아이들. 그들이 구석에 앉아 모여 있고, 그들 한가운데에 식인종 우두머리 할매가 적의에 찬 시선으로 라니 일행을 노려보고 있었다. 손에 총이 들려 있었지만 여기서 총질할 때 누가 더 손해를 볼지 이미 아는 눈치였다.

"조용히 떠나라. 우리에겐 빼앗을 것도 없어. 어차피 우리도 나갈 방법을 못 찾았다. 너희도 숨을 곳이나 찾으러 가라고."

형무가 미나를 바라봤다. "어떻게 생각해?"

미나가 말했다. "으음, 우리도 여기 숨겨달라고 하기엔……."

"아, 여기 있다. 기름."

라니가 정비실 구석에서 가솔린 통을 발견했다. 그러나 그녀는 그걸 차량에 넣으려는 게 아니었다. 미나는 이제 슬슬 라니라는 꼬마가 어떤 인간인지 알 거 같았다. 틀림없이 가솔린 통의 입구는 아이들 방향을 향하고 있었다.

펄쩍 뛰듯이 다가가 라니를 막았다.

"뭐 하려는 거야?"

오히려 라니가 더 이해할 수 없다는 표정이었다. "뭐긴? 날 잡아접수 쇼 하고 모여 있는데 지금 태워야지?"

마치 분리수거장의 쓰레기라도 태운다는 말투였다. 형무조차 입을 쩍 벌리며 어린 인간병기를 바라봤다. 라니는 설득 과정이 없으면 자기를 가만히 내버려두지 않을 거라는 걸 깨달았다.

"아니, 왜들 그래? 방금까지 우릴 죽이려던 녀석들이었다고! 애들은 사람 못 죽일 거 같아? 훗날 우리에게 복수하러 오면 그때 가서 후회해도 늦어. 뭣보다 나도 애잖아? 애가 애를 죽이는 건 그럭저럭 받아들일 만하지 않아? 애들 싸움에 어른이 끼면 안 되지. 안 그래?"

이게 설득이 되리라고 생각한다. 상대를 이해시킬 수 있는 주장이라고 생각한다. '정상'의 마지노선이 다른 자들의 대화는 이렇게 흘러간다. 종말 이전에도 흔한 일이었다. 모두가 자기 생각이야말로 공리주의에 기여한다고 믿으며 상대가 이해하지도 못할 말을 주구장창 떠들어댄다. 차이

점이라면 지금은 그 결과가 칼질 총질로 끝난다는 점 정도일까.

다행히, 라니 편이 하나도 없는 건 아니었다.

그 자리에 난입한 자가 활을 겨누며 말했다.

"좋은 생각이야. 한꺼번에 쓸어버리기 딱 좋은 상황이군. 다만 너희도 포함해서 말이다."

애들 울먹이는 소리에 묻혀서 발소리를 듣지 못했다. 라니가 화들짝 놀라 뒤를 돌아봤다. 대대장이었다. 제법 만신창이가 되었지만 아직 목숨이 붙은 채 라니 일행과 식인종 아이들을 활로 겨누고 있었다.

미나가 제일 먼저 대대장 손에 들린 활을 알아봤다. "어? 내 양궁!"

형무도 대대장의 활부터 확인했다. 포로 압수품 창고에 다녀왔군. 다른 무기가 더 있을 수도 있겠어. 하지만 상관없다. 이쪽엔 총이…….

없다! 형무가 두 손으로 자신의 온몸을 더듬으며 분대장에게서 빼앗은 총을 찾았다. 총집이 없어서 허리에 꽂아둔 게 격렬한 움직임 와중에 떨어진 모양이었다. 총알은 몇 방 없지만 소중한 자원이었다. 어디서 떨어진 거지? 빌어먹을!

총이 없어졌으니 진짜 임기응변으로 대응하는 수밖에 없다. 이를 악물고 말했다.

"농담이죠, 대대장? 우리 할 만큼 했잖습니까. 그냥 빨리 생존자 수습해서 셸터로 돌아가야죠!"

"어림없는 소리!"

솔직히 일제히 달려든다면 대대장 하나 제압하는 게 불가능할 리가 없었다. 그러나 입장이 달랐다. 이쪽은 누구도 다치지 않고 끝나기를 바랐다. 그에 반해 대대장은 훨씬 크고 거대한 가치에 집착하고 있었다.

"셸터는 문명! 셸터는 인간성! 우리에겐 이 더럽혀진 세상을 정화하고 올바른 세상을 되찾을 의무와 권리가 있어! 인육을 먹고 자란 끔찍한 종자들이야말로 떡잎이 나기 전에 밟아서 다음 세대가 살아갈 세상을 망치지 못하도록 만들어야 해!"

방금 전까지 식인종과 함께 어깨를 나란히 하며 어른 여럿이 여자애 괴롭히는 걸 보고 즐기던 남자의 말이었다.

최종적으로 활을 라니에게 겨누었다. 그의 시선은 라니가 든 가솔린 통을 보고 있었다.

"자, 어서 그걸 바닥에 뿌려라. 저항하면 너가 제일 먼저 죽는다. 어차피 죽을 거, 인류에게 도움이 되는 죽음을 맞이하는 게 네 영혼에게 이득일 것이다!"

이 세상을 똥통이라고 여기게 만든 자에게 똥통 이상의 지옥을 보여주는 것.

라니는 점장을 싫어했다. 야만적이고, 난폭하고, 툭하면 그녀에게 욕을 퍼붓거나 때리는 인간 말종이었다. 그럼에도 인정할 수밖에 없었다. 점장의 가르침은 늘 옳았으며, 그녀가 살아남을 모든 방법은 그에게서 나온다는 걸.

"왜 활이 총보다 구린 무기인지 알아?"

라니가 대대장에게 뜬금없는 질문을 던졌다. 대대장은 미간을 찌푸렸다.

"뭐? 당연한 거 아냐? 총보다 무겁고 부피도 크고, 투사 속도도 느리잖아."

"그도 그렇지만…… 가장 최악인 건 배우는 데 걸리는 시간이야. 총이

144

야 방아쇠만 당기면 그만이지만 활이라는 건 초보자가 제대로 쏘는 법을 익히는 데 훨씬 긴 시간이 걸리거든. 같은 거리를 명중시키는 실력을 닦는 시간까지 고려하면 엄청나게 쓰기 어려운 도구야."

라니가 거기까지 말하고 미나를 바라봤다. 미나가 바닥에 떨어진 잡동사니를 다듬어서 활과 화살을 만든 것을 보았다. 미나는 멍청하고 얼빠지고 덤벙댔지만 활에 있어선 의심할 여지 없는 실력자였다. 자신을 바라보는 라니의 확신에 찬 시선. 미나가 고개를 끄덕였다.

맞아.

대대장이 활을 잡은 자세는 개판이야. 절대 명중 못 해.

"좋아, 저 애들은 다 죽인다 칩시다. 우린 어쩔 거죠? 오늘 두 번째 말하는 거 같은데, 미성년자 살해는 셸터 규범을 위반하는 거고 우린 목격자가 될 텐데요."

미나가 대대장에게 말을 걸었다. 대대장은 최대한 시선을 라니에게 집중한 채 대답했다.

"그건 너희에게 달렸지. 오늘 두 번째 기회를 주는 거 같은데, 어느 쪽에 붙을 건지 제대로 선택해라. 셸터 밖에서 살아남을 자신이 있는 게 아니라면, 상관인 나에게 정신 똑바로 박힌 모습을 보이는 게 좋을걸!"

이번엔 별로 고민하지 않았다. 미나도 이제 이게 어떻게 돌아가는지 알 거 같았다.

"당신. 우리가 가지고 있던 게 좀비 바이러스 치료제고 선발대가 가져간 거 알고 있었어요?"

대대장은 피식 웃었다.

"뭐어? 치료제? 세상에 그런 게 어딨어? 어디서 그런 멍청한 소릴 들고 속아서……."

더 들을 필요도 없었다. 미나가 그의 말을 잘라먹었다.

"그럼 그렇지. 당신도 결국 우리랑 다를 바 없는 하수인일 뿐이야. 당신은 나에게 아무것도 약속 못 해. 그 얄팍한 권력 놀음을 할 기운 있으면 어서 도망가서 목숨이나 부지하시지."

"웃기지 마! 난 하수인이 아니야! 19번대 대장이며 34기 원정대의 한 축을 맡은……."

끄으윽! 갑자기 대대장이 이상하게 몸을 비틀기 시작했다. 라니를 위해 한눈을 팔게 만들려고 자극한 거였는데 이런 반응은 예상치 못했다. 너무 화가 나서 심장마비라도 왔나? 오히려 이 상황을 제일 먼저 이해한 건 정비실 안에서 아이들과 구석에 물러서 있던 우두머리였다.

"저 자식, 물렸어! 변이하는 중인 거야!"

물린 자국이 옷에 가려져 있고 본인이 인지하지 못하면 알 턱이 없지. 아니, 그냥 눈이나 상처에 빗물만 들어갔어도 충분히 감염되었을 수 있다. 더는 뜸들일 여유가 없었다. 바로 라니가 행동에 들어갔다.

휘릭! 우비를 대대장에게 던져 시야를 가렸다. 그제야 대대장이 라니를 향해 화살을 날렸지만 화살은 공중의 우비에 맞아 바닥에 떨어졌다. 다음으로 형무가 달려들었다. 바닥에서 쇠파이프를 주워 그의 팔에 풀스윙을 날렸다. 보통은 '으악'이라며 통증을 호소해야 하지만, 대대장은 그 대신 "끼에에에!"라며 신음 소리를 냈다. 바로 형무에게 달려드는 대대장. 주먹보다 이빨부터 들이밀며 달려드는 모습은 이미 돌아올 수 없는 강을 건넜다는 신호였다.

덕분에 미나는 망설일 필요가 없었다.

대대장이 떨어뜨린 활을 줍고, 우비에서 뽑은 화살을 걸치고, 있는 힘껏 활시위를 당겼다.

픽! 깔끔하게 날아간 화살이 일직선으로 대대장의 머리를 관통해버렸다. 아무리 좀비라도 중추신경계가 멈추면 끝장이다. 대대장이 쓰러졌다.

상황 종료. 식인종 아이들 사이에서 안도의 한숨이 나왔다. 라니가 다시 우비를 주워 입었다. 가솔린 통에 잠시 눈이 갔지만, 지금은 여러모로 의욕이 바닥나버렸다.

형무가 대대장에게 다가갔다. 복잡한 사정이 있기는 했지만, 어쨌든 상관을 죽이고 말았다. 미나만 함구해준다면 아무 문제 될 건 없었다. 그래도 그에게 오늘은 만만치 않은 하루였다.

그가 말했다.

"아버진 죽은 거지?"

미나와 라니에게 침묵이 돌아왔다. 형무도 나름대로 종말 시대에 적응해온 자였다. 무소식이 희소식이라는 근거 없는 신앙을 버린 지 오래였다. 무엇보다, 두 사람의 침묵이 곧 대답이 되었다. 중간 과정에 있었던 환란까지 예측할 수는 없었겠지만, 사방에서 진동하는 죽음의 냄새가 충분히 그의 어깨를 짓누르고 있었다.

그가 대대장의 시체에 다가가 주머니를 뒤졌다. 버스 열쇠가 나왔다. 버스를 돌아봤다. 세 사람이 타기엔 턱없이 큰 차였다. 미나와 라니를 바라봤다. 미나는 짧게 한숨을 쉬었고 라니는 욕지거리를 내뱉었다.

"난 이제 지쳤다, 이것들아."

그거면 충분했다. 형무가 열쇠를 우두머리에게 던졌다. 우두머리가 손에 쥔 총을 내려놓고 열쇠를 받았다.

"저 버스 정도면 바리케이드를 부수고 나갈 수 있을 거야. 같이 탈 생각은 없으니 빨리 가죠. 이 정비실은 우리가 써야겠으니까."

우두머리의 표정이 심란해졌다. 그녀는 손에 들린 열쇠를 한참 바라보더니, 주머니에서 다른 열쇠를 꺼내선 형무에게 던졌다.

"이 정비실 문은 약해. 지하 2층에 내려가면 우리가 고기를 보관할 때 쓰는 냉동창고가 있어. 거긴 식량도 많고 농성하기도 좋아. 애들을 데리고 갈 순 없었지만 너흰 가능할 거 같군."

형무가 고개를 끄덕였다. 우두머리는 아이들을 인솔해 버스에 태웠다. 맨 마지막으로 그녀가 올라타 버스에 시동을 걸었다. 부르릉, 멀끔한 엔진 소리가 들렸다. 그녀가 운전석에서 창문을 열곤 라니에게 말했다.

"미안했다. 또 만나자."

라니가 주머니에 손을 꽂은 채 말했다. "지랄한다. 두 번 다시 마주치지 말자, 망할 할망구."

우두머리가 피식, 웃더니 액셀을 밟았다. 가속한 버스가 바리케이드를 무너뜨리고 주차장을 나갔다.

푸후우. 형무가 길게 한숨을 내쉬었다. 그가 버스가 떠난 방향을 바라보며 말했다.

"어차피 아버진, 자신이 이 좀비 시대에 마지막까지 살아남지 못할 거라고 생각했어. 자다가 무너진 건물에 깔린 덕에 고통 없이 떠난 엄마를 부러워하곤 했지. 하지만…… 그 모든 희생에 의미가 있었을까? 아버지와 어머니의 죽음이 나를 여기로 오게 만들었다면, 저 애들을 구한 게, 그저 살기만 하는 것보단 나은 무언가였을까?"

바닥난 연료통에 땔감을 욱여넣는 건 좋다. 그러나 미안하지만 지금은 움직여야 할 때다.

미나가 활을 등에 멨다.

"우리도 어서 가자. 바리케이드가 뚫렸으니 좀비들이 곧 저기로 들어올 거야."

무겁게 고개를 끄덕였다. 세 사람은 서둘러 냉동창고를 찾아 건물 안으로 돌아갔다.

시험이 끝나면, 중간고사나 기말고사가 끝나면 우리는 노래방에 갔다. 노래방 이름은 기억나지 않는다. 왜 기억나지 않을까? 지금 생각해보면 정말 중요한 장소였을 것이다.

생각해보라. 사람은 서로 같은 취미, 같은 흥미거리를 찾기 쉬운 일이 아니다. 그런데 무려 넷이 공통된 관심사를 가진 것이다. 정말 굉장한 우연이 아닌가? 아니, 필연인가? 그저 넷이 몰려다니다 보니 자연히 흥미거리를 단일한 것으로 맞춰갔던 것뿐인가? 중민이는 안 놀아본 종목이 없었고 가을이는 양보했고 수한이는 또래랑 어울리는 법 자체를 몰랐다. 넷 모두 스포츠에 관심이 없다 보니 학교 근처에서 다같이 놀 선택지는 노래방이 유일했던 것뿐일까?

무슨 노래를 불렀는지도 기억나지 않는다. 마이크는 단 두 개. 우리는 마지막 노래를 부를 땐 숟가락을 마이크 삼아 합창을 했다. 어쩌다 그런 전통이 시작되었는지 기억나지 않는다. 기억나는 것이라곤 그 순간이 즐거웠다는 어렴풋한 환상뿐이다. 마치 죽은 자가 되살아나 산 사람을 물어뜯으러 돌아다닌다는 망상과도 같은 환상.

노래방 기계 화면에서 우리의 애창곡이 나오면 우리는 약속이라도 한 것처럼 환호했다. 두 팔을 위로 올리고, 지휘봉도 없이 리듬을 맞추며 마이크를 들고, 숟가락을 들고. 어둑어둑한 조명 아래 깜빡깜빡 기계 화면이 밝혀질 때 우리는 허리와 성대를 흔들며 하나가 되었다.

끼에에에

끼에에에

끼에에에.

용이는 허리를 흔들며 균형을 잡았다. 흔들리는 철조망 아래에서 좀비들이 두 팔을 위로 올리고 환호하듯이 신음했다. 어두운 경기장을 밝히는 건 희미한 비상등뿐이었다. 그곳에서 용이는 과거의 기억과 하나 되었다.

어쩔 수 없었다. 거기엔 그 말곤 아무도 없었으니, 그와 합을 맞출 수 있는 건 시간 속에서 녹아버린 추억뿐이었으므로.

어차피 그는 늘 혼자였다.

"희진아."

지쳐가는 다리. 뜯겨지는 철조망. 볼에 타고 흐르는 게 땀인지 눈물인지도 모르겠다. 목을 타고 흘러나온 소리는 마치 낡아버린 기름병에서 새어나온 얼룩 같았다.

"희진아, 사랑해. 꼭 살아 돌아갈게. 너를 위해 치료제를 가져갈게. 그러니 기다려줘. 나에겐 너뿐이야."

뚜둑! 끊어지는 소리. 기어이 철조망이 맛이 간 것이다. 좀비의 팔 하나가 철조망을 뚫고 올라와 용이의 발목을 잡았다!

"젠장!"

다시 현실로 돌아온다. 있는 힘껏 걷어차 좀비의 팔을 쳐낸다. 그러나 한번 뜯기기 시작한 철조망은 빠르게 무너지기 시작한다. 여기저기서 좀비의 팔이 올라온다. 이래선 균형 잡는 것조차 불가능하다. 뭐라도 붙잡아야 한다. 어떻게든 천장에 손이 닿을 방법이 없을까?

으아아! 전경 방패를 있는 힘껏 천장에 집어던졌다. 깡, 하고 천장에 부딪치곤 다시 떨어졌다. 뭘 기대했던 거지? 오히려 마구잡이로 던진 방패가 바로 용이의 머리 위에 떨어지면서 철조망 위에 엉덩방아를 찧었다. 무려 좀비의 손으로 가득한 철조망 한복판에 말이다.

"제기랄! 안 돼애!"

픽! 픽! 픽! 닥치는 대로 사방에 단검을 휘둘렀다! 갈대 같은 좀비의 팔들이 썩둑썩둑 잘려나간다. 금방이라도 좀비의 이빨이 철조망을 뚫고 등을 물어버릴 거 같다! 멍청한 자식, 마음의 문을 닫아! 감정은 판단을 방해해! 어서 가장 이성적이고 체계적인 판단을…….

촤르륵!

그때였다. 뭔가가 천장에서 쏟아졌다. 액체. 방패가 천장에 있던 파이프 중 무언가를 깨뜨린 모양이다. 이 근방에 탱크 같은 게 있었나? 뭔진 모르겠지만, 냄새를 맡자마자 기름이라는 걸 직감했다. 이 쓰레기 처리장은 뭐에 쓰던 물건이었지? 이 발전소 시설은 어떤 구조인가? 아까 원정대가 있던 창고의 파이프에서 쏟아진 액체도 이거였나?

마음의 문을 닫았다. 불필요한 근거와 원인을 머릿속에서 지우고 오로지 지금 해야 할 일만 생각했다.

노래방의 화면이 꺼지자 검은 화면 너머로 해결책이 비쳐 보였다. 점화할 도구. 뭔가 주머니에 라이터가 없을까? 부싯돌로 쓸 거라도?

무언가를 찾기엔 턱없이 어두운 시야.

그럼에도, 바로 그 순간, 철조망에 걸려 있던 분대장의 권총이 눈에 들어왔다.

액체가 쏟아진 곳을 향해, 방아쇠를 당겼다.

탕.

금속과 금속이 마찰하며 만들어진 불꽃.

화르륵! 순식간에 불길이 치솟았다.

끼에에엑! 좀비들의 비명 소리! 용이가 서둘러 몸을 일으켜 불길을 피한다. 끼에에에! 통증도 없는 좀비 주제에 기본적인 본능은 있다. 빠르게 옮겨붙는 불길을 피해 좀비들이 물러난다!

"좋았어!"

이번엔 마구잡이가 아니라 제대로 조준해서 파이프를 겨냥한다. 탕! 탕! 조준은 엉망이었지만 총알은 충분했다. 파이프의 구멍이 커지면서 기름이 쏟아져 내린다. 거세지는 불길! 쓰러지는 좀비들!

화염으로 환해지는 경기장의 구덩이에서 용이는 다시 일어났다. 좀비들이 불을 피하면서 만들어진 길을 따라 달린다. 남은 탄창을 쏟아부어 길을 막는 좀비들을 벌집으로 만들곤 쓰레기 처리장 밖으로 달려나갔다.

"곧 갈게, 희진아."

문을 닫아도 남아 있는 것. 심장이 멈춰도 나를 움직이게 하는 것.

라니, 미나, 형무가 지하 2층에 도착했다. 이곳의 구조는 단순했다. 냉동창고로 이어지는 긴 복도가 그들 앞에 있었다. 저것만 가로질러 가면 비가 그치고 이 복마전이 끝날 때까지 버틸 수 있을 것이다.

그런데 그 길이 문제였다. 냉동창고가 안전할 거라고 생각한 자들이 꽤 많았다. 그들이 거기서 서로 죽고 죽이며 싸우는 중이었다. 식인종, 셸터 원정대, 심지어 풀려난 포로까지. 그중 열쇠를 가진 자가 있기나 한지 모르겠다. 그럼에도 그들은 적이고 아군이고 할 것 없이 싸우고 있었다. 그들 모두가 들어갈 수 있을 정도로 냉동창고가 클 수도 있는데, 그런 건 아무래도 좋다는 듯이 시체를 늘려가고 있었다.

"어쩌지?" 싸움에 휘말리지 않기 위해서 기둥 뒤에 숨은 채 형무가 말했다.

"서로 싸우다 다 죽을 때까지 기다릴까?" 미나가 형무 뒤에 숨은 채 말했다.

"여긴 막다른 길이야. 언제 좀비들이 올지 모르는데 주구장창 기다릴 순 없어." 미나와 형무 뒤에 숨은 라니가 말했다.

"그럼 다 죽여야지."

어느새 그들 뒤에 나타난 용이가 말했다.

히익! 세 사람이 소스라치게 놀라며 뒤를 돌아봤다. 대대장이 건강해 보일 정도로 피투성이가 된 용이가 그들 뒤에 장승처럼 서 있었다.

제일 당황한 건 미나였다. 그녀는 자기가 저지른 짓을 기억했다.

"사, 살아있었어? 어떻게?"

용이는 대답하지 않았다. 라니는 그동안 용이의 몸을 둘러봤다.

"야, 안 물렸냐? 좀비 피가 몸에 들어간 건 없고? 하긴 이 정도 양이면 진즉에 변이했겠구만."

"이봐, 혹시 우리 아버지……."

형무가 용이에게 말을 걸려던 차였다. 그러나 용이는 그를 무시하고 바로 난전 속으로 걸어 들어갔다. 이유는 단순했다. 수많은 대인기피증 공황장애 환자들이 그러하듯이, 다른 사람들과 대화를 나눠야 하는 고통을 감수하느니, 눈앞의 모든 걸 다 죽여 없애 고요를 되찾는 쪽이 마음 편했기 때문이다.

딸깍. 용이가 복도에 있던 전등 스위치를 껐다. 희미한 비상등이 들어왔다. 간신히 코앞만 보일 정도로 어두워진 시야. 한창 싸우던 자들이 혼란스러워서 주위를 둘러봤다. 이미 용이는 어둠 속으로 들어간 뒤였다.

암살자의 시간이 시작되었다.

스걱! 픽! 콰직! 아악! 탕! 픽! 끄아아아!

라니와 두 사람은 복도 끝에 가만히 서서 그 일방적인 학살의 현장을 바라봤다. 도와주러 끼어들 엄두조차 나지 않았다.

미나는 구역감이 올라와서 고개를 돌린 채 물었다. "저 녀석, 정체가 뭐야?"

"솔직히 나도 잘 몰라." 라니가 말했다. "백화점이 자주 쓰던 암살 전문 용병이었어. 요새화된 폐교에서 혼자 살고 있는데, 의뢰가 없으면 건물 밖으로 한 발도 나오지 않았어. 교복에 엄청 집착을 해서 다들 '폐교의 고딩'이라고 불렀는데, 좀비보다 사람을 잘 죽인다고 해서 다들 가까이 하기를 두려워했어."

"아니야."

형무가 끼어들었다. 종말 이전의 윤리 의식만큼이나 기억 저편으로 사라진 편린이 있었다. 그중 몇 가지가 기억났다.

"아버지 약국에 자주 오던 녀석이었어. 나랑 같은 학교였던 거 같은데 직접 얘기를 나눈 적은 없었어. 그도 그럴 게, 불안한 일이 생기면 꼼짝도 못 할 정도로 심한 공황장애 환자였거든. 과격하거나 나쁜 애라는 얘긴 들어본 적 없어. 절대로 저런 괴물이 아니었어."

미나의 눈썹이 꿈틀거렸다. "어느 쪽이 진짠데?"

"그야……."

쓰걱! 마지막 사람의 경동맥이 잘려나갔다. 작업이 끝나자 용이가 스위치를 켰다. 복도가 다시 밝아졌다. 조용해진 냉동창고 앞 복도는 피가 강을 이루고 시체가 타일처럼 깔려 밟지 않고 지나가는 게 불가능할 정도였다.

라니가 용이에게 다가갔다. 닦으라는 의미에서 수건을 주워줬다. 용이가 수건을 넘겨받자 그녀가 물었다. 몇 시간 전에 물었지만 대답을 듣지 못했던 바로 그 질문이었다.

"넌 죽는 게 무섭지 않아? 왜 자꾸 사지에 뛰어드는 방식을 써? 이렇게 미친 짓을 반복하고 반복하다가 비명횡사하는 게 네 인생이야?"

용이가 단검의 피를 닦았다. 얼굴의 피는 잊은 채 수건을 그대로 라니에게 돌려줬다. 그러면서 말했다.

"희진이를 지키기 위해 어쩔 수 없다며 수도 없이 죽여왔어. 무고한 사람, 나에게 아무 짓도 안 한 사람, 애든 노인이든 환자든 관계없이 죽였어. 그런 내가 이제 와서 살기 위해 어쩔 수 없다고 할 순 없어. 살기 위해 죽인다고 할 순 없어. 내가 죽이는 건 사랑을 위한 일이야. 사랑을 위해 죽는다면 감수할 만한 일이야. 그러니까, 괜찮아."

그렇군. 라니는 깨달았다. 아주 잠깐 동안, 이 녀석도 나와 같은 부류라고 생각했다. 승리자. 현실주의자. 생존자. 자신의 목적을 이루는 과정에 망설임을 허락하지 않는 자. 어느 정도는 맞았다. 적어도 살아가는 방식

자체는 라니와 크게 다르지 않았다. 그러나 가장 중요한 한 가지에 문제가 있었다. 그것은 그녀가 계속 이 교복 입은 미치광이를 따라다녀도 될지 재고하게 만들 정도로 중요한 문제였다.

용이는 감상주의자였다.

그에게서 들리는 심장 소리는 마치 미지의 악기로 연주하는 불협화음 같았다.

그때, 우려하던 소리가 계단에서 들려왔다.

끼에에에!

미나가 활을 들었다. "이런, 좀비들이 내려온다! 어서 들어가야 해!"

형무가 냉동창고에 제일 가까이 있는 용이에게 열쇠를 던졌다. 용이가 열쇠를 받자마자 먼저 달려가 창고를 열었다. 이미 계단에선 좀비들이 우르르 내려오고 있었다. 일행이 황급히 냉동창고 안으로 들어갔다.

마지막으로 형무가 들어왔다. 용이가 문을 닫으려고 했다. 그런데 문이 쓰러진 시체 중 하나에 걸려서 닫히지 않았다. 이미 전력으로 달리는 좀비들이 복도 앞에 나타난 상태였다.

"이런, 안 닫혀!"

"기다려! 도와줄게!"

형무가 나섰다. 그가 문 뒤로 넘어가 시체를 끌어당겼다. 그런데 그 과정에서 그의 소매 자락이 문의 돌출부에 걸렸다. 그 바람에 옷이 당겨져 팔뚝이 드러났다.

그리고 드러난 팔뚝의 이빨 자국…….

언제? 쓰레기 처리장에서? 대대장과 몸싸움을 벌일 때? 용이를 분대장에게서 구해주기 전부터?

중요하지 않다. 이젠 다 아무래도 상관없었다.

1초가 천년처럼 흘러갔다. 작은 이빨 자국에 모이는 네 사람의 시선. 모두가 다음에 벌어질 일을 알았다.

천년이 다 차매 사탄이 옥에서 풀려났다.

"안돼, 라니야!" 미나가 라니에게 달려들었다.

용이가 훨씬 빨랐다. 용이가 미나의 뒤로 가서 그녀의 팔과 목을 붙잡았다. 라니는 미나의 활을 빼앗아 형무에게 겨누었다. 조준 실력이 필요할 정도의 거리도 아니었다. 형무는 허벅지에 화살을 맞고 쓰러졌다. 그의 등 뒤까지 다가온 좀비가 달려드는 동안, 라니는 문을 닫아 잠가버렸다.

미나가 발버둥쳤다. 용이가 바닥에 누워서 두 다리로 미나의 허리를 붙잡고 양팔로 미나의 팔과 목을 제압했다. 머리로 올라가는 산소가 줄어드는 와중에도 미나는 고래고래 소리를 질렀다.

"너는 그러면 안 되지! 너가 그러면 안 된다고, 이 새끼야! 네 이웃이잖아! 널 도와줬잖아! 너가 쟤 아빠 죽였잖아! 너가 그러면 안 된다고, 이 더러운 인간쓰레기야!"

용이는 눈을 감았다. 어차피 냉동창고 안은 어두웠다. 현실을 보고 있을 필요가 없었다. 저주하는 목소리와 피 냄새 사이에서 그가 나직이 중얼거렸다.

괜찮아.

난 부모도 못 구하는 실패한 재수생도,

아무렇지 않게 사람을 죽이는 더러운 도살자도 아니니까.

난 희진이를 사랑하는 용이니까.

고등학생 용이니까.

이대로 괜찮아.

이 심장이 멈춰 있고 온 세상의 시간이 멈춰 있는 한

다 괜찮을 거야.

해가 떠올랐다. 밤이 끝나고 비도 멈췄다.

기계음도 멈추고 라니가 충분히 밖의 상황을 들을 수 있을 때 문을 열었다. 발전소 어디에도 발소리 한 조각, 숨소리 한 조각 남지 않았다. 세 사람이 발전소 건물 밖으로 나왔다. 대화는 없었다.

좀비들도 떠나갔다. 걸어서 휴게소로 돌아갔다. 고치들이 사라져서 더는 가로막는 것도 없었다. 다들 모닥불 주위에 모여서 주저앉았다. 누구도 불을 붙이지 않았다. 냉동창고에서 밤 동안 내내 잤지만 하나같이 피로가 고스란히 남아 있는 모습이었다.

제일 먼저 입을 연 것은 미나였다.

"이걸로 선발대를 제외하고 살아남은 셸터 원정대는 나뿐인 거네."

선발대. 당연히 강을 건너러 가겠지. 라니가 반사적으로 동쪽을 바라봤다. 해가 뜬 방향이었다.

"강을 건너기 전에 잡아야 해. 셸터의 영역으로 들어간 뒤엔 치료제를 빼돌리는 게 거의 불가능해질 거야. 다행히 군대가 강을 건너는 건 쉬운 일이 아니야. 숲 너머에 우리 차가 그대로 있겠지? 추적하는 건 이쪽이 유리해."

치료제.

그래, 이게 다 그 망할 물건 때문이지.

"치료제면 충분한 거지?"

미나가 라니를 바라봤다. 지칠 대로 지쳤지만 그래도 마지막 무언가 만큼은 양보하지 않으려는 모습이었다.

"내가 셸터에 들어온 건 더 나은 세상을 위한 거였어. 지금보다 더 나은, 종말 이전보다 더 나은 세상 말이야. 백화점의 치세를 위해 무고한 사람이 죽어나가는 건 보고 싶지 않아."

멍청하긴. 좀비가 된 가족이 있는 시점에서 얘긴 끝났어. 너도 치료제의 노예야. 신념과 양심의 공통점은 가장 마지막에 버릴 거 같지만 가장 처음에 버려진다는 것이지.

하지만 곧이곧대로 얘기하면 이 여자를 다루기 귀찮아질 것이다.

"당연하지. 우린 치료제만 있으면 돼. 너 필요한 양은 네가 챙기고, 우리 필요한 양은 우리가 챙겨서 각자의 자리로 돌아가면 되는 거야."

각자의 자리라. 미나가 용이를 바라봤다. 인간성을 잃은 괴물이 있을 곳은 어디인가? 저 아이의 옆자리만 아니면 된다. 그 정도는 그녀도 할 수 있을 거 같았다.

"그만 가지."

용이가 제일 먼저 일어났다. 한시가 아까웠다. 그의 심장이 다시 고요를 되찾았다. 심장이 뛰는 그대가 기다리니, 폐교의 고딩은 쉴 수 없었다.

미나와 라니도 일어났다. 원하는 것도 향하는 방향도 같았다.

그러나 세 사람 모두, 무언가가 달랐다. 가슴속에 있는 무언가.

그것이 그들을 나아가게 했다.

3화

용병이라는 단어가 종말 시대의 한 축을 담당하기 시작한 건 언제부터였을까?

처음엔 용이도 홀로 살아남고자 식량을 찾아다니는 흔한 생존자일 뿐이었다. 그러다 생존자 조직들 사이의 분쟁에 휘말리게 되었고, 점차 버려진 통조림을 찾아다니기보단 중요 인물의 목을 따고 그에 따른 현상금을 받는 게 수지가 좋다는 걸 알게 되었다. 이런저런 조직들의 의뢰를 받으며 실력을 쌓았고, 최근 수년간은 백화점의 계약을 독점적으로 받게 되었다.

왜 백화점이었냐고? 단순히 용이의 폐교가 백화점과 가깝기 때문만은 아니었다. 점장은 보수를 아끼지 않았다. 겸손하고 유능하며 도덕성이 유연한 자에겐 다른 조직으로 한눈 팔지 않을 만큼 대가를 주었다. 용이가 중상을 입고 돌아왔을 때 수술 장비와 그걸 다룰 기술자를 제공해주는 조직은 백화점 말곤 본 적이 없었다. 그래서 점장이 죽이라고 하면 죽였다. 용이의 칼에 찔려 죽는 자와 그 가족들을 제외하곤 모두가 만족할 수 있는 훌륭한 직장이었다.

스릉. 스릉. 스릉.

조수석의 용이가 숫돌로 단검의 날을 갈았다. 운전하고 있던 미나가 불편한 시선을 보냈다.

"칼 가는 거 꼭 지금 해야 해? 숫돌은 대체 어디서 난 거야?"

용이는 단검의 날을 확인하면서 대답했다. "짐칸에 있었지. 따로 부탁한 적도 없는데 무기 정비에 필요한 도구를 실어놨더군. 역시 점장네가 이런 부분에선 꼼꼼하다니까."

짐칸에 앉은 라니가 표지 뜯겨진 잡지를 보면서 말했다. "기왕 꼼꼼할거 총도 좀 챙겨놨으면 좋았을 텐데. 임무가 이렇게 난해해질 줄은 몰랐겠지만 말이야."

"총……." 문득 미나에게 떠오르는 것이 있었다. "그러고 보니 강에 맡겨둔 내 차에 총이 좀 있을 거야."

라니의 눈이 동그래졌다. 그녀가 짐칸과 좌석 사이 창으로 고개를 내밀고 미나에게 물었다.

"총? 너 총이 있었어? 왜 안 가져왔어?"

"입국 심사처에서 원정대 차량 대부분을 압수했거든. 군대를 지나가게 해주는 거라 여러모로 까다롭게 굴었지. 하지만 동쪽으로 돌아갈 땐돌려준댔어. 회수증은 있으니까…… 아! 일기장! 설마 이놈들이 글러브박스 뒤져보진 않았겠지? 일기장도 차에 두고 왔는데!"

지금 총이 걸린 마당에 일기장이 대수냐? 라니는 어렴풋이 미나에게 느낄 뻔한 기특한 마음을 고이 접어서 머릿속 변기통에 던져넣어버렸다.

한편, 용이는 다른 용어가 신경 쓰였다.

"입국 심사라니? 무슨 국가라도 있어?"

"있지. 제국 하나, 왕국 하나."

끼익. 강의 이끼 냄새가 코끝에 닿을 때쯤 픽업트럭이 멈췄다. 강을 건널 일이 없던 용이에겐 처음 와보는 장소였다. 그래서 그 광경에 적응하는데 시간이 필요했다.

"저건…… 일종의 관광지야?"

정답이다. 거대한 현수교로 연결된 넓은 강. 그 다리의 입구엔 커다란 수족관과 함께 아웃렛 쇼핑몰이 있었다. 종말 이전엔 강변 경치를 보면서 다리를 건너는 사람들을 맞이하는 대규모 관광 사업 단지였을 것이다. 그런데 세상이 망하면서 이곳의 기능은 묘하게 변질되었다. 근방에서 무너지지 않고 남아 있는 다리 중 군대가 넘어갈 만한 유일한 대교가 있는 자리. 이 엄청난 이권을 보고 모여든 조직들이 있었다.

라니가 아웃렛과 수족관을 가리키며 설명했다.

"다리는 두 가지 조직이 분할해서 통치하는 중이야. 북쪽의 아웃렛은 '신생 대한제국'이라는 조직이, 남쪽의 수족관은 '크라운킹 서커스단'이라는 조직이 각각 점령하고 있어. 그리고 두 조직의 영역을 가로지르는 중립지대에 이 근방의 용병들이 모이는 '용병 길드'가 있지. 번잡하긴 하지만 한 조직이 독점하지 않은 덕에 큰 분란 없이 다리를 이용할 수 있는 거야."

용병 길드라. 그런 게 있는지도 몰랐다. 용이가 더 자세히 보기 위해 픽업트럭 천장에 올라가서 두 건물을 바라봤다. 다리 입구를 막은 바리케이드를 포함해 철조망으로 영역을 갈라놓고 있는 아웃렛과 수족관. 아웃렛 옥상엔 태극 문양 대신 근육질의 팔뚝이 그려진 괴이한 태극기가, 수족관 옥상엔 웃는 건지 우는 건지 헷갈리는 광대가 그려진 깃발이 세워져 있었다.

아니, 하나가 더 있다. 용이는 개조된 태극기 옆에 창에 꿰뚫린 왕관이 그려진 검은 깃발이 나란히 걸린 걸 발견했다.

"어? 백화점의 상징 아냐? 대한제국은 백화점의 산하 조직이야?"

라니가 당연하다는 듯이 어깨를 으쓱 올렸다. "당연한 거 아냐? 식인 종처럼 숨어 살 게 아니라면 이 근방에서 점장의 감시 없이 지내는 건 불가능해. 미나, 네 차는 어느 쪽이 가지고 있어?"

"대한제국 쪽에 맡겼어. 두 조직이 번갈아가며 초소를 관리하는데 내가 왔을 때 그쪽 순번이었거든."

"일이 잘 풀리겠네! 잘하면 제국 쪽 인력을 징발해서 원정대 잡는데 쓸 수도 있겠어. 역시 사람은 강한 쪽에 붙어 있고 볼 일이라니까!"

라니는 벌써부터 셸터 원정대를 붙잡기라도 한 것처럼 으스댔다. 반면 용이는 어딘가 불길한 예감이 들었다. 마치 시험기간도 아닌데 학교가기 싫은 아침 같았다. 사이가 나쁜 동급생도, 면박 주는 교사가 없어도 불안과 근심은 언제나 함께했다. 미래에 다가올 불행은 언제나 과거의 경험과 현재의 상상력을 초월하는 영역에 있었으니까.

분쟁 지대이니만큼 바로 대한제국으로 들어갈 순 없었다. 강 서쪽에서 접근하는 자는 용병 길드를 통해 들어가는 게 수순이었다. 두 조직을 가로지르는 철조망 사이에 주차장이 있었는데, 그 주차장의 관리동 건물에 '길드'라고 적힌 커다란 간판이 세워져 있었다. 주차장 관리인에게 차 열쇠를 맡긴 뒤 들어가니, 영화에 나오는 술집과 같은 광경이 펼쳐졌다.

험악하게 생긴 바텐더가 컵을 닦고 있는 바.

음침한 표정으로 옹기종기 모여서 카드 게임을 하는 용병들.

희뿌연 증기를 내뿜으며 정체 모를 술을 만들어내는 증류기.

하나같이 고등학교의 삶밖에 모르는 용이의 시선을 끄는 어른들의 세계였다. 반면, 용이 당사자 역시 사람들의 시선을 끈 걸로 치자면 만만치 않았다.

"뭐야, 교복?"

"저거, 혹시 '폐교의 고딩'이야?"

"직접 보는 건 처음이야!"

용이 본인도 모르는 유명세가 여기까지 퍼져 있었나 보다. 세 사람은 불필요한 시선을 마주치지 않으려고 노력하면서 문 가까이에 있던 테이블에 앉았다. 그런데 예기치 못한 개입이 있었다. 라니와 미나는 자연스럽게 자리에 앉는데, 별안간 용이 뒤로 다가온 자가 의자를 죽 잡아당기는 바람에 엉덩방아를 찧었다.

푸하하하! 유치하기 짝이 없는 기습에 보기 좋게 당해버린 용이. 그를 보고는 웃음을 터뜨리는 자들. 온갖 금속 액세서리로 장식해 개조한 경찰 제복을 입은 4인조였는데, 모히칸 머리를 한 남자가 용이를 내려다보면서 손가락질을 했다.

"그 대단한 '폐교의 고딩'이 이렇게 쉽게 당해서야 쓰나? 등에 칼 안 맞고 어떻게 살아남았대?"

미나가 반사적으로 한마디 하려고 하자 라니가 그녀의 어깨를 잡고 앉혔다. 용이도 딱히 도움을 청하지 않았다. 얌전히 바닥에 주저앉은 채 모히칸 머리를 올려다봤다.

"경찰 행세를 하는 4인조 용병팀…… 당신들이 '추월차선 자경단'이군요."

자기들의 명성을 직접 듣게 되자 어깨에 힘이 들어갔는지 4인조의 얼굴에 미소가 만연해졌다. 모히칸은 손가락으로 길드 정문의 표지판을 가리키며 말했다. 글자가 작아서 잘 안보였는데, '길드 회원 외 용병 출입 불가'라고 적혀 있었다.

"하하! '폐교의 고딩'조차 우리의 이름은 기억할 수밖에 없었나 보군. 하지만 같은 위치에서 어깨를 나란히하고 싶으면 이름을 아는 것만으론 부족하지. 일반인 아가씨들이라면 몰라도, 용병이라면 길드에 가입한 뒤에 들어와라. 술 한 방울이라도 혜택을 받고 싶다면 그만한 자격을 증명해야 하는 법!"

라니가 술집의 눈치를 살폈다. 바텐더의 침묵은 암묵의 지지라는 뜻이다. 필시 추월차선 자경단이 문지기 개 같은 거겠지. 부당하고 불쾌하다 해도 싸우려고 온 게 아닌 이상 어쩔 도리가 없다. 칼질이라면 용이에게, 화살 쏘기라면 미나에게 맡기겠지만 대외 교류는 라니가 나서야 하는 분야였다.

"이 녀석은 백화점의 의뢰를 수행하는 중이야. 의뢰 때문에 들어온 건데 좀 눈감아주지? 당신네들도 백화점 의뢰 한 번쯤은 받아본 적 있을 거 아냐?"

라니 입장에선 제법 공손하게 표현한 거였다. 그러나 이 4인의 덩치들에겐 정체 모를 꼬맹이가 반말 섞어가며 찍찍 내뱉는 으름장 정도로밖에 들리지 않았다.

모히칸 옆에 있던 스킨헤드가 이를 드러냈다. "백화점? 백화점이면 다야? 여긴 길드의 영역이야! 점장이든 팀장이든 로마에선 로마법을 따라야 하는 법!"

모히칸도 기가 살아서 거들었다. "애당초 백화점에서 왔다는 증거나 있나? 벨벳 조끼가 안 보이는데? 아니, 아무래도 상관없지! 우린 추월차선 자경단이다. 백화점 따위가 무서워서 머리라도 조아릴 성싶어?”

하하하하! 다시 웃음이 터져 나온다. 살짝 라니의 미간이 찌푸려졌다. 이놈들, 선을 넘는군. 하지만 지금은 침묵해야 할 때다. 지금 이 녀석들을 건드리면 술집 전체와 싸워야 할 테니까. 무엇보다, 이 정도 깡패들을 구슬릴 도구는 얼마든지 있었다. 의외로 세상의 많은 문제는 자존심만 버려도 해결하는 데 투자되는 에너지가 대폭 줄어드는 법이다.

라니가 우비 안에서 작은 동전 주머니를 꺼냈다. 주머니 안에서 뭔가 절그럭거리는 소리가 들렸다.

“백화점이 안 무서워도 백화점 화폐는 받겠지? 길드 가입은 나중에 한다 치고 지금은 이걸로 퉁쳐주면 좋겠는데. 넉넉한 양이니까 운영자 주고 댁들도 나눠가져.”

백화점 화폐. 모히칸이 라니에게서 주머니를 건네받았다. 그는 주머니 안을 보더니 만족스럽다는 듯이 고개를 끄덕였다.

“흥, 어린 녀석이 처세를 아는군. 둘 다 이 녀석을 본받는 게 장수하는 데 유익할 거다!”

이내 경찰 차림의 깡패들은 팔자걸음을 걸으며 용이 일행의 식탁을 떠나갔다. 그제야 용이가 옷을 고쳐 입으며 의자에 앉았다. 미나가 나지막이 물었다.

“백화점 화폐가 뭐야? 주머니에 든 게 뭔데?”

“강 동쪽 사람은 몰라도 돼. 서쪽에서 쓰이는 화폐단위가 있어.”

미나의 질문엔 답하기도 싫다는 듯이 짧게 끊었다. 그러곤 다소곳이 자리에 앉은 용이에게로 시선을 돌렸다.

“잘 참았네. 칼질부터 해댈까봐 걱정이었는데.”

"남의 교실에 허락 없이 들어왔으면 쫓겨나는 법이지. 대신 돈 내줘서 고맙다."

"대신 같은 소리하고 있네. 나중에 점장에게 보수에서 깎으라고 할 거 다."

용이는 허심탄회하게 어깨를 으쓱 올린다. 바텐더는 용이가 놀림당하는 내내 구경만 하더니 이제 조용해졌다 싶었는지 일행의 식탁 앞으로 다가왔다.

"주문은 한 명 당 하나가 의무다. 술? 물? 아님 먹을거리?"

용이. "먹을거리."

미나. "물."

라니. "술."

미나. "웃기지 마. 얘도 물이요. 그리고, 신생 대한제국을 만나려면 어느 창구로 가야 할까요? 강도 건너고 맡긴 물건도 되찾아야 하는데."

"아, 그쪽이 용건이었냐? 그럼 좀 기다려야겠는걸. 최근 제국이랑 서커스단의 충돌이 격해져서 바쁜 시기야. 아예 외부랑 단절하는 중이라 그쪽 인력이 며칠째 나오지도 않고 있어. 여기서 기다릴 거면 머물 숙소를 빌려주지."

시답잖은 양아치들의 시비하곤 차원이 다른 난국이다. 세 사람이 서로 시선을 나눴다. 미나가 야구모자를 고쳐 쓰면서 되물었다.

"보시다시피, 전 셸터 소속이거든요. 혹시 앞서 온 저희 선발대 못 보셨나요? 혹시 이미 강을 건너버린 건……."

"기억나지! 그만한 규모는 자주 보기도 잊기도 힘드니까. 강은 건넜는데, 건너편 초소에서 최종 심사를 받고 있을 거야. 제국 허락 없인 이 영역을 못 떠나. 그치들도 마찬가지로 발이 묶인 거지."

좋은 소식과 나쁜 소식이 곤죽처럼 뒤섞여 있다. 라니는 거기서도 알맹이를 찾아냈다. 용이를 손가락으로 가리키면서 말했다.

"분쟁중이라면 보강 병력이 필요하지 않나? 이 녀석도 용병인데 고용해달라고 만나는 것 정돈 되지 않겠어? 일단 제국 쪽 사람 연결해주면 다음은 우리가 알아서 할 테니까."

바텐더는 코웃음을 쳤다. "훗. 신생 대한제국이 인원이랑 자원은 부족해도 체계는 잘 잡힌 녀석들이야. 뭐가 아쉽다고 아무 용병이나 데려다 써줄 거 같아? 이런 시기에 비벼보려면 흑기사 정도는 돼야지."

라니도 아는 이름이었는지 눈을 반짝였다. "흑기사? 흑기사도 길드 소속이야?"

"아직은. 하지만 어떻게든 가입시켜보려고 노력하는 중이야."

"흑기사? 그게 누군데?"

미나의 질문이 늘 그렇듯이, 별로 좋은 질문이 아니었다. 순진무구하게 내뱉은 질문을 듣자마자 라니와 바텐더, 심지어 용이까지 실눈을 뜨고 그녀를 바라봤다.

"어……." 미나가 어깨를 움츠렸다. "유명한 용병이야?"

바텐더는 주문받은 걸 까맣게 잊었는지 일행의 식탁에 앉았다.

"이 근방 최강이지! 이른바 '크루즈의 흑기사'. 반쯤 침몰한 크루즈에 살고 있는데 그야말로 괴물같이 강해. 보수만 좋으면 조직 하나를 통째로 몰살시켜준다더군. 그것도 암살이 아니라 정면돌파로! 그러니 모두가 그자 앞에선 조심해야 해. 그자가 스스로 말하듯이, 흑기사는 빚지는 걸 정말정말 싫어하거든."

라니는 바텐더보단 차분한 목소리로 말했다.

"과거가 드라마틱하더라. 종말 이전엔 힘센 놈들에게 괴롭힘이나 당하던 가난한 약골이었는데 어느 날 실수로 사람을 죽이곤 감옥에 갔대. 그런데 그 감옥에서 숨겨진 재능을 발견하면서 괴력의 사나이로 다시 태어난 거지. 좀비 사태로 감옥이 무너지자 탈옥해선 자길 괴롭힌 자들을 모조리 찾아 죽이고 '크루즈의 흑기사'가 되었다는 게 정설이야. 점장도 관심이 많더라고."

멋진 이야기다. 그야말로 영웅적인 주인공에 어울리는 이야기. 집착과 망상과 광기에 점철된 용이의 이야기하곤 격이 다른 영웅담이었다. 그러니 그는 '흑기사'고 용이는 '고딩'인 것이다.

바텐더가 용이에게 비웃듯이 물었다. "'폐교의 고딩'은 그런 활약상 없나? 하긴 넌 암살 전문이었지? 몰래 움직이는 자에게 알려진 활약상이 있으면 오히려 곤란하겠군."

용이가 고개를 들어올렸다. 지나간 일들을 회상한다. 탄생 비화. 영웅담. 활약상. 떠오르는 게 있었다. 용병이 우글거리는 술집에 어울리지 않게 조곤거리는 목소리로 말했다.

"가을이도 집이 가난했어. 부모님은 전혀 도움이 안 되는 사람들이라 집으로 돌아가는 걸 끔찍하게 여겼지. 하지만 그 상황에서도 남 생각부터 하는 착한 녀석이었어. 나의 첫 번째 친구."

하나가 떠오르니 다음도 연달아 기억났다.

"수한이는 머리가 좋았지만 친구 만드는 걸 잘 못 했어. 매년 한 해 목표가 친구 백 명 사귀기였는데, 고등학교 졸업할 때까지 친구라곤 우리 셋뿐이었지. 그래도 즐거웠어. 그거면 충분했어."

탄생 비화. 영웅담. 활약상. 그 무엇과도 바꿀 수 없는 일상 그 자체.

"중민이는 부학생회장에 뽑힐 정도로 인기인이었어. 수한이만큼은 아니어도 성적도 좋았지. 종말만 아니었으면 누구보다 성공했을 녀석이었어. 우리의 희망 같은 녀석이었어."

두근.

과했다. 죽은 심장이 무덤에서 기어나올 뻔했다. 주먹으로 가슴을 한 대 탕, 치고 입을 다물었다. 이미 떠나간 자들의 이름을 되새기는 건 역시 살아남는데 도움이 되지 않는다. 희진이를 지키는 데 일말의 도움도 되지 않는다. 합리적인 생각을 하자. 효율적인 생각을 하자.

도움이 안 되긴 듣는 이들에게도 마찬가지였다. 라니가 식탁을 치며 한탄했다.

"얀마, 누가 그딴 거 알고 싶대? 간지 나는 얘기를 들려달라고!"

미나도 마찬가지라는 듯이 심드렁한 표정이었다.

"엄청 평범한 사람들 얘기네. 이름도 하나같이 흔해빠졌구만. '폐교의 고딩'이랑 관련 있는 사람이라곤 생각조차 안 든다."

한데 바텐더의 표정이 자못 진지해졌다. 팔짱을 낀 채 용이의 이야기를 경청하던 그가 눈썹을 찌푸렸다.

"이봐. 그 친구 못 사귀는 수한이라는…… 혹시 기억력 엄청 좋은 자폐 환자 아니냐?"

두근. "어? 수한이를 알아?"

"길드 멤버 본명은 기억하고 있거든. '펜트하우스의 바바리맨'이 딱 그거였어."

"길드 멤버! 수한이도 용병이었어? 지금 어디 있어?"

173

"죽었어. 죽은 지 꽤 됐어."

식탁에 침묵이 감돌았다. 라니가 용이의 눈치를 살폈다. 언제나처럼 경직된 얼굴. 한창 수업중인 모범생 같은 똑바른 자세. 좀비가 된 여자 하나 살리겠다고 이 모든 걸 감수할 정도로 과거에 사로잡힌 녀석이다. 옛 친구의 죽음을 어떻게 표현할까? 분노? 통곡? 눈깔 뒤집고 기절이라도 하려나?

전부 틀렸다.

용이의 얼굴에 환한 미소가 번졌다. 라니는 등골에 소름이 돋는 걸 느꼈다.

"하하, 그랬구나!" 용이가 자리에서 벌떡 일어났다. "혹시 유서 있어? 수한이라면 엄청 꼼꼼해서 틀림없이 미리 남겨둔 유서가 있을 거야!"

바텐더가 말을 더듬었다. 원수의 죽음을 듣고 기뻐하는 자는 본 적이 있어도 이런 반응은 처음이었다.

"어? 유, 유서? 길드원이 맡겨둔 물건은 유품으로 따로 관리하긴 하는데……."

"좋지, 유품! 내가 사겠어. 어디 있지?"

"아니, 멤버가 아니면……."

더는 듣지도 않았다. 용이가 벌떡 일어나 멋대로 바로 향했다. 술집 안에 들어올 때부터 시선을 끈 입장에선 상당히 선을 넘은 행동이었다. 용병들이 일제히 용이를 주시하기 시작했다. 그럼에도 용이는 태연하게 바 아래 공간을 뒤졌다. 길드 쪽에서 나서기 전에 먼저 라니가 용이를 말렸다.

"뭐 해, 인마? 허락도 없이 남의 영역 침범하지 마!"

용이의 대답은 선물상자를 뜯는 아이처럼 격양되어 있었다. "유서만 보면 돼! 틀림없이 우리 얘기가 있을 거야. 수한이라면 우리 이야기를 주절주절 적어놓았을 거라고! 하하, 그래! 유서가 있었겠지! 진작 찾아다녀볼걸!"

짝! 라니가 용이의 뺨을 때렸다. 간신히 멈출 수가 있었다. 그와 시선이 마주쳤다. 입은 웃고 있는데 눈에 초점이 없었다.

라니가 말했다. "충격 받은 거라면 이해해. 충분히 슬플 수 있는 상황이야. 하지만 정신 차려. 일단 지금의 입장부터 생각해야지."

용이가 말했다. "왜 슬퍼? 당연히 죽었겠지. 내 친구들은 다들 좋은 녀석들이야. 좋은 녀석들은 다 죽었어. 나 같은 쓸모없는 놈이나 너 같은 쓰레기 말곤 다 죽었어. 충격 받을 이유 없어."

"제기랄, 더는 못 봐주겠군."

너무 끌었다. 기어이 길드 측에서 움직이기 시작했다. 역시나 앞으로 나선 건 추월차로 자경단이었다. 모히칸이 일본도를 꺼내 용이를 겨누었다.

"경고 날리고 숫자 세는 건 내 방식이 아니라서. 지금 여기서 두 놈 다 썰어버리면 안 될 이유가 있을까?"

용이라면 몰라도 라니가 끼어 있다면 얘기가 다르다. 미나가 활시위에 화살을 올리며 일어났다.

"네놈 미간이 하도 넓어서 눈 감고도 맞출 수 있어서라면 이유가 되겠어?"

활이 나왔다. 평화로운 순간은 끝났다. 스릉! 촤륵! 철커덕! 술집 안에 있던 용병들이 일제히 세 사람에게 무기를 겨눈다. 이 지경까진 바라지 않았던 라니가 입술을 깨물었다. 일촉즉발의 상황이다. 용이는 모조리 죽여서라도 자기 목적을 관철할 기세지만, 암살 전문가가 이런 포위전에서 과연 승산이 있을지…….

쾅! 소란은 의외의 곳에서 벌어졌다. 주차장 관리인이 문을 박차고 들어왔다. 시뻘겋게 상기된 얼굴로 소리쳤다.

"비상! 비상이야!"

자경단의 모히칸이 외쳤다. "지금 이 상황보다 비상이야?"

당연하다. 관리인이 목청 터져라 소리쳤다.

"백화점이다! 발렛파킹부야! 이미 도착했어!"

부다다다! 소음기를 떼낸 소란스러운 엔진음이 길드 술집 앞 주차장을 가득 메운다. 총포, 발리스타, 작살로 무장한 개조차량들 수십 대가 몰려와 적막한 공간에 매연을 채웠다. 창밖으로 몰려드는 군세를 보자 술집 안의 용병들도 용이에 대한 건 잊고 무기를 다시 거둔 채 다가올 위협에 대비했다.

두두두두! 마지막으로 도착한 것은 장갑차였다. 아니, 평범한 차량에 엔진을 추가로 달고 사방에 철판을 장착해 개조한 고속 기동전차다. 그것이 개조차량들 한가운데, 길드 술집 정문 앞에 섰다. 해치가 열리고 나온 것은 구부정한 자세의 거한이었는데, 얼굴을 가릴 정도로 헝클어진 장발에 등에는 커다란 바구니 같은 것을 멨다. 당연히, 백화점 간부를 의미하는 붉은 벨벳 조끼도 입고 있었다.

그를 필두로 백화점의 병사들이 우르르 술집 안에 들어왔다. 머리가 천장에 닿을 정도로 거대한 남자가 다가오니 겁에 질렸는지 바텐더가 바닥에 주저앉아버렸다.

"아, 아랫부장! 오, 오랜만입니다."

아랫부장이라는 장발의 거한은 조용히 바텐더를 내려다봤다. 곧 그가 자기 등에 멘 바구니에 대고 말했다.

"형! 우리 도착했다! 용병 길드다!"

생김새와 어울리지 않는 어리숙한 목소리. 그 목소리를 듣고는 바구니 안에서 쬐만한 남자가 고개를 내밀었다. 덩치는 어린아이 같지만 고글 쓴 얼굴은 아무리 봐도 삼십대 전후다. 필시 어느 시점에서 성장이 멈춘 선천병일 것이다. 그 남자는 가벼운 몸놀림으로 바구니에서 내리더니 경쾌한 목소리로 인사했다.

"신수들이 훤하네, 용병 길드! 잘 먹고 지내나봐?"

"위, 윗부장도 오셨군요? 길드는 늘 그렇듯이 백화점과 중립 관계를……."

딱, 딱. 윗부장이 바텐더 얼굴에 손가락을 뒹겨 그의 말을 막았다. "너흰 관심 없어. 제국 불러, 제국."

히익! 겁에 질린 바텐더가 허겁지겁 길드 뒤편으로 달려갔다. 바텐더가 사라지자 윗부장이 술집 안을 쭉 돌아봤다. 제일 먼저 그의 눈에 들어온 건 바였다. 키 때문인지 바 너머의 용이는 아직 발견하지 못했지만, 여전히 모히칸의 손엔 일본도가 들려 있었다.

"추월차선 자경단! 리더 이름이 1차선이었지? 우리 오기도 전에 놀고 있었어? 요즘도 길드 안에서 백화점 욕을 하고 다니나?"

'1차선'이라는 덜떨어진 호칭을 지닌 모히칸이 움찔 놀랐다. 그러나 티를 낼 순 없었다. 자기 반의 반도 안 되는 난쟁이에게 겁먹은 모습을 보일 순 없었다. 반동심리로 목소리를 있는 힘껏 키우며 앞으로 나섰다.

"무슨 상관이야? 길드는 백화점 영역 밖이고 우린 길드의 임원진이다. 너희에게 꿇릴 건 없어!"

"임원진? 너희가?" 윗부장은 이미 알고 있던 사실을 비꼬려는 듯이 과장되게 히죽거렸다. "너희 따위를 임원에 세우다니, 길드가 많이 힘든가 보네. 내 소식통에 따르면 너희 이번 분기 실적이 별로 안 좋았던 걸로 기억하거든!"

윗부장의 소식통. 백화점이 그저 힘만 쎈 악당들의 모임이었다면 이만큼 공포의 대상이 되진 못했을 것이다. 점장 밑엔 유능한 이들이 많았다. 그리고 그중에서도 윗부장은 브레인이자 전략가, 곳곳에 스파이를 심어 둔 정보통으로 유명했다. 그 재능은 힘과 폭력이 무엇보다 우선시 되는 백화점 안에서 신체적 결함을 메꾸고도 남을 정도였다.

허나 그조차도 자경단 리더의 자존심을 꺾지는 못했다. 남자라는 생물은 중요한 사실을 유전자에 각인하고 있다. 약해 보이는 자는 왕좌를 지키지 못하고, 왕좌에서 한번 밀려나면 다시는 돌아오지 못한 채 흙바닥에서 객사하리라는 동물적 본능을 말이다. 1차선은 그 원칙에 충실했다.

그런데 여기엔 재미있는 역설이 있다. 유사 이래 많은 남자들이 '자존심의 존재 의의'가 생존에 있다는 사실을 잊는 바람에 허망한 최후를 맞이했다는 사실.

"말조심 하시지. 네까짓 난쟁이는 이 자리에서 발길질 한 번으로 끝장낼 수 있어. 점장도 네놈이 없어지면 엄청난 전력의 손실일걸!"

윗부장이 천천히 고개를 끄덕였다.

"맞는 말이야. 난 정말 대단하거든. 내가 사라지면 점장님이 슬퍼하실 게 뻔해. 그런 일이 일어나선 안 되겠지? 역시 길드하곤 좋은 관계를 유지하는 게 맞는 거 같아!"

그가 아랫부장을 올려다봤다. 태연하게 말했다.

"지금부턴 길드도 백화점의 한 식구로 치도록 하지. 동생아! 가입비 겸 해서 밀린 세금을 좀 받아와줄래?"

"알겠어, 형."

밀린 세금.

세금.

백화점의 화폐.

술집 안에 있던 모든 이들이 그 말의 의미를 알았다. 강 서쪽에 살아 숨 쉬는 모든 이들, 아직 좀비에게 물린 적이 없는 모든 인간이 그 의미를 잘 알고 있었다.

아랫부장이 1차선에게 성큼성큼 다가갔다. 1차선이 좀 더 빨랐다. 이 야아아! 일본도를 들고 함성을 시르며 아랫부장에게 달려들었다. 아랫부장이 모기를 쫓듯이 손바닥을 휘둘렀다. 1차선의 손에서 일본도가 튕겨 날아가고 그의 손뼈는 으스러졌다. 그다음엔 한 손으로 1차선의 이마를, 한 손으로 아래턱을 붙잡았다.

그러곤 게장의 게딱지를 뜯어내듯이, 아래턱을, 뿌드득, 살점 채로 뜯어내버렸다.

추월차선 자경단의 리더가 비명도 못 지른 채 피를 뿜으며 쓰러졌다. 그는 스프레이 맞은 벌레처럼 잠시 부들거리더니 곧 숨이 끊어져버렸다.

딱. 윗부장이 다시 손가락을 튕겼다. 이번엔 백화점의 병사들이 몰려들어 용병들을 무릎 꿇리고 뒤통수에 총구를 겨누었다. 그들 앞엔 펜치가 하나씩 주어졌다.

윗부장이 외쳤다. "가입비를 받아가겠다! 두당 어금니 2개! 저렴한 가격에 백화점의 한 가족이 될 기회가 지금 이 자리에!"

얼굴이 새하얗게 질린 미나가 라니에게 물었다.

"이, 이게 무슨 상황이야?"

라니는 아무렇지도 않은 표정이었다. 이미 전에도 수없이 보던 광경이었다.

"강 서쪽에선 어금니가 화폐로 쓰여. 백화점에 내는 보호세를 어금니로 지불해야 하기 때문이지. 꽤 괜찮은 아이디어지? 백화점에 저항하고 싶어도 백화점으로부터 연명하기 위해 서로 싸워야 해서 피지배자들이 뭉치지 못해."

무릎 꿇은 용병들이 펜치를 집어든다. 덜덜 떨면서 자기 입으로 펜치를 가져간다. 어금니 2개가 목숨보다 소중할 리가 없다. 그러나 그 고통과 공포는 의지만으로 쉬이 극복되지 않는다.

견디다 못한 자가 눈물을 뚝뚝 흘리며 빌었다. "다른 걸로 지불하게 해줘! 총탄이든 약품이든 곱절로 낼 테니……."

탕! 윗부장이 그자의 이마에 대고 방아쇠를 당겼다. "방금 액수가 늘었다! 3개! 십 초 준다! 나눠준 펜치는 가져도 돼!"

지옥의 악마도 고문은 자기 손으로 한다. 용병 길드 술집 지붕 아래에서, 건장한 남자들이 펜치로 자기 이를 뽑느라 신음하는 악몽 같은 광경이 펼쳐졌다. 백화점의 병사들은 그걸 보며 낄낄거렸다. 이것이 강 서쪽의 삶이었다. 라니가 보고 자란 것이었다.

그제야 미나는 자신이 얼마나 허황된 것을 떠들고 다녔는지 깨달았다.

마지막 어금니가 바닥에 떨어졌을 때쯤, 술집 안에 한 무리의 사람들이 들어왔다. 민소매 스포츠티를 드레스코드 삼아 입은 근육질 무리였는데, 제법 질서 정연한 것이 용병들하곤 다른 집단이라는 걸 한 눈에 알 수 있었다. 그중에서도 턱수염을 기른 남자는 '신생 대한제국 황제'라고 적힌 띠를 어깨에 두르고 있었다. 그를 보자 윗부장의 태도가 자못 공손해졌다.

"오오, 여기까지 행차하셨습니까, 황제 폐하! 백화점 발렛파킹부의 윗부장, 문안인사 드립니다!"

이미 위아래가 정해져 있는 시점에서 아무 의미도 없는 예의 차림이다. 황제는 이 대우에 익숙했다. 그가 손짓을 하자 '재무부장관'이라고 적힌 띠를 두른 여자가 나와 어금니가 가득 든 상자를 넘겼다. 윗부장의 부하가 그걸 넘겨받고는 무게를 재더니 불편한 표정으로 고개를 저었다. 부하의 신호를 보자 윗부장의 얼굴도 살짝 어두워졌다.

"흐으음? 크라운킹과 싸우신다고 도와드린 것도 많은데 이런 보답은 좀…… 해명을 들을 수 있을까요?"

황제는 위엄을 지키면서 최대한 윗부장의 심기를 건드리지 않으려는 듯이 조심스럽게 말했다.

"이유는 모르겠는데 최근에 이 근방의 좀비가 줄었어. 다음 분기 때 어떻게든 모자란 양을 채울 테니 점장님께 잘 말씀드려줄 수 없겠나? 다른 방식으로 보상할 수 있다면 최대한 노력하겠네."

"허허, 황제 폐하가 말씀하시면 김밥 옆구리 터지는 소리도 들을 만하다니까? 좀비가 모자라면 무덤이라도 파헤치면 되잖아요? 저희가 제안드린 노예제 고려해보셨어요?"

"제발 그것만은 좀……."

라니가 끼어든 건 그때였다.

"야, 윗부장! 잠깐 얘기 좀 할 수 있을까?"

익숙한 목소리에 윗부장의 관심이 돌아갔다. 황제에게 기다리라는 손짓을 하고는 종종 걸음으로 라니에게 다가왔다.

"라니? 고라니냐? 있는 줄도 몰랐네! 너가 왜 여기 있어?"

"왜긴? 점장님 임무를 수행하는 중이지. 댁이야말로 아직 이번 분기 세금 걷기가 안 끝난 거야?"

"에, 중간중간 놀면서 하다 보니. 그래서, 할 말이 뭔데?"

"그게, 우리도 대한제국에 용건이 있는데……."

이 대목부터는 라니가 윗부장의 귀에 속닥이며 목소리를 낮췄다. 둘 사이에 무슨 대화가 오가는지는 알 수 없었지만, 윗부장의 급격한 표정 변화로부터 '치료제' 얘기가 오간 것쯤은 용이와 미나도 알 수 있었다.

윗부장이 황제 앞에 돌아왔다. 그의 태도가 한층 달라져 있었다.

"이거 참, 우리가 하루이틀 사이도 아니고 신생 제국에 모질게 굴 수 있겠습니까? 사정이 사정이시니 제가 점장님께 잘 말씀드리죠. 하오면 그 대신이랄까, 이쪽 꼬맹이를 부탁드려도 되겠습니까? 많은 건 필요 없고, 그냥 얘가 하라는 건 다 하시면 됩니다. 오케이?"

황제는 입을 꾹 다문 채 고개를 끄덕였다. 용건이 완료되자 윗부장은 다시 아랫부장의 바구니에 올라탔고, 백화점 패거리는 일사분란하게 길드를 나와 각자 개조차량을 끌고 홀연히 떠나버렸다. 한바탕 광기의 태풍이 지나가니 그 자리엔 피를 흘리며 뒹구는 용병들과 굴욕감에 젖은 신생 대한제국 간부진만이 남아 있었다.

용이 일행의 입장이 180도로 뒤집어졌다. 신생 대한제국의 병사들이 세 사람을 직접 보필해 아웃렛 건물로 안내했다. 용이도 마지못해 따라 갔다. 바를 열심히 뒤졌지만 수한이의 유품은 찾아내지 못했다. 길드에 게 물어보려 해도 이미 그쪽은 장단에 맞춰줄 만한 상황이 아니었고. 일이 안 풀리니 만연하던 미소가 가시고 평소의 말 수 없는 폐교의 고딩으로 돌아와 있었다.

신생 대한제국의 국경 안으로 들어가니 길드와는 또 다른 분위기가 느껴졌다. 왜 깃발 한가운데에 근육질 팔이 있었는지 알 거 같았다. 아웃 렛은 하나의 거대한 헬스장이었다. 제국 국민은 남녀노소 할 거 없이 곳 곳에서 근력운동을 하며 체력 관리에 여념이 없었다. 가끔 뭘 먹고 있는 사람들은 죄다 프로틴 건강보조식품을 먹었고, '학교'라는 팻말이 붙은 넓은 방에선 아이들이 단체로 체육 지도를 받고 있었다. 가끔 이해하기 힘든 광경도 있었는데, 어느 방에선 천장에 매달아둔 고지를 주먹으로 치고 있는 사람들이 있었다.

미나가 물었다. "저게 뭐 하는 거죠? 좀비에 대한 두려움을 없애는 훈 련 같은 건가요?"

일행의 인솔을 맡은 문화관광부 장관은 키가 작은 여자였는데 근육만 이라면 용이 머리통도 반으로 쪼갤 기세였다.

"정기적으로 황제를 뽑는 선거를 새로 하는데, 후보의 기본 자격이 고 치의 피부를 완력으로 뚫는 거거든. 신생 대한제국에선 날것의 완력이 최고의 가치야. 돈이나 계략에 휘둘리지 않는 순수함이야말로 한반도에 건립될 새로운 대한민국에 어울리는 모토지."

피식. 라니가 실소했다. 백화점도 당해내지 못하면서 제국이니 새로운 질서의 중심이니 떠들어내는 꼴이 허영으로밖에 보이지 않았다. 그러나 미나는 달랐다. 그녀가 고개를 내밀며 물었다.

"무력과 완력이 해결책이라면 오히려 사회가 중세화할 가능성이 있지 않을까요? 어떻게 생각하세요?"

장관은 깊은 논쟁까진 할 생각은 없었지만 나름 진지한 질문을 흘려 듣는 것도 예의가 아니라고 생각했다.

"그러고 보니 그쪽은 셸터 소속이지. 물론 종말 이전 사회를 재건한다는 목표도 좋지만, 제국엔 종말 이전의 사회도 문제투성이였다고 여기는 사람들이 많거든. 극복만 할 수 있다면 종말은 세상의 가치를 처음부터 다시 세울 수 있는 절호의 기회야. 우리 신생 대한제국은 충분한 제도적 보완이 있다면, 힘에 의한 질서가 인간성을 유지하면서도 부의 세습이나 자가당착에 빠진 정치를 배제할 수 있다고 판단했어. 더 좋은 방법이 있을지도 모르지만, 우린 이 시스템에 만족하는 중이야."

라니가 참지 못하고 결국 한마디 꺼냈다. "될 법한 소릴 해야지. 애초에 힘에 기반하고 있는데 제도적 보완이 말이 돼? 어차피 상황이 나빠지면 힘이 제도를 휘두르기 시작할 거야. 점장 말대로, 물고기 비명 소리가 무서우면 회를 먹지 말아야지!"

그야말로 백화점이 내세울 만한 가치관이다. 미나 때와 달리 장관은 대꾸하지 않았다. 방문자의 일행에 불과한 미나와 달리 라니는 명백하게 그들 머리 위에 있는 존재였다. 불필요한 발언으로 제국의 목숨줄을 쥔 자의 심기를 건드리는 일은 피하고 싶었다. 무엇보다, 세상 무서운 줄 모르는 철없는 꼬맹이의 장단에 놀아나고 싶지 않았다. 진지하게 인류의 미래를 고민하는 질문과 오만방자함이 가득한 조소를 구분하는 건 어려운 일이 아니다.

놀랍게도, 오히려 라니를 타이른 건 미나 쪽이었다.

"비웃지 마. 그래도 이 사람들은 개선점을 찾아보려고 노력하잖아. 고민과 노력은 존중받을 만한 일이야. 아, 일기장이 아쉽네. 이런 걸 좀 적어놔야 하는데……."

미나는 어딘가 메모라도 할 데 없나 싶어 자신의 주머니를 여기저기 뒤졌다. 라니는 대놓고 들이박진 않았지만 입을 쭉 내밀고 툴툴거렸다. 그래도 자기편을 늘려보고 싶은지 용이에게 물었다.

"니 생각은 어때? 넌 만약 백화점이랑 제국 중 한 곳에서 살 수 있다면 어디서 살고 싶어?"

눈에 초점은 돌아왔지만 늘 그렇듯이 목소리 톤이 경직되어 있었다. 지금까지의 대화를 제대로 듣고 있지도 않았던 거 같다.

"수한이 유품 챙겨서 학교로 돌아가고 싶어. 무덤을 만들어야 하니까. 그래, 중민이랑 가을이 것도 만들어야지. 어차피 다 죽었을 테니까."

미나의 쓸데없는 소리가 감자에 뿌린 후추라면 용이의 소리는 모래나 개똥 정도 된다. 어차피 황제의 알현실이 코앞이라 대화는 더 오가지 않았다.

장관이 알현실 문을 열어준 뒤 떠났다. 알현실이라고는 해도 아웃렛의 사장실로 쓰이던 방이었을 뿐이다. 거기에 황제를 비롯해 두 사람이 더 기다리고 있었다. 목에서부터 팔까지 기하학적인 문신이 있는 남자는 '수상'이라는 띠를, 왼팔이 없는 젊은 남자는 '총리'라는 띠를 두르고 있었다. 셋이 이 방에서 얼마나 자주 모이는지는 몰라도, 알현실 안에서 나는 땀냄새는 종말 시대의 생존자에게조차 살짝 부담스러운 수준이었다.

황제가 먼저 인사했다.

"점장의 인간병기. 셸터의 원정대. 그리고 폐교의 고딩. 제법 화려하다면 화려한 조합인데. 무슨 목적으로 이 머나먼 강변까지 오게 되셨소?"

라니가 앞으로 나섰다. 여기서 가장 어리지만 가장 큰 권력을 쥔 자였다.

"점장의 지시야. 셸터 원정대의 신병을 확보해야겠어. 강 건너편에 억류되어 있다고 들었는데. 이쪽으로 다시 데려와. 그다음은 우리가 알아서 할 테니까."

황제와 측근들이 서로 시선을 나눴다. 여러모로 불편한 눈치였다.

수상이 대답했다. "최종 심사만 남은 시점에서 이유도 없이 끌고 왔다간 반발이 만만찮을 텐데…… 그쪽도 무장한 군대란 말이지. 안 그래도 심사가 길어져서 예민해진 상황이란 말이야."

가장 걱정되는 건 역시 물리적 충돌이다. 숫자가 적어도 저쪽은 셸터 군대. 총이 있을 가능성이 높고, 강에 자리잡은 제국으로선 셸터와 관계도 고려할 수밖에 없다. 물론 라니에겐 아무래도 상관없는 문제였다. 그녀는 수상의 우는 소리에 아무 대답도 없이 가만히 팔짱을 끼고 있었다.

수상이 말을 이었다. "목적이 뭔지 알려주겠어? 원정대에게서 원하는 게 뭔지 알아야 우리도 제대로 도울 수 있을 테니까."

그자들이 좀비 치료제를 가지고 있어서 그걸 뺏을 생각이다. 말할 수 있을 리가 없지.

"자세한 건 당신네가 알 필요 없어. 점장이 원하는 게 있으면 너흰 시키는 대로 하면 되는 거야. 해결하기 어려운 문제가 있으면 해결책을 짜내는 것도 역할의 일부지. 팔 근육 키울 시간에 뇌 근육을 키웠으면 좀 더 믿을 만한 모습을 보여줬을 거 같은데."

말 하나 참 이쁘게 하는 재주가 기깔나는 꼬맹이다. 수상이 입을 다물자 황제가 이번엔 용이와 미나에게 물었다.

"다른 용건들은 어떤 게 있습니까? 일단 먼저 들어봅시다."

용이가 말했다. "용병 길드가 제 친구의 유품을 가지고 있다고 합니다. 그쪽 금고 같은 게 있다면 양도받을 수 있을까요?"

대답은 이번에도 수상이 했다. "길드 구역은 우리와 서커스단 사이의 비무장 중립 구역이야. 대놓고 관여하면 그걸 빌미로 전면전이 벌어질 거야. 한번 말은 넣어보겠는데 장담은 어렵겠어."

미나 차례. "강 너머 올 때 압수하신 차를 돌려받고 싶습니다. 회수증은 가지고 있어요."

"차? 동쪽에서 서쪽으로 갈 때 맡긴 거 말이지?"

"맞아요."

"그럼 너희 선발대랑 같이 동쪽 초소에 있겠네. 그것도 이쪽으로 가져오려면 첫 번째 요구가 해결되어야……."

뭐 하나 바로 진행되는 게 없다. 듣고만 있던 라니가 결국 짜증을 터뜨렸다.

"아…… 진짜 거지 같아서 못 해먹겠네! 이건 이래서 안 돼, 저건 손해 보기 싫어서 안 돼, 지금 장난해? 니들에게 부탁하려고 온 줄 알아? 고객 관리팀 불러다가 장기자랑 보여줄까? 검지 없이 젓가락질 하는 법 배워볼래?"

이번에도 미나가 라니를 타일러보려고 했다. 그런데 먼저 앞으로 나선 자가 있었다. 여태껏 잠자코 있던 총리가 벌떡 일어나더니 라니 앞으로 다가가 남은 오른팔로 삿대질을 했다.

"정말 지나치군! 너희 백화점이 우리에게 이러면 안 되지! 강 너머의 위협으로부터 서쪽을 지키는 최전선을 감당하고 있는 게 우리거든? 얼마 주지도 않은 자원으로 하루하루 연명하느라 어떤 희생을 감수하고 있는지 알아? 세금도 꼬박꼬박 내느라……."

퍽!

황제였다. 그의 주먹이 총리의 얼굴에 바로 내다 꽂혔다. 바닥에 쓰러지는 총리. 수상이 겁 먹은 표정으로 어깨를 움츠렸다. 황제는 얼른 라니 앞에 나서서 허리를 90도로 숙여 사과했다.

"부디 용서해주십시오. 아직 젊은 친구인데다가 최근에 크라운킹 패거리와 전투중에 팔 하나와 마지막 남은 가족까지 잃었답니다. 딱 하루만 유예를 주시면 지시하신 일을 전부 해결할 수 있도록 논의해두겠습니다. 황제의 이름에 맹세코, 제국 국민의 안전만 보장해주신다면 저희가 백화점에 거역할 일은 없을 것입니다."

수상이 총리를 일으켜주고 총리는 마지못해 입에 고인 피를 뱉으며 분노를 삭혔다. 황제의 공손한 태도를 보자 라니도 나름 만족했는지 거만한 표정으로 미소지었다. 무거워질 대로 무거워진 분위기에 용이와 미나는 그들의 용건에 대해선 더 말하지 못하고 침묵했다. 잠시 후 다시 들어온 문화관광부 장관이 숙소로 안내해준 뒤에야 간신히 긴장을 풀고 쉴 수 있었다.

세 사람이 알현실을 나가자 그제야 황제가 총리에게 피를 닦을 행주를 건넸다.

"괜찮나? 꼬마 녀석의 비위를 맞추느라 과격한 연기가 필요했어."

총리가 행주로 피를 닦으며 말했다. "아니, 적절한 대응이었다. 나야말로 멍청한 짓을 했군. 안 그래도 요즘 황실 지지율이 위태로워서 예민한 와중에 흥분했나봐."

수상이 가슴을 쓸어내렸다. "둘 다 아슬아슬하게 굴지 좀 말아주쇼. 하여간 백화점과 관련된 일은 하나하나가 심장에 안 좋다니까……."

"무슨, 아직 상황은 끝나지도 않았어. 이제 어쩔 거야? 정말로 저 애새끼가 해달라는 대로 다 하다간 차라리 어금니 뽑으러 다니는 쪽이 타산이 맞게 생겼는데!"

총리가 맹점을 짚었다. 세 사람은 다시 이마를 맞대고 머리를 굴리기 시작했다. 근육질 캐릭터에겐 흔히 낮은 지능이라는 선입견이 적용되지만, 이들은 나름 규모 있는 생존자 조직을 운영하는 중추인물이다. 오늘은 특히나 황제가 그 이름값을 하는 날이었다.

"가만. 꼬맹이는 백화점 소속이고, 아가씨는 셸터 쪽이지? 하지만 용병은 엄밀히 말하자면 무소속이지 않나?"

"그렇지. 백화점이 무슨 일을 맡긴 거 같긴 하지만…… 그게 왜?"

폐교의 고딩. 황제도 용이에 대해 아는 건 소문뿐이었고 오늘 용병 길드에서 본 것이 처음이었다. 하지만 불과 반나절간의 관찰에서 보고 느낀 것이 있었다. 태권도장을 운영하던 시절, 아이들을 편견에 입각해 보면 안 된다지만, 첫인상이 그대로의 결과를 가져오던 일들이 떠올랐다.

"과격한 수를 쓴다면 가장 만만한 녀석을 노리는 게 좋겠지."

종말 이전엔 '부동산'이라는 개념이 있었다. 대부분의 문화권에서 강변에 있는 부동산은 다른 지역보다 높은 가치를 지녔다. 거기엔 교통, 물류, 기후 등 다양한 요소가 영향을 끼쳤을 것이다. 그런데 붉은 노을이 수면에 비쳐 흔들리는 절경, 좀비 시대의 절망조차 잊게 만드는 저 아름다움을 보고 있노라면 다른 요소들은 아무래도 좋다는 생각이 들게 되었다.

제국은 약속한 대로 그들이 할 수 있는 최대한의 대접을 제공했다. 미나가 외출한 사이에 차려진 저녁상엔 건강보조식품만이 아니라 바짝 구운 생선까지 올라왔다. 용이는 신선하면서도 수상한 생선을 포크로 찔러보며 물었다.

"물이 전부 좀비 바이러스에 감염되어 있으면 물고기도 위험한 거 아냐?"

라니가 이미 뼈째 씹어 먹고 있었다. "바짝 구우면 괜찮아, 구우면. 어차피 좀비 바이러스는 사람만 감염된다고. 동물이야말로 살아있는 정수장치인 셈이지. 일설에 따르면 오히려 식물 쪽이 감염된 물을 그대로 머금은 상태라 고기를 날로 먹는 것보다 위험하다더라."

세상이 뒤집어지니 채식보다 육식이 건강에 이로운 시대가 왔다. 그다음엔 어떤 가치관이 뒤집어질까? 좀비 시대가 끝나지 않은 채 인류가 다음 세대를 맞이하게 된다면, 그 세대는 종말 이전의 세상을 어떤 잣대로 판단할까?

"그냥 내가 밤에 몰래 다리 너머에 다녀오는 건 어떨까? 조용히 처리하는 건 자신 있어."

용이가 프로틴 초코바를 프로틴 멸균우유에 찍어먹으면서 말했다. 라니는 심드렁한 표정으로 소파에 기대앉았다.

"입을 벌리고 있으면 감이 떨어질 텐데 뭐 하러 나무를 흔들어? 그리고, 총리란 녀석 말이 틀린 것도 아냐. 발전소에선 상황이 상황이라 어쩔 수 없었지만 셸터를 직접 건드릴 일은 최소한으로 줄이는 게 좋지. 어쨌든 신생 대한제국은 백화점에게 있어서 좋은 총알받이니까."

라니는 한껏 자신의 권력을 휘두르고 와서 들떠 있었지만 용이 기분은 정반대였다.

"그럼 왜 아깐 그렇게 모질게 군 거야? 네가 분위기를 망쳐놓는 바람에 내 용건은 제대로 상의하지도 못 했어."

"총알받이는 자기가 인간이라는 걸 눈치채면 안 되거든. 조종과 수탈의 첫 단계는 자존심을 꺾는 것부터 시작이지. 어차피 내 일이 잘 풀리면 네 일도 따라서 풀려. 감사 인사는 천천히 해도 돼."

용이가 눈살을 찌푸렸다. 저것도 점장의 기똥찬 가르침 중 하나겠군. 확실히 그는 대단한 남자였지만, 모든 문제의 해결책을 아는 자라곤 생각되지 않았다. 그렇게 대단하셨으면 진즉에 강 동쪽도 평정하고 세상의 왕이 되었겠지.

"적당한 선에서 끊을 줄은 알아야지. 내가 백화점과 손을 잡은 건 어디까지나 희진이를 구하는 데 도움이 되기 때문이야. 용병 길드에선 내 뺨까지 때리며 말리더니 정작 넌 한 번 액셀을 밟으면 멈추질 못하더군. 너희 원칙을 밀고 나가는 통에 내 목적이 무산된다면 이 계약은 무효야."

이건 꽤나 위험한 발언이었다. 라니가 뽀작뽀작 씹던 생선 대가리를 뱉으며 말했다.

"니가 농담 못 하는 건 알고 있었지만 방금 껀 정말 별론데. 안전이든 목적이든 네가 깝치고 다닐 수 있는 건 백화점이 있기 때문이야. 그걸 잊으면 안 되지?"

"글쎄…… 난 백화점 없을 때도 사는 데 지장 없었던 걸로 기억하는데."

"하! 착각도 유분수지. 너, 잘 나가는가 싶다가도 한 번씩 나사 풀리면 말도 안 되는 사고를 치잖아? 바로 낮에만 해도 성깔부리다가 용병들에게 맞아 죽을 뻔하지 않았어? 백화점 없이도 그러고 다닐 수 있을 줄 알아?"

용이가 천천히 고개를 끄덕였다. 오늘 첫 실수는 용이가 시작했다. 인정할 건 인정하고자 했다.

"맞아. 감정을 죽이고 합리적으로 판단해야 하는데, 요즘 들어 한 번씩 실수를 해. 난 이게 학교에서 멀어진 대가로 받은 벌이 아닌가 싶어."

그러곤 눈을 가늘게 뜨며 말했다.

"그래도 너보단 나은 처지지. 네 방식은 너무 합리적이어서 등에 칼 맞아 죽기 딱 좋은 방식이니까."

욕설도 아니었고, 선 넘은 독설도 아니었다.

그런데 용이의 말이 그의 단검만큼 날카롭게 라니의 급소를 찌르고 들어왔다. 아니, 어쩌면 아주 오래전부터 라니 스스로 알고 있던 사실일지도 모른다. 아무리 소독약을 풀어도 수영장 물은 수많은 사람들의 똥꼬가 담가진 거대한 변기나 다름없다는 진실처럼.

점장의 가르침은 환상이었나?

이건 내가 스스로 서기 위한 요령이 아니라, 백화점 말곤 누구의 도움도 받지 못하게 만드는 달콤한 독이었나? 점장이 강요한 그 혹독한 훈련들은 나를 위한 것이 아니라, 보이지 않는 족쇄에 묶인 노예로 만드는 과정에 불과했던 건가?

몰랐어?

그럼 점장이 널 사랑하고 널 생각해서 인간병기로 만들어줬다고 생각한 거야?

순진해빠졌네. 마치 좀비가 된 여자친구를 향한 용이의 일편단심처럼. 마치 더 나은 미래를 향한 미나의 망상처럼…….

자신에게 던지는 조롱만큼 아픈 것도 없다. 안타깝게도 라니는 아프고 쓰린 일이 생기면 반성하고 개선하기보단 목에 핏대를 세우며 살아온 쪽이었다.

"염병, 듣자듣자 하니까 이 새끼가 진짜 한판 해보…….."

미나가 들어온 건 그때였다. 라니의 고함을 듣지 못했는지 밝은 표정으로 손짓을 해왔다.

"라니야! 밥 다 먹었어? 잠깐 나와봐! 내가 좋은 거 구했어!"

마침 고딩이 자식이랑 한방에 있는 것도 질리던 차였다. 미나의 밝은 표정이 별로 좋은 징조로 보이진 않았지만, 여기 있는 것보단 낫겠다 싶어서 따라갔다. 어차피 저 과묵한 용병 녀석은 얌전히 숙소에 앉아 있을 터였으니까.

오판이었다. 용이는 라니가 엿듣지 못할 거리까지 충분히 멀어졌다는 판단이 들자 슬그머니 창밖으로 사라졌다.

두 사람이 향한 곳은 아웃렛의 옥상이었다. 해가 져서 어두웠지만 곳곳에 세워진 횃불과 중립지대를 지켜보는 감시탑의 스포트라이트 덕에 시야가 확보되고 있었다. 평소 아웃렛의 옥상은 운동경기를 위해 활용되지만, 미나는 저녁 내내 여기에 새로운 것을 마련해두었다. 올림픽에서 쓰일 만한 과녁판, 그리고 미나의 양궁 못지않게 때깔 좋은 활과 화살이 준비되어 있었다.

"이건 또 뭐 하는 짓이야?"

라니가 눈살을 찌푸리며 미나를 올려다봤다. 미나는 양궁을 들어올리며 활기차게 외쳤다.

"활 쏘는 법 알려줄게! 제국 녀석들, 운동용품 하난 넘쳐날 정도로 있더라고. 너도 기본은 하는 거 같으니까 조금만 봐주면……."

별로 듣고 싶지 않았다. 라니는 활을 들고 화살을 꺼내더니 미나의 말이 끝나기도 전에 시위를 당겼다. 시야도 안 좋은 어둠 속에서 날아간 화살이 정확히 과녁 한가운데에 맞았다.

"이 정도면 됐지? 가서 잔다?"

"잠깐!"

미나가 라니를 막았다. 그녀가 화살을 뽑아들었다. 한 번에 3개. 시위에 걸고 동시에 날렸다. 퓨퓨퓨. 화살이 과녁의 빨강 노랑 파랑 범위에 하나씩 박혔다. 천하의 라니도 발걸음을 멈출 만한 광경이었다.

"허…… 좀 쏘는 줄은 알았지만…… 종말 이전부터 배웠던 거야?"

"응. 난 국가대표 후보로 뽑힌 적도 있어. 어때? 배워볼래? 총이 없는 곳에선 활이 최강의 무기야. 틀림없이 네가 살아가는 데에도 도움이 될 거야!"

라니는 고민했다. 확실히 미나의 솜씨는 누구라도 탐낼 만한 것이었다. 그러나 그게 문제가 아니었다. 길에서 나눠준 공짜 휴지 속에 5만 원권이 끼어 있는 걸 본 것 같은 기분이었다. 이해하기 힘든 크기의 선물에서 오는 두려움. 받을 이유가 없는데 강요된 호의에서 오는 불안.

"그걸 왜 나에게 가르쳐주는데? 그런 건 막 공짜로 가르쳐주고 그러는 거 아니야. 부하도 아니고 대가를 내는 것도 아닌데 왜 그런 엄청난 기술을 남에게 막 퍼줘? 혹시 나한테 원하는 거 있어?"

라니를 처음 만났을 때, 미나는 그녀를 이해하기 어려웠다. 셸터의 아이들 중에도 라니처럼 극단적인 경우는 본 적이 없었기 때문이다. 그러나 이젠 알았다. 시대의 문제가 아니다. 라니가 자란 환경은, 누구도 대가 없는 호의를 주지 않는 곳이었다. 정글 속의 맹수도 젖을 떼기 전까진 당연히 받고 자라는 것, 인간은 그것 없이 자라도록 만들어지지 않았다. 미나의 생각보단 꽤나 많은 아이들이 그렇게 자라났지만, 그녀는 집어 들 힘이 없는 것도 아닌데 둥지에서 떨어진 새를 구경만 하는 걸 자연의 섭리라고 생각하지 않았다.

"너가 백화점의 조종 없이 살 수 있기를 바라니까. 너가 백화점의 부도덕하고 정신 나간 방식을 따를 수밖에 없는 건 너가 약하기 때문이야. 너에게도 특출한 재능이 생겨서 놈들로부터 독립할 수 있게 된다면 네 본모습을 찾을 수 있을 거야. 난 그걸 도와주고 싶어."

아, 완전히 틀린 대답이었다. 싸대기를 맞은 아이가 담배를 끊은 것이 금연의 소중함을 깨달았기 때문이라고 여기는 어른들의 머릿속만큼 틀린 대답.

픽!

대뜸 주먹이 날아갔다. 도대체 미나보다 훨씬 작은 라니가 어떻게 그녀 얼굴에 주먹을 내다 꽂았는지 이해하기 어렵다. 그럼에도 제대로 날아간 주먹이었다. 용이의 뺨에 날린 귀여운 싸대기하곤 규모가 다른 공격이었다. 미나의 안경과 양궁이 바닥에 뒹굴었다.

안 그래도 심기가 불편한 날이었다. "씨발 방금 뭐라고 씨부렸어? 뭐? 조종? 내 본 모습을 찾아? 치료제 때문에 참고 살려놔뒀더니 이놈이고 저놈이고 아주…… 내가 병신으로 보이나?"

잘은 몰라도 자기가 어디선가 말실수를 했다는 건 이해했다. "나, 나 는…….."

쓰러진 미나의 멱살을 잡았다. 강에서 불어오는 밤바람은 차고 일렁이 는 횃불은 라니의 얼굴에 그림자를 드리웠다.

"지금도 충분히 난 유능해. 거지 같은 동정 없어도 너희 얼빠진 버러지 들보다 잘 살아남을 수 있어! 내 앞에서 잘난 척하지 마. 멋대로 내 방식 을 평가하지 마!"

미나가 입을 다물었다. 라니도 더 하고 싶은 말이 없었다. 미나는 쓰러 진 채 버려두고 비상계단을 통해 옥상을 나갔다.

무기를 가진 자를 등 뒤에 두고 돌아서다니. 점장이 가르쳐준 생존 방 식에 그런 건 없었는데.

씩씩거리면서 아웃렛의 매장 코너로 향했다. 제국이 거기서 24시간 매점을 운영했다. 야간 담당 직원이 쇠창살로 가로막힌 창구 너머에서 운동기구 잡지를 읽고 있었다.

창구 앞에 어금니 한 뭉치를 올려놨다. "야. 술 좀 줘. 금액 맞춰서 있는 대로 다 줘."

직원이 힐끔 시선만 돌리더니 건성으로 대답했다. "신생 대한제국에 선 술을 취급하지 않아. 있다고 해도 미성년자에게 팔 리가 없잖아."

뒷 문장은 듣지 않았다. 앞 문장만으로도 라니의 전두엽이 바삭바삭해 졌다.

"뭐? 술이 없다고? 미친 거 아냐? 밀주라도 없어? 길드에서 만들고 있는 거 봤는데!"

"흥!" 직원은 별안간 자신의 등 근육을 자랑하며 말했다. "건강한 몸에 건강한 정신! 신생 대한제국의 국민들은 언제나 종말 시대의 모범이 될 만한 최고의 컨디션을 유지하지. 가장 좋은 건, 다른 조직들이 포기하지 못하는 중독 물질을 우린 자원화할 수 있다는 거야! 다음 달 선거에서 담배도 불법화하자는 안건이 올라갈 예정이다! 대단하지?"

이젠 짜증낼 기운도 없었다. 머리를 절레절레 흔들면서 복도로 나왔다. 밤이 되어 텅 빈 복도는 고요했다. 라니는 차가운 벽에 이마를 댄 채 푹 한숨을 내쉬었다.

흥분이 가셨기 때문일까? 사방이 조용해졌기 때문일까?

그녀의 귀가 어떤 소리를 잡아냈다. 별로 큰 소리는 아니지만, 틀림없이 제국에 도착한 이후 쭉 들리던 소리였을 것이다. 장마철 빗소리처럼 너무 당연해져서 귀가 망각하게 되는 그런 소리. 무수한 무언가가 움직이는 소리가, 제국의 지하에서 들리고 있었다.

"이게 뭐지?"

라니가 일어나 천천히 지하를 향해 걸어갔다. 지하 1층까지 내려가는 건 어렵지 않았다. 그러나 다음 계단 앞에서 커다란 방화문이 가로막고 있었다. 문에는 '관계자 외 출입금지'라는 글자가 붉은 스프레이로 적혀 있었다.

관계자라. 백화점의 보호를 받는 조직들은 정기적으로 군수물자와 자원 재고를 보고하도록 되어 있다. 제국이 몰래 숨겨두고 있는 뒷주머니가 있는 걸까? 자물쇠를 딴다면 못 할 것도 없지만 보나마나 안엔 보초들이 있을 거다. 숨어들어갈 환풍구는 보이지 않았다. 뭣보다 그 정도로 모험을 시도할 만큼 의욕도 없었다. 그냥 벽에 귀를 대고 소리만 들어봤다.

사각사각.

부스럭부스럭.

역시 무슨 소린지 모르겠다. 점장이라면 단번에 눈치챘을 텐데. 어쩔 수 없었다. 움직이는 소리보다 가까운 곳에서 들리는 대화가 자꾸 방해했다.

그 대화는 아무래도······.

몇십 분 전.

숙소 창문을 나간 용이가 도착한 곳은 아웃렛 앞마당이었다. 건물의 그림자에 숨어서 조용히 용병 길드 방향을 응시했다. 흔히들 밤에 이동하는 건 낮보다 안전할 거라고 생각하는데, 오히려 모호한 어둠 속에서 혼자 움직이는 게 환한 낮이나 군중 틈새보다 눈에 띨 때가 많다. 가장 큰 문제는 용병 길드로 돌아가는 게 의미가 있는가, 하는 문제였다. 생각해 보면 용병들이 유품을 보관하고 있다면 한두 명의 물품만 있는 게 아닐 것이다. 저 작은 술집 안에 창고가 있다고 생각하긴 어려웠다. 역시 누군가에게 물어보는 수밖엔 없는데 누구에게 물어야 가장 의심받지 않으면서······.

"밤바람이 필요했나? 아님 여자들과 한방을 쓰기 불편한 거라도?"

천천히 돌아봤다. 황제가 마찬가지로 어둠 속에서 뒷짐을 지고 서 있었다. 제법 가벼운 움직임이다. 힘만 센 멧돼지라고 생각하면 위험하겠군.

"남녀공학 출신입니다. 내외할 정도의 가치가 있는 관계도 아니고요."

"흠." 건물 안쪽으로 손짓했다. "좀 걷지."

위엄이라고 해야 할까? 상대가 거절하기 힘들게 만드는 분위기가 있는 남자였다. 어차피 계속 여기 서 있어봐야 의심만 받을 뿐이다. 잠자코 그와 보조를 맞췄다.

불 꺼진 아웃렛의 1층 복도를 거닐었다. 황제의 발소리가 저벅저벅 나는 와중에도 용이의 발소리는 들리지 않았다. 녹슬어 무너져가는 조각상엔 운동용 로프가 매달려 을씨년스럽게 흔들리고 있었다.

그가 앞서가면서 말을 꺼냈다. "황제란 허울 좋은 죄수와 같지. 왕좌에서 멀리 떠나기가 쉽지 않거든. 최근 소식이라곤 전해들은 게 전부야. 자네가 보기엔 어떤가? 요즘 강 서쪽 분위기는 평화로워? 강 유역 밖에 새로 개척된 곳은 없고?"

딱히 포장할 만한 필요가 있는 질문은 아니었다. "제가 별로 외향적인 성격이 아니라서요. 백화점 의뢰가 아닌 이상 밀리 다닌 적이 없습니다. 물이 상처에 닿으면 좀비가 된다는 얘기도 최근에 알았습니다."

푸흣.

"미, 미안하네. 비웃으려던 건 아니야. 역시 사람은 어느 경지에 오르려면 한쪽으로 미쳐야 하는가 보구만. 그런 것치곤 점장의 총애를 받는 거 같지만 말이야."

"부럽습니까?"

"부럽다마다! 백화점은 오로지 실력만 인정되는 곳이야. 선악도 아무 의미 없고 오로지 강함만을 평가받지! 점장의 인정은 곧 좀비 시대에 마지막까지 살아남으리라는 보증 수표다. 자네 정도면 그 소문의 흑기사하고도 겨뤄볼 만하지 않을까? 아니, 혹시 겨뤄본 적이?"

"만나본 적도 없습니다. 그리고 현실의 승부는 그렇게 쉽게 강약을 가늠할 수 있는 게 아닙니다. 당신이라면 누구보다 잘 알 거 같은데요."

"그래? 그렇다면 말이야…….'"

황제가 돌아섰다. 주위에 창문도 없는 복도의 막다른 길이었다.

"너와 내가 여기서 싸우면 누가 이길 거 같나?"

용이의 눈동자가 빠르게 움직였다.

무기? 황제로 뽑혔다는 건 고치를 맨손으로 부수는 주먹을 가졌단 뜻이다. 충분하고 넘치지.

매복? 여긴 놈의 홈그라운드다. 내가 모를 위치는 얼마든지 있겠지.

동기? 나만 사라져도 놈들이 해결해야 할 임무는 삼분의 이로 줄어든다. 상황을 혼란스럽게 만들어서 다른 요구사항까지 흩어놓을 수도 있겠지! 예상 못한 쪽이 바보 같군!

"제국의 사정은 그리 좋은 편은 아니야." 밤눈이 밝은 용이었지만 어쩐지 황제의 의중을 파악하기 힘들었다. "우리도 셸터처럼 원정대를 짜보고 싶은데 병력도 부족하고 국민 통합도 잘 안 돼. 하지만 내가 너를 이기고 힘을 증명한다면? 대중은 언제나 강한 자를 원해. 넌 백화점 멤버가 아니니 점장이 지켜줄 이유도 없지. 너를 쓰러뜨리고 점장에게 그 목을 가져가면 오히려 그쪽이 더 점장의 환심을 살 기회가 아닐까? 어떻게 생각해?"

심호흡을 했다. 등엔 방패가 있고 양 소매엔 단검이 있다. 전투가 벌어진다면 감수할 수 있었다. 그것이 합리적인 길이라면 최악의 상황이라고 부를 필요는 없었다.

그러나 아직, 갈 수밖에 없는 길은 아니었다. 초소. 치료제, 유품. 자존심을 버리면, 세상의 많은 문제가 우려보다 쉽게 해결된다. 많은 이가 자존심을 굳은 손가락 사이에서 놓지 못하느라 아래턱이 뜯겨 죽는다. 다행히 용이의 멈춘 심장에겐 고려할 가치가 없는 개념이었다.

"그런 목적이라면 이럽시다. 기회를 잡아서 제국 국민들 앞에서 대결을 벌이죠. 거기서 지는 시늉을 해드리겠습니다. 그거라면 당신은 충분히 '폐교의 고딩을 이긴 자'라는 칭호를 얻고 국민과 점장의 환심도 살 수 있을 겁니다. 대신 당신은 제 요구 조건을 좀 더 빠르고 확실하게 해결해주시면 되구요. 어떻습니까?"

황제가 시익 웃었다. 비웃음도, 사악한 꿍꿍이를 지닌 미소도 아니었다. 수한의 죽음을 듣고 용이가 머금던 광기 어린 미소는 더더욱 아니었다.

"힘이 곧 정의인 시대에 살인으로 먹고살면서도 자존심에 휘둘리지 않는 자라니! 내가 사람 보는 눈이 한물가지 않았다니까. 역시 넌 백화점의 노예가 아닐 줄 알았어!"

느닷없이 그가 복도 측면에 있던 문을 열었다. 문 너머엔 세미나실이 있었는데, 어두운 방에 어두운 표정의 사람들이 원탁에 옹기종기 모여 있었다. 잘 보니 전부 제국의 간부, 장관이다. 총리와 수상도 그 자리에 있었다.

수상이 놀란 표정으로 물었다. "아니…… 회의하다 말고 산책 가신다더니 이제 돌아오십니까? 용병 놈은 왜 데려왔어요?"

황제가 용이를 세미나실 안으로 데리고 들어와선 문을 닫았다. 황제가 적의를 드러낼 때도 태연하던 용이가 군중의 시선을 한 몸에 받자 긴장했다. 충분히 분위기가 환기되었다고 생각하자 그가 뒷짐을 진 채 당당하게 말했다.

"황제의 권한으로, 지금 이 순간부터 신생 대한제국은 백화점의 압제로부터 벗어나 독립 주권 국가로 거듭날 것을 제안하네. 본 의제에 대한 간선제 무기명 투표를 통해 중신들의 의견을 묻고 싶네."

아무도 예상하지 못한 결과는 아니었지만, 정작 듣고 나니 놀라지 않을 수 없는 폭탄선언이었다. 총리와 수상도 마찬가지였다. 총리가 자리에서 벌떡 일어나며 물었다.

"진심이야? 승산이 있어?"

물론이었다. "강 서쪽에서 백화점의 붕괴를 고대하는 자는, 과장 좀 해서 좀비만큼 많지. 특히 용병 길드의 인내심이 오늘 사건으로 완전히 바닥났어. 녀석들을 규합하고, 서커스단을 무너뜨려서 다리의 독점권만 손에 넣으면 최종적으로 셸터의 지지까지 받을 수 있다, 이거야. 어때? 근거 없는 망상인가?"

술렁술렁. 장관들 사이에 저음의 수다가 오갔다. 수상만이 다른 사람 말에 부화뇌동하지 않고 바로 직언했다.

"근거고 나발이고, 서커스단을 무너뜨린다는 전제가 성립해야 가능한 얘기 아닙니까? 우리가 언젠 서커스단을 누르기 싫어서 못 눌렀습니까? 백화점이 이 사실을 알면 바로 우릴 잡아 죽이러 올 텐데 그 전에 서커스단을 무슨 수로 이깁니까? 용병 길드를 포섭하는 데도 며칠이 걸릴지 모른다고요!"

"그래서 이렇게 데려왔지 않은가? 점장이 직접 인정한 강 서쪽의 전설적인 암살자를!"

황제가 용이의 등을 힘차게 쳤다. 자신만만한 미소를 지어 보이며 말했다.

"인간 병기 꼬마와 함께 있을 때 네 태도를 보고 직감했다. 그 자식의 푸닥거리에 끼어들진 못해도 절대 동조하진 않더군. 백화점의 보수는 받아먹을지언정 백화점의 방식까지 받아들인 건 아닌 거야. 그렇다면 언젠간 백화점의 영향력으로부터 벗어날 날을 그리고 있었겠지? 간단한 거래다. 앞으로 시작될 크라운킹 패거리와의 전면전을 이끌어라. 그럼 용병 길드의 비밀금고는 물론이거니와 강 건너 초소에 억류된 셸터 원정대도 넘겨주지. 잘 생각해. 점장의 손아귀에서 벗어날 수 있는 기회는 앞으로 네 평생에 몇 번 없을 거라고?"

맨 처음으로 든 생각은 이거였다.

이놈들이 미쳤구나.

당신들은 이번 주가 지나기도 전에 강변을 따라 일렬로 머리가 내걸릴 거야.

망상이 덕지덕지 묻은 희망이 점장의 공포 통치를 이길 수 있다고 생각한다면 그야말로…….

어?

잠깐. 유품만이 아니라 원정대도?

치료제까지 말이야?

용이는 중학교에서든 고등학교에서든 별로 성적이 좋은 학생이 아니었다. 아주 하위권은 아니었지만 암기식 시험은 그에게 쥐약이었고, 시험지 앞에서 심장이 두근거리기 시작하면 결과는 눈 뜨고 못 볼 지경이었다. 그럼에도 불구하고 지금 용이의 판단력은 평생에 두 번 없을 정도의 속도로 회전하고 있었다.

원정대의 선발대가 치료제를 가지고 있다. 강 유역을 포함해 아마 지금 지구에서 가장 귀중한 자원인 좀비 바이러스 치료제를. 나에게 필요한 건 희진이를 치료할 만큼이다. 만약 남은 걸 신생 대한제국이 가지게 된다면? 신생 대한제국이 치료제를 앞세워 강 유역의 생존자를 규합하고 백화점을 몰아낸다면? 다시 인간이 된 희진이에게 점장의 지배가 없는 세상을 줄 수 있다면?

용이의 표정이 곧 대답이었다. 더 기다릴 필요도 없었다. 투표가 시작되었다. 장관들이 종이쪽지에 간단히 적어서 모았다. 수상이 직접 기표했다. 압도적인 표가 찬성으로 기울고 있었다. 모든 것이 너무나 빠르고 수월했다.

다만 한 가지가 찝찝했다. 라니와 함께 있던 태도, 짧게 떠보는 것만으로 내가 타산에 따라 백화점에 등을 돌릴 거라는 걸 눈치챘다고 했다. 좀 지나친 도박 아닌가? 지나친 도박을 감수해야 할 정도로 입장이 난처했을 뿐인가? 아니면 뭔가 나에 대해 엿들은 거라도 있었나?

응? 엿들어? 기표 막바지에, 용이가 소리쳤다.

"이봐! 이 방, 방음이 돼?"

가까이에 있던 국토부장관이 말했다. "방음이요? 딱히 국민들에게 숨겨야 할 곳은 아니라 추가적인 공사는⋯⋯."

"이런 멍청이들! 어서 경보를 울려! 도망치지 못하게 해야 해! 백화점에 알려버릴 거라고!"

"누⋯⋯ 누가?"

"라니! 고라니! 우비 뒤집어쓰고 다니는 싹퉁머리 없는 기집애 말이야! 다 듣고 있었을 거야!"

쾅! 옥상 문을 박차고 들어갔다. 미나는 과녁판을 비롯한 기물들을 정리하는 중이었다. 시퍼런 멍이 올라오고 있는 얼굴과 눈이 마주쳤다. 기분이 더러웠지만 지금은 그걸 신경 쓸 틈이 없었다.

"도망가야 해! 제국이 용이 새끼랑 함께 배신했어! 백화점을 적으로 돌릴 거고 우린 거래 도구가 될 거야! 치료제는 물 건너갔어. 따라와!"

충격적인 소식이다. 다만 비보 중에 낭보가 있었다. 이렇게 쉽고 극적으로 라니와 용이를 떼어놓을 수 있을 줄은 몰랐다.

"아아, 어쩔 수 없네. 이제부턴 용병이 적인 거지? 그럼 우리끼리 도망가자! 어디로 가지?"

"1층은 이미 막혔을 거고…… 창문으로 가야 해. 로프! 로프를 찾자!

"로프? 그런 걸 어디서…… 아, 그게 있지!"

웬일로 미나가 눈치 빠르게 움직였다. 라니의 것까지 포함해서 활과 화살을 들고 앞장서 달렸다. 세국에 들어온 뒤로 스친 팻말 중에서 눈에 들어온 것이 있었다. 미나가 복도에 있는 이정표 중 하나를 가리켰다. '신생 대한제국 산업자원부'라고 적힌 화살표였다.

"잘은 몰라도 뭔가 만들거나 창고 같은 곳을 의미하는 거겠지?"

"하, 허례허식에 환장한 놈들이 좋아할 만한 말장난이네. 가보자!"

이정표를 따라 몇 층을 올라가니 큼지막한 문이 나타났다. 문에 따로 자물쇠 같은 건 없었다. 들어가보니 아웃렛에서 대형 마트로 활용하던 공간이었던 거 같다. 한데 문 안의 광경은 두 사람의 예상과 다소 상이했다. 창고이긴 창고였다. 그런데 '물건'만 있는 게 아니었다.

"이건 또 뭐야?"

당황한 라니가 문지방에 서서 안을 둘러봤다. 어두침침한 공간에서 무수한 시선이 난입한 라니와 미나를 바라봤다. 그곳은 창고면서 동시에 수작업 공장이었다. 무수한 사람이 컨베이어벨트나 작업대 옆의 좁아터진 공간에서 쪽잠을 자며 제국에 필요한 무기나 생필품의 제조 공정에 동원되고 있었다.

미나가 눈살을 찌푸렸다. "포로나 노예 들인가?"

쇠사슬도 낙인도 없다. 강제로 갇혀 있는 게 아니다. 라니는 바로 직감했다.

"건강한 몸에 건강한 정신이 깃드는 게 국가의 표준이라면, 그 표준에 맞추지 못하는 자들은 이렇게 재활용하는 거겠지."

정답이다. 선천적으로 왜소한 자. 보호해줄 가족이 없는 노인이나 신체 불구자. 근육이 안 붙는 체질이나 체력단련 자체가 불가능한 자. 이들에게 있어서 여기를 벗어나봐야 기다리고 있는 건 좀비 혹은 그들의 어금니를 노리는 약탈자뿐이다. 일관되게 무기력한 시선에선 제국의 적들을 잡으려는 의지도, 적들의 도움을 받아 탈출하려는 의지도 보이지 않았다.

미나가 입을 비죽 내밀었다.

"무슨 이상 국가라도 되는 것처럼 떠들어대더니, 결국 약한 소수들을 쥐어짜면서 유지하는 체제일 뿐이잖아. 먹이 피라미드의 기준이 바뀐 것뿐이지 근본적으론 다를 게 없어."

라니는 전혀 다른 의견이었다. 그녀가 멀뚱멀뚱 쳐다보는 하위 계급 노동자들 사이에서 로프를 찾으며 말했다.

"무슨 소리야? 이 정도면 엄청 인간적인 거지. 자원은 한정되어 있는데 모든 사람에게 똑같이 나누어주면서 이 난세에 조직을 유지할 수 있을 거 같아? 아, 찾았다. 가자!"

두 사람의 체중을 견딜 만한 로프를 찾자마자 다시 복도로 달려 나갔다. 그쪽 복도에도 창문은 있었지만 라니에겐 원하는 방향이 따로 있었다. 보도로 도망가봐야 금세 따라 잡힌다. 길드가 제국 쪽에 붙었다면 픽업트럭도 제국의 영향권 안에 있다고 봐야 한다. 보도로 이동해도 제국이 쫓아오지 못할 곳으로 달아나야 했다. 멀리 갈 필요도 없다. 중립지대너머 크라운킹 서커스단에게 가기만 하면 된다는 계산이 있었다.

당연히 제국도 그걸 앞서 봤다. 창문 밖으로 로프를 내리려는데, 아웃렛 건물 주위에 어느새 철제 스파이크가 깔려 있었다. 탈출하려는 자를 잡는, 숨어드는 자를 방해하는, 저렴하면서도 효과적인 수단이 상비되어 있던 것이다.

라니가 내리려던 로프를 다시 감았다. "제기랄! 곧 포위될 텐데! 옥상으로 다시 가야 하나?"

"잠깐만. 시도해볼 게 있어."

미나가 라니의 로프를 넘겨받았다. 그녀는 능숙하게 로프를 화살 끝에 묶더니, 그걸로 철조망 너머 길드 건물의 옥상을 향해 날렸다. 화살은 보기 좋게 옥상의 돌출부에 걸려 고정되었다. 자기 양궁을 갈고리 삼아 로프에 걸었다.

"나 먼저 간다! 안전하면 따라와!"

양궁을 붙잡고 주룩 미끄러져 내려간다. 저 멀리 미나가 중립지대 너머 옥상에 안착하는 걸 구경했다. 굼벵이도 구르는 재주가 있다고는 하지만, 굼벵이가 철조망 위로 날아가는 재주를 보일 줄은 몰랐다.

그러는 와중에 복도 저편에서 제국의 추격자들이 몰려들고 있었다.

"저기다! 찾았다!"

"탈출하면 안 돼! 백화점에 알릴 틈을 주면 안 된다!"

"죽여도 좋아! 황제 폐하의 어명이다!"

더 망설일 틈도 없었다. 미나에게 받은 활을 로프에 걸고 그녀를 따라 내려갔다. 아슬아슬하게나마 더 추적당하기 전에 로프를 끊어버릴 수 있었다.

제국의 감시탑에서 화살을 겨누고 있지만 중립지대에 공격을 가해도 될지 고민하는 눈치다. 그사이에 얼른 급수탑 뒤에 엄폐했다. 제국 쪽이 소란스러워지자 점점 수족관 쪽에서도 불이 켜지기 시작했다.

"이제 우린 어떻게 되는 거야? 그 패악을 떨었으니 용병 길드는 안 도 와주겠지?"

"크라운킹에게 간다. 내 적의 적이라면 친구는 못 되어도 총알받이는 되어줄 수 있겠지."

미나는 머리가 빨리 돌아가는 편은 아니었지만 남의 말을 곧이곧대로 따라야 할 순간은 판단할 줄 알았다. 두 사람은 지체 없이 술집 건물을 떠나 크라운킹 방향의 철조망으로 향했다. 이미 철조망 인근에선 보초들이 무장한 채 적습에 대비하는 중이었다. 미나가 어둠 속에서 눈을 가늘게 뜨고 보초를 응시했다.

"너, 서커스단에 대해서 얼마나 알아?"

"별로 몰라. 백화점 산하조직도 아니고 내가 직접 여기까지 나와봐야 할 일도 거의 없었으니까."

"놈들의 드레스코드도 모르겠네?"

"뭐…… 서커스단이니까 광대처럼 입고 다니지 않을까?"

"저것도 광대 꼴의 일종이라고 봐야 할까?"

미나가 가리킨 것은 창을 들고 철조망 너머에 서 있는 보초였다. 화톳불 옆에 서 있는 보초의 모습은 약한 광원 탓에 알아보기 힘들었지만, 라니 역시 보초의 모습을 보고는 잠시 당황할 수밖에 없었다. 우비였다. 아니, 그냥 노란 천인가? 어쨌든 보초는 노란 천을 망토처럼 두르고 있었다. 정확히 라니가 떠오르는 몰골이었다.

증명이라도 하듯이, 보초는 라니를 발견하자마자 목청을 높여 외쳤다.

"라니 님이시다! 라니 님께서 직접 서커스단까지 오셨다!"

잘못 들은 게 아니었다. 보초의 외침을 듣자 이내 수족관에서 노란 거적을 두른 사람들이 우르르 나오더니 개선장군을 영접하기라도 하는 것처럼 철조망을 열어 두 사람을 맞이해주었다.

"진짜다! 진짜 고라니 님이시다!"

"아아, 죽기 전에 라니 님을 직접 뵙게 될 줄이야!"

"귀여워! 우아해! 당당해!"

라니 본인은 이해하기 힘든 비유겠지만, 아이돌이 무대에 등장한 콘서트장 분위기와도 같았다. 라니 평생에 온갖 위협과 적의는 다 겪어봤지만 이런 상황은 처음이었다. 멍하니 있는 라니를 미나가 보디가드처럼 보호하고, 서커스단 주민들은 감히 가까이 가진 못한 채 둘러서서는 열기를 내뿜고 있었다.

다행히 오래지 않아서 간부로 보이는 남자가 나타났다. 주민들처럼 노란 우비를 두르고 머리엔 고깔모자를 쓴 자였다.

"대화할 만한 장소가 아니군. 일단 따라와라. 왕께서 기다리고 계신다."

고깔모자가 나타나니 군중도 다소 진정이 되었는지 아쉬운 눈길을 보내며 흩어졌다. 그를 따라가면서 서커스단의 분위기를 한 눈에 볼 수 있었다. 질서 정연하게 체력 증진에 투입되고 있는 제국과는 전혀 다른 모습이다. 수족관 여기저기에서 옹기종기 모여서 술을 마시며 떠들고 있는 사람들. 미나는 그들 사이에 애꾸나 외팔이, 노인이나 아이들이 있는 걸 유심히 보았다.

"제국보다 훨씬 나은데? 여긴 능력이 부족한 사람들도 살아가는 데 지장이 없나봐."

인솔하던 간부가 자랑하듯이 말했다.

"당연하지. 어디 제국 같은 정신 나간 국수주의자 패거리랑 비교를 해? 스스로를 규율과 자격에 가두는 바람에 계급사회를 만들어버린 녀석들이야. 크라운킹의 서커스단이야말로 모든 이들에게 최소한의 생존권이 보장되는 지상낙원이지. 실제로 제국에서 못 견디고 이쪽으로 넘어온 사람들도 많아."

"헤에⋯⋯."

입을 헤 벌리고 그 사상에 감복하는 미나. 그 꼴을 보노라니 라니는 저절로 웃음이 나올 거 같았다. 저 머릿속에 무슨 생각이 굴러다니고 있는지 빤히 보인다. 십중팔구 '라니는 올바른 사회에 살아야 한다'면서 그녀가 백화점을 나오게 되면 어느 조직에서 살면 좋을지 멋대로 잣대를 재고 있겠지.

하지만 조소도 지적도 참았다. 이쪽이 아쉬워서 기어들어온 마당에 밉보일 순 없었다. 그저 딱 눈에 보이는 약점들을 눈치조차 못 채는 미나가 한심할 따름이었다. 저놈들의 낡아빠진 옷차림과 질 낮은 밀주를 봐라.

머릿수가 많고 자원도 있지만 그걸 활용할 만한 고급 인력과 훈련 체계가 부족한 것이다. 백화점은 총기와 화약을 제조할 수 있는 비품실을 운용하면서 강 서쪽의 군사력을 휘어잡았다. 이런 광대 패거리에겐 하늘이 뒤집어져도 불가능한 일일 것이다.

뭐, 그래도 구성원들이 거기에 만족하면 그만이다. 최대 다수의 최대 행복을 위해 소수의 희생을 요구하는 사회보다, 모두가 약간씩 희생해도 서로 조화하며 만족하는 사회를 유지할 수 있다면 그것도 답이 될 수 있다.

그렇다면 결정적인 질문은 이것이다. 태어나면서부터 배가 고프면 징징거릴 줄 밖에 모르는 인간이라는 생물이 '약간의 희생'을 참게 만들기 위해, 서커스단은 어떤 방식을 선택했을 것인가?

간부가 두 사람을 수족관의 사장실에 안내해주고는 떠났다. 역시나 사장실은 크라운킹의 개인 집무실이었다. 아마 잘 시간이겠지만 보고를 받고는 굳이 나와 행차하신 거겠지. 미리 기다리고 있던 크라운킹이 두 사람을 보자 플라스틱 컵에 술을 따라 권하면서 인사를 했다.

"기념비적인 날이군. 강 서쪽의 유명인사가 직접 우리를 찾아와주다니! 나는 크라운킹 서커스단의 지도자, 크라운킹이라고 한다. 그쪽은 모자로 보건대 셸터 소속인가?"

미나가 천천히 고개를 끄덕이면서도 크라운킹의 외관에서 눈을 떼지 못했다. 미나는 줄곧 왜 서커스단의 우두머리가 '크라운킹'이라고 불리는지 궁금했다. 이제 당사자의 얼굴을 보니 너무 명백해서 질문할 필요도 없다는 걸 깨달았다. 출혈이라도 있는 것처럼 창백한 얼굴에 알코올 중독자처럼 시뻘건 코. 듬성듬성 빠진 머리 위엔 진짜 보석이 박힌 왕관을 쓰고 있었다. 별다른 분장을 한 것도 아닌데 민낯이 광대 그 자체였다. 심지어 입술은 과장될 정도로 울상을 짓고 있었다.

라니는 다른 게 궁금했다. 의자에 앉는 것도 잊고 물었다.

"당신네들, 나한테 왜 저러는 거야? 설마 드레스코드도 날 따라한 건 아니겠지?"

크라운킹은 대수롭지 않다는 듯이 말했다. "오락이 부족한 시대에 소문만큼 재미있는 것도 없지. 태반이 가족을 잃고 생존을 걱정하며 사는 사람들이야. 그런데 반토막도 안 되는 여자애가 어른 못지않게 산 사람 죽은 사람 썰어버리며 다닌다는 이야기가 들려왔어. 소문은 부풀려지면서 동경의 대상이 되고, 동경은 점차 희망의 상징이 되었지. 규칙 덩어리인 제국과 달리 우린 예술에 대해 자유방임을 지향해. 곳곳에 네 팬클럽이 인형과 그림을 그려 보급하고 있지. 난 불만 없어. 덕분에 우리 사람들이 삶의 활력을 얻고 있으니 말이야."

"하지만 너흰 백화점과 협력 관계도 아니잖아. 적대 세력의 멤버를 숭배한다는 게 말이 돼?"

"그러니 오히려 더 좋지! 숭배는 대상이 손에 닿지 않는 곳에 있을 때 가장 효과적인 법이거든!"

라니의 상식이 따라가기 힘든 범주의 이야기였다. 용이와 오래 대화할 때 느껴지는 것과 비슷한 더부룩한 혼란감이 올라왔다. 현실로 돌아와야 했다.

"너무 곁길로 샜네. 본론을 말하지. 신생 대한제국이 백화점에 반기를 들었어. 아무리 별개의 임무를 수행중이라고는 해도 이런 반역 행위를 보고만 있을 순 없거든. 백화점 점장의 대리인으로서, 대한제국의 반란

진압을 요청하고 싶어. 동의해준다면 이 시간부로 크라운킹 서커스단에게 백화점과 동맹의 기회를 제공하겠어. 결과가 좋다면 다리의 독점권을 양도하는 문제도 고려해볼 수 있을 거야. 어차피 제국 놈들은 이번 기회에 총공격을 쏟아부을 심산이야. 잘 생각해봐."

미나가 침을 꿀꺽 삼켰다. 상대의 입에서 거절 의사가 나오는 순간 매우 난처해질 수 있는 발언이다. 그러나 한편으로는, 라니 정도라면 그걸 모르고 꺼낸 말이 아님을 알았다. 이제 슬슬 미나도 믿음직스러운 것으로 치면 라니가 자신의 곱절은 되는 아이라는 걸 인정하고 있었다.

크라운킹이 자기 잔의 술을 꿀꺽 들이켰다. 어두워서 야경이 나쁜 창가에 다가가 아직도 안 자고 노닥거리는 수족관의 단원들을 내려다봤다.

"얼마 전에……." 뒷짐을 진 채 걸걸한 목소리로 말했다. "제국과 한바탕 전면전이 있었어. 황제 절친의 팔을 잘라먹어서 단원들은 우리가 이긴 줄 아는데, 정작 전력은 이쪽이 반토막 났어. 공표하지 않아서 사기는 올라 있지만 다시 전면전이 벌어지면 우린 재기가 불가능할 거야."

아하. 총리가 황제의 절친이었군. 라니는 황제가 자신에게 잘 보이기 위해 총리의 얼굴에 주먹을 내다꽂던 것을 기억했다. 생각이 많은 주먹이었군. 생긴 거 이상으로 처세에 능한 자일지도.

"제국이 백화점에 등을 돌렸다면 지금이 타이밍일지도 모르겠군. 좋아. 제안을 받아들이겠다. 다만…… 지금 전면전이 벌어지면 이쪽 손실이 만만치 않을 거야. 본격적인 전투는 백화점의 지원을 기다린 다음에 했으면 좋겠는데 방법이 없겠나?"

"혹시 장거리 무전기 있어?"

"그런 고도의 장비는 우리도 제국도 없어."

"그럼 당장으로선 어쩔 수 없어. 아니, 있다고 해도 백화점 쪽에서 군대를 정비해서 오는 시간을 고려해야지. 어제 윗부장이 제국에 다녀갔으니 잘 쫓아가면 따라잡을 수 있을지도?"

"무리군. 네 말이 사실이라면 제국은 당장 내일 공격해올 거다. 좋아, 지금은 어떻게든 시간을 끌어보지. 뒤를 부탁한다, 아이돌."

얘기가 수월하게 진행되었다. 크라운킹의 부하들이 안내를 위해 숙소로 왔다. 그러나 미나의 마음 한구석엔 작은 응어리 하나가 남아 있었다. 그거만은 해결하고 가고 싶었다.

문지방을 넘기 전에 돌아서서 크라운킹에게 물었다.

"저기요…… 충돌이 벌어지면 사람이 많이 죽겠죠?"

라니가 눈알을 굴렸다. 아이고, 이 인간 또 무슨 소릴 하려고.

크라운킹이 침묵해서 미나가 말을 이었다. "물론 종말 시대고, 희생은 어쩔 수 없는 건 알지만, 그래도 전 좋게좋게 해결되었으면 해요. 어떻게 보면 저희가 계기를 마련한 거기도 하고…… 혹시 두 조직이 평화롭게 공존할 가능성은 없는 건가요?"

부하들이 피식피식 비웃었다. 라니는 바지에 똥 싼 아이의 학부모마냥 얼굴을 손에 파묻었다. 크라운킹은 조용히 잔을 들어올렸다. 꿀꺽 술을 원샷하더니 차분한 목소리로 말했다.

"어렵겠는데. 제국은 술을 못 먹게 하거든."

짧지만 모든 것을 표현한 말이었다. 둘은 잠자코 크라운킹의 집무실을 나왔다.

의외로 수족관의 숙소도 아웃렛의 숙소 못지않게 쓸 만했다. 하루 만에 두 번째 숙소다. 둘 다 지쳐서 바로 침대에 쓰러지듯이 누웠다. 침대라고는 해도 낡은 소파와 바닥에 깔린 매트리스였지만 이거라도 감지덕지였다.

미나가 안경을 벗고 눈두덩을 지그시 눌렀다.

"후우. 세상 정신없는 하루네. 치료제가 코앞인 줄 알았는데 별안간 두 조직 간의 전쟁에 휘말리다니. 오늘 아침만 해도 이렇게 될 줄은 상상도 못 했는데."

라니가 우비를 벗어 구석에 집어던지면서 말했다.

"뭘 휘말려? 넌 휘말릴 필요 없어. 꼭 강을 다리로 건널 필요는 없잖아? 가고 싶으면 혼자 조각배라도 구해다가 초소에 가서 선발대랑 합류해. 그게 너에겐 이 전쟁을 감수하는 것보단 치료제에 빨리 가까워지는 길 아니야?"

마음에도 없는 소리일까? 미나가 용이나 라니의 도움 없이 치료제를 손에 넣을 능력이 안 된다는 걸 알고 한 조롱일까? 아무래도 상관없다. 어차피 미나 머릿속에 그려진 무수한 미래 가운데 그 방향은 존재하지도 않았다.

질문을 질문으로 되받았다. "너야말로 괜찮겠어? 생각처럼 백화점이 움직여주지 않으면 낭패 아니야? 정말로 점장이 너가 서커스단과 손을 잡아달라고 하면 넙죽 동의해줄까?"

라니가 벽쪽으로 돌아누웠다. 손을 휘휘 흔들면서 말했다.

"그 답을 알았을 때쯤엔 이미 서커스단이 제국이랑 싸우느라 만신창이가 되어 있을 때지. 내일 일은 내일 고민할래. 난 잔다."

'난 잔다'라는 말이 들린 지 몇 초도 지나지 않아 라니의 코 고는 소리가 들려왔다. 여자아이의 잠버릇이라곤 생각할 수 없을 정도로 우렁찬 소리다. 미나는 피식 웃으면서 이불을 덮었다. 검은 천장을 올려다보니 얼굴에 생긴 라니 주먹 모양의 멍이 느껴졌다. 거기서 느껴지는 것은 고통이나 분함이 아닌 이유 모를 만족감이었다. 좀비의 몸으로 그녀를 기다리는 여동생을 떠올리며 코 고는 소리를 자장가 삼아 곤히 잠들었다.

날이 밝았다. 해가 중천에 떴다. 중립지대를 사이에 두고 양쪽 모두에서 많은 일이 있었다. 중립지대조차 바빴다. 전투에 휘말리지 않으려는 용병들이나 잠시 지나가던 술집의 숙객들이 헐레벌떡 건물을 비우고 달아났다. 마침내 양 진영의 철조망 앞으로, 무장한 병사들이 모이기 시작했다.

아웃렛 앞으로, 민소매 스포츠티를 입은 근육질의 병사들이 정렬했다. 방수 처리된 스키모자로 얼굴을 가린 채 날카롭게 다듬은 바벨을 무기 삼아 들고 있다. 이것이 신생 대한제국의 국방부가 자랑하는 제국군이다.

수족관 앞으로, 제각각 다른 모양의 노란 천을 둘러 입은 병사들이 모여들었다. 머릿수는 제국군의 몇 배는 되었지만 정렬되지도 않고 무기도 가지각색이었다. 고깔모자가 그나마 지휘관이라고 불릴 만한 자였다.

양측의 건물 옥상에 황제와 크라운킹이 올라왔다. 둘 다 확성기를 들고 서로를 바라봤다. 제법 먼 거리라 점처럼 보였겠지만 적의는 충분히 전달되었다.

황제가 먼저 외쳤다.

"신생 대한제국의 이름으로, 중립지대를 무단으로 넘어간 죄수들을 인도할 것을 요청한다! 그들은 제국의 정당한 법정에 세워 법의 심판을 받을 것이다!"

크라운킹이 되받아쳤다.

"아주 똥을 싸라, 똥을 싸! 제국? 법정? 그 병신 같은 소꿉놀이 봐주는 것도 이제 지긋지긋하다! 니네 다수결 좋아하지? 오늘 이 다리 위의 다수가 어느 쪽인지 알려주마!"

우오오오! 인간은 본능적으로 머릿수가 모이면 자신감을 얻는다. 딱 보기에도 압도적인 다수를 차지하고 있는 서커스단의 군대가 함성을 질렀다.

황제도 간부들도 딱히 겁나진 않았다. 하지만 사기는 높을수록 좋은 법. 황제도 카드를 꺼내들었다. 적들에게 잘 보이도록 용이를 전면으로 내세웠다.

"어디 마음껏 지껄여봐라. 이쪽엔 죽은 자보다 산 자를 더 잘 썬다는 '폐교의 고딩'이 있다!"

와아아아! 제국군이 함성을 질렀다. 백병전에서 암살자의 역량이 어느 정도일지 몰랐지만, 일단 유명인사가 엠블럼처럼 앞에 섰다는 것 자체가 상징을 주었다.

수족관 옥상 위, 크라운킹의 뒤에 서 있던 라니도 그걸 보았다. 발로 바닥을 쾅쾅 구르면서 성질을 냈다.

"진짜로 붙었네, 진짜로 저쪽에 붙었어! 대체 뭘 믿고 저러는 거야, 저 새끼?"

엄밀히 말하자면 스스로 답을 아는 질문이었다. 치료제가 모든 것을 설명한다. 백화점을 향한 충성보단 학교 안에 있다던 그 망할 좀비 여자가 우선이었겠지. 치료제가 있다면 제국도 백화점에 맞서볼 만하다는 계산이 있었겠지. 나라도 저랬을 거야. 합리적인 판단이다. 빡치는 건 어쩔 수 없지만, 고딩은 역시 고딩이야.

미나는 그렇게 복잡한 생각까진 못했다. 슬금슬금 크라운킹 뒤로 가서 물었다.

"괜찮겠어요? 쟤 진짜 쎄요! 뭣보다 사람 목숨을 파리 목숨으로도 안 보는 사이코패스라고요!"

크라운킹이 피식 웃었다. 미소가 굉장히 안 어울리는 얼굴이었다.

"저쪽에서 패를 보여주니 이쪽도 가만히 있을 수가 없군. 그간의 투자에 대한 결실을 볼까?"

크라운킹이 손을 흔들어 신호를 보냈다. 그러자 수족관 안에서 커다란 형체 하나가 옥상으로 올라왔다.

남자다. 교복을 입은 용이, 광대 낯짝의 크라운킹 못지않게 희한한 외관의 남자였다. 황제와 맞먹을 만한 거구인데, 상의 위에 서양 중세 기사 풍의 금속 갑옷을 입고 양팔엔 건틀릿을 낀 채 자기 덩치만 한 대검을 들고 있었다. 심지어 얼굴 전체를 가리는 투구를 썼는데, 등에 두른 망토는 악취미일 정도로 시커먼 색이었다.

그 남자가 크라운킹 옆에 나란히 섰다. 부연 설명이 필요 없는 모습이었다. 제국군 안에서 먼저 술렁임이 튀어나왔다.

"흑기사다!"

"강 유역 최강의 용병! 크루즈의 흑기사!"

"길드 멤버가 아니라더니 사실이었구나! 크라운킹이 먼저 고용했어!"

황제의 얼굴이 어두워졌다. 하지만 약한 모습을 보일 순 없다. 목소리를 낮춰 용이에게 물었다.

"저놈, 처리할 수 있겠나?"

용이는 흑기사를 보고 있지 않았다. 그가 보던 건 수족관의 구조였다.

계산이 나오자 되물었다. "어제 보니까 과녁판이 있던데…… 여기, 체육센터 같은 게 있었나요?"

"그건 갑자기 왜?"

"장대 있으세요? 높이뛰기 할 때 쓰는 거요."

황제와 간부들이 한 가지 간과한 것이 있었다. '폐교의 고딩'의 가장 강력한 무기는 소매 속의 단검도, 작은 체구를 살린 스피드도 아니라는 사실이다. 자신의 하찮은 목숨을 담보로 상대의 의표를 찌르는 정신 나간 전술. 자신을 먼저 죽임으로써 상대를 죽이는 것이야말로 용이만이 할 수 있는 강점이었다.

"장대로 철조망을 넘어서 수족관으로 들어가겠습니다. 머릿수를 보니 죄다 철조망 앞에 모여 있어서 안엔 몇 명 없겠네요. 슥 올라가서 크라운 킹의 목을 따고 슥 내려오죠."

수상이 이마를 문질렀다. 나사 풀린 녀석인 건 진즉에 알았지만 이건 완전히 허용 범위 밖이었다.

"헛소리 하지 말고 내려가서 군대와 진격해라. 뭔 말 같은 소릴 해야 들어주기나 하지……."

"네? 하지만 전 암살 전문입니다. 백병전엔 별로 도움이 안 될 텐데요?"

총리도 수상을 거들었다. "그러니까 전열을 세워 공격하는 거지! 인간의 힘은 한데 뭉칠 때 가장 강해진다. 넌 최전선에서 병사들 사기 진작을 도와주다가 지휘관이 보이면 처리하면 되는 거야. 자, 어서 내려가!"

아무도 용이의 방식을 존중해주는 자가 없었다. 고용주가 이렇게 나오니 용이도 하는 수 없이 잠자코 아웃렛 앞마당으로 내려갔다. 아주 살짝, 라니와 돌아다닐 때가 아쉬워졌다.

용이가 일렬횡대로 선 제국군 사이에 끼어 들어가자 모든 준비가 끝났다. 황제가 고개를 끄덕이자 수상이 커다란 단청북 앞으로 다가갔다. 그가 일정한 박자에 맞춰 둥둥둥 북을 치니 제국군이 국방부장관의 지휘에 따라 철조망 문을 열고 중립지대로 전진했다. 용이도 방독면을 쓰고 전경 방패를 들고 그 행렬에 끼어 들어갔다.

내려다보던 라니가 물었다. "온다! 어쩔 거야?"

크라운킹이 술병 뚜껑을 따면서 말했다. "윙크나 한 번 해줘."

"윙크?"

"겸사겸사 귀여운 포즈도 잡아주면 좋고."

치어리딩이라는 단어를 들어본 적도 없는 라니다. 뻘쭘한 자세로 옥상 가장자리에 가서는 서커스단의 군대를 내려다봤다. 마지못해 양손으로 브이를 만들었다. 그걸 올려다본 군대와 주민들이 일제히 환호했다.

"꺄악! 라니 님 최고!"

"사랑해요, 라니!"

"이기고 돌아올게요!"

애정, 호의, 환호. 라니 평생에 겪어본 적이 없는 것들이었다. 가슴속 깊은 곳에서 뭔가 끓어오르는 게 느껴졌다. 양팔을 번쩍 들어 보였다. 환호는 더욱 커지고, 군중은 그녀의 뜻에 따라 움직였다.

미나는 그 광경이 고와 보이지만 않았다. 크라운킹에게 물었다.

"이대로 둬도 괜찮은 거야? 저 사람들, 라니가 무슨 수호천사라도 되는 줄 아는 거 같은데. 조직 운영에 방해 안 돼?"

크라운킹은 건배하듯 술잔을 들어올리며 말했다.

"믿음, 믿음, 믿음. 이 세상은 오로지 믿음뿐이지! 믿음을 제외한 모든 건 다 쓰레기야. 라니처럼 입고 라니처럼 말해서 라니처럼 살아남을 수 있다면, 우리는 무적의 군대다, 이거야!"

빠우움! 고깔모자가 나팔을 불었다. 그것을 신호로 서커스단의 병사들이 중립지대 앞 철조망 앞에 우르르 모이더니 일제히 물풍선을 던지기 시작했다.

미나가 내려다보며 감탄했다.

"무, 물풍선?"

라니가 흥미롭다는 듯이 고개를 끄덕였다.

"소독되지 않은 물! 저렴하면서도 치명적이고 공포를 일으키는 무기지. 던진 쪽에게도 위험한 양날의 검이라는 사실을 제외한다면 꽤 괜찮은 아이디어야."

천천히 전진하는 제국군 머리 위로 쏟아지는 물풍선. 하늘을 가릴 정도로 날아드는 물풍선의 양은 위협적이었지만, 위세만큼의 효과는 없었다. 서커스단의 물풍선 전술은 이미 제국에게 익숙했다. 제국군은 일제히 등에 메고 있던 면적 넓은 방패를 꺼냈다. 일렬횡대로 가지런히 정렬한 병사들이 머리 위로 방패를 들어 방패의 벽을 만들었다. 용이도 거기에 끼어 들어갔다. 풍선은 방패에 부딪치면서 허무하게 터져버렸다. 단 한 명의 제국군도 감염시키지도 멈추지도 못했다.

라니가 크라운킹을 흘겨봤다. "설마 이게 다는 아니지?"

크라운킹은 대답 대신 옥상 가장자리로 다가가 확성기에 대고 소리쳤다.

"변이 좀비를 풀어라!"

끼얏호! 서커스단 단원들이 짧게 환호했다. 그러곤 준비되어 있던 커다란 판자를 가져와 수족관 정문에서부터 중립지대 철조망 입구까지 이어지는 가벽을 만들었다.

"아, 또 저 짓거리군." 아웃렛 옥상 위의 총리가 바닥에 침을 뱉었다.

끼에에에! 잘못 들은 게 아니다. 수족관 내부에서 울려 퍼지는 좀비 비명 소리. 이내 단원 하나가 미끼 삼아 달려 나오고, 그 뒤로 한 무리의 좀비가 우르르 쫓아 정문 밖으로 뛰어왔다. 미끼가 철조망 입구 근처에서 가벽 뒤로 숨어버리자, 눈에 보이는 인간에 집착하는 습성을 가진 좀비들이 일제히 중립지대의 제국군에게로 달려들었다.

"뭐야, 좀비를 길들였어? 드디어 성공한 거야?" 라니가 감탄했다.

"그럴 리가 있나. 그냥 경주마 눈가리개를 달아서 정면만 보게 만든 거지. 한 번 내보내면 회수는 못해." 크라운킹이 안타깝다는 듯이 한숨을 푹 쉬었다.

"그래도 꼼수치곤 나쁘지 않네. 한데, 저 정도 숫자로 훈련받은 군대를 잡을 수 있어?"

"충분해. 전부 바퀴거든."

바퀴. 첫 발견이 언제였는지는 모른다. 다만 종말이 길어지면서 점차 좀비들도 최대한 많은 인간을 오래 감염시키기 위해 다양한 변이를 시도하고 있다는 소문이 들려왔다.

고치가 발견되었을 때만 해도 돌연변이 좀비가 그렇게 심각한 문제는 아니었다. 그러나 서서히 '움직이는 고치'에 대한 소문이 들려오기 시작했다. 돌처럼 단단한 피부를 가진 좀비가 물도 안 뿌렸는데 움직이기 시작한다더라. 숫자는 많지 않았지만, 총이 없는 작은 생존자 조직 하나를 몰살시키기에 충분한 위협이었다. 어느 샌가 그것을 바퀴라고 부르기 시작했다.

눈가리개를 단 바퀴들이 몸으로 부딪쳐온다. 이건 제국군에게도 상당한 위협이었다. 간신히 방패의 벽으로 바퀴들의 돌진을 막으면서 둔기를 휘둘러 하나하나 쓰러뜨렸다. 그나마 다행인 건 피부가 경화되었다곤 해도 완력 자체가 인간보다 강하진 않다는 것이다. 결집력을 잃지만 않는다면 어떻게든 돌파할 수 있는 상황이었다.

의외의 요소에서 결함이 발생했다. 용이었다. 그는 바퀴를 보는 게 이게 처음이었다. 제국군의 쇳덩이 바벨과 달리 그의 단검은 바퀴에게 전혀 효과가 없었다. 최악인 건, 힘으로 버티는 내구력 싸움에서 용이는 일말의 쓸모도 없다는 것이었다.

용이가 방패를 간신히 붙들며 이를 악물었다. "그러니까 이건 나하고 안 맞는다니까!"

"용병, 제대로 안 해! 한 명이라도 뚫리면 바퀴들이 들어와! 이름값을 하란 말이야!"

옆에 있던 병사가 잔소리를 해댄다. 슬슬 병사들의 땀냄새도 지긋지긋하던 터였다. 용이의 인내심이 바닥났다. 잔소리한 병사의 멱살을 잡더니 냅다 바퀴들 방향으로 떠밀어버렸다.

아아악! 균형을 잃은 병사가 바퀴들에게 물리면서 전열이 흐트러졌다. 혼란을 목격했는지 단청북의 리듬이 바뀌고 제국군이 바퀴들을 막으면서 재정비하기 시작한다. 지금이 틈이었다. 용이는 오히려 반대로 달려선 아웃렛 쪽 철조망으로 향했다.

"저, 저 자식 뭐 하는 거야?"

고딩의 기행을 내려다보는 제국군 지휘부. 철조망에 다가간 용이는 구석에 숨겨두었던 장대를 집어 들었다. 그러곤 몰려드는 좀비들 사이를 가로질러 뛰더니, 진짜로 장대높이뛰기를 이용해 철조망을 넘어가버렸다.

"미, 미친 새끼 아냐!" 수상이 북 두드리는 것도 잊고 외쳤다. "아니, 저러면 무슨 수로 돌아올 건데?"

"용병 문제는 나중에! 작전을 앞당긴다! 이쪽도 신호를 보내라!"

황제가 바로 대응에 들어갔다. 둥둥둥둥! 달라진 북 소리가 황제의 지령을 보조한다. 바퀴들이 잠시 주춤한 틈을 타 제국군이 일제히 중립지대 너머 아웃렛 영역으로 달아났다. 당연히 도망가기만 한 건 아니었다.

두둥, 두둥! 새로운 북소리다. 미리 준비하고 있던 국민들이 가벽을 만들었다. 서커스단과 같은 전략이었다. 미끼를 따라 아웃렛 지하에서부터 올라오는 좀비들이 중립지대로 들어간다. 마찬가지로 눈가리개를 달고 있어서 바로 수족관 방향으로 돌진해 달려갔다.

그걸 내려다보며 크라운킹이 분통을 터뜨렸다.

"우리 작전을 똑같이 따라했잖아! 상상력이라곤 눈곱만치도 없는 근육 돼지 새끼들!"

라니가 눈을 가늘게 뜨고 제국 쪽 좀비들을 내려다봤다. "밤새 지하에서 들린 소리의 정체가 저거였군…… 완전히 똑같진 않은데? 저쪽은 매미를 준비했어."

"매미?"

"응. 매미. 나무 위에서 사람 머리에 대고 오줌 찍찍 싸는 매미."

매미도 바퀴와 함께 가장 많이 보이는 변종 좀비였다. 바퀴처럼 단단한 피부는 없었지만 비정상적으로 부푼 허파로 대량의 체액을 뱉어 멀리까지 발사할 줄 알았다. 그래 봐야 침뱉기의 강화판일 뿐이니 벽을 뚫지도 사람을 죽이지도 못했지만, 고농도의 타액은 맨 얼굴이나 상처에 묻으면 그 자체로 감염력이 있는 위협적인 탄환이었다.

이젠 서커스단이 물러설 차례였다. 매미들이 철조망에 매달려 침을 뱉어대니 물풍선을 던지던 단원들도 사정거리 밖까지 도망갈 수밖에 없었다. 그렇다고 바퀴랑 매미가 서로 싸우지도 않았다. 양측의 좀비 투입 전술은 중립지대를 좀비로 가득 메운 채 소득 없이 끝나버렸다.

크라운킹은 이미 전투가 끝나기라도 한 것처럼 확성기 전원을 껐다.

"뭐…… 이 정도면 나쁘지 않군."

라니는 분통을 터뜨렸다. "뭐가 나쁘지 않아? 백화점을 박살내야 한다니까! 어제랑 상황이 달라진 게 없잖아!"

"말했잖냐. 애초에 전면전은 승산이 없었어. 중립지대로 돌파할 길이 없어졌으니 우리에겐 이득이야. 백화점의 지원이 올 때까지 농성하면서 원거리 공격으로 야금야금……."

쨍그랑! 수족관 아래층에서 들린 소리였다. 창문이 깨지면서 던져져 추락하는 서커스단 보초가 보인다. 그제야 떠올랐다. '전투'는 끝났지만 '위협'은 이제 막 시작되었다는걸.

푹!

옥상으로 가는 길은 그리 복잡하지 않았다. 상층으로 올라가니 갈림길이 점점 적어졌다. 간부와 그를 보호하는 보초들이 있었다. 비명 소리를 듣기도 전에 처치했다. 무장이 꽤 괜찮은 녀석들이었다. 권총과 수류탄을 확보할 수 있었다.

"슬슬 총기가 나오는 군⋯⋯."

좋은 소식만은 아니다. 강 서쪽은 백화점의 영향력 때문에 총의 유통이 한정되어 있었지만 강 동쪽은 훨씬 더 많은 총이 보급되어 있다고 들었다. 총은 어린아이나 약골에게도 큰 힘을 주는 무기지만 용이는 도저히 총격에 잼병이었다. 조준을 못 하는 건 둘째치고 큰 총소리가 여간 부담스러운 게 아니었다.

좀비의 돌연변이. 늘어나는 총기 소유자. 적들이 점점 강해지고 있었다. 홀로 싸우는 전투에 한계가 다가오고 있었다. 치료제가 강 동쪽으로 넘어가기 전에 여기서 결판을 내야 했다. 이 이상 희진이와 멀어지기 전에 결판을 내야만 했다.

마지막 층이다. 비상구 문을 열고 들어가니 좁고 황량한 복도가 나타났다. 복도엔 이미 병사들이 가득했다. 앞마당의 대충 무장한 일반인이나 보초 나부랭이들하곤 달랐다. 같은 무기로 무장을 맞추고 정렬한 병사들. 맨 앞에 선 고깔모자가 창을 들고 외쳤다.

"크라운킹 친위대 정렬! 여길 넘어가면 폐하의 어전이다! 무슨 일이 있어도 막아라!"

오우! 동시에 외치는 함성이 묵직하다. 용이가 가만히 그들을 바라봤다. 그러곤 조용히 창밖으로 나가버렸다.

"잉? 여기 4층 아냐?"

정예병 하나가 반사적으로 창밖으로 고개를 내밀었다. 그의 인생 전체를 통틀어 가장 성급하고 어리석은 행동이었다. 머리가 창틀 밖으로 나가자마자 스걱, 하고 단검이 나타나 그의 경동맥을 그어버렸다.

"외벽에 매달려 있다! 창에서 멀어져!"

정예대가 일제히 창에서 멀어져 복도 한가운데에 모였다. 등을 맞대고 둘러서서 사각을 남기지 않는다. 모든 창문에 집중하며 폐교의 고딩이 들어오면 언제든 대응하도록…….

달칵. 복도 끝의 문이 열렸다. 정예대가 농성하는 동안 용이는 외벽을 통해 복도 끝으로 이동했다. 살짝 열린 문 틈새로 안전핀 뽑힌 수류탄이 굴러 들어온다. 수류탄은 정확히 등을 맞댄 그들의 한가운데에서 멈춰 섰다.

"이런 씨……."

펑! 수류탄이 터지면서 쏟아진 파편이 정예대의 온몸에 박혔다. 끄아악! 만신창이가 된 정예병들이 우수수 쓰러진다. 그제서야 용이가 여유롭게 복도 안으로 들어왔다.

그래 봐야 수류탄 한 알이다. 고깔모자가 지휘관답게 창을 짚으면서 일어났다. 몸에 파편이 박혔어도 쉬이 물러나지 않을 기세였다.

"덤벼봐! 우린 이 정도 위기쯤 얼마든지 겪어본 역전의 용사다! 마지막 한 사람까지 맞설 것이다!"

용이가 심드렁하게 말했다.

"그렇게 심각할 필요까진 없는데."

그의 손엔 물풍선이 들려 있었다.

"마침 좋은 게 손에 들어와서 말이야."

끼익.

옥상 비상구가 열렸다. 폐교의 고딩이 고깔모자의 창을 들고 차분히 걸어 들어왔다. 옥상엔 예상보다 사람이 적었다. 크라운킹. 미나와 라니. 흑기사가 크라운킹 뒤에 대검을 짚은 채 서 있고, 그들 앞에 익숙한 얼굴 셋이 있었다. 추월차로 자경단의 잔당들이다. 비상구 문을 닫으면서 말했다.

"당신들, 길드의 임원 아니었나? 길드는 제국이랑 협력하는 줄 알았는데."

스킨헤드가 일본도를 겨누며 외쳤다. 자경단은 모두 일본도를 들고 있었다.

"네놈 때문에 우리 리더가 죽었다! 길드가 복수에 도움이 되지 않는다면 알아서 살 길을 찾는 수밖에!"

크라운킹은 다른 게 더 신경 쓰였다.

"저놈 혼자뿐인가? 정예들은 어떻게 된 거지? 어떻게 벌써 온 거야?"

"걱정 마슈, 크라운킹! 저 자식, 소문만 무성했지 완전 겁쟁이에 약골이더라고! 우리 셋이라면 상대하고도 남지!"

자경단은 술집에서 그들이 괴롭혀도 눈 한 번 마주치지 못하던 용이의 초라한 모습을 기억했다. 전혀 질 거라는 생각이 들지 않았다.

"그래. 나 혼자선 어렵겠지." 탕탕. 용이가 비상구를 발로 찼다. 그러곤 활짝 열었다.

끼에에에! 갑자기 비상구에서 좀비 떼가 몰려 들어왔다. 고깔모자와 서커스단의 정예들이었다. 물풍선에 맞고 좀비가 되어버린 크라운킹의 부하들은 이제 앞뒤 구분 없이 옥상으로 몰려와 자경단에게 달려들기 시작했다. 기겁한 자경단이 좀비들과 싸우는 동안 용이는 비상구 문 뒤에 얌전히 숨어 있었다.

썩둑! 마지막 좀비가 쓰러졌다. 당황하고 지친 스킨헤드의 윤이 나는 머리에서 땀이 흘렀다.

"헉, 헉, 이건 또 어디서 나타난……."

푹! 이 찰나를 노리고 있었다. 용이가 던진 고깔모자의 창이 스킨헤드의 심장을 꿰뚫었다. 몸을 빙그르르 돌면서 나머지 둘도 단검으로 찔러 버렸다. 마지막 자경단원이 갈비뼈 사이에 단검이 꽂힌 채 유언을 쥐어짜냈다.

"비겁한…… 놈!"

쑥. 단검을 뽑자 피가 뿜어져 나왔다.

"도덕 과목 점수는 걱정 안 해도 되겠네."

털썩. 자경단원의 시체들이 그들이 죽인 좀비들 위로 쓰러졌다. 크라운킹은 막대한 시간과 자원을 투자해 모은 병력이 끓기도 전에 식어 쌓이는 걸 보고 넋이 나가버렸다.

"이게…… 말이 돼?"

"정신 차려, 멍청아!"

라니가 타일렀다. 이미 방독면 쓴 암살자가 크라운킹을 향해 성큼성큼 걸어오고 있었다. 덜덜 떠는 손으로 옆구리에서 총을 찾으면서 외쳤다.

"흐, 흐, 흑기사! 저놈을 죽여!"

스릉. 검을 검집에 집어넣는 소리였다. 흑기사는 싸우기는커녕 오히려 검을 거두더니 옥상 구석에 있던 상자에 걸터앉았다.

"뭐, 뭐하는 거야?"

"계약 내용은 제국 공략까지였다. 용병이랑 싸우거나 네 보디가드를 하려면 추가 비용을 내셔야겠어."

짜장 소스만 배달해놓고 면 달란 적 없지 않느냐는 기적의 논리다. 크라운킹이 공포 반 분노 반으로 소리질렀다.

"이 야비한 새끼! 나중에 줄 테니까 일단 막아!"

"선불 아니면 꺼져!"

타협이 되질 않는다. 지푸라기 잡는 심정으로 미나와 라니를 바라봤다. 둘은 이미 도망갈 생각으로 충만했는지 옥상 가장자리에 있었다. 이미 고딩이 코앞이었다. 이를 으득 물고는 외쳤다.

"그 상자 안에 어금니 있어! 다 가져도 좋아!"

흑기사가 자기가 앉아 있던 상자를 열어봤다. 상자 안에 크라운킹의 비상금 주머니가 들어 있다. 한 손에 들어 무게를 확인했다. 그러곤 소리 쳤다.

"입금 확인되었습니다! 감사합니다, 고객님!"

챙!

눈 깜짝할 사이에, 흑기사가 크라운킹과 용이 사이에 서 있었다. 육중한 건틀릿이 크라운킹의 목을 노리던 단검을 막아냈다.

용이가 등 뒤의 검을 곁눈질로 바라봤다. "검은?"

투구 너머에서 실실 웃는 소리가 들렸다. "스피드 계열을 상대로 대검으로 싸우라고? 누굴 아마추어로 알아?"

챙강! 용이의 공격이 이어진다. 휘두르는 단검이 철판이 없는 다리, 갑옷 사이 틈새를 노렸다. 그런데 도무지 맞지를 않았다. 행동거지는 장난치는 거 같은데 잠시도 방심하질 않는 자였다.

오히려 여유 넘치는 농담을 던져왔다. "하하! 노멀 모드만 하다가 하드 모드 들어오니 새로운 재미지? 한번 죽으면 오버되는 게임이지만, 그래야 더 즐길 의미가 있지! 그러니까 웃어! 웃으라고!"

"입 좀 닥쳐!"

용이가 빠르게 뒷걸음질해 거리를 벌리면서 총을 꺼냈다. 탕, 탕! 보초에게서 빼앗은 총이 불을 뿜었다. 그러나 흑기사 역시 처음부터 이 상황에 대비되어 있었다. 휘리릭, 망토로 막으니 총알이 망토에 박혀 떨어졌다. 안 그래도 조준이 구린데 망토마저 특수 재질이었던 모양이다.

적어도 시간 끌기엔 충분했다. 흑기사가 망토 뒤에 숨은 사이에 미련 없이 뒤돌아 비상구로 달려갔다. 즉시 흑기사도 용이 뒤를 쫓아 달렸다.

"이이하! 오늘 횟감이 아주 싱싱하구만!"

철컹철컹! 육중한 갑옷을 입고 달리면서도 전혀 뒤처지는 기색이 없다. 발소리도 없는 용이를 신속하게 추격했다. 어느새 웅덩이와 낮은 울타리가 많은 공간에 도착했다. 천장엔 '양서류 전시관'이라고 적힌 표지판이 붙어 있었다.

"좋은 데 숨었네! 이제 보니 쥐새끼가 아니라 개구락지였군!"

흑기사가 뚜벅뚜벅 걸으며 전시관 어딘가에 숨은 용이를 찾는다. 용이는 시멘트로 만든 가짜 나무 뒤에 숨어 있었다. 기습이라면 자신 있다. 한 자리에 멈출 때를 기다렸다가 등 뒤를 노릴 생각이다.

마침내 흑기사의 발걸음이 멈췄다. 벽 앞이라 피할 곳도 없다. 그림자의 방향까지 계산하며 흑기사에게 달려들었다. 투구와 흉갑 사이 뒷덜미에 쑤셔 넣으면…….

첨벙!

아차! 하필 흑기사는 물웅덩이 한가운데에 서 있었다. 발소리가 난 건아니다. 더 심각한 문제가 있었다. 웅덩이 물이 튀어서 교복 바지에 묻었다. 어차피 온몸이 피범벅이었음에도 몸에 박힌 습관이 찰나의 틈을 만들어버리고 말았다.

계산된 일이었다. 흑기사가 돌아봤다.

"과연 '폐교의 고딩'! 옷에 집착하는 머저리일 줄 알았다!"

"이, 이런!"

방패를 들었다. 첫 공격만 흘리면 바로 결정타를…….

스릉!

방패가 나타나자 검이 나섰다. 사람 키만큼 거대한 대검이 검집에서 나온다. 쒜애액! 양손으로 잡고 휘두른 대검의 풀스윙이 날아왔다. 번뜩이는 칼날이 지나가니, 용이의 방패가 두부처럼 반토막이 났다.

억! 예상을 한참 넘어선 위력이었다. 바퀴나 고치도 썰어버릴 참격이다. 용이가 충격을 못 견디고 나자빠졌다. 당연히 교복은 웅덩이에 젖어 엉망이 되었다. "게임! 오버!" 흑기사가 검을 높이 들어올린다. 피할 수도 막을 수도 없다!

그때였다.

"잠깐!"

언제 쫓아왔을까? 라니였다. 라니가 손을 뻗으며 외쳤다. 흑기사는 성실한 용병이었다. 일단 멈추라니까 멈췄다.

용이는 멈출 이유가 없었다. 웅덩이에서 진흙 한 줌을 주워서 흑기사에게 던졌다. 진흙이 정확히 투구에 맞았다. 시야가 막혔는지 놈이 주춤거린다. 바로 창문으로 내달렸다. 있는 힘껏 몸을 날려 쩽그랑, 창밖으로 달아났다.

전투 자체는 한참 전에 끝났다. 수족관 쪽이 좀 시끄러워 보이긴 했지만 어차피 중립지대가 좀비로 가득 차서 뭘 할 수도 없었다. 아웃렛에선 제국이 전투의 뒷처리를 하고 있었다.

"이 무슨 무의미한 희생이란 말인가!"

수상이 한탄했다. 앞마당에 전사한 제국군의 시신이 천에 덮인 채 나열되어 있었다. 많은 제국 주민들이 전사한 이들에게 조의를 표하는 중이었다. 수상은 발을 쾅쾅 구르면서 소리쳤다.

"이게 다 그 용병 때문이야! 귀중한 제국군의 용사가 여섯이나 죽었어! 시신을 다 회수하지도 못 했다고!"

총리도 거들었다. 용이가 처음부터 마음에 안 들었기는 그도 마찬가지였다.

"다 큰 녀석이 교복 입고 다니는 꼴이 첫인상부터 마음에 안 들었어. 오해하시는 마. 내 동생이 다닌 학교 교복이라 찝찝했던 것뿐이니까."

황제는 침묵했다. 사실, 그는 두 사람의 의견에 동의하기 어려웠다. 보고에 따르면 폐교의 고딩이 서커스단의 정예 전원을 몰살시키고 흑기사를 제외한 고용 용병까지 쓸어버렸다고 한다. 신생 대한제국이 전면전으로 시도했으면 열 배, 아니 그 이상의 희생을 감수해야 간신히 성공했을 성과였다. 방식은 잘못되었지만 비난할 만한 일이 아니었다. 그러나 지금은 말을 아껴야 했다. 어쩔 수 없는 이유가 있었다.

때마침 전령 하나가 앞마당에 당도했다.

"황제 폐하께 보고입니다! 이 인근 세력들의 반란에 대한 동조 의사를 확인하고 오는 길입니다. 장례중이라면 나중에 할까요?"

"마침 중신들이 모인 자리다. 그런 중한 내용이라면 지체할 이유가 없지."

황제의 허락이 떨어지자 전령이 주머니에서 메모지를 꺼내 보면서 말했다.

"기존 동맹 세력은 전부 백화점에 대한 반란에 동조 의사를 밝혔습니다. 제국 공식 적대 세력 중 3개 조직이 진지하게 협력을 고려해보겠다고 합니다. 나머지도 용병 길드 측에서 설득을 도와주는 중입니다."

오오오! 장관들이 박수를 치며 기뻐했다. 그러나 총리는 쉽게 표정을 바꾸지 않았다. 전령이 아직 중요한 대목을 말하지 않았다는 걸 직감했기 때문이었다.

"다만……." 전령이 말을 이었다. "원조 대한제국은 제안에 반대했습니다. 백화점에 이 사실을 신고하겠다고 협박까지 하더군요."

순식간에 박수가 멎었다. 수상이 한층 날카로워진 목소리로 물었다.

"대통령이 직접 한 소린가? 제기랄, 이번엔 또 뭘 가지고 시비야?"

전령이 헛기침하며 대답했다.

"이전과 같은 요구사항이랍니다. 약속한 정략결혼을 예정대로 진행하랍니다. 조약을 지키기 전엔 동맹도 협력도 없답디다."

곳곳에서 한탄이 터져 나왔다. 동시에, 그들의 시선은 알게 모르게 황제를 향하고 있었다. 들리지 않는 숙덕거리는 소리로 귀가 아플 지경이었다.

황제의 고집이 결국 일을 키우는 군.

그냥 정략결혼을 받아들였으면 좋았잖아!

황제라는 자가 하고 싶은 말도 마음대로 못하는 어쩔 수 없는 이유. 위태로운 지지율이 가장 큰 원인이었다. 최근의 실수들이 쌓이고 쌓이면서, 백화점 반란이라는 강수를 두지 않으면 상황을 뒤집기도 어려운 지경에 이른 것이다. 그런 만큼 더더욱 국민들을 결집시키는데 집중해야 했다. 당당한 자세만은 잃지 않으며 전사자 주위에 모인 중신들과 국민들에게 말했다.

"당황할 필요 없소. 모든 일이 잘 풀리고 있습니다. 원조 대한제국이야말로 우리 못지않게 백화점에 대한 원한이 깊습니다. 보나마나 반란 이후의 이익 배분 국면에서 한 자리를 차지하고 싶어 투정부리는 거겠지요. 고딩의 활약 덕에 크라운킹은 사실상 전투 능력을 상실했습니다. 좀 더 저희 황실을 믿고……."

떨그렁! 갑자기 근처에 있던 하수구 맨홀이 열렸다. 그 안에서 노란 거적을 두른 부스스한 노인 한 명이 기어 올라왔다. 적습이라기엔 구질구질한 꼴이지만 그곳에 있던 사람들이 일제히 노인에게 무기를 겨누었다.

하나뿐인 팔로 대못 박힌 방패를 든 총리가 외쳤다. "서커스단이냐? 하수도엔 함정이 가득할 텐데 어떻게 온 거지? 목적이 뭐냐?"

"아, 함정. 몇 개 망가졌으니 다시 세팅해두세요."

노인의 입에서 익숙한 젊은 목소리가 나온다. 노인은 자연스럽게 노란 거적과 정체 모를 재료로 만든 가발을 벗었다. 마지막으로 굽은 허리를 쭉 펴니, 철조망 너머로 사라졌던 남자가 나타났다. 폐교의 고딩이었다. 단순하지만 감쪽같은 변장이었다.

다들 보고도 믿기 힘든 광경에 입을 벌리고 얼어 있었다. 용이는 황제 앞으로 걸어가선 태연하게 말했다.

"크라운킹은 못 잡았습니다. 전투는 끝났습니까?"

"어? 응? 그렇지."

"조만간 다음 전투가 벌어지겠군요. 흑기사 놈 때문에 제 교복이 엉망이 되었습니다. 놈의 목은 제가 따고 싶습니다. 기회가 나면 넘겨주십시오."

"그, 그래. 노력해보지."

짧은 용건이 끝나자 용이는 절단 난 방패를 들고 조용히 아웃렛 안으로 사라져버렸다. 모두가 그 뒷모습을 멍하니 바라봤다. 황망함이 가시자, 수상이 황제에게 따지고 나왔다.

"저걸 그냥 보고만 계실 겁니까? 소중한 제국민을 희생시킨 일에 대한 책임을 물어야 합니다! 재판도 필요 없겠습니다! 완전 말이 안 통하는 또라이잖아요!"

"하, 하지만……."

황제가 뭐라고 반박하려고 했다. 총리는 더는 보기만 할 수 없었다. 그는 황제의 손목을 붙잡더니 냅다 끌고 앞마당을 떠났다. 두 사람은 보는 눈이 없는 건물 측면 골목으로 향했다.

총리는 직함에서 자유로워지자 격식을 버리고 언성을 높였다.

"뭐 하는 거야, 인마!"

황제도 할 말은 있었다. "사실은 사실이지! 공을 세운 자에게 벌을 주는 법이 어디 있어? 악의는 없었을 거라고. 난 알아!"

"사실 같은 건 중요하지 않아! 여론을 보라고. 수상은 성실한 녀석이지만, 상황이 극단적으로 변해가면 총알받이가 되느니 차기 황제 자리를 노리는 쪽을 택할 거야! 네 목적이 뭔지 떠올려. 백화점으로부터 독립을 성공하고 압도적인 지지율을 얻어서 미루고 미루던 일을 이루어야 하잖아?"

미루고 미루던 일. 황제가 이를 악 물었다. 총리가 하나뿐인 손을 황제 어깨에 올리면서 말을 이었다.

"어차피 지금 저놈 죽이는 건 이쪽에도 위험한 일이야. 그럼 최소한 쫓 아내기라도 하라고. 네 말마따나, 이제 서커스단은 반병신이 되어서 용 병 도움 없이도 이길 수 있어. 그 정돈 할 수 있겠지?"

천천히 고개를 끄덕였다. 성난 황소도 벽 앞에선 멈춘다. 종말 시대가 아무리 사람을 미치게 만든다 한들 압도적인 현실로부터 눈을 돌리는 건 불가능하다. 황제가 마지못해 말했다.

"최소한…… 그 자식에겐 내가 이야기하게 해줘. 잘 구슬러볼 테니 까."

총리도 이쯤에서 물러서기로 했다. 그 정도면 어찌어찌 해결되리라고 생각했다. 파국을 향한 단서들은 하나같이 희뿌옇고 모호해서, 밝은 미 래에 대한 기대를 떨치기 어렵게 만들었다.

서커스단 쪽은 제국보다 전투 뒤처리가 늦어졌다. 고딩이 완전히 수족 관에서 사라졌다는 걸 확인한 뒤에야 크라운킹이 움직일 수 있었다. 가 장 큰 문제는 간부진이 전멸한 일이었다. 고깔모자, 정예대, 최측근 보초 들이 반나절 만에 증발해버렸다. 용병 길드가 제국 쪽에 붙은 데다가 어 차피 새 용병을 고용할 자원도 바닥이 났다. 전투 뒤처리는 고사하고 이 젠 고장 난 화장실 수리도 크라운킹이 직접 나서서 해결해야 할 판이었 다. 암살자 하나가 다녀간 결과라고는 상상하기 힘들었지만, 이미 눈앞 에서 벌어지고 있는 현실이었다.

투입된 건 대부분 좀비라 전투 자체에선 별로 다친 자가 없었다. 그런데도 수습이 오래 걸렸다. 서커스단은 백화점과 달리 사상자를 일률적으로 치료하고 처분할 전문 인력 체계가 없었다. 곳곳에서 알아서 친인척을 치료하거나 매장하느라 분주했다. 라니는 그 사이를 거닐며 사방에서 자기 이름을 부르는 소리를 들어야 했다.

"아아, 라니 님!"

자기 이름이 불려지니 화들짝 놀랐다. 돌아보니 젊은 여자가 가족들에게 둘러싸여 죽어가는 중이었다. 심한 상처도 아니지만 항생제 하나 구하기도 힘든 시대다. 죽어가는 여자 손엔 나무를 깎아 만든 라니의 인형이 들려 있었다.

"라니 님, 저에게 힘을 주세요! 아직 죽고 싶지 않아요! 아아, 라니 님!"

다른 한쪽에선 전사자의 장례를 치르는 중이었다. 누가 그렸는지 몰라도 라니를 한 번도 본 적 없는 사람이 그린 게 분명한 라니의 초상화가 벽에 걸려 있었고, 그 앞에 눕힌 시신 주위로 사람들이 모여 있었다.

"라니 님은 죽지 않습니다. 라니 님은 고통받지 않습니다. 우리의 사랑하는 가족도 죽음과 고통이 없는 세상에서 영원히 라니 님과 함께할 것입니다."

그녀의 본능이 저기에 다가가면 안 된다고 말했다. 크라운킹과 가까이 있는 게 낫겠다 싶었다. 눈에 띄지 않게 조심하며 살금살금 위층으로 향했다.

계단 근처 기둥에서 차분한 어투로 그녀를 부르는 소리가 들렸다.

"여어, 백화점의 인간병기. 좋은 시간을 보내고 있나?"

흑기사였다. 팔짱을 끼고 서선 사방에 가득한 불행이 재미있다는 듯이 구경하는 중이었다. 투구는 벗은 상태였다. 목덜미의 교도소 문신, 가로로 난 흉터, 삭발한 머리와 한쪽 귀의 금 귀걸이. 얼굴 전체가 거친 인생을 산 자의 스테레오타입이나 다름없었다.

"의외로 남아 있었네. 돈만 받아 챙기고 튈 줄 알았는데."

"그러고 싶은 욕심이 굴뚝 같지만…… 흑기사는 빚을 남기지도 지지도 않는 게 신조라서."

"신조가 있는 타입인 줄 몰랐네."

"나야말로 너가 폐교의 고딩 타입인 줄은 몰랐는데. 둘이 무슨 사이야?"

지금 그 질문이 왜 나와? "백화점 임무를 같이 수행하던 중이었는데, 녀석이 배신했어. 이젠 아무 사이도 아니야. 왜?"

"왜 내가 놈을 죽일 때 막았지? 뭔가 녀석과 하고 싶은 얘기라도 있었나?"

"내가 막아?"

"그래, '잠깐'이라고 외쳤잖아."

"난 그런 적 없어."

이 이상의 문답이 의미 없을 정도로 태연하고 당당한 확답이었다. 흑기사가 뒤통수를 긁적였다.

"그래, 내가 잘못 들었다 치지. 그럼 앞으론 어쩔 거지? 곧 죽을 놈들을 상대로 굿즈라도 팔며 지낼 셈이야?"

"굿즈?"

"그래. 여기 인간들, 너를 직접 보기도 전부터 사방에 니 얼굴을 박아 놓고 물고 빨고 지냈잖아."

"그걸 굿즈라고 불러?"

"아, 모르는 단어로군. 종말 이전의 인간들은 온갖 유명한 사람들의 피규어와 포스터를 말도 안 되는 가격에 사들이곤 했지. 지금 생각해보면 어금니 2개 가격도 안 되는 잡동사니였는데. 하긴, 누가 사랑에 가격을 매길 수 있겠어?"

피규어? 포스터? 성상? 성화? 점장에게 비슷한 설명을 들은 적이 있었다. 세상이 망하고도 사라지지 않은 인간들의 특이한 문화.

"그 굿즈라는 건 종교랑은 다른 거야?"

"크핫!" 그가 별안간 폭소를 터뜨리기 시작했다. "종교라! 그렇게 생각해보진 못했군. 그래, 그게 그거지! 크하하하!"

배는 침몰하고 있고 사방엔 죽음과 고통뿐이다. 도대체 뭐가 즐거운지 폭소를 터뜨리는 모습에서 불쾌함이 느껴졌다. 흑기사와 용이의 싸움이 떠올랐다. 용이는 늘 지나치게 진지하다면, 이 남자는 모든 걸 농지거리로 바꿔버렸다. 어쩌면 이 모든 것이 저 머릿속에선 게임에 불과할지도 모르지. 용이와는 다른 불쾌감이 느껴지는 인간이다. 참아주기 힘들었다. 더 나눌 대화도 없겠다 싶어서 그 자리를 떠났다.

집무실 앞에 도착했다. 굳이 미나는 찾으러 가지 않았다. 여러 가지 의미에서 그녀와 이야기를 나눌 기분이 아니었다. 치료제 확보가 지지부진하다는 문제 때문만은 아니었다. 미나 얼굴의 멍 자국이 점점 더 불편해졌다. 내가 왜 이러지? 남의 얼굴 박살내놓는 건 백화점에서 스파링할 때도 수없이 했잖아!

집무실 앞엔 보초가 있었다. 노란 우비를 허리에 두른 보초가 대걸레로 만든 창을 겨누며 말했다.

"멈춰라. 왕께선 현재 집무실에 안 계신다. 용건을 말하면 나중에 전달해드리겠다."

라니의 경험상 하수인을 통해 중대사를 전달해서 일이 잘 풀리는 걸 본 적이 없었다. "됐수다. 나중에 다시 올게." 한마디 던지고 돌아섰다.

그런데 그녀의 등 뒤에 대고 보초가 이상한 소리를 했다.

"교환과 환불은 어떤 경우에 가능하지?"

라니의 눈이 휘둥그레졌다. 천천히 돌아서면서 또박또박 말했다.

"영수증이 없으면 불가능하지."

맞는 대답이다. 보초가 주위를 조심스럽게 둘러보며 엿듣는 자가 없는지 확인했다. 안전이 확보되자 비로소 옷 안에서 묵직한 무전기를 꺼내 주었다.

"윗부장님께서 이맘때쯤 너에게 넘겨주라고 하셨다. 장거리 통신이 가능한 무전기다. 가져가되 보안엔 주의하도록."

보초는 그렇게 말하곤 복도 밖으로 나가 다가오는 자가 없는지 망을 보기 시작했다. 라니가 마른침을 삼켰다. 윗부장이 엔간한 조직엔 첩자를 심어두었다고 들었지만 여기까지 영향력이 닿는 줄은 몰랐다.

전원을 켰다. 기다리기라도 한 듯 이내 윗부장의 목소리가 들려왔다.

"여어, 라니. 좋은 시간 보내고 있나?"

잠시 침묵했다. 머릿속이 너무 복잡했다. 그러나 결정적인 질문은 하나였다.

"내가 서커스단에 있을 줄 어떻게 알았어?"

여유로운 목소리가 무전기에서 흘러나왔다. "제국과 서커스단, 양측이 쓸 수 있는 자원과 행동 패턴만 안다면 간단히 추론해낼 수 있는 결론이지. 그리고 내 정보망과 예측이 정확하다면, 첫 전투는 서커스단의 패배로 끝났고 크라운킹은 자충수를 두어서라도 오늘 중에 결판을 내려고 할 거야. 어때? 얼마나 맞았지?"

문득, 윗부장의 책략에서 놀라움보단 분노가 느껴졌다.

"야, 인마. 제국이 반란을 일으킬 것까지 예상했다는 거야? 서커스단이 날 숭배하는 또라이들인 거 알았어? 일부러 그 지랄을 하고 간 거였어? 남겨진 난 어쩌라고!"

"말했잖아? 제국의 행동 패턴을 봤을 때 조만간 벌어질 일이었어. 우린 녀석들을 숙청할 빌미만 있으면 장땡이고. 결론적으로 치료제가 네 손에 들어가기만 하면 되는 거지. 아니면, 천하의 라니 양이 고작 그 정도 분쟁 때문에 겁먹은 거야? 고딩 놈은 뒀다 뭐에 쓰게?"

맞다. 그 얘기를 해야겠군.

"폐교의 고딩은 제국 쪽에 붙었어. 치료제를 독차지할 가능성까지 고려한 거겠지. 위협이 되진 않지만 이젠 도움도 안 돼. 난 쓸 수 있는 카드가 많지 않다고."

"오우. 그건 예상 못 했네." 윗부장이 허심탄회하게 인정했다. "하여간 무슨 짓을 할지 예측할 수 없는 놈이라니까."

"좀비 시대에 예측 불허야 다반사지. 그래서 이제 난 어쩌냐고! 크라운킹을 도우러 올 거야?"

"음, 어차피 제국은 본때를 보여줘야겠지만…… 그건 우리에게 맡기고 넌 치료제나 확보해라. 위치 정보는 확보했나?"

"다리만 건너면 되는데 지금 그게 보통이……."

띠리리리…… 수족관 전체 방송이 시작되었다. 윗부장이 무전을 끊었다. 장거리 무전기를 챙기고 방송에 집중했다.

"고라니 씨는 산호초 전시관으로 와주십시오. 크라운킹께서 기다리고 계십니다."

집무실이 아닌 곳에 있었군. 그런데 왜 저쪽에서 나를 찾지? 산호초 전시관으로 발걸음을 돌렸다. 그녀를 보는 시선들이 고개를 돌려 수근대는 것을 보았다. 라니 찬송가를 부를 때하고 사뭇 다른 모습이었다. 한껏 목소리를 낮춘 거 같지만 라니 귀엔 그들의 대화가 들렸다.

왜 크라운킹만 라니 님을 독점하지?

우리 몰래 둘이서 뭘 하려고 하는 거야?

내가 더 라니 님을 사랑해. 나도 갖고 싶어!

그녀는 온갖 살인마와 악당들이 가득한 백화점에서 왔다. 그러나 백화점에서도 이와 같은 소름끼치는 기분을 느낀 적은 없었다. 우비 후드를 뒤집어쓰고 걸음을 재촉했다.

산호초 진시관은 상당히 큰 공간이었다. 커다란 수조와 높은 인공 암초가 있었는데, 그 위가 평소에 연설용 단상으로 쓰였는지 마이크와 스포트라이트가 설치되어 있었다. 크라운킹은 암초 뒤에 있는 작은 방에 있었다. 안엔 크라운킹, 임시로 뽑았는지 어딘가 너덜너덜해 보이는 간부들, 그리고 목발을 짚고 있는 추월차로 자경단 하나가 있었다.

"어? 당신, 살아있었어?"

자경단 안에서도 제일 젊은 남자였다. 용이에게 찔린 다리가 못 쓰게 된 모양이지만 허리엔 여전히 일본도를 꽂고 있었다.

"폐교의 고딩의 최후를 보기 전엔 죽을 수 없다. 놈을 죽이는 걸 조건으로 서커스단에 군사 고문으로 합류했다."

목소리에 적개심이 가득했다. 사실 따지고 보면 1차선을 직접적으로

243

죽인 건 용이가 아니라 라니와 한패인 아랫부장이지. 이런 분위기를 기대한 건 아니었는지 크라운킹이 자경단에게 술을 건네면서 나섰다.

"자자, 진정하라고 갓길." 호칭 붙이는 재주는 아주 기가 막히는 놈들이었던 거 같다. "긴장할 필요 없어, 라니 양. 서로에게 좋은 이야기를 하려고 부른 거니까."

지금 상황에서 좋은 이야기라. 보나마나 빨리 백화점에 연락해달라고 졸라볼 생각이겠지. 장거리 무전기를 숨겨두고 오는 게 나았으려나?

먼저 물었다. "백화점에 전령을 보냈어? 오전보단 필요한 게 많아진 거 같은데."

"음? 아, 그 문제는 걱정 마. 자원에 대해서라면 제국 놈들보다 훨씬 풍족하니까. 우리가 어떻게 지금까지 백화점 뒷배 없이 살아왔겠어? 식량이나 식수라면 충분히 공급되고 있어. 문제는 다른 쪽에 있지."

크라운킹이 뒷짐을 진 채 벽을 향해 섰다. 벽엔 강 유역의 지도가 걸려 있었다. 종말 시대 내내 여러 번 수정을 거쳤는지 수많은 펜 자국으로 너덜너덜했다.

"자원이라면 충분히 버틸 수 있어. 하지만 농성은 자원만 가지고 할 수 있는 게 아니지. 어떻게 생각해? 농성에서 자원 다음으로 중요한 게 뭘까?"

"술?"

"하! 틀렸다고는 못 하겠군."

짝! 크라운킹이 신호했다. 그러자 크라운킹의 부하들이 몰려와 라니를 붙잡았다. 거칠게 나올 줄은 알았지만 이건 예상하지 못했다. 아니, 폐쇄된 공간에서 성인들이 포위해서 덮쳐오면 천하의 라니라도 어쩔 방법이 없다.

"무슨 짓이야!"

크라운킹이 말을 이었다. "믿음이야. 농성에 필요한 것도 역시나 믿음이지. 모두가 마지막까지 자리를 지킬 거라는 믿음. 인내와 고통의 끝엔 그에 합당한 결실이 있을 거라는 믿음 말이지."

이미 모두 준비되어 있었다. 부하들이 라니가 간신히 들어갈 만한 어항을 가져와서는 그 안에 집어넣어버렸다. 어항을 가마처럼 이고 방을 나가니, 산호초 전시관엔 어느새 서커스단의 주민이 모두 모여 있었다. 크라운킹은 어항과 함께 인공 암초 위에 올라갔다.

"회개하십시오!" 스포트라이트 아래에서 마이크를 들고 외쳤다. "회개하십시오! 아침 전투의 모든 피해는 다 여러분이 신실하지 못했기 때문입니다! 라니는 이보다 더 위험천만한 상황에서도 수없이 살아남았습니다! 여러분이 충분히 라니처럼 생각하고 라니처럼 행동했다면 우리는 이미 제국의 옥상에 서커스단의 깃발을 꽂았을 것입니다!"

주민들이 환호인지 통곡인지 알 수 없는 괴성을 질렀다. 그 소리에 라니가 갇힌 어항의 유리가 덜덜 울릴 지경이었다.

"그러나 라니 님은 여러분을 용서하십니다! 어리석고 나약한 여러분에게 믿음을 주십니다! 왜냐하면 여러분이 라니 님을 사랑하는 한 라니 님도 여러분을 사랑하기 때문입니다!"

사랑합니다!

사랑합니다!

사랑합니다!

사랑, 사랑, 사랑. 모두가 사랑을 떠들어댄다. 거리에서도, 화면 속에서도, 물고기 한 마리 없이 버려져 썩어가는 수족관 아래에서도.

"그렇기에 라니 님은 이제 우리와 영원히 함께하실 것입니다! 타락한 백화점으로 돌아가지 않고 영원히 우리 곁에 남아 희망과 믿음과 지혜를 나눠주실 것입니다!"

기이이잉, 기계장치 움직이는 소리가 들렸다. 실내 기중기가 커다란 용광로를 운반하고 있었다. 라니 위치에선 안 보였겠지만 그 안엔 금을 녹인 물이 펄펄 끓고 있었다.

"이제 라니 님은 진정한 의미의 우상이 되어 우리 모두에게 힘을 주실 것입니다! 황금 우상이 된 그녀에게 손이 닿은 자는 누구든 그녀와 같은 힘과 지혜를 얻을 것입니다! 그리고 그 힘으로 우리는 오늘 밤, 신생 대한제국에게 최후의 총공격을 가할 것입니다! 누가 함께하시겠습니까!"

으아아아! 머리를 쥐어뜯으며 괴성을 지르는 자, 눈물을 흘리며 주저 앉는 자, 거품을 물고 쓰러지는 자. 누가 보면 신경가스라도 풀었다고 착 각할 만한 광경이었다. 크라운킹은 자랑스럽다는 듯이 두 팔을 벌리며 그 광경을 내려다보고 있었다.

라니가 이를 드러내며 어항 벽에 대고 외쳤다.

"이러고도 백화점이 가만히 있을 줄 알아? 제국을 이겨도 백화점의 보호 없인 못 살아남아!"

크라운킹은 뒤도 돌지 않고 말했다.

"걱정 마라. 점장에겐 네가 얼마나 명예로운 최후를 맞이했는지 잘 전 달해주마. 제국의 영토와 대량의 공물과 함께 말이다. 아니면, 설마 입 더 러운 꼬맹이 하나가 백화점에게 그 이상의 가치가 있다고 생각하는 건 가?"

머리 좋은 새끼. 누구보다 라니 본인이 잘 알았다. 백화점의 기본 원칙은 알아서 살아남는 것이다. 규율 유지를 위한 보복행위는 있겠지만, 충분한 가치의 보답이 주어진다면 얘기가 달라지겠지. 라니 정도의 인간병기는 얼마든지 있다. 그녀는 점장의 좋은 장난감이었다. 장난감의 운명은 언젠가 뚜껑 덮인 상자 안에서 잊히기 마련이다.

어디선가 날아든 빛에 눈을 찌푸린 건 그때였다.

뭐지? 라니 위치엔 스포트라이트가 비춰지지 않는다. 이렇게 밝을 이유가 없다. 저 멀리 출구 쪽 인공암초를 바라봤다. 누군가가 거기 올라서선 거울로 빛을 반사시켜 어항 속에 있는 라니에게 비추고 있었다.

미나다!

뭐 하는 거지? 뭔가 신호하는 거다. 하지만 내가 뭘 할 수 있는데?

아니지. 그녀가 뭘 할 수 있지? 인생에 도움 안 되는 잔소리와 징징거리기 말고 저 병신이 할 수 있는 게 뭐가 있어?

화살은, 미나라는 여자에게 있어서 멀리 뻗는 손과 같다.

위를 올려다봤다. 어항의 뚜껑. 자물쇠가 걸려 있다. 자물쇠의 방향이 미나 위치에서 사각이다. 저거다!

시선을 끊지 않게 최대한 조심하면서 어항 벽에 몸을 부딪쳐 어항을 이동시켰다. 조금씩 옆으로 방향이 틀어지는 어항. 용광로가 가까워온다. 서둘러야 해!

성공이다! 미나 위치에서 자물쇠를 노릴 수 있는 각도가 되었다. 바로 미나가 움직인다. 그녀의 화살이 활을 떠난다. 화살은 정확히 자물쇠를 맞춰 부러뜨려버렸다!

덜컹! 라니가 어항에서 튀어나갔다. 라니의 탈출을 보자 서커스단의 주민들이 다들 비명을 터뜨리기 시작했다. 크라운킹과 부하들도 눈치챘다. 다음은 뭐지?

펑! 발사되는 소리는 하나. 날아오는 화살은 셋. 동시에 발사된 세 화살은 한 치의 오차도 없이 정확히 기중기의 고정쇠에 명중했다. 끼기기긱! 고정쇠가 부러지자 기중기가 육중한 용광로를 버티지 못하고 쓰러지기 시작한다!

콰광! 꺄아악! 용광로 아래에 사람은 없었다. 하지만 대량의 끓는 금물이 쏟아진다는 사실 자체가 군중에게 엄청난 공포를 심어주었다. 라니를 향한 관심이 흩어졌다. 지금이다!

먼저 산호초 전시관을 나갔다. 여기서부턴 어떻게 가지? 익숙한 목소리가 귀에 들어온다. 미나가 달리면서 계속 소리를 내고 있다. 지하 기계실, 지하 기계실, 지하 기계실. 라니가 먼 곳의 소리를 듣는다는 걸 기억하고 신호를 보내는 것이다. 식당 개도 3년이면 라면을 끓이는군!

기계실에 도착했다. 미나가 이미 와 있었다. 위험천만한 탈출극에서 성공했다. 그러나 미나의 얼굴은 어느 때보다 어두웠다. 무사히 도착한 라니를 보고도 그녀는 고개를 떨구었다. 마치 종말을 오늘 맞이한 사람이라도 된 듯이.

"사람들은 다 미쳐버린 거야? 내가 기대할 수 있는 최선은 셸터가 한계인 거야? 악인이 되거나 광인이 되지 않는 한 인간이 이 세상에서 살아남을 방법은 없는 거야?"

제국은 계급제로 강한 자에게 특혜를 몰아준다.

서커스단은 광신과 우상 숭배로 집단의 결집력을 유지한다.

백화점의 폭력. 셸터의 우월주의. 모두가 무언가를 숭배하고 있다. 그저 형태와 방식이 다를 뿐.

"아무도 미치지 않았어." 미나의 머리에 손을 얹으며 말했다. "모두가 이 세상에서 적응하는 방식을 찾았어. 너 혼자 고집을 부리고 있는 것뿐이야."

대답이 없다. 머리는 푸석푸석하고 야구모자엔 땀이 절어 있다. 라니는 쫓기는 삶에 익숙했다. 식인종에게 쫓기고, 제국에게 쫓기고, 서커스단에 쫓기기 전부터 늘 쫓기고 있었다. 상관없었다. 어차피 버려진 존재로 태어났으니. 그러나 미나는 아니었다. 이 이상 미나를 그녀의 여행에 끌고 다닐 순 없었다. 라니가 직접 종지부를 찍지 않으면 그 끝이 좋지 않을 것이라는 직감이 있었다.

"이제 그만 갈라지자. 오늘은 운이 좋았지만 그 운이 언제까지고 따라주진 않을 거야. 어차피 치료제는 셸터에 있어. 선발대와의 문제는 내가 알아서 해결할 테니까 넌 이제 그만 셸터로 돌아가. 차 회수증 아직 있지? 그 자체로 개조차량 한 대분의 가치가 있는 티켓이야. 용병이든 다른 생존자 조직이든 아무하고나 바꿔서 차를 구해 가버려. 내 걱정은 안 해도 되니까."

"미……안." 라니의 말을 막으면서까지 사과했다. "회수증, 이제 없어."

이건 또 뭔 소리야? 이 여자를 걱정해주던 마음이 싹 달아났다. 평소의 날카로운 비난조의 목소리가 다시 튀어나왔다.

"뭐야? 어쨌어? 설마 잃어버렸다는 건 아니겠지?"

미나가 슬쩍 라니를 바라봤다. 아니, 정확히 말하자면 라니가 아니라 라니가 메고 있는 활을 바라봤다. 다시 시선을 내렸다. 기어들어가는 목소리로 말했다.

"너 연습시킨다고 활이랑 과녁 빌릴 때 담보로 맡겼어. 지금 제국에 있어."

미나는 서커스단의 부흥회를 볼 때 멍하니 입을 벌린 채였다. 지금 라니가 그 상황이었다. 라니에겐 이것이 자신을 신으로 섬기는 부흥회 이상의 충격이었다.

"그 차에…… 총도 있었잖아."

미나가 고개를 끄덕였다.

"일기장도 있었잖아. 너에겐 총보다 중요한 물건이었잖아."

말없이 고개만 끄덕했다.

"왜?"

미나가 라니를 바라봤다. 그녀의 멍든 눈이 라니와 시선을 마주했다.

"그럴 만한 가치가 있는 일이었으니까. 내가 너에게 희망을 줄 수 있는 유일한 방법이었으니까."

가치. 라니는 그 단어를 난생처음 들은 기분이었다 그리고 깨달았다. 이 여자도 미쳤다. 종말로 인해, 어쩌면 종말 이전부터 미쳐 있었던 거다. 아마도 종말 이전의 인간들 모두 다 미쳤었던 걸지도 모른다. 처음부터 정상이라는 건 존재하지 않았던 거지. 형태가 다르고 용어가 다를 뿐, 모두가 죽음이라는 종착지로 가는 동안 이 어둠 속에서 버티기 위해 사실은 존재하지 않는 것을 숭배하고 있었던 거야.

그럼 우린 왜 이 짓거리를 계속 하는 거지?

무엇이 우리로 하여금 이 모든 게 가치 있다고 믿게 만드는 거야?

왜 이 여자는 나에게 대가 없는 호의를 베푸는 일에 사는 것 이상의 가치가 있다고 말하는 거냐고?

그보단 소리! 누군가 오고 있어!

라니의 청력이 활약한다. 덜컹! 기계실 문이 열렸다. 미나가 소스라치게 놀라고, 라니는 얼른 활을 집어 한 발 날렸다. 안타깝게도 화살은 다리가 아닌 목발에 맞았다. 자경단의 마지막 생존자, 갓길이었다. 목발을 짚고도 놀라운 속도로 쫓아온 그가 일본도를 들고 유일한 출구를 막고 섰다.

"하하! 드디어 찾았다! 동료들의 원수!"

"내가 죽인 것도 아니잖아!"

"변명은 필요 없다!"

갓길이 덤벼온다. 솔직히 추월차로 자경단을 우습게 봤다. 한쪽 다리가 다쳐서 움직임도 어설프고, 뭣보다 용이 손에 몇 초 만에 전멸하는 걸 봤으니까. 하지만 막상 겪어보니 보통내기가 아니었다. 미나까지 도와서 응전하는데 이기긴 고사하고 도망갈 틈도 벌 수가 없었다. 폐교의 고딩이나 아랫부장이 상식 밖의 괴물이라서 그렇지 이들도 나름 종말 시대에 이름을 날린 강자들이었다.

빡! 아악! 미나가 갓길의 발에 맞고 쓰러졌다. 라니가 미나 앞을 지키고 나섰다. 갓길이 그 모습을 보면서 낄낄거렸다.

"참 쓸데없이 고생들 하는구만. 셸터 사람이 왜 백화점 꼬마를 지키는 거야? 넌 왜 굳이 도망가는 거지? 순순히 황금이나 뒤집어쓰는 게 낫지 않아? 너에게 그 이상의 삶은 없어. 너가 그거 말고 사람들에게 사랑받을 방법은 없다고. 노파가 네 피규어 붙들고 횡설수설하길래 뺏으려고 하니까 엎어져서 엉엉 사정을 하더만. 가관이었지! 이 병신들에겐 남은 게 그

것뿐인 거야! 하하하!"

들지 말자. 머릿속에 점장이 가르쳐준 모든 것이 카탈로그처럼 페이지를 넘어간다. 지금 쓸 수 있는 카드에 집중해야 해!

"그 여자가 너랑 한마디만 나눠봤어도 그랬을까? 그럴 리가 없지! 너가 인간병기인 건 중요하지 않아. 그냥 너란 인간 자체가 시건방지고, 예의 모르고, 역겨운 괴물이란 게 중요하지! 누구라도 너란 인간을 알게 되면 도망가버릴걸? 점장도 네 주둥이가 살아있을 때보단 금 속에 파묻혀 있는 걸 볼 때 더 귀여워할 거다! 네 부모도 마찬가지지! 너랑 딸려나온 태반에선 썩은 내가 났을……."

잘 떠들어줬다! 작전 수립 완료!

"미나! 잡아!"

라니가 신호했다! 이야아아! 미나가 함성과 함께 갓길에게 달려든다. 반사적으로 일본도를 들어올리는 갓길! 라니는 그 틈에 활시위를 겨눈다. 노리는 것은 갓길이 아니다. 갓길 옆구리에 달린 물풍선이다! 챙겨왔구나, 멍청한 자식!

펑! 라니가 날린 화살이 갓길 허리춤에 있던 물풍선에 맞았다. 크라운 킹 서커스단의 기본 무장인 물풍선. 당연하다는 듯이 챙겨온 물풍선이, 몸에 닿은 채 터져버렸다. 사실, 벌거벗은 것도 아니니 몸에 상처만 없다면 그렇게 놀랄 일은 아니다. 그런데 갓길은 아직 용이에게 당한 상처가 안 나았지!

으아아아! 갓길이 일본도를 놓치고 기겁하며 옷을 벗어던지기 시작했다. 더는 라니와 미나에게 신경 쓸 겨를이 없었다. 그때를 놓치지 않고 라니와 미나가 기계실 밖으로 달아났다.

"어디로 가지?" 미나가 물었다.

"차가 없으면 육지에선 따라잡혀! 다리를 건넌다! 죽이 되든 밥이 되든 초소를 돌파하는 거야!"

순식간에 사라진 두 사람. 다행히 갓길은 상처에 물이 닿기 전에 옷을 전부 벗는 데 성공했다. 곧이어 크라운킹과 병사들이 기계실에 도착했다. 그들이 본 건 갓길이 라니를 붙잡은 영웅적인 모습이 아니라 속옷만 덜렁 입고 널브러져 있는 우스운 꼴이었다.

놀릴 틈은 없었다. "상황은?"

"죄송합니다. 달아났습니다. 다리로 가는 거 같습니다."

"다리…… 젠장! 제국이 소동을 눈치챘을 텐데!"

크라운킹이 화를 못 이기고 술병을 집어던질 뻔했다. 일말의 이성은 남아 있었는지 (아니면 술이 분노보다 중요했는지) 손을 멈추고 이를 악물었다.

"갓길은 지정 장소에서 대기해라. 신호를 보내면 최후의 작전을 시행해. 나머지는 고라니를 쫓는다! 내일 해가 뜨기 전에 결판을 낼 것이다!"

몇 시간 전. 서커스단 부흥회가 시작될 즈음의 아웃렛.

서커스단은 이제 막다른 길이다. 지휘관도 없는 오합지졸들만 강물에 수장시켜버리면 다리는 제국의 것이 된다. 백화점의 압제와 정신 나간 세금에 대한 공포가 이제 곧 끝나간다. 눈앞에 놓인 승리는 강력한 동기가 되었다. 야간에 시작될 총공격을 위해 민간인까지 무장을 하며 제국민의 의무를 다하고자 했다. 황제에 대한 불만과 고딩을 향한 분노는 여전했지만, 인간의 복수심이 이익 앞에서 얼마나 쉽게 식는지는 모르는 게 정신건강에 유익하다.

그 사이에 끼어 있을 분위기가 아니라는 것 정돈 알았다. 용이는 아웃렛 광장의 녹슨 벤치에 앉아서 조용히 그걸 지켜봤다. 한 번씩 눈이 마주치는 사람들이 있었다. 다 같은 눈빛이었다.

네가 크라운킹 목을 땄으면 굳이 또 싸울 필요 없었잖아.

아군을 희생시켜놓고 고작 간부 몇 명 해치운 게 전부야?

무능한 주제에 악독하기까지 한 미치광이.

—⁁⁄⁄⁄⁄—

고등학교에 들어간 지 얼마 안 돼서였다. 내가 먼저 가을이에게 제안했다.

"야, 수업 끝나고 노래방 가자!"

그제야 가을이가 평소보다 시무룩한 표정임을 알았다. 녀석의 얼굴에 맞은 자국이 있는 것도.

"미안. 당분간은 못 놀 거 같아."

"뭐? 왜?"

"어제 집에 갈 때 웬 할아버지를 도와드렸는데 알고 보니 소매치기였어. 새아버지에게 쓸데없는 짓 하다가 돈 날렸다고 혼났어. 당분간 용돈도 없을 거래."

가을이의 새아버지. 싸워서 생긴 자국이 아닐 거란 건 알았다. 토끼랑 도도새랑 무인도에 두고 오면 제일 먼저 잡아먹힐 녀석이었다. 그런 녀석을 때릴 수 있는 건 어떤 심장을 가진 인간일까?

난 당연히 가을이 편을 들었다. "좋은 일 하다가 그런 건데 뭐. 네가 잘못한 건 하나도 없네!"

크게 도움이 되는 말은 아니었다. 녀석의 걱정은 좀 더 근본적인 데에 있었다.

"아냐. 새아버지 말이 맞아. 난 머리가 나빠서 성적도 엉망인데 남에게 퍼주느라 내 밥그릇도 못 지켜. 뒤룩뒤룩 살은 쪄서 덩치 값도 못 하지. 대체 어떻게 사람 구실을 하지? 앞으로 뭐 먹고살까? 대학은 갈 수나 있을까?"

—◇—

내가 뭐라고 대답했더라?

입에서 피식 웃음이 나왔다. 저 광활한 대지 어딘가에 굴러다닐 가을이의 백골을 상상했다. 미래라니. 장래라니. 그런 쓸데없는 고민할 시간에 노래방이나 한 번 더 다닐걸. 가을이의 배에서 울려 나오는 저음의 애창곡이 그리웠다.

"맙소사, 네가 웃을 줄도 아는군."

황제였다. 어느새 옆에 다가와 있었다. 뭔진 몰라도 신문지에 싸인 커다란 판자를 들고 있었다.

"새로운 소식이 있습니까? 빨리 이 싸움을 끝내고 싶군요. 여차하면 제가 그냥 다시 들어갔다 나와도 되는데요."

"성실하기는. 사람 죽이는 게 질리지도 않나?"

"왜 질리겠습니까? 어차피 다 죽은 사람들인데요."

"참 백화점 쪽 사람다운 대답이군. 그래, 백화점을 배신한 게 두렵진 않나? 아무리 용병이라지만 수행하던 의뢰를 내친 건 쉽게 넘어가기 어려울 거 같은데."

슬슬 치료제의 존재를 이야기해도 될까? 설령 한다고 해도 장소가 영 마음에 안 들었다. 자리를 옮겨서 말을 꺼내보는 것도…….

"그러고 보니 이번 전투에서 방패를 잃었더군. 방패가 두부처럼 썰린 걸 보니 무슨 기계에라도 끼인 거 같던데. 혹시 새것 필요 없나?"

황제가 판자에 덮인 신문지를 뜯어냈다. 그러자 용이의 원래 방패 이상으로 튼튼해 보이는 대형 방패가 나타났다.

"총알도 막을 수 있는 특제품이다. 제국군에게만 주어지는 희소한 물건이지. 수고비라고 하긴 그렇지만 가져가도록 해. 앞으로도 혼자 다닐 생각이라면 말이야."

나름대로 머리를 굴린 선물이었다. 총리 말이 맞았다. 황제에겐 지지율이 필요했고, 용이를 이 이상 데리고 다니는 건 여러모로 위험한 선택이었다. 그렇다면 이 걸어 다니는 단두대를 잘 구슬러 떠나게 하는 게 중요했다. 광장 한복판에서 그를 처형하는 것과 제국민들의 반발을 감수하며 중용하는 것 사이에서 선택한 타협안이었다.

다만, 사람 일이란 게 다 그렇듯이. 내 머릿속의 최선이 남의 머릿속에서도 최선은 아니었다.

"이게 무슨 짓이야, 황제!"

용이가 방패를 받아들자마자, 광장에서 고성이 터져 나왔다. 목소리의 주인은 일반 국민도, 병사도 아니었다. 광장에서 쓰레기를 줍던 하층 계급의 호리호리한 노인이 감히 황제의 면전에 대고 내지른 소리였다.

"그건 명예로운 제국군 병사에게만 주어지는 방패잖아! 그걸 왜 용병 따위에게 줘? 처형당해도 모자랄 놈이 그걸 왜 받아!"

언제나 자원이 부족한 종말 시대다. 야생동물의 위협을 피해 지붕 아래에서 잠들 수만 있다면 제국 하층 계급의 삶은 견딜 수 있었다. 그러나 이 신성한 계급제가 모독당하는 건 견딜 수 없었다. 무능한 자의 낙인을 감내하며 살아온 세월을 배신당하는 것만은 용납할 수 없었다.

황제가 뒤늦게 변명하려고 했다. "아니, 그게 아니라……."

여기엔 마이크도 확성기도 없었다. 황제의 목소리는 광장에서 터져 나오는 고성에 묻히기 시작했다.

황제가 고딩에게 방패를 줬대!

황제가 고딩을 제국군으로 받아들이려나봐!

황제가 저 미친 쓰레기 놈을 간부로 임명하려는 거야! 뭐 저런 게 다 있어?

"그게 아니야! 잠깐만 설명을 들어보라고!"

황제가 고래고래 소리를 질렀지만 이미 누구 귀에도 들리지 않았다. 불현듯, 군중 너머에 조용히 서 있는 수상과 눈이 마주쳤다.

수상의 시선이 말했다. 그러게 경고했잖아, 망할 자식. 난 할 만큼 했어. 넌 도박에서 졌어.

수상에겐 확성기가 있었다. 그가 외쳤다.

"황제가 끝내 우리를 배신했다! 그는 신생 대한제국을 이끌 자격을 잃었다! 황제를 폐위하자! 다리는 제국의 것이 될 것이고, 제국엔 새 아침이 필요하다!"

와아아아! 한번 흥분해버린 군중은 앞으로 벌어질 일에 대한 아무런 고찰도 없이 분노를 터뜨리기 시작했다. 그 와중에도 황제는 어떻게든 상황을 수습해보겠답시고 허둥대고 있었다.

오히려 그의 손목을 잡은 건 용이었다.

"뛰어."

뛰었다. 뒤쫓아오는 성난 군중. 다행히 이쪽엔 폐교의 고딩이 있었다. 단순히 달리는 것과 모습을 감추는 건 다른 얘기다. 바퀴벌레나 파리는 본능적으로 포식자의 시야 밖으로 움직이는 동선을 안다. 용이의 조상 중에도 바퀴벌레나 파리가 있었는지도 모르지. 추격자의 예상을 피해서 가장 눈에 띄지 않는 방향으로 이동한다. 적들의 함성은 내 발소리를 감춰주는 좋은 그림자. 내 감정을 버리고 적의 감정을 이용하면, 이 세상 전부가 고딩의 교실이 된다.

어느새 둘은 바리케이드를 넘어 다리 위로 올라와 있었다. 비로소 용이가 숨을 돌리며 말했다.

"기가 막히는군. 이 정도 상황이었던 거예요? 한순간에 입장이…… 왜 이걸 감수하면서까지 절 배려해준 겁니까?"

황제가 털푸덕, 다리 가장자리에 주저앉았다. 석양이 지평선에 걸려 강이 짙은 핏빛으로 물들어 있었다. 축 쳐진 어깨. 그러나 시선만은 저 지평선 너머를 바라보고 있었다. 강 유역 너머의 버려진 땅을.

"아웃렛에 자리 잡기 전에…… 아내와 함께 살 곳을 찾아 도망 다니며 살았어. 간신히 강 유역 근처까지 왔지만 좀비 떼에 휩쓸리는 바람에 서로 놓쳐버렸지. 정착한 뒤 만나는 조직마다 아내의 소식을 수소문했지만 듣지 못해. 그녀가 살아있다면 강 유역 지역 밖에 있을 거야. 황제가 되어 원정대를 꾸려 오지를 개척할 기회만을 노리며 살아왔는데…… 황제도 국민들의 지지가 약하면 할 수 있는 게 별로 없더라고. 백화점에 개겨서 상황을 뒤집어보려고 했는데…… 뭐, 무모한 도박의 끝이란 이런 거겠지."

아하. 그래서 강 유역 지역 밖의 소식을 궁금해했군. 권력의 정점을 손에 넣은 뒤 이루기 위해 미루고 미뤄온 한 가지 염원. 그를 살게 한 단 하나의 신념.

하지만 세상은 개인의 염원이나 신념을 위해 돌아가지 않는다. 아내가 살아있다는 희망 때문에 거절한 정략결혼이 파국의 원인이 되었으리라. 그를 기어 올라오게 한 원동력이 그를 떨어뜨리는 원인이 되었다. 역설은 삶의 본질이다. 역설은 우주의 질서다. 역설 덕에 우리가 일상을 유지할 수 있다는 것이야말로 역설의 역설 아니겠는가.

"그랑 서랑 무슨 관련이……."

"넌 왜 교복을 입지?"

정말 뜬금없는 질문이었다. 뜬금없는 질문인데, 대답이 고민도 없이 바로 나왔다.

"전 학생이니까요."

보통 용이의 대답을 듣는 사람들은 비웃거나 화를 낸다. 황제는 그러지 않았다. 가만히 지평선을 바라보며 말했다.

"드레스코드는 서로의 신원을 알아보기 위한 수단이지. 추월차로 자경단처럼 유니폼이라도 맞춘 게 아닌 이상 단독 용병이 방탄복이나 갑옷 이상을 입을 이유는 없어. 그런데 넌 그 모든 손실을 감수하고 교복을 선택했어. 남자가 목숨을 걸고 멍청한 짓을 한다면 달리 무슨 이유가 있겠나? 그야 여자겠지. 백화점에 고개를 숙인 것도 그 여자를 위한 일일 테고."

용이의 눈썹이 꿈틀거렸다. 적이 아닌 자에게 속내를 들킨다는 건 불쾌한 일이다. 찔러 죽여서 입을 다물게 한다는 선택지를 고를 수 없으므로.

그 모습을 보자 비로소 황제가 피식 웃었다.

"역시나 넌 나랑 동류야. 넌 네가 되게 복잡하고 비밀 많은 놈이라고 생각하지? 하지만 넌 네가 생각하는 것보다 평범한 녀석이야. 평범함이 희귀해진 이상한 세상이 왔지만, 아무럼 어떠냐. 네가 혼자 죽게 두고 싶지 않았고, 그 선택이 지금을 만든 거야. 그러니까 신경 쓰지 마."

이상한 감정이 든다. 오랫동안 잊었던 감정.

아닌가? 느껴본 적 없는 감정인가? 처음 느끼는 감정인데, 알고 있던 거라는 오만한 데자뷰가 드는 것뿐인가?

어느 쪽이든 상관없다. 감정은 나의 적. 심장은 나의 적. 무시하고 짓밟아야 할 것이다.

"얘긴 여기서 끊죠. 위치를 들키기 전에 피해……."

황제를 재촉하며 뒤를 도는데, 익숙하고도 예상치 못한 그림자가 눈에 들어왔다. 라니였다. 라니와 미나가 달려오느라 지쳤는지 땀에 젖은 모습으로 그들과 같은 다리 위에 서 있었다. 완전히 지평선을 넘어가지 못한 긴 그림자가 두 사람을 가로질러 드리웠다. 눈과 눈이 마주쳤을 때, 용이가 본 것은 분노였다.

"너." 라니 목소리였다. "너어!"

용이 목소리야 평소대로였고. "너희가 왜 여기 있지? 서커스단에 붙었던 거…….”

챙! 어디서 주워왔는지 쇠파이프를 들고 용이를 공격했다. 용이가 방패로 막았다. 라니의 언성은 점점 높아져갔다.

“너 때문이야! 다 너 때문이라고! 너 때문에 이 지경이 됐어! 너가 날 배신하지만 않았어도! 제국에 붙지만 않았어도! 거지 같은 치료제를 발견하지만 않았어도! 좀비 년에게 환장해 매달리지만 않았어도! 이렇게 되진 않았을 거야! 내가 이 꼴이 되진 않았을 거라고!”

어차피 하나같이 헛소리라 무시하려고 했는데 희진이를 좀비 년이라고 부르는 건 용납할 수 없었다. 소매에서 단검을 꺼냈다.

“그렇게 억울하면 점장 바지춤에 매달려서 애걸복걸이라도 하지 그래.”

“뭐랬어, 이 씹새끼야! 오늘 그 주둥이를 찢어버릴 테다!”

두 사람의 싸움이 시작되었다. 날아드는 단검과 쇠파이프. 둘 다 속도에 대해서라면 어디 가서 지지 않을 위인이었다. 사실, 서로가 정말로 죽이겠다고 덤벼들면 금세 결판이 날 싸움이었다. 그러나 그러지 않았다. 마치 그동안 서로에게 쌓이고 쌓였던 울분을 쏟아내는 게 더 중요한 목적이라도 되는 싸움처럼.

보고 있던 황제가 미나에게 말했다. “안 말려도 되냐?”

미나의 표정도 황제 못지않게 떨떠름했다. “어…… 응. 왠지.”

“덜떨어진 교복 코스프레 컨셉충 새끼!”

“광견병 걸린 점장의 반려동물 주제에!”

“좀비랑 떡치다가 감염이나 되어버려!”

“우비가 목에 감겨 질식사나 해버려라!”

찾았다!

솔직히 너무 소란스러웠지. 기어이 추격자들에게 위치를 들키고 말았다. 그것도 양측 모두 다.

용이와 황제 뒤로, 제국 쪽 군대가 몰려 올라왔다. 총리를 필두로 분노에 찬 국민들까지 함께.

라니와 미나 뒤로, 서커스단 쪽 단원들이 몰려 올라왔다. 크라운킹 옆엔 흑기사도 있었다.

엉?

이게 뭐야?

저 자식들 왜 여기에 있어?

해가 졌고 달이 떠올랐다. 구름 없는 하늘엔 강바람이 불어온다.

군대가 지나갈 만한 규모의 거대한 현수교. 그 위에서 예기치 못하게 조우한 양측의 군대.

어차피 예정에 없던 충돌이다. 서로 악수하고 얌전히 집으로 돌아가게 될까?

황제가 용이에게 속삭였다.

"다리 중앙 쪽 기둥에 용병 길드의 비밀 창고가 있다. 가라. 여기서부턴 내 싸움이다."

용이의 눈이 휘둥그레졌다. 황제는 이미 고딩을 보고 있지 않았다. 그는 총리를 바라봤다. 역시나 마지막 순간에 바라봐야 하는 건 친구였다.

황제가 고개를 끄덕였다.

총리도 고개를 끄덕였다.

공겨억!

죽은 자로 가득 찬 세상에서 산 자들의 싸움이 시작되었다.

함성 소리. 비명 소리. 무기가 부딪치는 소리.

모두 용이가 싫어하는 소리였다. 큰 소리는 다 싫었다. 총성. 천둥. 군중이 떠드는 소리. 거기 끼어 있을 이유가 없었다.

현수교의 기둥 위에 서서 쌍안경을 꺼냈다. 먼저 다리 동쪽을 바라봤다. 다리 끝자락에 건물이 있고 창문에서 불빛이 새어 나오고 있었다. 아마 저게 초소겠지. 저쪽도 여기를 보고 있을까? 적어도 전투가 시작된 것은 눈치챘을 것이다.

이번엔 쌍안경을 내려 다리 중간 지점을 바라봤다. 역시나 현수교 중간 기둥 옆에 작은 창고가 붙어 있다. 문앞엔 인쇄된 팻말로 '응급구조장비'라고 달려 있었다. 차로 이동해도 시간이 걸리는 긴 다리다. 사람이 강에 빠졌을 경우에 대비해 구조용품이 보관된 시설이, 종말 이후엔 용병들의 비밀 금고가 된 것이다.

간단하게 동선이 그려졌다. 초소로 가서 치료제를 확보하고, 다리로 돌아와 창고에서 수한이 유품을 찾아낸 뒤, 크라운킹을 죽여서 전투에 종지부를 찍으면 마무리. 아무리 제국민이 배은망덕한 투덜이들이라고 해도 눈앞에서 크라운킹 목 따는 걸 보여주면 입장을 재고할 것이다. 황제는 자리를 지키고, 백화점을 몰아내고, 희진이를 치료하면 모두가 만족할 해피엔딩이 열릴 것이다.

발밑을 내려다봤다. 전투는 쉽게 끝날 기미가 보이지 않는다. 저걸 가로질러 가는 건 좋은 생각이 아니다. 여기서 과제다. 어떻게 다리를 건너가지? 현수교의 기둥과 기둥을 연결하는 케이블을 바라봤다. 멀리서 볼 땐 가느다란 외줄 같았지만 가까이서 보니 사람 하나가 올라가 서 있기에 충분한 크기였다.

강바람이 불지만 감당 못 할 정도는 아니다. 폐교의 고딩은 케이블 위를 달리기 시작했다. 한 발 한 발, 치료제가 가까워지는 게 느껴졌다. 지금에야말로 목표가 손끝에 닿고 있었다.

"여기서 끝낸다. 강 동쪽은 밟을 필요도 없어. 지금까지의 모든 실책을 만회한다!"

쾅, 하는 소리와 함께 초소 측면이 폭발하는 걸 본 건 그때였다.

너무 놀라서 미끄러질 뻔했다. 간신히 균형을 잡고 케이블 위에 멈춰 섰다. 다행히 초소가 완파된 건 아니었다. 내부에서 터졌나? 아니다. 뭔가 날아오는 걸 봤어. 동쪽 강변, 상류 방향을 올려다봤다. 두 눈을 의심할 만한 광경이었다. 개조 차량도 아닌 군용 전차 한 대가 초소를 향해 다가오고 있었다.

"전차? 셸터인가?"

맞는 거 같다. 무너진 초소 측벽에서 사람들이 우르르 몰려나온다. 쌍안경으로 그들의 움직임을 따라갔다. 야구모자를 쓴 자들이 초소를 나와 탱크로 향하고 있다. 구하러 왔구나! 그렇다면 치료제도…….

자연스럽게 전차 쪽으로 옮겨간 렌즈. 전차의 해치 밖으로 몸을 내민 자가 보인다. 목도리를 두른 거한이 쌍안경을 들고 있다. 수 킬로미터의 간격을 두고, 케이블 위의 용이와 강변의 거한이 쌍안경을 통해 서로 눈이 마주쳤다. 착각일지 모르지만, 용이가 거한의 얼굴에 남긴 흉터가 경련이 온 것처럼 부르르 떨리는 게 느껴졌다.

다음에 벌어질 일이 명백했다. 황급히 케이블에서 내려왔다.

쾅. 전차의 포신이 불을 뿜었다. 정확히 현수교의 케이블에 명중했다. 육중한 다리를 지탱하던 케이블의 미세한 균형에 흠집이 생기면서 한 올 한 올 끊어지기 시작했다.

두 번의 폭음이 있었고 한 발이 케이블에 맞았다. 그럼에도 불구하고 이를 눈치챈 자가 없었다. 다들 눈앞의 적을 막고 목숨을 끊느라 다른 소음에 신경 쓸 겨를이 없었다. 높은 데서 내려다보는 자라도 있으면 어느 쪽이 우세한지라도 알 텐데 이건 그 마저도 아니었다. 이런 복마전 가운데에서 양측의 간부진을 발견하는 건 쉬운 일이 아니었다. 그래서 크라운킹은 응전중인 황제와 총리를 발견했을 때 이 기회를 놓치지 않기로 했다.

"흑기사!"

한 손엔 권총, 한 손엔 징 박힌 채찍을 들고 싸우는 중이었다. 근처에서 대검을 휘두르던 흑기사를 불러 세웠다. 흑기사는 근처에 있던 제국군을 주먹 한 방에 쓰러뜨리곤 고개를 돌렸다.

"뭔데?"

"저기 타깃이다! 황제와 총리! 핵심 인물들은 전부 저기 있다! 해치워 버려!"

마침 어중이떠중이 상대하기가 질리던 차였다. 선금은 받았으니 간부진과 용병만 죽이면 퇴근이다. 바로 크루즈로 돌아가서 밀린 게임이나 해야지. 종말 이전엔 생계니 징역이니 바빠서 못한 게임들이 많았다. 세상이 망하자마자 그걸 전부 모아서 크루즈로 가져왔다. 5년 내내 발전기 돌려서 하고 있는데 여전히 다 못 끝냈다. 온라인 멀티플레이를 못 하는 건 아쉽지만, 채팅창의 모욕을 견디지 않아도 되는 건 종말이 가져온 장점 중 하나지.

퇴근길의 발걸음처럼 가뿐한 움직임으로 난전 한복판을 돌파했다. 적진에 너무 깊이 들어온 황제가 총리와 단둘이 서커스단의 병사들을 쓰러뜨리고 있었다. 방금 전에 폐위당할 뻔한 황제와 반란군을 인솔하던 간부라고는 생각할 수 없는 콤비였다. 제국민들 역시 황제에 대한 분노는 접고 적을 몰아내는 데 집중하는 중이었다. 역시 내부 결집엔 적의 위협이 최고지.

양손에 든 거대한 아령을 플라스틱 장난감이라도 되는 것처럼 휘두르는 황제. 그의 뒤로 조심스럽게 다가갔다. 화려하게 반토막을 낼 필요도 없다. 아무리 근육질이고 덩치가 커도 인간이란 근본적으로 나약한 생물이다. 약간의 상처만 입혀도 전투력은 반감된다!

챙! 황제의 등 뒤에 대고 대검을 휘둘렀는데, 어느새 나타난 총리가 막았다. 팔이 한 쪽밖에 없는 주제에 대못 달린 방패를 능숙하게 다루며 황제의 등 뒤를 지키고 있었다.

"나타날 줄 알았다, 흑기사!"

기습은 실패다. 황제도 이쪽을 향했다.

"최강의 용병! 언젠간 겨뤄보고 싶었는데. 하지만 사람이 하고 싶은 걸 다 하고 살 순 없는 법이지. 크라운킹이 얼마를 주었나? 전향하라! 얼마를 주었든 두 배의 보수를 약속한다. 어차피 용병 길드도 우리 쪽에 붙을 텐데 동업자들과 함께 일하는 게 낫지 않겠어?"

"빚지고는 못 사는 성격인 건 둘째치고…… 내가 너희 자금 사정을 좀 알거든? 크라운킹의 두 배는 도저히 못 줄 거야. 그러니 되도 않는 흥정은 일찌감치 포기하라고."

"하아. 모든 용병들이 고딩이만 닮았어도 얼마나 좋았을꼬."

협상 결렬. 철저한 완력 위주 전사들의 근접전이 벌어졌다. 사람 키만
한 대검과 일반인은 들지도 못할 운동기구가 바람을 가르는 통에 주위에
있던 자들은 감히 다가갈 엄두도 낼 수 없었다. 아니, 단순히 힘 싸움 이
상의 대결이었다. 언뜻 보기엔 두 사람을 혼자 압도해내는 흑기사의 민
첩함이 눈에 띄지만, 황제와 총리의 합이 워낙 잘 맞았다. 황제가 공격하
고, 총리가 막고, 총리가 시야를 가리고, 황제가 측면을 노리고. 오랫동안
함께 싸운 자들이었다. 이런 싸움에서 먼저 패색이 짙어지는 건 체력 소
모가 심한 쪽이다.

흑기사의 마음이 급해졌다. 거리를 벌리더니, 대검을 양손으로 잡았
다. 총리의 방패를 베어버릴 생각이다. 용이의 방패도 잘랐으면 저 정도
는 해치울 수 있겠다는 판단에서였다.

황제가 그걸 기다리고 있었다. 거리가 벌어지자 아령을 집어던졌다.
쿵! 아령이 아슬아슬하게 흑기사의 발 근처에 떨어졌다. 발등에 찍혔으
면 발뼈가 박살났으리라. 한데 피한 것도 문제였다. 투구 쓴 뒤통수에 눈
이 달려 있진 않다 보니 바로 뒤가 다리 난간임은 알지 못했다.

턱. 등 뒤에 난간이 부딪쳤다. 윽! 그제야 너무 밀려났음을 깨달았다.

"지금이다!"

황제와 총리가 동시에 무기를 휘둘렀다. 흑기사를 다리 밑으로 떨어뜨
릴 셈이다. 흑기사도 당하고만 있진 않았다. 덩치에 맞지 않은 민첩함이
빛을 발했다. 풀쩍 난간 너머로 몸을 날려 공격을 피했다. 그러면서도 한
손으론 난간을 붙잡아 떨어지지 않고 버텼다. 남은 손으론 있는 힘껏 대

검을 휘둘러 총리 쪽을 노렸다.

스걱! 얕았지만, 확실히 베었다! 대검 끝이 총리의 옆구리를 할퀴고 지나갔다!

"희민!" 황제가 총리의 이름을 외쳤다!

"아직이다!" 총리가 이를 악물고 버텼다. 그러곤 방패 뒤에서 아껴두던 비밀 무기를 꺼냈다. 권총이다!

탕! 총구가 불을 뿜었다. 날아든 총알은 투구를 아슬아슬하게 스쳤다. 철갑을 뚫진 못했지만 엄청난 충격이 흑기사에게 전해졌다. 난간을 붙잡고 있던 그가 손을 놓쳤다!

그렇게 흑기사는 다리 밖으로 떨어졌다.

크라운킹도 그것을 보았다. 총리는 무력화했지만 황제가 고스란히 남아 있었다. 아니, 제국 쪽 간부진은 여전히 건사했다. 그에 비해 이쪽은 이미 고딩이 지나간 뒤로 모든 카드를 잃은 상태였다. 더는 쥐어짜낼 것도 없었다.

언제부터 손에 있던 패가 빠져나가기 시작했을까? 세상이 망하면서부터? 아니, 그의 삶은 이전부터 이미 망해 있었다. 작은 동네 교회 목사로 만족했다면 가족들과 소소한 행복을 누렸을 텐데. 알코올의존증자가 된 이후론 밑바닥에 추락해서 정신적으로든 육체적으로든 다시 일어설 수 없을 거라고 여겨졌다.

그래, 오히려 그를 구한 것은 종말이었다. 술의 지속적인 공급이 불가능해지자 원치 않는 금주 생활이 시작되었다. 어거지로 구한 밀주를 먹다가 사경을 헤맨 뒤 그는 다시 태어났다. 술에서 자유로워진 뒤 무너진 교회로 돌아갔지만, 교훈과 순리에게 배신당한 사람들은 더는 아무도 성서를 믿지 않았다. 굳이 말하자면, 성서를 믿지 않을 뿐 죽음의 통제권을 쥔 자를 숭배하는 건 여전했다. 누구에겐 그것이 점장이었고, 누구에겐 그것이 셸터였다. 그는 노란 꼬마의 생존담도 그것이 될 수 있음을 깨달았다. 그렇게 그는 크라운킹이 되었다.

종말. 좀비. 종교. 절대 악은 존재하지 않았다. 누군가에게 악은 누군가에게 선이었다. 과거의 선은 미래의 악이 될 수 있었고 강 동쪽의 선은 강 서쪽의 악이 될 수 있었다.

왕좌를 손에 얻자 언제든 술을 마실 수 있게 되었다. 그는 다시 찬장에서 술잔을 꺼내든 날을 떠올렸다.

그리고 찬장에서 술잔을 꺼내들듯, 안주머니에서 신호탄을 꺼내들었다. 방아쇠를 당겼고, 번쩍이는 불빛이 밤하늘 위로 날아올랐다. 중립지대 철조망 앞에 대기하고 있던 갓길이 신호를 확인했다. 이 지경까지 왔군. 크라운킹이 말해둔 최후의 수단을 꺼냈다.

좀비가 가득한 중립지대의 철조망을 열었다. 다리 쪽의 소란에 군침을 질질 흘리던 바퀴와 매미들이 움직이기 시작했다.

흑기사가 다리 밖으로 떨어졌다.

"흐아악!"

덜컹!

무슨 일이지? 몸이 떨어지다가 허공에 멈췄다. 느낌상 흉갑의 등 쪽 틈새가 다리의 돌출부에 걸린 거 같다. 만만세! 역시 난 불사신이야!

그런데 문제가 있었다. 투구 때문에 고개를 돌려도 등 뒤가 어떤 상황인지 알 수가 없었다. 팔도 안 닿는 곳이라 기어오를 수도 없었다. 아주 안 좋은 상황이다. 갑옷이 흑기사의 육중한 체중을 얼마나 버텨줄지 모르겠다. 여기까지 구해주러 올 사람도 없고 도움을 요청할 방법도…….

"이게 무슨 소리지?"

등 뒤에서 목소리가 들려왔다. 누구 목소리인지 단번에 눈치챘다. 젠장! 하필 저것들이냐!

라니와 미나다. 둘은 전투가 시작되자마자 슬쩍 빠져나와 다리 하부의 어둠 속에 숨었다. 규모가 있는 현수교이니만큼 다리 하부에 보수용 공간이 설치되어 있었다. 군데군데 녹슬어 제대로 이동하기 힘들지만 제국과 서커스단의 난전에 휘말리는 것보단 안전하고 조용했다.

그 조용함 덕분에 라니의 귀가 거대한 위기를 감지하기 시작했다. 라니가 고개를 들어 주위를 둘러봤다. 안 그래도 어두운 달밤에 다리 밑에 있으니 아무것도 보이는 게 없었다.

미나도 마찬가지였다. 깜박이는 손전등을 탁탁 두들기면서 말했다.

"왜 그래? 뭐가 들려?"

여전히 어둠 속의 미어캣처럼 주위를 둘러보며 대답했다. "들리긴 들리는데 무슨 소린지 모르겠어. 뭔가 끊어지는 소리 같은데…… 그것도 다리 여기저기서 들려. 전혀 좋은 소리 같진 않아."

확실히 시야가 필요했다. 때마침 손전등이 다시 작동하기 시작했다. 손전등 불빛으로 주위를 비춰봤다. 그러자 전혀 예상치 못한 광경이 나타났다. 간신히 다리 하부 가장자리에 매달려 있는 흑기사를 발견했다.

으악! 라니와 미나가 둘 다 주저앉았다. 복면을 벗고 나니 눈앞에 사자 주둥이가 있는 기분이었다. 흑기사라고 그 상황이 좋진 않았다. 들킨 걸 알고는 침묵을 포기했다.

"어…… 음…… 도와줄래?"

그러는 와중에도 갑옷이 조금씩 미끄러지는 게 느껴졌다. 여유부릴 틈도 없다. 라니가 흑기사 앞으로 다가갔다. 손엔 쇠파이프가 들려 있었다.

자기보다 덩치 큰 남자를 위에서 내려다보는 건 자주 있는 기회가 아니다. "간단하지만 중요한 질문이다. 크라운킹의 의뢰에 우릴 죽이는 것도 포함되어 있었어?"

"아니라고 하면 믿을 거야?"

"그럴 리가."

쇠파이프를 휘둘러 흑기사를 떨어뜨리려고 했다. 그런데 미나가 라니의 손목을 붙잡았다. 손전등을 든 팔이 떨리는 통에 흑기사의 몸도 흔들려 보였다.

"진심이야?" 라니가 미나를 돌아봤다. "야, 저 자식은 지금 우리의 적이야! 저놈이 이 위로 올라오면 우린 그냥 밥이라고!"

미나가 기어들어가는 목소리로 말했다. "설마 자길 구해준 사람을 죽이려고 하진 않을 거야. 그렇지, 흑기사?"

대답은 라니가 했다. "살려고 무슨 소린들 못 하겠어? 스스로 무슨 말을 하고 있는지 잘 생각해봐. 그 도박엔 내 목숨도 걸려 있어!"

거기까진 생각이 안 닿았던 거 같다. 라니를 막은 미나의 손에 힘이 풀렸다. 라니도 미나의 얼굴에 주먹을 날리고 싶은 생각은 없었다. 이 정도면 말로 설득할 수 있을 만한 상황이라는 생각이 들었다. 죽일 필요 없는 닭을 죽이는 건 효율적인 생존 방식이 아니다.

"너가 도덕적으로 옳은 일에 집착하는 건 알겠어. 왜 그러는지야 내 알바 아니지. 후발대가 죽게 내버려둔 게 찝찝한 건지 내가 네 여동생으로 보이는 건진 모르겠다. 하지만 아무리 너가 선행을 쌓아도, 생각 없이 행동하다가 모든 걸 망쳐놓는 걸 정당화해주진 않아. 처음 좀비 바이러스를 발명한 놈들도 지들은 세상에 기여한다고 생각했을 거야. 너, 자기 정당화하면서 정치질하는 놈들 싫어하지? 후발대 대장 놈도 그래서 등 돌렸던 거지? 그럼 너도 그치들처럼 되진 마. 이미 저지른 일을 정당화하느라 남의 목숨을 도박에 올리는 인간은 되지 말란 말이야."

"아, 정치질하는 놈들 최악이지." 흑기사는 이미 다 포기했는지 느긋하게 맞장구를 쳤다.

설득이 먹혔다. 미나도 더 고집을 부릴 수는 없었다. 어깨를 축 늘어뜨린 채 풀이 죽어선 고개를 끄덕였다.

"네 말이 맞아. 이번만은 그게 옳은 길이야."

그렇게 말하곤 흑기사로부터 등을 돌렸다. 바닥에 쭈그리고 앉아서 두 눈을 질끈 감은 채 귀를 손으로 막아버렸다. 손전등이 천장을 향하는 통에 시야가 다시 어두워졌다. 라니는 어둠에 익숙해진 눈으로 흑기사를 바라봤다. 다시 쇠파이프를 들고 다가갔다.

흑기사는 침묵했다. 미나도 침묵했다. 살기 위한 길이 눈앞에 있었다. 방해하는 것은 아무것도 없었다.

등 뒤에서 웅크리고 앉아 있는 미나의 두근두근두근두근 뛰고 있는 심장 소리 말곤 아무 것도.

쇠파이프를 내밀었다. 떠밀어내는 게 아니라, 흑기사한테 손으로 잡으라고 내밀었다.

"진짜로?" 그가 말했다.

"닥치고 맘 바뀌기 전에 서둘러."

바로 라니의 도움을 받아 위로 올라왔다. 하아. 라니가 땅이 꺼지도록 한숨을 내쉬었다. 흑기사가 뭐라고 하려고 하자 미나를 가리키며 말을 막았다.

"저 여자에게 고맙다고 해."

천천히 다가가 미나의 어깨를 쿡쿡 찔렀다. 미나가 돌아봤다. 어둠 속에 서 있는 흑기사의 모습이 예상외이기도 하고 무섭기도 해서 화들짝 놀랐다. 흑기사도 길게 말할 생각은 없었다.

"누님 이름이?"

"미, 미나."

"이쁘게 생겼네. 마음에 들어. 이 빚은 언젠가 반드시 갚겠어. 믿으라고. 흑기사는 절대 빚 안 져."

"나는……."

미나가 뭐라고 말을 이으려던 순간이었다.

그때, 라니의 초인적인 청력이 필요 없을 정도로 명확한 소리가 들려왔다.

끼에에에!

강 서쪽이다. 다리 하부에 있던 세 사람은 크라운킹이 신호탄을 쐈고, 그 신호를 본 중립지대의 갓길이 매미와 바퀴 들을 풀어줬다는 사실을 알 수는 없었다. 뭐, 중요한 문제는 아니었다. 도시로 홍수가 몰려오고 있다면 누가 댐을 무너뜨렸는지는 나중에 생각해도 충분하다.

라니가 발소리를 감지했다. "빌어먹을! 좀비다! 엄청난 숫자다!"

다리 위는 난장판이었다. 서로 싸우느라 정신없던 제국과 서커스단이 별안간 들이닥친 제3의 위협에 기겁했다. 그것이 빈대를 잡기 위해 초가에 불을 지른 크라운킹의 책략임을 아는 자는 없었다. 내부 결집엔 적의 위협이 최고라 말했던가? 이번엔 제국과 서커스단이 손을 잡아야 할 상황이었다. 심지어 좀비도 그들이 직접 눈가리개를 달아준 바퀴와 매미들이었으니.

흑기사도 이 소동을 들었다. 그는 나름 생각이 있었는지 즉시 움직였다. 다리 위로 가진 않았다. 미나와 라니를 남겨놓고 강 동쪽으로 달아나버렸다. 어찌나 빨리 사라졌는지 갑옷 절그럭거리는 소리도 안 들렸다.

미나가 침을 꿀꺽 삼켰다. "그래도 여긴 안전하겠지? 좀비들도 어차피 다리 위로 갈 거고 난간을 타지 않는 한 여기로 내려오진 못할 거잖아."

라니도 그러기를 바랐다. 쩌적쩌적 금 가는 소리를 무의식적으로 외면하면서.

그것은 케이블이 끊어져 하중을 못 견딘 다리가 곳곳에서 무너지기 시작하는 소리였다.

비슷한 시간.

케이블 위라면 바리케이드를 넘을 수 있었지만 보도로는 여러모로 어려웠다. 돌아가자니 제국과 서커스단의 전투가 한창이었다. 다행히 차 위로 떨어지면서 중상은 없었다. 용이는 동선을 조금 수정하기로 했다.

다리 중앙의 창고로 먼저 향했다. 한자리에 머무르기 힘든 용병들의 창고니 보초는 없을 거라 예상했다. 운 좋게도 자물쇠조차 없었다. 여유롭게 문을 열고 들어갔다.

제각각 다른 박스가 가득했다. 각 박스 위엔 용병의 별명이 적혀 있었다. 몇몇 박스에 그어진 가위표는 필시 사망했다는 뜻이겠지.

찾았다! '펜트하우스의 바바리맨'. 자물쇠를 부수고 열었다. 묘하게 가볍다 싶었는데, 비닐 파일에 끼워진 종이 한 장이 나왔다. 유서다! 근데 이게 뭐야? 글자가 아니라 웬 숫자들이 일정한 규칙에 맞춰 나열되어 있다. 암호잖아! 멍청한 천재 자식! 유서는 다른 사람이 읽으라고 쓰는 건데 왜 암호로 적어! 남들도 이 정돈 풀 수 있는 줄 알았나 보지! 김수한은 김수한이구만!

"제기랄…… 으으…… 읽어야 하는데!"

무리다. 수학 올림피아드에서 틀린 문제를 찾고도 시간이 남아서 졸다 나오는 수한이의 퍼즐이다. 용이가 해독할 수 있을 리 없다. 최소한 가져가기라도 해야 한다. 어떻게 해야 가장 안전하게…….

끼에에에!

바로 그때, 눈가리개를 단 좀비 떼가 현수교 위로 몰려들었다. 제국군과 서커스단원 들을 포위하고도 남는 좀비가 창고 주위에 모였다. 도망칠 시간도 도망칠 구석도 없었다. 용이가 할 수 있는 거라곤 창고 안에 있는 물건을 최대한 끌어다가 창문과 문을 막는 것뿐이었다.

"안 돼! 여기까지 왔는데! 여기서 멈출 순 없어! 이제 코앞인데!"

쨍그랑! 창문 틈으로 바퀴가 팔을 뻗어왔다. 방패로 바퀴의 팔을 있는 힘껏 내리쳤지만 역시나 피부를 뚫을 수가 없었다. 그러는 사이에 매미 한 마리가 창문 틈새로 침을 뱉었다. 침이 어깨에 맞았다. 엄청난 수압이다. 용이가 휘청거렸다.

"방독면, 방독면!"

옷으로 가리지 않은 곳에 맞는 것만은 피해야 한다. 허겁지겁 방독면을 뒤집어썼다. 어서 창문을 막아야 한다. 수납장을 넘어뜨려 창문을 막았다. 시간을 벌었을 뿐이다. 이 짧은 시간 동안 할 수 있는 게 무엇일까?

방독면의 눈구멍 너머로 수한이의 유서를 바라본다.

뭐라고 적은 걸까? 마지막 순간에 무엇을 떠올렸을까? 우리를 기억했을까? 그리워했을까? 원망했을까?

단 한 글자도 알아볼 수 없는 종이 위의 미로.

그 미로 끝에 보인 것은 흐릿한 과거의 편린이었다.

졸업식에 가지 못하는 바람에 작별 인사도 제대로 못 했다. 가을이는 집값이 싼 곳으로 이사를 갔고 중민이와 수한이는 먼 대학교의 기숙사와 자취방으로 떠났다. 학교 근처 우리 동네에 남은 건 나뿐이었다. 연락이 끊겼다. 통화를 해도 나눌 얘기가 없었다. 부러울 얘기. 부럽게 만들 얘기. 가슴이 두근거려서 수화기를 들 수가 없었다. 어차피 전화하지 않아도 다들 어떻게 되었을지 눈에 선하게 그려졌다. 중민이는 새 친구들을 많이 사귀었겠지. 이곳을 돌아볼 겨를도 없이 바쁘고 즐겁게 살고 있을 거야.

그에 비해 수한이는…….

졸업식이 끝나고 정확히 백 일 뒤에 연락이 왔다. 그것이 수한이와의 마지막 통화였다.

"용아. 왜 연락을 안 해? 일주일에 한 번씩은 통화하기로 했잖아."

무슨 일이 있었을지 뻔했다. 중민이나 가을이 사정은 생각도 안 하고 딱 정해진 주기마다 연락을 돌렸겠지. 다들 질리고 지쳐서 거짓말을 하거나 성질을 냈을 거야. 난 차마 그럴 수 없었다. 비유, 은유, 묘사는 수한이가 이해할 수 있는 영역이 아니다. 나만은 이 녀석이 이해할 수 있는 말을 해줘야 했다.

"너를 보면…… 네 목소리를 듣기만 해도 내 실패가 보여. 내 가망 없는 미래가 상상돼. 나에겐 너와 같은 재능이 없고, 이미 한 번 수능에서 그게 증명되었어. 앞으로 더 나은 상황이 올 거라는 믿음이 없는데 더 나은 상황에 도착한 사람과 연락을 주고받는 건 전혀 기분 좋은 일이 아니야. 아마 중민이와 가을이도 비슷할 거야."

잠깐 침묵이 있었다.

"내 상황은 그리 좋지 않아. 고등학교 때랑 다를 게 없어. 박사니 교수니 하는 사람들이 내 말을 이해도 못 해. 처음 간 엠티에선 뺨을 맞았어. 넌 어때? 공황은 요즘 괜찮아?"

상대가 꺼내고 싶지 않은 얘기를 쏙쏙 골라서 잘도 꺼낸다. 정말로 눈치가 없다면 이렇게 미움받는 법에 정통하기도 어렵겠다 싶었다.

"괜찮을 리가 있냐. 사방에 불안하고 무서운 것뿐이야."

"그렇군. 화나는 건 없어?"

"화?" 분노? "내가 왜? 내가 실력이 없어서 이 꼴이 된 건데, 무엇에 화가 난다는 거야?"

"글쎄…… 그저 내가 네 공황 발작을 볼 땐 어딘가 화가 나 있다는 기분이 들었어. 신경 쓰지 마. 내가 사람 감정 읽는 게 원래 그렇지 뭐."

전화를 받지 말걸, 이라는 생각이 들었다. 이딴 소리 들을 시간이 없는데. 빨리 다시 공부를 시작해야 하는데. 딴짓 할 틈이 어딨어. 다 내가 초래한 일인걸. 다 내 탓인걸.

방독면의 입 부분을 들어올렸다.

유서를 입에 넣었다.

우적우적. 바스락바스락. 질긴 섬유는 씹히지 않는다. 입에 고이는 침과 함께 목구멍에 삼켜 넘긴다, 꿀꺽.

친구의 마지막 기억에선 잉크 맛이 났다. 유서의 마지막 조각까지 배속에 들어가니, 마치 신경안정제를 먹은 것처럼 마음이 편안해졌다. 주위의 좀비들이 모두 사라진 것처럼 마음이 편안했다. 비로소 수한이와 하나가 되었다. 그렇게 용이는 비로소, 죽음과 하나가 되었다.

아주 기이한 일이 벌어진 건 그때였다.

예전에 영화에서 비슷한 걸 본 적이 있었다. 사람 귀에 들리지 않는 피리 소리를 들은 개가 고개를 돌리고 집중하는 장면. 지금 좀비들이 딱 그거였다. 창문만 넘어오면 용이를 끝장낼 수 있는데, 별안간 벌떡 몸을 세우더니 일제히 동쪽을 바라보는 것이었다. 창고에서만 벌어진 일이 아니었다. 다리 전체, 정확히 말하자면 강 일대의 모든 좀비들이 일제히 하던 일을 멈추고 동쪽을 바라봤다. 좀비의 가장 근본적인 본능은 산 자를 감염시켜 바이러스를 창궐하게 하는 것. 좀비들이 그걸 멈추고 다른 무언가를 우선시했다. 좀비 시대 그 어떤 사람도 본 적 없는 현상이었다.

그러곤, 일제히 동쪽으로 몰려가기 시작했다. 제국군과 서커스단을 포위한 좀비들이 일사분란하게 다리를 건너 강 동쪽으로 돌진했다. 다리밖에 있는 좀비들은 강물에 뛰어들면서까지 동쪽으로 향했다. 용이를 포함해 많은 이들이 그 덕에 목숨을 건졌다.

목숨을 건졌다고 생각했다.

케이블이 끊어지고 곳곳에 금이 간 낡은 현수교. 수천, 수만의 좀비들이 일제히 한쪽 방향으로 달려갔다. 기어이 하중과 충격이 한계에 도달했다. 밤의 어둠 속에서 세상이 무너지는 소리와 함께 다리가 붕괴하기 시작했다.

으아아악!

이게 무슨 일이야!

도망가!

좀비들은 동쪽으로 향했다. 다리 위의 사람들은 서쪽으로 향했다. 쉽게 갈 순 없었다. 안 그래도 한창 난전이 벌어지던 현장이었다. 좀비의 출현으로 혼비백산하던 인간들은 좀비가 사라진 것에 안도할 틈도 없이 발밑이 붕괴하고 있음을 깨달았다. 무너진 지휘체계. 까맣게 잊힌 본래의 목적. 제국군과 서커스단은 아군 적군 할 것도 없이 서로 떠밀며 서쪽으로 달렸다. 겁에 질린 이들이 우격다짐으로 뛰는 바람에 서로 걸리고, 넘어지고, 밀치다 쓰러진 자를 끝도 없이 짓밟았다.

엉망이 된 탈출. 패닉에 빠진 군중이 자신이 원하는 걸 손에 넣는 건 불가능에 가깝다. 그들의 대응은 늦었고 다리의 붕괴는 빨랐다. 양측의 군대는 거의 대부분이 다리를 빠져나가지 못한 채 거대한 콘크리트와 함께 강물로 추락해버렸다.

다리 하부라고 붕괴의 위협에서 안전할 순 없었다. 녹슨 통로가 갈라지고 거대한 콘크리트가 우박처럼 쏟아져 내렸다. 정신없이 피하다 보니 미나와 떨어져버렸다. 심지어 둘 사이의 통로가 무너져 넘어갈 수가 없는 상태였다.

라니가 외쳤다. "미나! 살아있어?"

"응! 괜찮아! 넌?"

"몸이야 멀쩡한데…… 제기랄! 여기가 서쪽 방향이네! 미나! 너, 일단 강 동쪽으로 넘어가! 가서 배든 로프든 방법을 찾아와!"

"알겠어! 몸 조심해!"

미나가 사라지자 라니도 나름대로 살 길을 찾았다. 아직 붕괴가 진행 중인지 현수교에 남아 있는 구조물이 있었다. 마침 저쪽에 창고 하나가 보였다. 정확히 말하자면 충격 때문에 추락하다가 기둥에 걸린 창고다. 파상풍을 주의하며 원숭이처럼 아슬아슬하게 철근 사이를 건너갔다.

멀리 있을 땐 몰랐는데, 창고 잔해 옆에 사람이 있었다. 아니니 다를까 용이었다. 근데 이번엔 또 새로운 해괴한 짓을 하고 있었다. 바닥에 드러누워선 상의를 들어 올려 자기 배에 메스를 들이대고 있는데, 입에 나뭇가지를 문 꼴이 세상 좀스러운 할복 직전의 광경이었다.

"그건 무슨 지랄이니, 이 지옥에서 기어올라온 또라이야?"

용이가 라니를 올려다봤다. 입에서 나뭇가지를 빼면서 말했다.

"죽을 줄 알고 수한이 유서를 삼켰는데 이제 보니 안 죽을 거 같아서…… 소화되기 전에 꺼내면 될 거 같은데…… 아빠한테 혼자 자기 맹장수술한 사람 얘기를 들은 적이 있어. 잘하면 될 거 같기도 하고……."

후우. 라니가 손가락으로 미간을 꾸욱 눌렀다. "진짜 무슨 놈의 미친 소리가 날마다 신선한 걸로 업데이트가 되냐…… 흑기사가 죽이게 됐으면 이 짓거리 안 봐도 되는 거였는데……."

"아, 그러고 보니, 치료제는 날아갔어. 셸터에서 온 전차가 초소를 부수고 탈출시켜 데려가버렸어. 이제 우린 더 싸울 이유 없어. 그냥 백화점 임무를 그대로 수행할게. 방해해서 미안했다."

미안했다.

생각이 많았다. 두 조직의 전쟁까지 불사하며 이 난리를 쳤는데 결국 원점이라니. 이 새끼가 배신 때렸다고 윗부장에게 보고까지 했는데. 머릿속이 엉망진창이라 뭐부터 생각해야 할지 감도 안 왔다.

그 모든 생각이 용이의 사과 한마디를 듣자 싹 잊혔다.

미안했다.

"그럼 미안할 짓을 하지 말든가." 쌀쌀맞게 쏘아붙였다. "가만, 셸터가 전차까지 보냈어? 전차가 다리를 쏴서 이 지경이 난 거야? 설마 그것도 너 때문이냐?"

말없이 고개만 끄덕였다. 아무리 얼굴에 철판 깔고 사람 잡는 용이라도 이건 침묵할 수밖에 없었나 보다. 라니가 용이 옆구리를 발로 툭 차면서 말했다.

"어떻게 너가 지나가기만 하면 거기엔 죽음과 잿더미만 남냐? 이건 무슨 재주야?"

용이가 쳇, 혀를 찼다.

"나 혼자 다닐 땐 이런 일 없었어. 너가 원인이라곤 생각 안 해?"

"하, 그럼 우리가 같이 다녀서 그런가 보네. 치료제는 우리 둘이 셸터를 잿더미로 만든 다음에 꺼내가면 되겠다. 그치?"

큭큭큭. 킥킥킥. 두 사람이 자조 섞인 웃음을 흘렸다. 일이 안 풀리는 하루. 몇 번이고 직면하는 자신의 무력함. 어찌 웃음을 참을 수 있겠는가.

풀 죽어 있던 고딩이 조금은 기운을 되찾은 거 같다. 여전히 손에 들린 메스를 빼앗으면서 말했다.

"옷 제대로 입고 일어나. 할 일이 산더미 같은데 뭔 얼어 죽을 할복이 야. 그러고 보니, 이 칼은 어디서 났어? 웬 수술용 메스?"

"저기서." 용이가 창고를 가리켰다. 그제야 라니 눈에도 '응급구조장 비'라는 단어가 들어왔다.

"하, 코앞에 보물상자가 떨어졌는데 꺼낸 게 고작 메스였냐? 어디 보 자, 운이 좋으면 육지로 갈 방법이……."

정신차려, 총리!

멀리서 들린 소린 아니었다. 다만 추락한 콘크리트 잔해 때문에, 거세 진 강물 때문에, 소리가 묻혀 용이 귀에까진 들리지 못했다. 필시 황제 목 소리다. 라니의 시선이 건너편 교각 기초 위로 향했다.

당연히 그들 아래엔 강물밖에 없을 거라고 생각했다. 조심스럽게 철근 사이로 고개를 내밀어 아래를 내려다봤다. 아직 완파되지 않고 남아 있 던 건너편 교각 기초에 사람 그림자가 보였다. 제대로 몸을 가누지 못하 는 총리가 황제와 함께 좁은 교각 기초 위에 기대고 있었다. 총리의 응급 치료를 위해 안전한 곳으로 피했는데, 그사이에 다리가 무너지고 제국군 이 몰살되어버린 것이다. 붕괴 도중에 교각 측면의 사다리까지 망가져서 올라가지도 못하게 되어버렸다. 잔해 추락의 여파로 수면은 점점 높아지 는 중이다. 도와주는 사람이 없다면 그들은 거기 고립되어 굶어 죽거나 아침 이슬에 맞아 좀비가 되어버릴 운명이었다.

주섬주섬 단추를 다시 채운 용이에게 말했다. "야, 저거 보여?"

그제야 용이도 황제와 총리를 발견했다. "뭐야, 어쩌다 저기까지 간 거야?"

"냅두면 죽겠지?"

"그렇겠지." 사랑을 쫓다가 자기 손으로 쌓아온 것을 망치고 죽어가는 친구 앞에서 오열하는 자. "구해줄까?"

이상할 정도로 라니가 쉽게 동의했다. "어차피 오늘 내 팔자가 자선사업으로 공덕을 쌓을 운명인 거 같더라. 근데 무슨 수로?"

대답 대신 창고 안에서 뭔가를 가지고 나왔다. 메스를 찾을 때 발견한 게 있었다. 커다란 구명보트 상자다. 라니가 잘했다고 엉덩이를 탁 쳤다.

다리 하부 사다리를 타고 교각 기초로 내려갔다. 상자를 열고 구명보트를 꺼냈다. 안에 있던 가스가 확장되면서 고무보트가 저절로 부풀어 오른다. 그리 큰 구명보트는 아니지만 대여섯 명은 충분히 탈 만했다. 조립형 노를 꺼냈다. 물살이 세서 별로 믿음은 안 갔다.

"괜찮을까? 점장님이 물은 늘 조심하랬어."

"쫄리면 빠져도 돼."

"와, 이 새끼 많이 컸네."

보트를 몰았다. 기껏해야 교각 사이를 이동하는 거라 이 정도는 괜찮을 줄 알았다. 한데 막상 뛰어들고 나니 문제가 한두 개가 아니었다. 물이 튀기만 해도 좀비가 될 텐데 다리 붕괴의 여파로 물살이 감당하기 힘들 정도였다. 심지어 곳곳에 추락한 콘크리트 잔해가 암초처럼 솟아 있었다. 까딱하다간 누굴 구하러 가기도 전에 수장될 판이었다.

기어이 라니가 노를 놓쳐버렸다. 저 조막만 한 손으로 여기까지 온 게 대단한 거였지.

"제기랄!" 그녀가 물에 둥둥 떠서 떠나가는 노를 향해 욕질을 했다.

"이러니까 쓸데없이 남 돕는다고 위험 감수하는 게 아닌데!"

"내 방패라도 써!"

용이가 방패를 넘기자 라니가 그걸 노 삼아 물을 저었다. 어찌어찌 황제가 있는 교각 앞에 도달했다. 구명보트는 도우러 온 사람치곤 꽤나 구질구질한 모습으로 교각 기초 위에 상륙했다.

총리는 그럭저럭 응급처치가 끝난 상태였지만 의식이 가물가물했다. 흘리는 피는 막아도 이미 흐른 피를 채울 순 없었을 테니. 황제는 용이의 등장에도 놀랐지만 라니와 함께 나타나니 한층 더 당황한 모습이었다.

"진정하세요. 도우러 온 거니." 용이가 라니를 대신해 말했다. "그리고 여기서부터가 문제입니다. 이젠 노도 하나밖에 안 남았어요. 도무지 넷을 태우고 강변까지는 갈 수 없어요."

황제가 올려다봤다. 하루 만에 너무 많을 걸 잃었다. 머리카락과 수염이 시들시들했다. 그는 지쳐 있었다.

"내 친구…… 총리를 구해주게. 무게를 줄이면 희망이 있을지도 몰라. 아직 한창 젊은 친구야. 난 두고 이 녀석만 데려가도록 해."

라니는 표정이 조금 밝아졌다.

용이는 표정이 엄청 어두워졌다.

"무슨 소리세요? 지금 상황이 이해가 안 가요? 여기 있으면 진짜로 죽습니다. 차라리 사지 성한 댁을 데려가는 게 합리적인 결정이잖아요."

"합리적……." 황제가 피식 웃었다. "나야말로 이미 죽은 시체야. 이 참상을 봐. 제국은 끝났어. 백화점은 날 지옥 끝까지 쫓아오겠지. 전부 나 때문이다. 전부 내가……."

쿨럭! 총리가 입에서 피를 토했다. 희민 군! 황제가 총리를 붙들고 소리쳤다. 용이가 주먹을 움켜쥐었다. 황제가 미처 꺼내지 않은 문장의 뒷부분이 두려웠다.

"어쩔 수 없었잖습니까. 아내를 위한 일이었어요. 아내를 구하기 위한 과정에서 감수해야만 할 위험이었다고요. 지금도 살아서 구해주길 기다리고 있을 아내를 생각해요!"

"말이 되냐, 이 멍청아!"

그가 버럭 소리를 질렀다. 황제를 알고 지낸 지 며칠 되지 않았지만 이렇게 분노하는 건 처음 보았다. 라니가 미끄러져 물에 빠질 뻔했다. 황제가 용이를 올려다보며 절규했다.

"강 유역 밖이라고! 산 사람이 쓸 수 있는 자원이 남지 않은 오지 한복판이란 말이야! 죽었겠지! 당연히 죽었을 거야! 살았으면 뭐? 어떤 미친 놈이 거기 가는 원정대에 참가한다고? 그래, 사실은 알고 있었어! 내가 살아생전에 그녀를 찾으러 가는 건 불가능하다는 길! 다 글렀다는 걸 인정하고 싶지 않아서 나 스스로를 속이고 있었다는 걸!"

용이도 지지 않았다. 황제의 멱살을 붙잡고 소리 질렀다.

"이제 와서 그게 무슨 소리야! 더러운 타협자 새끼! 네 친구가 왜 이 지경이 되었는데! 무슨 일이 있어도 포기할 수 없는 일 아니었어? 그러고도 사랑을 입에 담아? 그러고도 나더러 너와 동류라고……."

펑! 별안간 들려온 발사음이 두 남자의 언성을 막았다. 슈루룩! 하고 투사체 소리가 들렸다. 쾅! 하고 거대한 작살이 그들이 있던 교각에 박혔다.

모두가 교각에 박힌 작살을 바라봤다. 작살의 끝엔 쇠사슬이 매달려 있고 쇠사슬은 동쪽 강변에 서 있는 몬스터트럭에 연결되어 있었다. 짐 칸에 커다란 발리스타가 달린 몬스터트럭이었는데 거대한 바퀴와 핑크색 차체에서 소유자의 취향이 물씬 느껴졌다.

"소아성애자 납치범의 캠핑카처럼 생겼네."

라니가 미심쩍은 시선을 보냈다. 용이는 아무래도 상관없었다. 황제에게 말했다.

"어쩔 거냐. 그렇게 좋아하는 타협에 친구의 목숨도 얹어볼 테냐?"

대답은 하지 않았다. 총리를 업고 구명보트에 올라탔다. 네 사람은 노를 젓는 대신 쇠사슬을 붙잡고 조심스럽게 보트를 움직여 트럭 쪽 강변으로 향했다. 다행히 작살은 보트가 동쪽 강변에 닿을 때까지도 잘 버텨주었다. 전원이 육지에 올라오자 운전석에 있던 사람이 차에서 내렸다.

미나였다. 엄지손가락을 척 들어 보였다.

"어때? 내 차 쩔지?"

동쪽에 도착하자마자 제국이 압수해 초소에 보관했던 차를 확보한 것이다. 라니가 소아성애자 납치범의 캠핑카라고 부르던 것을 온몸으로 끌어안았다.

"최고다! 내가 평생 본 차량 개조 중 최고야! 이런 게 있었으면 진작 말하지!"

여유 부릴 틈이 없었다. 총리를 부축한 황제가 말했다.

"어디 안전한 장소 없나? 총리 상태가 안 좋아!"

정말이다. 한쪽 팔이 없어도 건장하던 남자가 점차 눈에 띄게 창백해지고 있었다. 근처에 보이는 건물이라곤 한쪽 벽이 포격으로 무너진 초소뿐이었다. 멀리서 볼 땐 몰랐는데 가까이 가니 초소는 본래 관광안내소로 쓰이던 건물임을 알 수 있었다. 다들 그 안으로 들어갔다.

비상 전원이 남아 있었는지 흐릿하게나마 전등이 들어왔다. 안내데스

크 앞에 총리를 눕혀놓고 의료용품을 찾았다. 별로 수확은 없었다. 원정대가 탈출할 때 얌전히 나가진 않았는지 곳곳에 신생 대한제국과 서커스단 병사들의 시체가 굴러다녔다. 미나는 의료용품을 금세 찾아내기엔 건물이 생각보다 크다는 점, 쓸 만한 게 있었다면 굴러다니는 송장들이 이미 썼을 거라는 촉이 왔다.

라니가 수납장을 열었다. 의료용품은 고사하고 숨어 있던 쥐새끼만 튀어나왔다. 그때 등 뒤에서 외마디 비명이 튀어나왔다.

"안 돼! 빌어먹을! 이건 안 돼!" 황제 목소리였다. 쥐 때문에 내지른 소리는 아니다. 뭔가 크게 잘못되어가고 있었다. 그가 총리와 거리를 벌린 채 어쩔 줄 몰라 우왕좌왕하고 있었다.

용이 일행이 총리를 바라봤다. 그의 상태가 이상해졌다. '나빠졌다'가 아니라 '이상해졌다'. 엎드린 자세로 온몸을 비틀면서 "끄이이이!" 하는 소리를 내고 있었다. 불과 며칠 전에 저거와 비슷한 걸 본 적이 있었다. 발전소에서 후발대 대대장이 마지막 순간에 보이던 최후의 모습과 매우 흡사했다.

총리가 남은 힘을 쥐어짜내 말했다. "나…… 감염되었어…… 얼마 안 남았어…… 끼이이이!"

돌이켜보면 위험한 순간이 너무 많았다. 흑기사에게 베인 자리를 급하게 처치하느라 방수 처리도 안 된 붕대로 압박해둔 상태였다. 최대한 물을 피하긴 했지만 시야가 나쁜 야밤에 사방에서 물결치는 강을 가로질렀다. 어쩌면 애당초 흑기사의 검이 오염되었을 수도 있다. 상처에 물이 묻지 않았어도 출혈로 죽을 운명이었을 수도 있겠지. 그는 처음부터 죽음으로 향하는 모든 가능성 위에서 아슬아슬한 줄타기를 하고 있었다. 길고 암울했던 묘기 대행진이 막을 내리고 있었다.

그는– 이 순간을 위한 준비가 되어 있었다.

총리가 떨리는 손으로 주머니에서 무언가를 꺼냈다. 가족사진이다. 그가 숨을 크게 들이쉬고 마지막으로 그 사진에 이마를 대더니, 고개를 돌려 황제에게 말했다.

"건강한 육체에, 건강한 정신."

친구라면 그 뜻을 이해할 것이다. 친구라면 오랜 약속을 지킬 것이다.

황제가 아령을 높이 들었다. 용이에게 부탁할 수도, 라니를 시킬 수도 있었다. 그러나 그는 피하지 않았다. 오로지 그가 해야만 했으므로.

총리의 뒤통수를 내리쳤다. 총리는 그렇게 좀비가 되지 않은 채 고통 없이 숨이 끊겼다.

황제가 아령을 내려놓고 주저 않았다. 흐어어어. 그의 입에서 알아듣기 힘든 신음 소리가 흘러나왔다. 하룻밤 새에 국가와 국민, 친우를 잃어버렸다. 오랜 세월 단련한 강철 같은 근육도 잔인한 운명의 칼날은 막아내지 못했다.

라니와 미나는 차마 이 애도를 방해할 엄두를 내지 못했다. 용이도 가만히 지켜봤다. 총리를 응시했다. 혹시나 머리가 깨진 시체도 좀비가 되어 일어나지 않을까 하는 우려 때문이었다. 그러다보니 자연히 총리의 손에서 떨어진 사진으로 눈이 갔다. 필요 없는 행동이었겠지만, 본능적으로 사진을 주웠다. 거기서 아주 익숙한 얼굴을 발견했다.

"어."

얼마나 익숙했냐면, 지난 5년 동안 단 한 순간도 잊은 적 없는 얼굴이었다.

"희진아?"

바닥에 주저앉았다. 손은 떨리는데 눈은 사진에서 떨어지질 않았다. 부모. 오빠. 여동생. 행복한 네 가족의 모습이었다. 두 팔이 있는 총리 옆에 사복 차림의 희진이가 서 있었다.

"총리가 희진이 가족이었어?"

용이 입에서 나온 적 없던 높은 톤의 목소리가 갈라지고 있었다. 황제가 애도를 멈춘 채 미간을 찌푸렸다.

"무슨 소리야? 너 희민 군 여동생을 알아? 아는 사이었어? 왜 말 안 했어?"

황제가 들었는데 라니가 못 들었을 리가 없다. 그녀는 이 미치광이가 무엇을 위해서 이 좀비 시대를 가로지르는지 알고 있었다.

"아니…… 니 여자친구라매? 여자친구 구할 수만 있으면 죽어도 좋다매? 근데 그 여자 오빠도 몰라? 어떻게 그럴 수가 있어?"

미나는 아무 말도 하지 않았다. 여자친구라도 오빠 얼굴 정돈 모를 수도 있지. 하지만 중요한 건 그게 아니다. 이 새끼가 답 없는 또라이인 건 진즉에 알고 있었다. 그저 직감적으로 떠오르는 것이 있다 보니 혐오감을 숨기지 않은 표정으로 내려다볼 뿐이었다.

주저앉은 용이. 그를 내려다보는 세 시선. 벌레가 인간을 두려워하는 것은 짓밟는 발바닥 때문인가, 아니면 자신을 향하는 편견과 단죄의 시선 때문인가?

용이는 자기도 모르게 대답했다.

"어쩔 수 없어. 그럴 수밖에 없었다고. 내 잘못이 아니야. 왜냐하면…… 난 희진이와 한 번도 대화해본 적이 없는걸."

라니라는 인간은, 도덕이라는 걸 배워본 적이 없었다.

그녀의 부모는 그들 얼굴을 익히기도 전에 자식을 고아원에 버렸다. 고아원에서 생긴 인간관계라곤 월급만 나온다면 애들이야 지구에 살든 달에 살든 관심 없는 직원과 한 숟가락이라도 더 뺏어먹으려는 원아들뿐이었다. 그러다가 어찌어찌 점장을 만나서 처음으로 교육이라는 걸 받았는데, 그 교육은 기껏해야 가장 합리적으로 생존하는 방식 나부랭이였다.

가장 합리적인 생존. 죽이고 싶은 닭을 언제든 죽일 수 있으려면, 죽일 필요가 없는 닭을 죽이느라 손실을 감수해서는 안 되는 법이다.

지금 라니는 가슴속 깊은 곳에서 끓어오르는 무언가를 느꼈다. 도덕을 배우지 못하고 자란 자에게 그런 게 가능한지 모르겠지만, 그 감정을 표현할 방법은 한 가지뿐이었다. 불의를 향한 분노. 가슴의 두근거림은 소리가 아닌 진동에 이르러 귓전을 때리고 고막을 찢었다. 백화점을 포함해 그녀 인생에서 수많은 악인과 광인을 보아왔을 텐데, 그녀에게 해악을 끼친 그 어떤 적에게서도 느껴본 적이 없는 격노를 느꼈다. 왜냐하면, 지금 이 남자는, 이 모든 것을 견뎌낼 만한 가치, 그 가치 자체를 모욕하고 있었기 때문이다.

라니에 대해 아무것도 모르면서 그녀를 사랑한다고 외치던 자들과

라니가 어떤 인간인지 알게 되기도 전에 그녀를 버린 자들과

라니라는 인간을 만들어놓고 인간병기로밖에 보지 않는 자들과

그리고 이 모든 것을 빤히 알면서 아직도 누군가에게 사랑받기를 기대하는 한심한 자기자신과……

다를 바가 없었기 때문이었다.

　용이의 멱살을 잡았다. 초소의 무너진 벽으로 질질 끌고 갔다. 무너진 외벽 너머로 흐르는 강물과 붕괴된 다리를 보게 했다. 그가 가로질러 온 강 서쪽의 광활한 대지를 보게 했다.

　그러곤 소리쳤다.

　"장난하지 마, 이 미친 새끼야! 니가 지금까지 저지른 짓을 보라고! 니가 지금까지 부수고 망가뜨린 걸 보란 말이야! 그 모든 살인! 그 모든 고통! 그 모든 불행이! 말도 나눠보지 않은 여자 때문이었다고? 그게 사랑이라고? 그거 때문에 너도 죽고 다 죽이겠다고? 뭐 이런 개새끼가 다 있어? 그건 사랑이 아니야! 그런 게 사랑이면 안 된다고! 그딴 게 사랑이라면……."

　콜록!

　용이가 기침했다. 그 기침은 한 번으로 멈추지 않았다. 콜록, 콜록, 콜록! 기침은 이내 씩씩거리는 소리로 변했다. 낡은 풍선에서 바람 빠지는 소리가 용이의 쿵쾅쿵쾅 심장 소리와 함께 들려왔다. 폐교의 고딩은 제 가슴을 움켜잡더니 식은땀을 비오듯 흘리기 시작했다.

　5년 만에 찾아온 공황 발작이었다.

　"허억, 허억!"

　황제가 이변을 눈치챘다. "어이, 그 친구 왜 그래?"

　라니가 손을 놓으니 용이는 균형도 못 잡고 바닥에 쓰러졌다. 그는 배 속의 아기처럼 온몸을 웅크린 채 바들바들 떨며 숨을 헐떡일 뿐이었다.

　형무의 말이 어렴풋이 기억났다. "어…… 공황. 공황이 있다고 했어.

공황 발작이 이런 거야? 용병 생활 이후론 나은 거 아니었나?"

미나는 공황장애가 뭔진 알았지만 이렇게 심한 사람은 본 적 없었다. "공황장애면 정신질환이지? 사람이 정신병 때문에 죽을 수도 있어? 냅 뒤도 되는 거야?"

"신경안정제가 필요할 거야. 근데 그게 구급용품에 포함되어 있나? 제 길, 어쨌든 의료용품을 찾아야겠군. 흩어지자고."

다시 수색이 시작되었다. 관광안내소 내부, 미나의 트럭까지 샅샅이 뒤졌다. 세 사람 다 노력은 하는 거 같은데, 공황 환자가 순간적으로 증상 을 완화시킬 때 먹는 약 성분명이 뭔지 아는 사람은 아무도 없었다. 그러 는 와중에도 홀로 남겨진 용이는 가쁜 숨을 식식대며 간신의 의식을 붙 들었다. 네 발로 기다시피 하면서 어디론가 허우적허우적 움직였다. 뭘 찾는지도 몰랐다. 그냥 여기가 아니라면 어디라도 좋았다.

커다란 문을 몸으로 밀고 들어가니 교실이 보였다. 사실은 교실이 아 니라 관광안내소에 온 단체 관광객에게 오리엔테이션을 할 때 쓰는 강의 실이다. 그러나 산소가 부족해져 혼미해진 용이의 눈엔 영락없는 교실처 럼 보였다. 칠판이 있고 책상이 있고 걸상이 있다. 폐교의 고딩은 그가 몸 을 누일 수 있는 곳에 무너지듯 쓰러졌다.

허억, 컥! 숨이 하도 몰려나오니 구역감까지 느껴졌다.

커걱, 컥! 벌어진 입에서 질질 새어나오는 침. 정신과 육체의 고통으로 속이 통째로 뒤집어지는 듯했다.

우웨엑! 정말로 뒤집어졌다. 반나절 내내 제대로 먹은 것도 없는데 목 구멍으로 뭔가가 게워져 나왔다. 정체불명의 흰 뭉치가 용이의 입에서 나와 교실 바닥에 툭 떨어졌다.

오, 이런 맙소사.

수한이의 유서였다.

"하하…… 컥, 하!"

가쁜 숨소리와 웃음이 동시에 밀려나왔다. 배를 가를 필요도 없었다. 이렇게 쉬운 방법이 있을 줄이야. 떨리는 손으로 유서를…….

콰득! 아악!

어디선가 나타난 구둣발이 용이의 손등을 짓밟았다. 위액에 젖은 유서를 손가락으로 집어 들면서 낄낄거린다.

크라운킹이었다. 열린 강의실 문밖 복도에, 무릎 꿇린 채 뒤통수에 손을 올리고 있는 일행들이 보였다. 그들 뒤로 크라운킹의 심복들이 무기를 겨누고 있었다. 크라운킹은 쓰러진 용이를 내려다보며 어울리지 않는 미소를 흘렸다.

"오래 살고 볼 일이야. 폐교의 고딩이 이 꼴이 된 걸 가까이에서 구경할 수 있다니."

다리가 무너지며 부하들과 삼도천을 건넌 게 아니었나? 순진한 소리. 강의실 밖 복도엔 보급품 더미가 쌓여 있었다. 라니에게 기운을 받아 마지막 한 사람까지 싸우자던 크라운킹이 왜 여기 있냐고? 간단한 얘기다. 크라운킹의 '최후의 수단'은 처음부터 승리가 목적이 아니었다. 여차하면 가망 없는 싸움을 하다가 추종자들과 함께 장렬히 전사하는 것보단, 심복들과 함께 남은 재화를 들고 달아나서 새 출발을 하는 게 효율적이라 판단했던 것이다.

기껏 불러낸 좀비들이 공격을 멈추고 사라진 거나 다리가 무너진 건 예상외였다. 그러나 결과적으론 처음의 계획을 그대로 진행시키는 데 무리가 없었다. 남은 일은 하나뿐이었다. 운 나쁘게 초소에서 마주쳐버린 목격자들을 제거해서 그들의 생존 사실이 알려지지 않도록 하는 것. 때마침 만난 목격자들이 크라운킹의 왕좌를 무너뜨리는 데 일조한 자들이라는 건 오늘의 행운이 끝나지 않았다는 증거이리라.

황제가 손은 뒤통수에 올린 채 말했다. "여기서 그만하자, 크라운킹! 우린 더는 왕이 아니다. 서로 싸울 이유가 뭐란 말이냐? 오늘 밤의 죽음은 충분하고 넘친다!"

크라운킹의 생각은 달랐다. 그는 꼼짝도 못하는 용이 옆에 다가갔다. 그러곤 마시던 술을 용이 머리 위에 부으면서 낄낄거렸다.

"이게 지금 싸우고 있는 걸로 보여?"

머리 위에 알코올 악취가 가득한 조롱이 쏟아진다. 볼을 타고 내린 술이 입으로 들어갈 뻔했다. 안 될 말이다. 학생은 술을 마시면 안 된다. 용이 비틀거리며 일어나 크라운킹에게 주먹을 휘둘러봤다. 주먹은 닿지도 못하고 다리가 꼬여 넘어져버렸다. 크라운킹의 심복들도 깔깔거리며 웃음을 터뜨렸다.

"야아아, 이거 진짜 가관이네! 그래, 좋은 아이디어가 떠올랐어! 다음 조직의 콘셉트는 인간동물원으로 잡는 거야. 이런 녀석들 모아다가 가둬놓고 돈을 받아야지! 나도 백화점처럼 새로운 화폐를 만들어볼까? 손톱? 에이, 독창성이 떨어지는군."

도망쳐! 백화점에 도움을 청해! 라니가 외쳤다. 픽, 하고 심복 하나가 그녀의 배를 걷어찼다. 라니가 비명도 못 지르고 고꾸라졌다. 미나가 라니를 보호하려고 감쌌다. 다른 심복이 미나의 머리카락을 휘어잡고는 벽에 던져버렸다. 황제는 이를 악문 채 주먹만 부들부들 떨고 있었다.

크라운킹에겐 이렇게 즐거운 광경이 둘도 없었다. 손에 술병을 그대로
쥔 채 말했다.

"보라고, 용병! 인생이란 정말 굉장하지 않아? 오늘 아침에만 해도 내
가 이런 걸 보게 될 거라고 상상이나 했겠어? 5년 전의 내가 이런 날을
맞이할 거라고 상상이나 했겠느냔 말이야? 그래, 인정할 건 인정해야지.
네 공이 컸다. 너도 여기까지 오는데 한 몫 한 거야!"

그러면서 수한이의 유서를 둘둘 말더니, 자기가 마시던 술병에 꽂아
넣었다. 용이가 떨리는 손을 뻗었다. 크라운킹이 그 손 앞에서 술병을 흔
들면서 말했다.

"오오, 그렇게 중요한 종이야? 근데 왜 먹었어? 왜 침 범벅이 된 거야?
조금만 기다려봐. 내가 소독해주지!"

그러곤 라이터를 꺼내 불을 붙였다. 알코올을 빨아들인 수한이의 유서
는 순식간에 불에 휩싸였다. 그렇게 해독도 하지 못한 친구의 마지막 흔
적은 재가 되어버렸다.

쿵광쿵광 뛰는 심장.

귀에는 삐이이 이명이 들려온다.

식은땀에 젖은 머리가 눈을 가려 시야는 엉망이다.

모든 감각이 그를 배신하고 있었다.

그래서인지, 광대 왕이 하는 말이 이렇게 들렸다.

"네 부모님이 죽은 건 네가 겁쟁이 병신이었기 때문이야. 널 지키다가
네 부모는 죽었고 넌 그걸 핑계로 사람들을 죽이고 있지. 네 친구들이 흩

어진 건 네가 멍청했기 때문이야. 그나마 가을이와 다리가 될 수 있던 네가 수능 성적을 개판으로 받는 바람에 모조리 연락이 끊겨버렸어. 너가 희진이에게 한마디라도 말을 걸었더라면 어떻게 되었을 거 같아? 그래도 희진이는 좀비가 되고 그녀의 오빠는 네 앞에서 칼을 맞아 죽어갔을까? 전부 너 때문이야. 가장 죽어도 싼 놈이 살아있으니까 이렇게 되는 거라고. 너 때문이고, 네 탓이고, 네 죄야. 일말의 양심이 남아 있다면 그 교복을 벗고 저 강에나 뛰어드는 게 어때?"

ㅇ ㅇ ㅇ ㅇ.

"응? 뭐라고?" 용이가 부들부들 떨면서 신음 소리를 냈다. 크라운킹은 웃는 얼굴로 귀를 가져다댔다.

ㄲ ㅇ ㅇ ㅇ!

우리는 불안하면 심장이 두근거린다. 우리는 겁을 먹으면 심장이 뛴다. 우리는 화가 나면 심장이 벌렁댄다. 진화의 긴 역사에서 포식자로부터 도망다니던 원숭이들은 엔진에 펌프질을 하면 온몸에 힘이 솟구친다는 걸 배웠다.

"왜? 화났어? 그럼 너가 어쩔 건데?"

재가 된 유서가 떨어진다. 흰 재는 눈송이처럼 천천히 떨어진다. 눈이 내린다. 흘러가버린 좋았던 시절들처럼…….

용이의 머릿속에도 눈이 내렸다.

벌떡 일어나서, 두 손으로 크라운킹의 목을 붙잡았다.

"아아아아악!"

그대로 크라운킹을 강의실 칠판 쪽으로 집어던졌다. 단검으로 찌른 것도 아니고 목뼈를 부러뜨린 것도 아니고 그냥 집어던졌다. 불시의 공격에 당황했지만 별로 다치진 않았다. 크라운킹이 바로 일어나 외쳤다.

"다 들어와! 이 새끼 죽여버려!"

라니 일행을 붙잡은 자만 남고 모조리 강의실 안으로 들어왔다. 강의실 안이 사람으로 가득 찼다. 덮쳐! 도끼와 검, 창과 곤봉이 용이를 포위해 달려왔다. 사방이 포위된 백병전. 암살자에겐 최악의 상황이었다.

그러나 용이는 아무렇지도 않게 사람을 죽이는 쓰레기 암살자가 아니었다.

여기는 교실. 그는 교복을 입고 있었다. 그는 학생이었다.

교실 안에서 학생은 두려울 것이 없었다.

탕! 책상을 발로 찬다. 비좁게 세워져 있던 책상이 도미노처럼 우르르 넘어진다. 그 바람에 달려오던 병사들이 우르르 부딪쳐 넘어졌다. 방패를 던져 남은 자들의 접근을 막는다. 바로 책상 위로 뛰어 올라간다. 책상과 책상 사이를 징검다리처럼 뛰어 문으로 향한다.

"못 나가게 막아!"

당연히 다들 폐교의 고딩은 여길 벗어나려고 할 거라고 생각한다. 헌데 다음에 벌어지는 일은 예상과 달랐다. 용이는 문에 도착하자마자 오히려 문을 닫아버렸다. 가까이에 있던 의자를 가져와서 문고리와 문고리 틈에 걸어버렸다.

크라운킹이 눈살을 찌푸렸다. "지금…… 우릴 안에 가둔 거야?"

아아아아! 으아아아!

천장을 향해 괴성을 지른다. 눈치 빠른 자가 양손으로 소방도끼를 꽉 쥔 채 말했다.

"저 자식, 단검이 무기잖아? 왜 단검 안 꺼내지?"

못 박힌 각목을 쥔 자가 말했다. "알 게 뭐야! 이제 방패도 없어! 포위해서……."

픽! 그가 말을 끝낼 틈도 없었다. 어느새 다가온 용이가 의자를 집어 들어 그의 머리를 후려쳐버렸다. 각목이 떨어진다. 그대로 의자 철골 사이 구멍에 도끼 든 자의 머리를 걸어버린다. 있는 힘껏 의자를 걷어찬다. 우드득! 철골 사이에 걸린 머리가 목뼈째 꺾여버린다. 도끼가 떨어진다.

한 손에 각목. 한 손에 도끼.

"다, 당황하지 마!" 여전히 칠판 앞에 물러서 있는 크라운킹이 고래고래 훈수를 뒀다. "낮에 싸울 때 봤어! 암살자라 의표를 찌를 수단이 없으면 전술이 뻔해! 포위해서 등 뒤를 노려! 제 아무리 빨라봐야 혼자……."

픽! 제일 먼저 다가오는 자 머리에 한 방. 콱! 등 뒤를 노리던 자의 허벅지에 한 방. 의자와 책상 위를 뛰어다니며 움직이니 적들이 공격 방향을 예측하지 못한다. 그들이 당황하느라 잃는 1초는 그들의 급소를 짓이겨놓는 1초다.

푹! 그나마 제법 패기 있는 녀석이 있었다. 어찌어찌 등 뒤를 노려 용이의 어깨에 식칼을 꽂아넣었다. 그런데 반응이 이상했다. 시뻘겋게 충혈된 눈이 바로 돌아봤다.

"이 새끼 이상해! 안 아파해! 통증이 없……."

콰득! 유언도 다 못 끝냈다. 각목의 뾰족한 끝이 그의 목을 관통했다.

거리를 두고 공격해! 누가 외쳤는지는 모르겠다. 그냥 다들 폐교의 고딩에게 다가가기를 무서워하기 시작했다. 활을 가진 자는 쏘고 투척 무기를 지닌 자는 던졌다. 안 돼, 무기 놓지 마! 크라운킹이 외쳤지만 서커스단의 간부들은 지시에 따라 일사분란하게 움직이는 데 익숙지 않았다. 이미 그들은 우두머리의 지시가 아닌 눈앞의 공포에 의해 움직이고 있었다.

투창, 도끼, 벽돌이 날아온다. 용이에겐 방패가 없었다. 그래서 다른 걸로 막았다. 바로 책상을 들어 올려 막아냈다. 학생에겐 교과서가 무기요 책상이 방패. 책상에 맞아 바닥에 떨어진 무기는 전부 용이의 학용품.

단검이 소매 속에 있는 것도 잊었다. 방패를 다시 주우면 되는 것도 잊었다. 그저 손에 잡히는 모든 것으로 눈에 보이는 모든 것을 죽였다. 선혈과 고통에 찬 비명이 뒤죽박죽 섞여 크고도 작은 강의실에 흘러넘친다. 수업 시간의 모범생이 공책에 펜으로 필기해가듯이 적들의 여생에 마침표를 찍어낸다. 몇몇은 뒤늦게나마 도망가려 문으로 달려가지만 문고리에 걸린 의자를 꺼내기도 전에 등 뒤에 흉기가 박혀 쓰러지고 만다.

라면 끓을 시간도 채 지나지 않았다. 강의실에 들어온 대부분이 시체가 되어 굴러다녔다.

"끄으으……." 살아남은 간부가 있었던 거 같다. 죽창이 꽂힌 다리를 붙잡고 바닥에서 신음하고 있었다. 폐교의 고딩은 그 신음 소리를 놓치지 않았다. 머리와 교복이 시뻘겋게 물든 악귀 같은 모습으로 쓰러진 간부를 바라봤다.

사람 살려! 용이와 눈이 마주치자 간부는 엉금엉금 기어서 벽으로 물러났다. 그가 성큼성큼 다가오는 괴물을 향해 단말마처럼 외쳤다.

"그만해! 난 이제 무기도 없어! 우리가 졌어! 더는 죽이지 말아줘! 우린 좀비가 아니야! 우린 산 사람이야! 우린……."

그의 머리카락을 붙잡고, 의자 위에 머리를 올린 뒤, 어깨를 발로 밟아버렸다. 우지직, 목뼈 부러지는 소리와 함께 혀를 내밀고 죽어버렸다. 노란 망토가 피 웅덩이에 빠지면서 주홍색이 되었다.

촤르륵!

마지막 하나가 남아 있다. 칠판 쪽에서 징 박힌 채찍이 날아들었다. 채찍은 용이의 팔에 감겼다. 크라운킹이 의도했던 건 채찍의 징에 맞고 살점이 떨어져 나가는 결과였는데, 다른 많은 적들이 간과하는 것처럼, 용이의 소매 안쪽엔 장치 단검이 있었다.

"아차……."

크라운킹이 뭔가를 하려고 했지만 이번에도 용이가 빨랐다. 채찍을 있는 힘껏 잡아당기자 칠판 앞에 있던 크라운킹이 굴러 떨어져 용이 앞에 쓰러졌다.

아직 비장의 수가 남아 있다. 크라운킹이 옷 안주머니에서 권총을 꺼냈다.

"이제 그만 죽어라, 이……."

공포와 불안은 우리의 시야를 가리고 판단력을 방해한다.

손잡이를 잡았다고 생각하고 힘차게 꺼내들었다.

근데 이제 보니 권총 손잡이가 아니라 술병 모가지였다.

크라운킹이 술병을 권총처럼 잡고 용이를 겨누고 있었다. 크라운킹도 자기 손을 보니 눈에 눈물이 고였다.

염병할. 술만 안 챙겼어도.

쾌직! 곤봉으로 크라운킹의 머리를 후려쳤다. 광대 왕의 왕관이 두개골에 박히고 곤봉은 부러졌다.

끝인가? 아니. 끝나지 않았다. 쓰러진 크라운킹 위에 올라탔다. 두 주먹을 휘둘러 그 얼굴에 연신 주먹을 날렸다.

픽! 픽! 픽!

고함을 지르는 것도 잊지 않는다. 으아아아!

콱! 콱! 콱!

죽은 자는 비명 지르지 못한다. 오히려 소리지르는 건 때리는 쪽이다. 끼아아아!

철픽! 철픽! 철픽!

끼에에에! 끼에에에에에!

턱. 누군가 그의 주먹을 막았다. 뒤를 돌아봤다. 라니가 서 있었다. 무기를 겨누던 단원들이 분위기 파악하고 도망가자 세 사람은 막은 문을 열고 들어왔다. 발 디딜 틈도 없는 시체의 산. 미나는 토하고 있고 황제는 경직되어 있다. 라니만이 용이의 손목을 붙잡고 그를 내려다보았다.

"잘했어. 역시 넌 폐교의 고딩이야."

용이가 간신히 숨을 고르며 피와 땀에 젖은 얼굴로 말했다.

"교실에선…… 술 마시면 안 돼……."

심한 말을 하고 싶진 않았다. 그래도 할 말은 해야 했다.

"여긴 교실이 아니야. 여긴 이제 학교가 아니야."

너무 심한 말이었다. 용이가 머리를 붙잡고 바닥에 엎드렸다. 사람 머리를 으깨버린 두 주먹은 살갗이 벗겨져 피가 줄줄 나고 있었다.

"왜? 왜 학교가 아니야? 난 학교를 떠날 준비가 안 되었어. 원하지도 않는 졸업장을 주고는 날 이 지옥으로 밀어냈어. 담장 밖에서 살게 해주려고 학교를 다닌 게 아니었어? 왜 여기선 선이 악이고 악이 선이야? 왜 내가 여기서 고통받아야 해? 좋았던 시간도 좋았던 사람도 다 저기 있어. 이젠 싫어! 난 학교로 돌아갈 거야. 날 학교로 돌려보내줘……."

"안 돼."

라니가 용이의 어깨를 잡아 일으켰다. 나이가 스물이 넘고도 수염 한 오라기 나지 않는 얼굴은 피와 눈물로 끈적끈적한 범벅이 되었다. 그 얼굴을 향해 라니가 단호하게 말했다.

"넌 희진이를 사랑하는 용이잖아. 그러니까 안 돼. 넌 앞으로 나아가야 해. 그 무엇이 가로막는다 해도."

눈물을 그쳤다. 숨을 크게 들이마셨다. 감정과 함께 그것을 삼켜넘겼다. 유서 대신 삼켰다. 발작은 사라졌다.

"무엇이 가로막는다 해도."

그 어떤 희생을 치른다 해도.

네 사람이 관광안내소 밖으로 걸어 나왔다. 때마침 아침 해가 떠오르고 있었다. 서서히 밝아지는 지평선. 어둠이 사라지자 온 강가에 가득한 시체들이 모습을 드러냈다.

라니에겐 별다르지 않은 일상이었다. 그래서인지 미나의 자가용 쪽에 더 관심이 갔다.

"이제부턴 저거 타면 되겠네. 카, 때깔 봐라! 저 발리스타는 유탄발사기로 바꿔 달 수도 있는 건가?"

황제가 물었다. "너흰 앞으로 어떻게 할 거지? 고딩하곤 다시 손을 잡기로 한 건가?"

대답은 라니 쪽이 했다. "알면 뭐 하게. 따라오려고?"

"으음. 살아남은 국민이 있을지도 모르지만…… 어쩌면 나에게도 이게 빈손에서 다시 시작할 기회……."

"어라?" 미나였다. 운전석을 열어본 미나가 말했다. "차 열쇠가 없어."

솔직히 열쇠를 꽂고 내린 건 부주의한 짓이었다. 다만 이건 좀 특수한 상황이었다. 열쇠만 갖고 차는 두고 가다니. 도둑이 아니라면 누가 이런 짓을 한단 말인가?

짤그랑. 어느새 다가왔는지 투구를 쓴 큼지막한 그림자가 손가락에 걸린 열쇠를 흔들고 있었다. 해는 아직 지평선을 떠나지 않았고 밤이 아직 끝나지 않았다.

흑기사가 말했다. "여지들은 가도 좋아. 나머진 나랑 마저 놀다 가야지?"

"흑기사아!"

황제의 손엔 아직 총리의 머리를 부순 아령의 감촉이 남아 있다. 새 출발의 문이 열렸다면 과거의 원수는 갚고 넘어야 하는 법. 황제가 아령을 쥐고 말했다.

"도와다오, 고딩! 머리는 잘라다가 희민 군 무덤에 놓고 몸뚱이는 태워다가 제국의 희생자를 위해 강에 뿌리자!"

대답이 필요 없었다. 용이가 양팔에서 단검을 꺼냈다.

"바람직한 의욕들이네! 이 정도는 되어야 아침 운동……."

흑기사가 대검을 치켜들고 덤벼오려던 참이었다. 그런데 문득 그가 검을 내렸다. 투구의 눈구멍은 용이 쪽을 보고 있었다. 고개를 갸우뚱했다.

그도 그럴 것이…… '폐교의 고딩'이 방독면을 쓰지 않은 모습을 이번에 처음 봤다. 맨 얼굴을 가까이서 보는 게 처음이었다. 지금도 그리 보기 좋은 상태는 아니었다. 머리부터 발끝까지 피범벅이 되어 있으니까. 그럼에도 흑기사는 알아봤다. 5년이나 지난 오래된 기억이지만 어렴풋한 추억에서 그 얼굴을 떠올려냈다.

흑기사도 투구를 벗었다. 그가 말했다.

"너…… 용이냐?"

용이의 두 팔이 축 늘어졌다. 보고도 믿을 수가 없었다.

강 유역 최강의 용병. 종말이 오기 전부터 사람을 죽여왔다던 살인자 중의 살인자. 직접 죽이겠다고 맹세한 적. 교복을 더럽히고 황제의 친구를 죽게 만든 가장 끔찍한 악당.

그자는…….

용이가 아는 중 가장 선량하던 친구의 얼굴을 하고 있었다.

"가을아?" 목소리가 떨렸다. "가을이야? 정말로 너야? 너 왜 이렇게 됐어? 그동안 무슨 일이 있었던 거야?"

황제가 말했다. "무슨 소리야? 아는 사이야? 이게 어떤 상황…….."

많은 선택지가 있었다.

황제는 친구의 복수를 했어야 했다. 그래도 타협할 방법이 아주 없진 않았을지도 모른다.

사과하면 용서해줬을지 모른다. 어차피 의뢰주는 죽었다. 더는 피를 흘릴 필요가 없었다.

각자 갈 길을 가는 방법도 있었을 것이다. 용이는 새 친구인 황제와 함께, 가을이는 황제를 피해 자기 갈 길을 향해.

모든 것을 광기 어린 파국으로 떠밀지 않아도 될 이유는 얼마든지 있었을 것이다.

하지만 폐교의 고딩은 늘 과거에 남고 싶어했다.

과거만이 그가 머리를 누일 유일한 곳이었다.

심장이 뛰는 그대는 오로지 그곳에만 있었으므로.

푹.

소매 속에서 나온 암살 단검이 바로 옆에 있던 황제의 심장을 찔렀다.

황제의 눈빛이 물었다.

왜?

용이의 눈빛이 대답했다.

이것이 합리적이니까.

풍덩. 황제의 시신이 강물에 빠졌다. 용이의 손에 그의 피가 흥건해졌다. 그대로 흑기사, 아니 가을이에게 다가갔다. 손을 내밀며 말했다.

"공격해서 미안. 화해하자. 우린 친구잖아?"

가을이 용이의 시뻘건 손을 내려다봤다. 건틀릿 낀 손을 내미는 대신, 뒤통수를 긁적일 뿐이었다.

"허, 이것 참……."

사흘 뒤.

한 무리의 무장 차량이 강변에 도착했다. 차량의 측면엔 태극 문양 대신 커다란 다이아몬드가 그려진 기괴한 태극기가 그려져 있었다.

맨 앞의 차량에서 군화를 신고 찢어진 웨딩드레스를 입은 여자가 나왔다. 강변엔 시체가 떠밀려와 있었다. 황제였다. 물에 빠졌는데 좀비가 되지 않았다는 건 죽은 상태로 던져졌다는 뜻이다. 시신을 확인하자 여자는 분노의 고함을 지르며 애먼 하늘에 대고 총질을 했다.

"누구냐! 내 예비 신랑인데! 내가 점찍은 남잔데! 누가 죽인 거야! 내 제국 어디 갔냐고!"

차량에 있던 자가 쌍안경을 들고 외쳤다. "대통령 각하! 접근해오는 자가 있습니다!"

쌍안경까지도 필요 없었다. 가까웠다. 한쪽 팔 전체에 문신이 있는 남자가 며칠 다듬지 않은 수염 탓에 거지 몰골이 되어 있었다. 신생 대한제국의 수상이다. 몸은 멀쩡했지만 표정이 지독히도 일그러져 있었다.

대통령은 그를 알아봤다. "수상이네? 살아있잖아! 야! 어떻게 된 거냐! 무슨 일이 있었던 거야?"

반란군을 총리가 끌고 갔다. 당연히 수상은 본진에서 아웃렛을 지키고 있었다. 난전이 벌어져 도우려고 했지만 좀비들의 등장이며 다리 붕괴며 상황이 정신없이 굴러가는 통에 타이밍을 놓치고 말았다. 안타깝게도, 그는 2인자로서 보조엔 능했지만 1인자의 빈자리를 채우는 데엔 재주가 닿지 않는 사람이었다.

그 와중에도 1인자의 최후 정도는 볼 수 있었다. 다리 건너편에서 돕지 못한 채 황제가 어떤 최후를 맞는지 똑똑히 보았다.

"신생 대한제국의 임시 섭정으로서, 원조 대한제국에게 잔존 국민 전원의 망명을 요청합니다. 신생 대한제국 멸망의 주범과 황제 시해자에 대한 복수를 조건으로, 수상 이하 생존자 일동은 신생 제국의 모든 자원을 넘기고 흡수 통일에 동의하겠습니다."

원조 대한제국 대통령의 눈이 번뜩였다.

"누구냐! 그 망할 놈들이 누구냐고!"

제국에 새로운 여명이 오고 있다면 새로운 목적이 함께하는 것도 괜찮을 것이다.

4화

자연이 인간을 위해 만들어진 것은 아니겠지만, 때로는 완벽하게 인간을 위해 만들어진 듯한 환경이 존재한다. 셸터가 그러했다. 정식 명칭은 특수 재난 전용 초대형 안전 거주 구역 제5호. 이젠 다들 간단히 셸터라 부른다. 좀비 사태 초기에 정규군이 건설한 셸터가 몇 군데 더 있긴 했다. 그러나 전부 연락이 두절되었고 남은 건 강 유역에 있던 이 5호 셸터뿐이다. 다른 셸터가 어쩌다 멸망을 맞이했는지 이제 알 도리는 없지만, 이 셸터가 어떻게 살아남았는지는 지형만 봐도 알 수 있었다.

두 산맥 사이에 자리잡은 협곡. 협곡을 보호하듯이 세워진 거대한 잿빛 장벽. 장벽은 전면의 좀비들의 접근을 불허하며 산속 지하에 사는 주민들을 보호한다. 산 정상엔 비를 막는 인공 천장과 함께 대형 안테나가 설치되어 있고, 태양열 발전기와 풍력 발전기가 전력을 공급한다.

그중에서도 가장 훌륭한 것은 산을 둘러싸고 흐르는 강이다. 빠른 급류는 좀비를 막아내는 천연 방어막이다. 근처에 도시가 없어 식량 수급이 어렵고 공중에서 착륙할 공간이 한정되는 문제가 있지만, 만 명 단위의 사람을 수용할 공간과 그들을 파견할 수 있는 지휘체계가 그 결점을 보완한다.

다만, 이 모든 방비에도 빈틈이 존재한다. 인간이 아닌 존재가 이 셸터를 공략할 방법이 한 가지 있긴 하다. 장벽을 무너뜨릴 전차나 산을 넘어

올 전투기 없이도 이들을 말려 죽일 수 있는 단 하나의 방법.

인해전술이다. 만만한 게 인해전술이지.

"토 나온다."

미나의 핑크빛 몬스터트럭을 타고 강 동쪽의 광활한 땅을 가로질렀다. 약탈자나 좀비 떼와 마주치는 일 없는 쾌적한 여행이었다. 진짜 고난은 정작 셸터 앞에 도착해서 시작되었다. 용이 일행이 셸터 앞 야산에 도착했을 땐 이미 장벽 전체가 구더기 떼처럼 우글거리는 좀비로 가득했다. 네 사람 중 누구도 이만한 규모의 좀비가 한곳에 몰려 있는 걸 본 적이 없었다. 좀비든 사람이든 벌레든 간에 무언가가 저렇게 한자리에 있는 건, 뭐랄까, 자연스럽지 않았다.

가장 큰 공포를 느끼는 건 역시 미나였다. 다름 아닌 그녀의 보금자리가 함락을 눈앞에 두고 있기 때문이다.

"어떻게 이럴 수가 있지? 아니, 그러니까, 어떻게 이렇게 많은 좀비가 한곳에 모일 수 있냐고?"

가을이 좀비들 한복판 어딘가를 가리켰다. "혹시…… 저게 원인 아닐까?"

건틀릿을 낀 손가락이 향한 곳엔 대량의 좀비만큼이나 낯선 것이 있었다. 2층 건물 정도 크기의 살덩이었는데, 그 형태가 마치 매미의 부푼 목덜미 같았다. 수 많은 사람의 살점을 블록 삼아 조립한 커다란 폐라고 해야 할까? 하여간 그런 것이 좀비들 한가운데에서 천천히 맥동하고 있었다.

라니가 뭔가를 떠올렸다. "아. 혹시 저게 말로만 듣던 하이브인가?"

가을이 뒤늦게 맞장구쳤다. "오호, 그럼 말이 되는군! 나도 직접 보는 건 처음인걸!"

"하이브?"

용이의 질문에 답을 한 것은 라니였다.

"좀비의 목적은 최대한 많은 인간을 감염시키는 거잖아? 좀비가 고치가 되는 것도 감염시킬 게 없을 때 힘을 비축하기 위한 거고. 그런데 대량의 좀비가 한곳에 모인 채 목표를 감염시키지도 못하고 정체되어 있으면, 그걸 해결하기 위해 동료들을 부른다는 소문이 있었어. 좁은 곳에 몰린 좀비들이 서로 융합해서 이동 기능을 포기하는 대신 거대한 횡경막 피리를 만드는 거지. 이제 보니 피리라기보단 개 호루라기에 가깝네. 사람 귀엔 안 들리는 소리인가봐."

사람 귀에 안 들리지만 훨씬 멀리까지 퍼지는 소리. 이걸로 현수교의 좀비들이 관심을 돌리고 달려간 이유가 해명되었다. 잘 보면 현수교에 있던 눈가리개 단 좀비들도 주위에 돌아다닌다. 저 거대한 고기 풍선이 소리를 내면 그 소리를 듣는 모든 좀비들이 하이브 인근으로 집합하는 것이다. 구체적인 지휘를 내리는 게 아닌 건 다행이었지만, 앞으로 좀비가 더 몰려올 수도 있다고 생각하니 암담했다.

어느 쪽이든, 결론은 명확했다. 하이브를 부숴야 한다. 치료제를 셸터로부터 사든 훔치든 이 상황에선 할 수 있는 게 없다.

그때쯤 가을이 또 희한한 걸 발견했다. 이번엔 하늘 쪽이었다.

"야. 저거 아무리 봐도 새는 아니지?"

무슨 소리지? 모두가 가을의 손끝을 쫓아 고개를 들었다. 무심하게도 화창한 하늘을 가로질러 날아오는 형체는 어딜 봐도 새가 아니었다. 라니 귀엔 날갯짓 소리가 아니라 프로펠러 기계음이 들렸다. 드론이다. 드론은 용이 일행 한복판에 작은 상자 하나를 툭 떨어뜨리더니 다시 셸터 방향으로 날아가버렸다.

미나가 먼저 상자를 주워 열었다.

"감시탑이 우릴 먼저 발견했나 본데…… 역시나 무전기군."

지지직. 무전기를 켜자 남자 목소리가 흘러나왔다.

"들리는가? 복장으로 보아하니 한 명은 셸터 소속인 듯한데. 적이 아니라면 응답바란다."

"3번대, 34기 원정대, 7번 분대 소속 강미나입니다. 후발대가 전멸하여 용병들의 도움을 받아 단독으로 도착했습니다."

무전기 너머에서 작게 환호성이 들려왔다. "미나 양. 그대에게 어렵지만 중대한 임무를 맡기고 싶네. 난 1번대 대장 문윤서일세. 문 대장이라고 불러주게나. 이 셸터 안에 자네 가족도 있을 테지? 임무 하나만 수행해주면 셸터 수비대는 보상을 아끼지 않을 걸세."

어색한 침묵이 무전기 사이를 오간다. 이내 의미를 깨달은 문 대장이 말을 덧붙인다.

"용병들의 보상도 포함해서 말일세."

상대 얼굴이 보이는 건 아니지만 가을의 얼굴에 호의적인 미소가 베어 나왔다. "아유, 말이 통하는 분이시네! 그래, 뭐 해드릴까? 무기만 공급해주시면 몇 만 마리든 청소해드릴게!"

문 대장은 상상하는 것만으로도 고통스럽다는 듯이 짧은 신음을 냈다. "몇 만 수준이면 걱정도 안 하지. 대충 추산한 것만으로도 좀비 숫자가 셸터 전체의 총알 숫자보다 많아. 자네들이 수습할 수 있는 일이 아니네. 상황만 맞아떨어지면 우리 정예가 저것들을 태워 죽일 거야. 근데 그 상황이 맞춰지질 않아. 자네들 위치에서 2시 방향을 보게."

네 사람의 고개가 일제히 장벽의 측면으로 향한다. 인공적으로 판 해자치고는 크기와 깊이가 상당한 크레바스가 측면 관문 앞에 자리하고 있었다. 본래 도개교가 크레바스 위로 펼쳐질 예정이었나 본데, 어째 허공에 걸린 채 어정쩡한 형태를 유지하고 있었다.

"다리만 내리면 된다. 다리만 내리면 되는데 이쪽에선 그걸 고칠 수가 없어. 심지어 그 위치에서 가까운 곳에 하이브가 있어서 함부로 자극하는 일을 벌일 수도 없다. 쉬운 일은 아니지만, 바깥쪽에서 도개교를 작동시켜주게. 작동 방법은 그쪽의 우리 멤버가 알고 있을 걸세. 부탁하네."

무전 종료. 쌍안경으로 다리 근처를 확인한다. 들어가는 길은 좀비 무리를 돌파해야 하지만 다리만 제대로 내려오면 가뿐하게 셸터 안으로 숨어버릴 수 있다. 게다가 산으로 향하는 샛길엔 좀비가 적어서 여차하면 빠져나갈 구멍도 있었다.

라니가 도개교와 다른 방향의 좀비 무리를 바라보면서 말했다. "서두르는 게 좋겠네. 아무래도 하이브가 두세 마리 더 생기려는 거 같아. 저것들이 완전히 변이하고 나면 몰려오는 좀비 숫자도 곱절로 불어날 거야."

고민할 필요도 없고 고민할 시간도 없다. 네 사람이 미나의 트럭에 올라타자마자 좀비가 우글거리는 협곡으로 돌진했다. 트럭 앞에 달린 장애물 제거기가 가로막는 좀비들을 쿵쿵쿵 갈아버렸다. 도대체 보닛 아래 엔진엔 뭘 달아놨는지 이렇게 좀비와 충돌하는데도 돌진력에 흔들림이 없었다.

뒷좌석의 가을이 신나서 환호했다. "이 차 죽이는데! 미나 누님! 이거 이름은 없어?"

운전대를 잡으니 미나의 목소리가 평소보다 거칠어졌다. "그딴 게 어 쨌어? 넌 니 칼에 이름 붙이냐?"

"에이, 애정이 없구만! 팔아! 나한테 팔아줘!"

실없는 소리가 오가는 가운데 도개교가 코앞까지 다가왔다. 좀비 떼는 여전히 트럭 꽁무니를 쫓아오고 있다. 주차하고 작업할 여유는 없었다. 미나가 와이퍼로 창문에 묻은 좀비 살점을 걷어내며 말했다.

"다리 조작 방법은 내가 알아. 흑기사는 나랑 내리고, 고딩이 운전대 잡아. 라니! 짐칸의 발사대 쓸 줄 알지? 기관총이고 유탄발사기고 아무거 나 달 수 있으니까 마음껏 써!"

용이는 줄곧 어두운 표정이었다. "운전이라면 라니에게 맡기는 게 더 나을 텐데."

미나는 단호했다. "엄호는 청력 좋은 라니가 낫지. 그리고 에어백도 없 는 운전대를 라니에게 맡길 거라고 생각했다면 오산이다."

"에어백이 없다고?"

라니의 질문은 댓바람에 흘러 지나갔다. 작전이 시작되자 일사분란하 게 움직였다. 용이가 좀비를 피해 트럭을 몰고 다리 주위를 빙글빙글 도 는 동안 라니는 발사대에 기관총을 달고 다가오는 좀비를 벌집으로 만들 었다. 그렇게 두 사람이 좀비의 시선을 끄는 동안 미나와 가을이 다리의 조작 패널에 달려갔다. 미나가 패널을 여는 동안 엄호를 뚫고 오는 좀비 들을 가을이 마저 해치웠다.

덜컥. 오래지 않아서 패널이 열렸다. "됐어! 이제 조금만 더 손보면 돼! 다리가 내려오면 언제든 들어갈 수 있게 준비를……."

푸슈슉! 풍선에서 바람 빠지는 소리. 수천 개의 풍선에서 바람이 빠지는 듯한 우렁찬 소리가 들려왔다. 용이 일행과 가까이 있는 하이브에게서 난 소리였다. 숨을 있는 힘껏 들이마신 하이브가 하늘을 향해 신호를 쏘아 올렸다. 사람 귀엔 바람 소리만 들렸지만, 그 일대의 좀비들에겐 부모 욕하는 소리 섞인 경적처럼 들렸을 것이다. 일제히 도개교 인근 하이브를 바라보는 좀비들. 그 군무와 같은 움직임은 정확히 현수교에서 봤던 것과 동일했다.

제일 먼저 소리를 들은 라니가 이를 악물었다. "하필 지금? 왜 갑자기?"

답을 찾을 여유 따윈 없었다. 네 사람이 감염시킬 가치가 있는 대상임을 파악하자마자, 곱절은 많아진 좀비가 일제히 몰려들었다.

하필 가까운 곳에 매미가 있었다. 찍! 하고 날아오는 매미의 침. 그 침이 정확히 라니의 뒤통수에 맞았다. 우비를 뚫지는 못해도 그녀를 넘어뜨리기엔 충분한 힘이었다. 심지어 그 별거 아닌 충격이 지독한 연쇄효과를 불러왔다.

악! 뒤통수에 침을 맞은 라니가 넘어지면서 기관총 방아쇠를 당겨버렸다.

탕! 잘못 조준된 탄환이 운전석을 향해 날아들었다. 용이를 맞추진 않았지만, 느닷없이 뒤에서 날아든 총성에 놀란 용이가 액셀을 밟아버렸다.

부앙! 돌진한 트럭은 정확히 미나와 가을이 있던 다리 조작 패널로 향했다. 두 사람이 간신히 피했지만 패널은 트럭의 장애물 제거기에 맞아 박살나버렸다.

간신히 몸을 굴린 가을이 기함했다. "제기랄! 패널이! 다리를 아예 고칠 수가……."

기함조차 사치다. 가을은 반사신경의 덕을 봤지만 미나는 그러지 못했다. 미나는 트럭을 피하느라 몸을 내던지는 과정에서 크레바스나 다름없는 해자의 절벽 아래로 미끄러지고 말았다.

아악! 그 비명 소리는 라니가 제일 먼저 포착했다.

미나! 라니가 날카로운 외침과 함께 트럭에서 뛰어내려 미나를 따라 해자 아래로 내려갔다. 불과 몇 초 만에 둘의 모습이 절벽 아래 어둠 속으로 사라졌다.

용이는 그 순간을 목격조차 못했다. 에어백도 없이 충돌하는 바람에 핸들에 머리를 박고 잠시 넋이 나가 있었다. 그 찰나는 좀비가 트럭을 포위하기에 충분한 시간이었다. 뒤늦게 정신을 차린 용이가 주위를 둘러봤지만 여자들은 전부 사라지고 가을도 자취를 감춘 상태였다.

도개교는 내려오지 않을 것이다. 뒤로 돌아가기엔 이미 좀비들이 인산인해를 이루어 가로막았다. 남은 건 샛길뿐이었다. 터져 나오는 당혹감과 분노와 슬픔과 기타 등등을 가슴에 묻어놓고 다시 엑셀에 발을 올렸다.

빌어먹을, 젠장, 멍청한 새끼들. 큰 기대를 한 건 아니었지만 오히려 상황을 더 나쁘게 만들 거라곤 예상치 못했다. 용이 일행을 망원경으로 지켜보던 셸터 수비대는 욕설과 한탄을 내지르며 그들을 위해 위험을 감수한 이들을 비난했다.

비난할 기력도 바닥나자 그들의 시선이 방 한가운데에 있던 중년 남자에게로 향했다. 소갈머리를 야구모자로 가리고 넝마가 된 코트를 훈장처럼 입고 있는 남자는 셸터의 최고지도자임을 의미하는 붉은 배지를 야구모자에 달고 있었다.

크흠. 그의 입에서 나오는 가래 끓는 소리가 상황의 긴박함을 우회적으로 묘사했다.

힘든 침묵이다. 땀나는 손으로 망원경을 쥐고 있던 2번대 임 대장의 인내심이 제일 먼저 바닥났다.

"이제 어쩌면 좋겠습니까, 총대장?"

"극단적인 상황엔 극단적인 결정이 필요하지." 총대장의 목소리는 자못 진지했다. "4번대를 보낸다. 정 대장을 호출하게."

극단적인 결정엔 반대가 따르기 마련이다. 2번대 임 대장이 조심스럽게 말을 꺼냈다.

"다소 가혹하지 않겠습니까? 사실상 자살특공대가 될 텐데요. 정 대장이 명령을 받아들일까요?"

총대장은 한번 내린 결정을 바꾸는 사람이 아니었다. "그의 유능함은 셸터 안에서나 밖에서나 자명한 사실이잖나? 그런 남자가 자기 목숨 구하겠다고 명령에 거역한다면 그 정도밖에 안 되는 인간이라는 증거가 되겠지."

논란의 여지가 있는 설명이었지만, 그들 중 누구도 그의 결정을 대체할 만한 차선책을 떠올리지 못했다. 침묵을 동의로 받아들인 총대장이 무전기 앞에 앉아 있던 문 대장에게 시선을 보냈다. 문 대장은 지시대로 무전기를 들고 초소에 연락을 넣었다.

"어이, 중민이. 여기로 와봐. 총대장께서 부르셔."

반짝였다. 가을은 보았다. 패널을 고치는 미나를 보호하느라 싸우는 동안, 그의 갑옷에 뭔가가 반사되어 반짝이는 걸 보았다. 하이브의 바람

빠지는 소리가 들린 건 바로 그 직후였다. 상황이 긴박하게 돌아가는 바람에 정보를 동료들과 교류할 틈이 없었지만 이젠 확신할 수 있었다.

우연이 아니다. 누군가 멀리서 투사체를 발사해 하이브를 자극한 것이다. 하이브를 죽이지 않으면서 원하는 순간에 작동시키는 투사체. 원리는 모르지만, 그런 게 있는 거다. 다리가 수리되는 걸 막으려는 자가 있는 것이다.

용이의 트럭이 좀비들의 시선을 끄는 중이었다. 가을은 바위 뒤에 숨어서 몸을 검은 망토로 가려 자연물인 척했다. 좀비 수가 줄어들 때까지 기다려야 했다. 그 전에 가을의 존재를 눈치채는 좀비가 있을지는 완전히 우연에 달려 있었다.

망토로 온몸을 가려 사방이 어두웠다. 귀에 들려오는 것은 무수한 발소리와 좀비 신음 소리. 문득 며칠 전의 대화가 떠올랐다. 현수교를 떠난 다음 날 야영지에서 했던 대화.

"치료제에?"

가을이 큰 소리로 외쳤다. 주위에 사람이 있을 리가 없는 허허벌판인데도 라니는 말을 막았다.

"쉿! 누가 들으면 어쩌려고 그래!"

"들으려면 들으라 해! 누가 믿기나 하겠어? 아니, 너흰 믿어? 직접 효과를 보기는 한 거지?"

미나도 그런 생각을 한 적이 없는 건 아닌지 천천히 고개를 끄덕였다.

"하긴 믿기 힘든 얘기지. 정말로 치료제가 있고 그걸 생산할 수 있는 조직이 있다면 이 종말이 하루아침에 끝나고 예전 세상으로 돌아갈 수도 있다는 뜻이니까."

"예전 세상?" 가을이 건틀릿 낀 손으로 청바지 입은 무릎을 탁 치면서 말했다. "아니지. 정말로 그런 조직이 있으면 절대 옛날로 못 돌아가."

"왜?"

"치료제를 만들 정도로 좀비 생물학에 정통한 기술을 가진 조직이야. 우리 입장에선 원시시대에 떨어진 스마트폰 같은 거라고. 치료제를 개발하는 과정에서 나온 부가적인 기술이 얼마나 많겠어? 좀비를 조종할 수 있을까? 좀비의 돌연변이를 인위적으로 조작할 수 있을까? 그거의 반의 반만 할 수 있어도 그 조직은 한반도는 물론이거니와 지구를 정복하고도 남을 거야. 그런데 그걸 가지고 고작 옛날 체제로 돌아간다? 너라면 그러겠냐?"

라니조차 그렇게까지 생각해본 적은 없었다. 백화점과 셸터. 강 유역이라는 인류의 마지막 보루를 차지하기 위한 싸움에서 언젠간 충돌할 수밖에 없는 두 거인. 윗부장조차 셸터가 이 정도 수준에 도달했으리라는 건 몰랐을 것이다. 그렇다면 궁금한 건 이것이다. 셸터는 왜 이걸 갖고도 본격적인 세력 확장에 들어가지 않은 것일까? 생각보다 개발한 지 얼마 안 되었나?

"나라면 옛날로 돌아가고 싶을 텐데."

용이었다. 온종일 조개마냥 꾹 다물고 있던 입에서 말이 나오니 일제히 그를 돌아봤다. 황제를 죽인 이후 처음으로 꺼낸 말이었다.

가을은 그런 상황이 있으면 곧이곧대로 내뱉는 성격이었다. "그러냐? 하도 말이 없어서 선 채로 죽은 줄 알았네." 적어도 지금의 가을은 그러했다.

야영에서 잡일은 동전의 양면이다. 좀비 시대이니만큼 취침 전엔 야영지 주위에 노끈과 깡통으로 만든 경보기를 설치해야 했다. 가을이 당번이었다. 주섬주섬 노끈을 묶을 말뚝을 박고 있는데 등 뒤에서 목소리가 들렸다.

"같이 갈 거지?"

"이런 깜짝 염병맞을!" 화들짝 놀라면서 뒤돌았다. 용이었다. "이 새끼, 진짜 발소리가 없네! 그러다 언젠간 칼 맞는다, 이 자식아!"

고저 변화가 없는 경직된 목소리. "같이 갈 거지?"

용이는 가을의 변화에 아직 적응하지 못했다. 변하지 않은 건 키뿐이었으니까. 그러나 가을이 용이의 변화에 놀란 것에 비할 바가 아니었다. 가을의 변화는 뚱뚱한 찐따가 새 인생 살려고 맘먹고 헬스 다니며 노력하면 이룰 수 있는 것이었다. 용이의 변화는? 겉모습이야 학창 시절과 조금도 바뀌지 않은 그대로였다. 문제는 껍데기 안이었다. 그 안쪽은 핵미사일 실험장에 있는 마녀의 집에서 외계인의 운석에 맞아 뒤틀려버린 무언가로 가득 차 있었다.

"당연히 가야지. 좀비 바이러스 치료제라고? 누가 그걸 마다하냐? 근데, 미나 누님 남친 있냐? 내가 또 연상 취향이잖냐. 빚 갚을 겸 치료제 나눠주고 셸터에서 데리고 나와볼까?"

말은 하는데 듣고 있기는 한 건지 싶다. 표정이 변하질 않는다. 학창 시절엔 저보단 활기찼던 녀석이었다. 시도 때도 없는 공황 발작 때문에 힘들어하면서도 자주 웃는…….

입꼬리가 움직였다. 시익 미소를 짓는다. 빌어먹을, 세상 소름 돋는 미소다. 차라리 표정이 안 변할 때가 나았다.

"잘 됐다. 같이 가는 거야. 이젠 두 번 다시 떨어지지 말자."

그냥 들어넘길 수 없었다. 가을이 허리에 손을 얹고 미간을 찌푸렸다.

"뭐 헛소리야? 우린 떨어진 적 없어. 니들이 날 쳐냈지."

이건 또 무슨 헛소리야? 용이 얼굴에서 미소가 사라졌다.

"널…… 쳐내다니?"

굳이 서서 할 얘긴 아니었다. 다시 쭈그리고 앉아서 노끈을 설치하며 말했다.

"걱정 마. 이해하니까. 솔직히 내가 너희랑 수준이 많이 안 맞았잖아. 집은 찢어지게 가난하지, 가족들은 다 병신이지, 재수도 포기한 채 허송세월만 하지. 어떻게 계속 너희랑 어울려? 다들 알아서 새 인생 찾아 출발한 거지. 빚쟁이가 탕감해준다고 시키는 대로 하다가 살인 사건에 휘말린 적이 있거든? 그땐 나도 너희가 날 잊은 게 다행이다 싶더라고. 나라도 나 같은 새끼랑 친구라고 떠들고 다니고 싶지 않으니까. 다 잘 된 거야. 그니까 이세 와서 죽마고우 행세할 필요 없어."

과거는 기억이다. 기억은 놀랍게도 정보가 아니다. 기억은 낡고 변색된다. 그리고 보는 사람마다 그 모습을 달리한다.

"아니야! 그런 게 아니었어! 나는……."

용이의 변명을 가을이 끊어버렸다.

"상관없어. 난 앞으로 가질 게 많은 인간이야. 더는 과거를 보고 싶지 않아. 이제야 내 인생을 살고 있어. 너도 네 인생을 새로 만들도록 해. 거기에 내가 끼어 있을지 어떨지는…… 네 노력 여하에 달렸겠지."

좀비 소리가 잦아들었다. 망토 속에 숨어 있던 가을이 상념에서 현실로 돌아왔다.

망토를 살짝 내려봤다. 역시나 좀비들은 트럭을 쫓아갔다. 언제 하이브가 다시 작동할지 모른다. 저격수가 이쪽을 보고 있을 수도 있다. 망토로 몸을 가리며 조심조심 이동했다. 목적지는 투사체가 날아온 방향. 틀림없이 근처 야산 위에서 쏜 것이리라.

숲으로 들어오자 적어도 좀비는 뿌리칠 수 있었다. 높은 산은 아니지만 작은 나무가 빽빽해서 중장갑을 입고 오르기엔 거친 길이었다. 듣는 사람도 없는데 끊임없이 투덜투덜 욕지거리를 내뱉으며 산을 올랐다. 투구를 쓴 채 걸으려니 숨까지 찼지만, 안전한 곳이라는 확신이 있기 전엔 뒤통수의 공격에 대비해야 했다.

정상에 다다르기 전에 천막이 나타났다. 녹색 군용 모포로 만들어진 위장 천막이다. 규모는 크지 않다. 규모가 작다는 건 적도 적다는 것을 의미한다. 조심스럽게 검끝으로 모포를 들어 올렸다. 하이브 방향으로 조준되어 있는 대형 저격총이 인적 없는 천막 안에 우뚝 서 있었다.

"호오……."

아무도 없다. 천천히 둘러보기로 했다. 저격총 다음으로 눈에 들어온 건 탄환 상자였다. 총에 대해 잘 알지 못하는 가을이었지만 그가 보기에도 평범하지 않은 총알이 상자 안에 들어 있었다. 십중팔구 하이브를 자극할 때 쓰이는 특수 탄환이다. 원리나 그런 건 모르겠고, 질량 대비 가치가 우수해 보인다. 몇 개 챙겨서 주머니에 넣었다. 일단 주머니를 채우고 나니 불이 붙는다. 제 버릇 남 주나? 가을은 천막 안에서 가볍고 귀해 보인다 싶은 건 닥치는 대로 집었다. 처음엔 주머니에 들어가는 것만 줍다가 나중엔 허리에 차고 등에 매고 망토에 집어넣었다.

그 순간, 집주인이 들어왔다. 벨트에 금속 케이스를 매달던 가을의 시선이, 천막 안으로 막 들어선 목도리를 한 거한의 시선과 마주쳤다. 어색

324

한 침묵의 순간.

거한. 보통은 가을에게 붙는 수식어다. 학창 시절엔 뚱뚱하고 둔해 보여서 티가 안 났지만 자기보다 큰 사람을 거의 본 적이 없을 정도로 장신이었다. 그런데 오늘은 임자를 만났다. 그의 눈앞에 있는 남자는 가을보다 머리 하나가 더 컸다. 심지어 복장은 가을보다 더 괴상했다. 눈사람이라도 된 것처럼 목도리를 코부터 어깨까지 둘둘 감았는데, 발목까지 닿는 가죽코트는 일부러 소매를 찢어 근육질의 팔이 드러나게 했다. 목도리에 아슬아슬하게 가린 흉터가 볼을 세로로 가로지르고 있다. 용이가 한차례 그었다는 게 사실이었군.

뭐, 중요한 문제는 아니다. 그보다 더 큰 놈도 수도 없이 베어 넘겨왔다. 뭣보다 거한의 양손이 비어 있다는 게 자신감을 주었다. 대검을 치켜잡고 싸울 자세를 잡았다.

저격총을 턱으로 가리키며 말했다. "이게 네 총이냐? 저거 때문에 우리가 꽤나 난처해졌거든. 피해보상을 해주셔야겠지?"

말투에서 조롱이 묻어나는 가을과 달리, 지그시 내려다보는 눈빛엔 일말의 적개심도 없었다. 무표정한 것하곤 달랐다. 깔보는 것과도 완전히 거리가 멀었다.

"나는 준비되지 않았다. 너를 제자로 받아들일 준비가."

브로드웨이 뮤지컬에서도 쓰지 않을 문어체 표현이다. 절간의 고승쯤은 되어야 쓸 만한 문장. 가을은 젠체하는 사람을 싫어했다. 그리고 그는 싫어하는 걸 대하는 가장 적절한 방법을 알았다.

흠! 대꾸도 없이 검을 휘둘렀다. 정확히 목을 노렸다.

쩡! 잘못 들은 게 아니다. 바퀴의 피부도 절단 내는 검이 목도리에 막혀 멈췄다. 과하게 들어간 힘의 반동은 바로 가을의 손으로 돌아왔다.

휘둥그레진 눈. "어? 금속?"

여전히 그윽한 거한의 눈빛. 그가 오른 주먹에 힘을 주며 말했다.

"그토록 원한다면 어쩔 수 없지. 자, 첫 가르침이다."

쿵! 적어도 가을의 귀엔 퍽이 아니라 쿵이라고 들렸다. 눈앞에 별이 번쩍이나 싶더니 그의 몸이 바닥에 주저앉아 있었다. 투구를 쓴 채 맞은 게 그 정도였다.

어어어. 가을의 입에서 신음 소리가 나왔다. 정신이 쉽게 돌아오지 않았다. 이 정도 충격을 당한 건 정말 오랜만의 일이었다. 사람 주먹에서 느낀 건 태어나서 처음이었다.

그자가 쓰러진 가을을 내려다보며 물었다. "무엇을 배웠느냐, 제자야? 이 깨우침에서 얻은 것은 무엇이냐?"

"미……친 새끼!" 이를 악물고 일어나며 검을 고쳐 잡았다. 목도리 안에 뭔가가 있다. 옷에 가리지 않은 곳을 노려야 한다!

하압! 다시 공격했다. 그러나 이번이라고 달라질 건 없었다. 순식간에 뻗은 거한의 손바닥이 가을의 팔꿈치를 막아 휘두르지도 못하게 했다. 이걸로 명백해졌다. 힘도 속도도 가을이 압도적으로 밀렸다.

턱! 거한의 다른 손이 가을의 목을 붙잡았다. 딱 죽지 않을 만큼의 악력이 가해졌다. 커걱! 손에서 검을 놓쳤다. 전력을 다해 그 손아귀를 떼어내려 했지만 꿈쩍도 하지 않았다. 심지어 마네킹도 아니고 갑옷까지 입은 가을을 한 손으로 들어 올리는 중이었다.

지지직. 그 와중에 무전이 왔다. 거한은 오른손으로 가을을 들어 올린 채 왼손으로 무전기를 꺼냈다.

"갈 박사님. 어디 계십니까?"

무전기 너머에서 들려오는 말소리를 가을도 들었다. 이 거한의 이름인가?

"저격 좌표에서 대기중이다."

"작전 변경입니다. 총대장으로부터 퇴각하라는 지시가 들어왔습니다."

"이해할 수 없군. 한 번만 더 몰아붙이면 셸터의 방벽이 뚫릴 것이다."

"별동대가 출동했다고 합니다. 연관성이 들키는 걸 방지하는 게 더 중요합니다. 흔적을 없애고 나머진 좀비에게 맡기라십니다."

끄응. 갈 박사는 내키지 않았지만 바로 대답했다. "교육의 미래를 위해서라면 기꺼이."

무전을 끊었다. 그러곤 양손으로 가을의 머리를 붙잡았다. 한 손으로도 이 정도 위력이었다. 두 손이라면 그의 목뼈를 가볍게……."

타타탕!

총성이다. 갈 박사의 등 뒤에서 들렸다. 그 대단한 괴력의 사내도 총 앞에선 어쩔 도리가 없었는지 기절하기 일보 직전의 가을을 놓아버렸다. 갈 박사는 지체 없이 천막의 기둥을 무너뜨려 시야를 가린 뒤 산속으로 사라졌다.

가을과 난입한 자, 둘 다 모포에 덮여버렸다. 간신히 모포를 벗겨낸 가을이 주위를 둘러봤지만 갈 박사는 모습을 감춘 뒤였다. 으아아! 굴욕감과 분노가 함정으로 터져 나왔다. 주위에 좀비가 있었다면 잡아먹어달라는 신호탄이나 다름없었을 것이다. 상대는 그걸 알았는지 기관단총을 가을의 이마에 겨누면서 위협했다.

"입 좀 닥쳐라, 시끄러운 놈. 신원을 밝혀라.

야구모자. 짧은 말총머리. 탄창이 넉넉하게 달린 조끼와 날카로운 인상의 안경. 익숙한 것은 아무것도 없다.

그런데도 가을은 그를 알았다.

"중민이? 와, 이 새끼 살아있었네?"

자기 이름을 안다. 중민이 눈살을 찌푸렸다. 갑옷에 검은 망토. 셸터의 정보망대로라면 소문의 용병인 '크루즈의 흑기사'다. 근데 이자가 나를 어떻게 알지? 하긴 내가 셸터에서도 유명 인사긴 하지!

중민이 말없이 노려보기만 한다. 가을이 자신만만하게 투구를 벗었다. 삭발한 머리, 귀걸이, 흉터. 자신만만하게 시익 웃어 보였다.

중민이 말했다.

"어쩌라고? 니가 누군데?"

높이를 생각해보면 죽진 않더라도 뼈 한군데쯤 부러지는 게 정상이었다. 묘하게도 실수로 굴러 떨어진 미나, 어리고 뼈가 약한 라니 모두 무사했다. 거기엔 납득할 만한 이유가 있었다. 그들 아래에 먼저 떨어졌던 좀비의 시체가 잔뜩 쌓여 있었기 때문이다.

미나가 추락으로 곤죽이 된 시체 더미 위에서 균형을 잡았다. "라니야, 조심해! 뾰족한 거 밟으면 안 돼. 좀비의 체액이라도 몸속에 들어갔다간 바로 감염이야!"

라니는 거기까지 신경 쓸 상황이 아니었다. 바로 방금 전에 매미의 침을 뒤통수에 맞았으니까. 우비 덕에 피부에 묻진 않았지만, 이 불쾌함은 가마솥에 들어가 사흘 동안 삶아진다고 해도 떨칠 수 없을 거 같았다.

고장난 채 걸려 있는 도개교를 올려다봤다. "깊네. 혹시 올라갈 사다리 같은 거 있어?"

"없어. 애초에 해자로 쓰려던 목적이었고 딱히 정비할 공간도 아니었으니까."

비록 어두운 공간이었지만 라니는 밝은 쪽을 보기로 했다. 적어도 여기 있으면 좀비 떼를 걱정하진 않아도 될 것이다. 충분히 익혀 먹을 용기가 있다면, 바닥에 깔린 좀비들을 식량 삼아 장기간 농성할 수도 있겠지.

쿵. 그러는 사이에도 좀비 하나가 해자 낭떠러지에서 굴러 떨어졌다. 다리가 부러져서 위협적이진 않지만 득달같이 라니와 미나를 발견하곤 신음 소리를 내며 기어오려고 했다. 그때쯤 미나가 떠오르는 게 있었는지 라니의 어깨를 잡아당겼다.

"이리 와봐. 적어도 잠잠해질 때까지 머물 장소는 있어."

해자의 울퉁불퉁한 바닥을 어렵게 걸어가는 두 사람. 멀지 않은 곳에 사람 몸이 지나갈 만한 크기의 하수 배출구가 있었다. 녹슬어 부숴진 철창을 넘어 안으로 들어가자, 벙커 비슷하게 생긴 지하 거주구가 두 사람 눈앞에 나타났다. 설비가 낡고 먼지가 쌓여 위험하고 더러웠지만, 나름 사람의 흔적이 남아 있는 공간이었다.

라니가 두리번거렸다. "아니, 이렇게 좋은 게 있었어? 여기 뭐야? 셸터의 지하?"

미나가 활로 머리 위의 거미줄을 걷어냈다. "비슷해. 원래는 셸터의 최하층이었던 곳인데, 가스 누출 사고가 발생하면서 폐쇄되었어. 어차피 셸터 인구가 살 곳은 충분했고 가스 공급도 전부 전기설비로 교체되면서 그냥 여길 통째로 묻어버렸지."

"드론한테 받은 무전기 있어? 위에서 열어달라고 할 순 없나?"

"매설층이 차폐막처럼 되어서 무전이 안 닿아. 설령 통신이 된다고 해도 대공사라도 하지 않는 한 우릴 꺼내줄 순 없고. 무엇보다…… 난 여기가 잊힌 장소로 남아 있는 쪽이 좋아."

의미심장한 말을 끝맺지 않은 채 미나는 거주구의 어느 문앞에 도착했다. 자물쇠가 아닌 간단한 지지대로 막혀 있던 녹슨 문은 날카로운 소리를 내며 열렸다. 오랫동안 쌓여 있던 먼지와 퀴퀴한 공기가 두 사람을 스치고 지나갔다. 문 안쪽에서 제일 먼저 보인 것은 명예로운 장식이라도 되는 것처럼 눈높이에 걸려 있는 양궁 활이었다. 미나는 자연스러운 움직임으로 현관의 장 안에서 헤드랜턴 두 개를 꺼냈다. 그녀의 태도, 그리고 집 안의 분위기로부터 라니는 직감해냈다.

"너희 집이야?"

미나가 배터리를 확인한 뒤 헤드 랜턴 하나를 라니에게 건네줬다.

"맞아. 셸터가 처음 만들어졌을 땐 여기 살았어."

미나의 오래된 집. 폐쇄되어 셸터로부터 잊힌 공간. 라니는 미나가 왜 치료제를 찾는 위험한 여행에 동참했는지 기억했다. 그제야 집 안에서 들리는 처덕처덕 맨발 발소리를 들었다.

끄으으으.

부엌 방향에서 걸어 나왔다. 뒤로 묶인 두 팔. 가린 눈과 재갈 물린 입. 오래 산 좀비는 머리가 산발이 되는 법인데 누구 솜씨인지 긴 머리를 깔끔하게 땋아냈다. 보통 목표를 감지하지 못한 좀비는 고치가 되었지만 이 녀석은 소리라도 뭔가 느껴지는 게 있었는지 터덜터덜 집 안을 돌아다녔다.

"저게……."

"맞아. 내 여동생이야."

생각해보면 그렇게 드문 일은 아니었다. 좀비가 된 가족을 차마 죽이지 못하고 가두는 쪽을 택한 사람들은 용이 말고도 많이 있었다. 다만 5년째까지 버틴 자들이 적었을 뿐이다. 하루하루 사는 것만으로도 전력을 다해야 하는 시대에 좀비 하나를 보살필 정도의 여유. 용이처럼 안정적인 수입을 가진 용병이나, 미나처럼 지하의 숨겨진 공간이 있을 만큼 큰 조직 소속이 아니었다면 불가능했을 것이다.

"잘됐네. 이제 치료제만 있으면 다시 살릴 수 있을 거야."

마음에도 없는 소리를 했다. 치료제는 점장의 것이다. 그 속마음을 아는지 모르는지 미나는 어둠 속에서 가만히 고개를 끄덕였다. 미나도 머리에 헤드랜턴을 달고 있었다. 헤드랜턴의 빛 때문에 그녀의 얼굴이 보이질 않았다.

"난 먹을 게 있는지 찾아볼게. 동생이 집 밖으로만 안 나가게 보고 있어줘."

미나가 그렇게 말하곤 부엌으로 들어갔다. 간만에 본 동생의 모습이 안 좋은 기억들을 떠올리게 했는지 전에 없이 목소리가 무거웠다. 좀비를 보관하고 있었다는 사실만 알려져도 셸터 추방은 기정사실이다. 미나는 라나나 용이와 다르다. 그녀는 승리자의 삶을 살아본 적이 없었다. 보호해줄 사람도 없이 셸터라는 울타리를 벗어나면 바로 늑대에게 잡아먹힐 양이다. 그런 그녀가 이런 위험을 감수하면서까지 지켜온 가족이다. 어쩌다 동생이 좀비가 되었고 둘 사이에 무슨 일이 있었을지는 신만이 알 일이겠지.

계속 다가오는 좀비를 밀어내면서 거실에 있는 접이식 침대에 앉았다. 좀비 사태 초기에 급조한 지하 대피소다. 시설이 좋으면 얼마나 좋겠는가? 보통은 찬장이나 탁자 위에 있어야 할 액자가 플라스틱 상자 위에 있었다.

액자를 들여다보았다. 가족사진이다. 미나가 부모님, 여동생과 함께 있다. 배경은 종합운동장이고, 뒤에 양궁 과녁판도 보인다. 하지만 밝은 얼굴로 트로피를 들고 있는 건 미나가 아니라 동생 쪽이었다. 쓴 웃음을 진 채 동생의 뒤에 서 있는 어린 미나의 모습.

"여동생도 양궁을 했어?"

대답이 조금 늦게 돌아왔다. "그래. 국가대표도 나갈 정도로 잘했지."

"너도 국가대표라고 하지 않았나?"

"아니. 난 후보까지만."

"그렇게 잘 쏘는데?"

이번에도 대답이 살짝 늦었다. "난 별로 감독이나 코치 눈에 드는 재주가 없었거든."

"아하."

칠흑 같은 어둠에 어울리는 어색한 침묵. 분위기 때문인지는 몰라도 점장과의 대화가 떠올랐다.

종말 이전에도 어차피 힘에 의한 질서 아니었나요?

전혀 그러지 못했지. 그땐 다수에 의한 질서였어. 아무리 뛰어난 재능과 괄목할 실력을 가졌어도 그걸 다수 앞에 과시할 능력이 없으면 인정받지 못했지. 정말 놀라운 재능을 지닌 자들이 어처구니없는 이유로 스포트라이트에서 밀려나 숨어 살았어. 이제 다수의 의미가 걸어다니는 시체로 전락한 시대가 왔다. 우리의 시대가 온 거야.

미나의 시대는 왔을까?

털푸덕. 팔이 묶인 채 돌아다니던 동생이 라니가 앉아 있던 침대에 넘어졌다. 그녀를 내려다봤다. 좀비가 된다는 건 어떤 기분일까? 좀비가된 뒤에도 의식이 존재할까? 치료제로 치료가 가능하다는 뜻은 이것도완전한 죽음은 아니라는 뜻일까? 지금까지 살기 위해 좀비를 죽인 자는전부 살인자일까? 죄책감이란 이름의 시커먼 먹에 물든 자들은 젖은 종이처럼 갈기갈기 찢겨 죽는다. 미나가 자신을 수도 없는 위험에 밀어넣게 한 것도 같은 것이겠지. 동생은 좀비가 되고 자신만 살아남았다는 죄책감.

그렇게 생각하면서 좀비가 된 동생을 쓰다듬어봤다.

땋은 머리 뒤, 목덜미에 바늘 자국이 보였다.

솔직히 무슨 단서라고 말할 만한 것도 아니었다. 동생이 언제부터 좀비였는지도 모르고, 좀비인 내내 무슨 일이 있었는지도 모른다.

집 안 어딘가에서 부딪친 자국일까? 그럼 저렇게 찔린 듯이 작은 흉터가 나진 않지.

좀비가 되기 전부터 있던 자국일지도 모르잖아? 사람의 상처는 아물지만 좀비는 그렇지 않아. 좀비가 된 이후나 되기 직전에 생긴 흔적이야.

치료하려고 항생 물질이라도 주사했나 보지. 세상에 목덜미에 주사하는 항생제가 어딨어?

수백 수천 가지 가능성이 존재한다. 수백 수천 가지 의심이 존재한다. 가능성과 의심이 항상 연결될 필요가 있는 것은 아니다. 라니가 그래야할 이유는 존재하지 않았다.

그럼에도 불구하고 그 순간의 침묵이 천년처럼 느껴진 것은, 점장조차 가르쳐주지 않은 어떤 진실 하나를, 라니는 이 길고도 짧은 여행 속에서 스스로 체득하고 배웠기 때문이었다.

가장 큰 죄책감에 빠진 자가 가장 많이 베푼다.
가장 많이 희생하는 자는 사실 한때…….

쨍그랑.
거실로 나온 미나가 손에 들린 접시를 떨어뜨렸다. 라니에게 주려던 통조림 수프가 바닥에 쏟아져버렸다. 미나와 라니의 시선이 마주쳤다. 미나 역시 라니가 동생의 목덜미에서 뭘 봤고 무슨 생각을 했는지 알 도리는 없는 상황이었다. 그럼에도 불구하고 마치 두 사람 사이에 텔레파시라도 오간 것처럼, 어떤 직감이 떠오른 것은…….
그 둘은 이제 실로 '자매'라고 부를 만한 사이가 되었기 때문이리라.
"미나…… 자기 친동생에게 무슨 짓을 한 거야?"
신만이 알 일을 인간이 알아버렸다. 많은 신화에서, 알아서 안 될 것을 안 자의 최후는 언제나 동일하다.
딸깍. 미나의 헤드랜턴이 꺼졌다.
끼이익. 활시위 당기는 소리가 들렸다.
의심할 여지가 없었다. 미나의 화살이 처음으로 라니를 향했다.

끼긱!
브레이크를 밟았다. 간신히 좀비들이 시야에서 사라졌다. 어차피 트럭을 더 몰아보려고 해도 사방이 나무로 막혀 길을 찾을 수가 없었다. 용이가 시동을 끄고 숨을 돌렸다. 기묘하게도, 죽어버린 것처럼 자기 심장 소리가 들리지 않았다. 온 세상 소리가 다 들리는데 자기 심장 소리만큼은 귀에 들어오지 않았다.

"어어어⋯⋯."

이유를 알 거 같다. 그는 지쳤다. 더는 감당할 수가 없었다. 차라리 희진이와 단둘이 지내며 점장의 의뢰나 받으면서 지낼 때가 훨씬 나았다. 이 모든 것이 견딜 수가 없었다.

친구와 다시 흩어지는 것.

친구가 보이지 않는 곳에서 죽을까 걱정하는 것.

친구가 사실은 나를 미워하고 있을 거라고 상상하는 것.

그 모든 것이 고통이었다. 살아 숨 쉬는 순간순간이 고통이었다.

무엇보다, 희망이 그를 쥐어짰다. 이제 그는 죽을 수가 없었다. 그가 죽으면 희진에게 치료제를 가져다줄 사람이 없었다. 그가 죽으면 희진도 끝이었다. 죽어선 안 된다는 강박적인 의무감이 그를 서서히 말려 죽이고 있었다.

왜?

왜 걱정해?

친구가 있잖아. 가을이를 되찾았잖아. 너가 죽으면 가을이가 희진이를 대신 구해주지 않을까?

"시끄러. 입 닥쳐."

아무도 말한 적 없다. 주위에 아무도 없다. 구질구질한 환청과 문답했을 뿐.

아니, 누군가 있기는 했다. 끼에에에. 숲속에서 좀비 소리가 들린다. 이 대로 가만히 있을 순 없었다. 자기 목숨만의 문제도 아니었다. 하필 가장 중요한 자산인 트럭이 용이에게 있었다. 용이의 어깨에 많은 것이 걸려 있었다. 가을을 찾아야 하고, 라니도 찾아야 하고, 미나가 살아있을 가능성도 있고, 그다음엔 셸터도 구해야 하고, 치료제도 찾아야 하고, 그리고 또, 그리고 또…….

무능한 크라운킹 자식.

성공했으면 내가 이 고생을 할 필요가 없었잖아.

살아남아버린 과거를 후회해봐야 소용없다. 움직여야 했다. 별다른 작전도 없으면서 일단 액셀을 밟았다.

털털털털! 좋지 않은 소리가 들린다. 바퀴에 뭔가 걸린 거 같다. 시동을 끄고 내렸다. 바퀴 하나 크기만 해도 사람 덩치만 한 몬스터트럭이다 보니 차에서 내리는 일도 쉽지 않았다. 차체 아래를 내려다보니 차축에 좀비 시체 하나가 끼여 있는 게 보였다. 하긴 그렇게 밀고 다녔으니 하나쯤 걸려도 이상할 건 없었다. 짐칸에서 자루가 긴 쇠지레를 꺼냈다. 고기판에 묻은 탄 고기를 떼듯이 좀비를 떼어내려고 했다.

한데, 차축에 걸린 으깨진 고깃덩어리라고 생각한 것이 우렁찬 비명소리를 냈다.

"끼에에에!"

하도 박살난 시체라 머리가 남아 있을 거라고 상상조차 못 했다. 물론 차축에 들어붙은 머리통이 무서울 건 아니었지만, 그 비명 소리가 숲 주위에 있던 좀비들을 끌어들이기 시작했다. 끼에에에! 사방에서 좀비들이 몰려오는 소리가 났다. 방독면을 쓰고 황급히 트럭 위로 올라갔다. 다행히 좀비들이 바퀴 위로 기어오르진 못했지만 멈춘 트럭 위에 고립되고 말았다.

"제기랄." 미처 차축을 수리하지 못했다. 무전을 해도 구하러 올 수 있을 사람이 없을 거다. 아니, 무전기가 있기는 한가? 무전기를 가진 사람은 있나? 여길 벗어나면 다음은 어딜 간단 말인가? 그러고 보니 차에 기름은 충분하던가? 하긴 짐칸에 기름 여분은 있었지.

아, 기름!

넉넉한 보급품은 다양한 선택지라는 호사를 보장한다. 바로 짐칸에서 기름통을 찾아냈다. 매번 일이 이렇게 잘 풀리기만 한다면 강 동쪽의 여행도 힘들 게 없을 텐데. 바로 라이터를 꺼내들곤 좀비들에게 기름 뿌릴 준비를 했다. 좀비는 불은 피해도 기름 피할 줄은 몰랐는지 양팔을 들어올리며 핏자국으로 더러운 입을 뻐끔댔다.

그 더럽고, 역겹고, 혐오스러운 입 중에 용이가 기억하는 입이 있었다.

복슬복슬 아프로머리에 바바리코트. 본 적 없는 차림새지만 비쩍 마른 사마귀 얼굴은 잊으려야 잊을 수가 없다. 8년이나 지났음에도 얼굴이 거의 변하지 않았다. 가을의 역변에 비하면 이건 그야말로 졸업사진만 펴봐도 알아볼 만한 얼굴이다.

"수, 수한이?"

용병 길드 바텐더는 '펜트하우스의 바바리맨'이 죽었다고 했다.

바텐더는 치료제의 존재를 몰랐다. 좀비가 된 자는 당연히 죽은 걸로 치부되었겠지.

강을 포함해 그 일대에 있던 모든 좀비가 하이브의 부름을 듣고 이곳으로 몰려왔다.

그렇다고 해도 이건 말도 안 되는 우연의 일치다. 셸터 주위에 모인 좀비가 십만 단위는 될 텐데 그중에서 하필 수한이가 용이와 마주치다니. 잔인한 우주의 운명은 그를 놓아주지 않는다. 아니, 놓지 않는 정도가 아니다. 막다른 길까지 쫓아와서 괴롭히고 또 괴롭힌다. 이 세상은 잔인하다. 약한 모습을 보인 자에게 고통을 주는 일은 악한 자에게 벌을 주는 일보다 흔하고 자연스럽게 벌어진다.

그러고 보니 용이는 악한 자였지. 벌을 받음에 불평할 수는 없는 노릇.

용이가 기름통을 내려놨다. 무릎을 꿇었다. 두 팔을 뻗으며 자신을 올려다보는 수한을 마주 보았다. 그 주위에 모여 있는 수많은 좀비를 바라봤다.

피식 웃었다.

"드디어 소원을 이루었구나. 친구가 백 명도 넘게 생겼네."

고개를 푹 숙였다.

"그래. 알고 있어. 좀비는 친구라고 할 수 없지."

좀비는 여자친구라고 할 수 없어.

텁. 자루 긴 쇠지레를 잡았다. 손목의 단검을 풀어서 그 끝에 동여맸다. 구색 좋은 창이 만들어졌다. 그 창으로 트럭 주위에 있던 좀비의 머리를 하나씩 찔렀다. 좀비가 멈추는 걸 확인하고 창을 뽑았다. 이렇게라면 원하는 좀비만 남겨놓으며 선별적으로 처리할 수 있었다. 힘들고 시간이 걸리는 작업이었지만, 이렇게라면 그를 놓지 않고 괴롭히는 무언가에 맞서 싸울 수 있었다.

"이제부턴 떨어지지 않을 거야. 같이 가는 거야, 마지막까지!"

셸터를 둘러싼 산 곳곳엔 초소가 있었다. 만약의 사태엔 셸터의 지원 없이 자립이 가능하도록 초소는 야전 창고와 가까운 곳에 건설되어 있었다. 좀비들의 포위망에서 멀지 않은 곳이라 긴장을 풀 수 없었지만 가을과 중민은 위험을 감수하기로 했다. 다리를 고치기 위한 건 아니었다. 중민에겐 다른 계획이 있었다.

가을이 야전 창고의 공구들을 설렁설렁 훑어보며 말했다 "있을 건 다 있네. 패널이 뿌리째 뜯겨버렸던데, 이거면 되는 건가?"

중민은 딱 잘라 말했다. "도개교는 상관없어. 다리 고치려고 온 거 아니다."

"뭐? 그럼 뭐 하려고?"

"통신 장비를 찾으려고. 장거리 통신이 가능한 설비가 필요해. 아니면 최소한 차량을 고칠 장비라도. 어차피 너도 셸터에게 구조 의뢰를 받았댔지? 협조해라, 흑기사."

그냥 정체를 안 밝혔다. 생각해보면 가을은 생김새가 많이 변했다. 한눈에 알아본 용이 쪽이 이상한 걸지도 모른다. 보자마자 총부터 겨눈 것도 그렇고, 별로 재회의 분위기를 만끽할 만한 상황이 아니라고 판단했다. 뭣보다, 예전과 다를 바 없이 온몸에서 풍기는 거만한 분위기가 마음에 안 들었다. 만에 하나라도 셸터 안에서 얼마나 중요한 자리를 차지했느냐에 대해 자랑하기 시작하면 귀를 잘라다가 좀비들에게 던져주고 올지도 모른다.

"그래서, 뭘 도우면 되는데?"

"협력 조직들을 찾아가서 지원을 요청할 거야. 평소 주고받은 게 있으니 모른 척하진 않겠지."

갑자기 의욕이 바닥을 쳤다. 하던 일을 멈추고 물었다.

"다른 조직에 도움을 청하려는 거야? 이 난장판에 누가 도와주러 온다고? 이 근방에 그만한 세력이 있어?"

중민의 어조는 변하지 않았지만 공구함을 뒤지는 손에 힘이 들어갔다. "이 근방엔 없어. 차를 타고 가야 해. 가서 도와주면 셸터의 자원을 나눠주겠다고 보상을 제안할 거야. 여길 탐내던 조직은 많았으니까 잘 협상하면……."

듣는 상대의 표정이 어두운 걸 빤히 보면서도 가감 없이 쏘아붙였다. "아이고, 셸터 놈들 이놈의 보상 타령! 머리 위에 있을 때가 보상이지, 불리한 걸 상대가 빤히 알면 그건 구걸이야! 뼛속까지 벗겨먹으려고 하겠지! 그게 진짜 니네 보스 아이디어야?"

대답이 없었다. 애당초 중민 역시 반대했던 계획이었다. 그러나 총대장은 완강했고 그로선 차마 거역할 수 없었다. 그나마 부차적인 피해를 최소화하기 위해 부하들을 두고 혼자 나온 게 할 수 있었던 최대한의 반항이었다. 물론 빈손으로 돌아가서 목숨을 부지하는 선택지도 있었지만, 사나이 정중민은 총대장의 비난이나 동료들의 동정 어린 시선 따윌 감수하느니 목숨을 버릴 남자였다.

심란해 죽겠는데 가을의 질문은 멈추질 않았다. "아니, 이봐. 진짜 어쩔 거냐니까? 그럴싸한 계획을 말해줘야 장단을 맞추지."

짜증난다. 흑기사가 원래 이런 놈인가? 용병이란 본디 일정 생존자 조직에 머무르지 않고 소수, 혹은 단독으로 떠돌아다니는 녀석들이다. 그만큼 자신의 무력에 믿음이 있다는 뜻이고, 대부분은 종말 이전부터 뒤가 구린 일을 하던 자였다. 그러니 용병들이 신원을 숨기는 건 이상한 일이 아니다. 개중엔 평범한 삶을 살다가 재능에 눈 뜬 부류도 있겠지만, 얼마나 많겠는가?

그런데 흑기사에게선 뭔가 다른 느낌이 났다. 대범한 척하지만 그 안에서 느껴지는 소심함. 근육 밑에 숨겨둔 패배자의 냄새. 그것이 그를 짜증나게 했다. 그리고 그 감각은 묘할 정도로 익숙한, 심지어 그립기까지 했다.

"얀마, 무시하냐? 각자 갈 길 갈 거면 말해! 내 몫이나 챙겨 가야겠으니까!"

어차피 인내심도 바닥났다. 중민이 기관단총을 꺼내 가을을 겨누었다.

"꿈도 꾸지 마라, 용병. 셸터의 소중한 자원을 약탈하는 건 사형감이다."

신경이 곤두선 건 가을도 마찬가지였다. 그는 인생 대부분에 있어서 무시당하는 입장이었다. 누군가가 위협을 가하면 고개를 숙여야 했고, 그 위협과 가까워지지 않기 위해 도망친 기억이 학창 시절의 대부분이었다.

더는 아니다. 가을이 검을 꺼내들었다.

"꼭 첫 방에 명중해라. 두 번째는 쏠 손이 없을 테니까."

코앞에 위협이 다가오는데 사내 새끼들이 자존심을 걸고 벌어진 일촉즉발의 상황.

그걸 멀리서 목격한 자가 있었다. 바로 액셀을 밟고 달려들었다. 끼익! 야전창고 앞에서 급정지했다. 핑크색 트럭. 그 안에서 튀어나온 건 용이었다.

"얘들아, 싸우면 안 돼!"

중민이까지 살아있었다. 가을이와 서로에게 무기를 겨누고 죽일 듯이 노려보는 중이었다. 친구들끼리의 싸움. 용이가 살아생전에 가장 보고 싶지 않았던 것 중 하나였다.

가을이 먼저 검을 거두었다. "어이쿠, 우리 차가 여기 있었네. 뭐 하다 온 거냐? 좀비는 잘 떨쳐내고 왔겠지?"

중민은 그러지 못했다. 종말 시대와 어울리지 않는 교복. 등에 멘 방패. 셸터의 정보망은 넓다. 그가 알던 게 사실이라면 눈앞에 있는 자는 강 서쪽의 인간백정이라던 '폐교의 고딩'이 틀림없다. 그런데 그 얼굴이 너무 낯익었다. 이 녀석 얼굴은 수염 하나 나지 않은 기억 속 그대로였다.

"요, 용? 용이냐? 살아있었어? 니가 폐교의 고딩이야?"

용이가 벌떡 일어나면서 악수하자며 손을 내밀었다. "오랜만이야, 중민아. 건강해 보여서 다행이다."

맞잡고 악수할 기분이 아니었다. 용이와 가을을 번갈아 바라봤다. 속이 울렁거렸다.

"너흰 아는 사이냐? 폐교의 고딩과 크루즈의 흑기사가 한 팀이었나? 아니, 빌어먹. 용이가 폐교의 고딩이라니! 강 서쪽에서 좀비보다 사람을 많이 죽였다던 괴물이! 가만, 공황 발작은 다 나은 거야?"

"하, 이 새끼. 용이는 단번에 알아보네."

가을이 피식 웃었다. 중민이 눈을 가늘게 떴다. 안경을 썼다 벗었다 하면서 가을을 응시했다.

용이가 먼저 끼어들었다. "아직 못 알아본 거야? 가을이잖아! 너희 엄청 친하지 않았어?"

비틀. 중민의 다리가 풀릴 뻔했다. 가을? 가을? 가을? 빵 하나만 사달라고 빌빌대던 그 뚱땡이?

용이를 가리켰다. "니가 폐교의 고딩이고!"

가을을 가리켰다. "니가 크루즈의 흑기사야?"

오랜만에 만났느니, 살아있느니의 문제가 아니었다. 이건 뭐랄까, 대기업 사원증 끼고 동창회에 갔는데 학창 시절 찐따들이 노벨상 하나씩 목에 걸고 앉아 있는 걸 본 느낌이었다. 중민 입장에선 친구들의 싸움을 보는 거 이상의 악몽 같은 광경이었다. 살아남기 위해 발악하던 지난 5년의 시간들, 훌륭한 사회인으로서 발돋움하기 위해 악착같이 노력하던 그 전의 3년의 시간들이 몽글몽글 떠올랐다.

중민이 황망한 표정으로 바닥에 주저앉았다. 가을이 용이에게 말했다. "이 자식, 고장났는데?"

용이가 밝게 말했다. "괜찮아. 중민이는 강하니까!" 오늘 따라 이상하게 밝을 정도로.

퉁. 묘한 두들기는 소리가 난 것은 그때였다. 중민과 가을의 시선이 트럭의 짐칸으로 향한다. 용이가 황급히 창고 쪽을 가리키며 외쳤다.

"저거 무슨 창고야? 뭐 하던 중이었어?"

시선 돌리기 성공. 중민이 정신이 돌아왔는지 나서서 설명했다.

"특공대까지 만들어서 뛰어다녔는데 결국 실패했어. 남은 희망은 다른 조직의 도움을 받는 것뿐이야."

"아니, 그러니까 그건 멍청한 짓이래도. 말귀를 못 알아듣네. 차라리 다 불태워버리자고. 기름 없어, 기름?"

"있었으면 진즉에 말했지. 그만한 대량의 기름은 셸터 안에만 있다고! 근육만 늘고 지능은 옛날 그대로냐?"

"입 크게 벌리지 마라. 선생님들 똥꼬 냄새가 아직도 혀에서 진동을 하네."

몇 마디 나오지도 않았는데 또 싸움으로 번져간다. 옆에서 지켜보고 있는 용이는 견디기 힘든 불안감을 느꼈다. 부모님이 다툰 다음 날 아침 밥상 같은 기분이다. 천운으로 다시 모인 친구들이다. 여기까지 오느라 많은 고생을 했다. 더는 놓칠 수 없었다.

다행히, 전략은 이미 완성되어 있었다.

"잠깐만 기다려봐. 나에게 좋은 수가 있어!"

둘이 심드렁한 표정으로 용이를 바라봤다. 용이가 뭐라뭐라 자기가 세운 계획을 지껄이기 시작했다. 별로 큰 기대는 안 했다. 학창 시절에도 넷 중에서 의견을 피력하는 쪽에 있던 녀석은 아니었으니까. 다 듣고 나니, 둘 다 표정이 변했다.

황당하다는 얼굴이었다.

그러면서도 가을이 중얼거렸다. "어…… 그래도 밀어붙이면 될 거 같긴 한데? 생각해보니 쓸 만한 도구도 다 있는 거 같아. 창고 좀 더 뒤져보면……."

중민은 아직 정신줄을 잡고 있었다. "얌마, 말이 되는 소릴 해라! 왜, 그냥 머리에 기름 붓고 좀비 사이를 뛰어다니자고 하지? 그건 자살특공이야, 자살특공!"

"괜찮아." 용이가 당당하게 말했다. "위험한 부분은 내가 할게. 어차피 차를 끌고 가는 작전이니까 여차하면 너희가 타고 튀면 돼."

달리 뭐라고 표현하겠는가? 꺼림칙했다. 전혀 협조하지 않는 자보다 수상한 건 과하게 협조적인 자다. 심지어 자기 목숨을 담보로 내놓으면서? 중민은 종말 이전이든 이후든 '헌신'이 화면 밖으로 나오는 걸 본 적이 없었다. 인간의 망상 밖으로 나오는 것은 더더욱.

"왜 그렇게까지 하는 건데?"

왜냐고?

왜?

발작이 정말로 심한 날은 하루 종일 양호실에서 보내야 했다.

처음엔 어떻게든 참고 수업에 들어가보려고 끙끙 앓던 때도 있었다.

그러나 점차 깨닫게 되었다. 고민하는 거 자체가 무의미한 행동이다. 어차피 포기한 하루라면, 언제 양호실을 나올지, 뭐 하러 학교에 왔는지 생각할 필요가 없는 것이다.

물을 옮겨 담을 생각이 없다면 통 안의 벌레를 꺼내는 건 간단하다. 그냥 바닥에 엎질러버리면 되는 것이므로.

그저 양호실의 흰 천장을 하염없이 바라보며 누워 있으면 되니까.

"그저 흰 천장을 바라보고 누워 있으면 되기 때문이지."

아차차. 머릿속에 가득 찬 환청과 망상이 고스란히 입 밖으로 나왔다. 가을도 중민이도 무슨 소린지 이해하지 못했다. 어차피 더 묻지도 않았다. 둘의 삶은 양호실 밖에 있었으므로.

대규모 안전 거주구역들은 생각보다 빠르게 건조되었다. 좀비가 등장하기 전부터 건설이 준비되고 있었던 게 아니냐는 루머가 돌 정도로.

정작 문제가 생긴 건 행정적인 측면이었다. 대통령이 생방송 도중에 찢겨죽자 국무총리는 임시 정부와 함께 해외로 도피했다. 지휘본부도 건사하지 못한 상황에서 어거지로 징집된 정규군은 이 사태에 어떻게 대처해야 할지 갈팡질팡했다. 전국에서 생존자들이 가까운 거주구역으로 인솔되는데, 그중 절반은 도착도 전에 전멸하고 남은 절반은 감염이 의심된다며 입장이 거부되고 남은 절반은 약탈자가 되는 게 이득임을 깨닫고 사라져버렸다.

다행히 미나는 거기서 남은 절반에 속해 있었다. 게다가 제법 괜찮은 시간을 보내고 있었다.

핑! 미나가 화살을 날렸다. 보급 부대를 덮친 좀비들 중 마지막 하나가 쓰러졌다. 총을 들고도 허둥대느라 쏘지도 못한 신병들이 넋이 나가 그녀의 솜씨를 바라봤다. 계급 완장은 달았지만 얼굴에 학생기가 남아 있는 남자가 다가와 극찬했다.

"굉장해요! 놀라운 실력입니다! 덕분에 살았어요! 성함이 어떻게 되시죠?"

"강미나라고 해요."

"미나 씨! 그 정도 실력이면 무슨 국가대표나 금메달리스트 아닙니까? 들어본 적 있는 이름인가?"

미나는 입을 닫았다. 동생과 달리 감독과 모텔에 갈 용기가 없어서 후보 경쟁에서 밀렸다는 말은 차마 꺼낼 수가 없었다.

그때 갑자기 신병 하나가 미나에게 다가왔다. 그의 손엔 통조림이 들려 있었다.

"전 5대 독자입니다. 좀비 같은 거에 죽을 수 없어요! 다음 부대 배치 때 꼭 저희 팀에 들어와주세요. 다음엔 더 많이 드릴게요!"

조금이라도 살아남을 가능성, 자신을 지켜줄 가능성이 있는 자에게 붙는다는 사회적 동물의 생존 본능. 한 명이 시작하자 다른 병사들까지 우르르 미나 주위로 몰려와 자기가 가진 것을 내놓기 시작했다. 심지어 아첨의 행렬이 서로 싸우기 일보 직전에 이르자, 미나가 먼저 손을 들어 올리며 외쳤다.

"자자, 진정하세요. 인력의 적재적소 배치는 지휘본부의 재량입니다. 문명사회가 사라졌다고 우리가 뇌물 수수나 편법에 의존해서는 안 됩니다. 인간으로서 존엄성을 팔아버리면 우리가 좀비와 다를 게 뭐겠어요? 자, 사랑하는 가족에게 돌아갑시다!"

결국 미나는 단 하나의 상납품도 받지 않고 집으로 돌아갔다. 당시만 해도 미나의 부모님은 살아있었다. 그리고 그녀의 '사랑하는 가족'은 보급 부대에서 있었던 일에 대해 어찌어찌 전해들은 상태였다.

도착하기 무섭게 잔소리가 이어졌다.

"미나야. 원리원칙만 따질 게 아니라 살 길을 찾아야지. 우리 목숨도 달려 있잖니?"

"네 동생이 실종되는 바람에 우리 가족은 하루하루가 위태로워. 장녀인 너라도 정신 차려야지!"

부모님은 평범한 사람들이었다. 유일한 재능이라면, 자식이 자기들을 먹여 살리기 위해 어떤 짓을 하고 있는지 모른 척할 수 있는 무쇠 같은 정신력 정도였다. 좀비를 피해 피난 오면서도 동생이 트로피를 탈 때 찍은 가족사진은 챙겨왔다. 동생이 자신을 밀어내고 대표 선수가 되기 위해 어디까지 갔는지 두 분이 알고 있다는 데 눈알 두 쪽도 걸 수 있었다.

이날은 어쩐지 당당하게 말할 수 있었다.

"미진이는 이제 없어요. 지금 세상 돌아가는 꼴을 보라고요. 찾으러 가기라도 할 거예요? 앞으론 제가 두 분을 먹여 살려야 해요. 그럼 새로운 방식에 적응하세요. 전 두 분 편하라고 몸 팔러 다닐 만큼 실력 없는 사람 아니니까."

조용해졌다. 통쾌했다. 아주 짧게나마, 종말이 그리 나쁘지 않을지도 모른다는 생각까지 들었다.

저녁이 되기 전에 연구 부서에서 호출이 왔다. 과학자들이 좀비 바이러스에 대해 규명한다는 희망을 놓지 않던 때였다. 야전 연구실에선 보급 부대를 습격했던 좀비들의 부검이 이루어지는 중이었다. 아직 거주구역이 건설중이라 연구실은 난민 캠프 옆에 설치되었는데, 연구실로 가는 도중에 피켓을 들고 시위하는 난민들의 모습을 볼 수 있었다.

연구부장의 표정은 좋지 않았다. 미나가 나타나자 바로 용건부터 이야기했다.

"다른 지역의 연구실로 보내야 할 좀비 혈액 샘플이 있어. 이걸 지휘본부에 전달해주겠어?"

샘플이라곤 해도 좀비 피가 담긴 주사기가 밀폐용기 안에 들어 있는 게 전부였다. 미나는 약간 실망한 표정으로 말했다.

"고작 이거 때문에 부르신 거예요?"

연구부장이 한숨을 폭 내쉬었다.

"밖에 시위 봤지? 온 세상이 무너지고 있는데 난민들은 시위만 하면 모든 게 해결될 줄 알고 저러고 있어. 난 바빠서 나갈 수가 없는데 중요한 걸 옮기려면 믿을 사람이 필요해. 듣자하니 조만간 지도층이 바뀔 거라는 얘기가 있던데, 그 전까진 이런 식으로 굴러가는 수밖에 없을 거야."

나를 신뢰했다. 그가 신뢰한 것이 미나의 인간성인지 정직성인지 양궁 실력인지는 몰라도, 누군가의 신뢰를 받았다는 사실만으로 그녀는 일그러진 표정이 펴졌다. 방금 전의 실망은 어디가고 되려 시키지도 않은 질문을 던지는 적극성까지 보였다.

"성과는 좀 있어요?"

경우에 따라선 극비 정보가 될 수도 있는 얘기였지만 연구부장은 오히려 큰 소리로 대답했다. "성과야 넘치지! 좀비 바이러스에 대해선 아무것도 알 수 없다는 단서가 날마다 갱신되고 있으니까! 히유…… 자연적인 바이러스라면 이렇게나 막막할 수가 없어. 인공적으로 만들어진 생물병기라는 가설이 맞는 거 같아. 보나마나 어떤 멍청이가 치료제나 백신도 미처 만들어두지 않고 유출해버린 거지."

"만든 놈은 죽었겠죠?"

"세상에 정의가 있다면 말이지."

정의라. 선한 인간이고 악한 인간이고 모조리 좀비가 되어 길바닥에 짓밟히는 게 정의일까? 미나는 부검 테이블 위에 올려진 좀비들을 둘러봤다. 제각각 다른 얼굴들이 머리만은 확실하게 파괴된 모습으로 정렬되어 있었다.

미나는 그중에서도 자신이 죽인 좀비를 들여다봤다. 확인하는 건 어렵지 않았다. 깔끔하게 미간을 관통한 수제 화살이 박혀 있었으니까. 손수 만든 화살의 깃은 언제나 알아볼 수 있었다. 어쩐지 동생과 함께 화살 만들기 시합을 했던 기억이 떠올랐다. 나뭇가지를 주워서 주머니칼로만 가지고 화살을 만들어서 누가 먼저 과녁을 맞추는지 경쟁하는 게임. 언제나 승자는…….

"어?"

마침 좀비의 미간이 아닌 어깨에 화살이 하나 더 박혀 있는 게 이상하다는 생각을 하는 중이었다. 그녀 말고도 활을 가진 신병들이 더 있었으니 빗맞은 게 있다고 이상할 건 없었다. 그럼에도 불구하고 그 화살이 두 눈에 새겨진 것은, 그 화살의 깃이 틀림없는 미진의 깃 만드는 스타일이었기 때문이었다.

인사도 없이 연구실을 헐레벌떡 나왔다. 두근두근 뛰는 심장은 반가움인가 당혹감인가. 미나는 이런 급작스런 충격에 익숙지 못했다. 아무 생각도 떠올리지 못한 채 머리가 새하얗게 되어선 공사중인 거주구역 밖의 폐허에 들어갔다. 좁아터진 거주구역에서 난민이나 정규군의 시선을 피할 곳은 여기뿐이었다. 보는 사람 없는 건물 잔해 사이에서 숨을 돌렸다.

우연일까? 우연히 누군가가 만든 화살이 동생이 만든 것과 비슷한 형태가 된 것뿐인가? 동생이 먼 옛날 만들었던 화살 중 하나를 누가 주워다가 쓰기라도 했나? 혹시 전혀 다른 화살이었는데 동생을 떠올리던 중이다 보니 섣불리 판단해버린 건가? 그마저도 아니라면, 정말로 그마저도 아니라면…….

"언니! 역시나. 내 화살을 알아볼 줄 알았지!"

무너진 담장 너머에서 그것이 나타났다. 미진이었다. 동생이었다. 방탄조끼를 비롯해 온갖 보호장구를 덕지덕지 붙인 옷을 입고 있었는데, 행색으로 보나 안색으로 보나 평범한 난민이나 군인과는 다른 모습이었다.

"사…… 살아있었어?"

화장은 고사하고 위생도 챙기지 못한 주제에 늘 그렇듯 자신감에 찬 얼굴이었다. "김빠지는 소리부터 하는 거 보니 우리 언니가 맞긴 한가 보네. 셸터 생활은 지낼 만한가봐. 엄마 아빠 어때? 살아있는 거 같던데."

이쯤 되면 명백해졌다. "나, 날 감시라도 한 거야?"

"감시까진 아니고, 등장할 타이밍을 미뤄둔 거지. 미안미안. 어쩔 수 없었어. 무작정 정규군 앞에 모습을 드러낼 순 없었거든. 볼래?"

동생이 자기 등을 보여줬다. 방탄조끼 등엔 스프레이로 붉은색 해골이 그려져 있었다. 동생은 자랑스럽다는 듯이 떠들어댔다.

"피난 행렬을 놓치고 죽는 줄 알았는데, 나 나름대로 생존자 조직을 만나서 목숨을 건질 수 있었어. 듣자하니 정규군은 내부 치안 관리도 제대로 안 되는 주제에 자원을 잔뜩 독점하고 있다며? 내가 속한 조직은 좀 더 효율적이고 자유롭거든. 일단 정규군 눈은 조심해야 하니까, 언니가 한적한 곳으로 나올 때까지 기다렸지."

미나는 거의 본능적으로 눈치챘다. 약탈자 패거리에 들어갔구나. 드디어 천직을 찾았네. 그저 깨끗한 척만 안 하고 산다면 좋을 텐데.

"그래서 말인데, 언니도 부모님 모시고 나오는 게 어때? 거기서 얼마나 잘 지내는지는 모르지만 어차피 나랑 있는 게 훨씬 나을 거야. 언니도 혼자 부모님 먹여 살리기 귀찮지?"

이건 또 무슨 소리야?

"나, 난……."

미진이가 끼어드는 통에 미나는 말을 잇지 못했다. "보니까 꽤 인기 좀 생긴 거 같더라? 잘 됐네. 기왕이면 거주구역 보급품 좀 가지고 나오자. 선물을 가져가면 우리 보스도 훨씬 환영해줄 거야. 내가 특별히 마련해준 기회니까 너무 망설이진 말고."

배에 힘주고 말했다. "그럴 순 없어. 정규군이야말로 좀비 연구도 활발하게 진행하고 있고 체계가 제대로 잡힌 조직이야. 기껏 여기서 기반을 쌓고 있는데 배신할 순 없어. 부모님도 그렇게 생각하고 계실 거야."

미진이가, 피식, 웃었다. 그게 뭔가 미나 안에 있던 첫 번째 안전핀을 뽑아버렸다.

"정말로 잘되고 있는 거 맞아? 체대 다닐 때도 아무 문제 없다고 했잖아. 기억 나?"

아무 문제 없었어. 니년이 사람들 앞에서 날 병신으로 만들지만 않았으면. 두 번째 핀이 뽑혔다.

머릿속 핀이 뽑히는 소리는 당사자 귀엔 소음처럼 윙윙대지만 상대 귀엔 전혀 들리지 않는다. 미진이는 그걸 아는지 모르는지 웃는 얼굴로 다가와 한 손을 미나의 어깨에 올리고 말했다.

"괜찮아. 이제 걱정할 거 없어. 내가 다 해결할 수 있으니까. 언니는 그냥 내가 하자는 대로 하면 되는 거야. 무엇보다, 누군가는 가족을 위해 희생할 수 있어야 하잖아. 이해하지?"

세 번째 핀이 뽑히는 소리는 들리지 않았다.

그냥 어느새 정신을 차려보니, 연구실에서 받은 주사기를 미진이의 뒷덜미에 박아놓은 상태였다.

끄으으.

끄으으으.

끼에에에에.

목에 찔러서인지 농축된 주사제라 그런지 변이는 수 초 만에 이루어졌다.

내가 자신을 좀비로 만드는 모습을 보았을까? 내가 왜 화가 났는지 알았을까? 그 애를 내 인생에서 치워버림으로써, 나는 빼앗기는 삶에서 벗어났을까?

이제 곧 그 답을 알 수 있을 터였다.

활시위에 화살을 걸고 당겼다.

화살을 쥔 채로 외쳤다. "나와봐, 라니야! 나랑 얘기 좀 하자!"

라니도 헤드랜턴을 껐다. 빛 한줄기 없는 어둠 속의 추격전. 라니는 청력으로, 미나는 익숙함으로 집 안을 돌아다니며 아주 느린 추격전을 벌인다. 망가진 소파 뒤에 엄폐한 라니는 모든 청력을 동원해 미나의 집중력이 흐트러질 순간을 기다렸다. 그러나 이 어둠이 미나의 죄악과 함께 아둔함까지 덮어주었는지, 공기 중엔 숨소리 흐트러지는 기미조차 느껴지지 않았다.

시험 삼아 근처에 있던 벽돌 조각을 주워 머리 위로 던졌다.

퓨퓨퓩! 화살 세 발이 동시에 날아와 한 발은 벽돌을 맞추고 두 발은 소파 근처에 박힌다. 다중 사격 기술. 시야가 부족하면 넓은 탄막으로 보충한다. 라니가 식은땀을 흘렸다. 늘 보아오던 허술함이 잊힐 정도의 정확성. 저 정도 명중률이 받쳐준다면, 그녀에게 있어서 화살은 멀리 뻗는 손과 같다. 기존의 궁술 전투의 개념으로 생각하면 안 된다!

"아빠는 셸터 건설 현장에서 떨어져 죽었어." 미나의 목소리는 미묘하게 웅얼거려서 라니에게 하는 말인지도 의심스러웠다. "엄마는 항생제가 부족해서 하찮은 감기로 죽었지. 하지만 두 분의 마지막 순간까지도 내가 동생을 죽이지 않았다는 걸 알리지 않았어. 내가 좀비가 된 동생을 위험을 무릅쓰며 숨겨뒀다는 걸 자랑하지 않았어. 왠지 알아? 두 분이 마음 아파하는 모습을 보고 싶지 않았기 때문이야. 남들이 묻지도 않은 걸 자랑하고 싶지 않았기 때문이야! 그게 사람으로서 기본이고 정상적인 일이니까!"

여전히 침대 위에 쓰러져 있는 좀비는 끄으으 소리를 내며 힘없이 버둥거린다.

"애당초 좀비로 만든 게 너잖아?"

재갈 물린 좀비의 신음 소리를 분노에 찬 고함이 덮는다. "너가 뭘 알아! 나에게 무슨 일이 있었는지 너가 뭘 아냐고! 나에 대해 아무것도 모르면서 날 지적하지 마! 날 판단하지 말란 말이야!"

그녀는 라니를 위해 수도 없이 목숨을 걸었다. 지금 걸려 있는 것은 목숨보다 소중한 것이다.

많은 부모가 자식을 위해 목숨을 버린다. 그러나 자식을 위해 자존심과 아집을 버릴 수 있는 부모는 그들 기대보다 훨씬 적다.

라니가 전에 없을 정도로 부드럽고 나약해진 목소리로 말했다.

"미나. 난 백화점의 인간병기야. 내가 감히 누굴 지적하고 누굴 판단해? 이 세상 모든 자가 너에게 잣대를 들이대도 난 그런 짓 안 해."

미나가 이를 악 물었다. "네가 가르쳐줬지. 살고 싶은 자는 무슨 소리든 할 수 있다고."

더는 시간을 끌고 싶지 않았다. 미나가 성큼성큼 소파를 향해 다가갔다. 라니에게도 활이 있는 걸 알지만 압도적인 실력으로 커버할 생각이다. 소파 뒤가 보이자마자 바로 화살 3개를 걸고 시위를 당겼다!

번쩍! 화살은 빛보다 빠를 수 없고 탄막은 광원보다 넓게 퍼질 수 없다. 라니는 기다렸다는 듯이 헤드랜턴을 켰다. 한창 어둠에 익숙해진 눈이 갑자기 쏟아진 빛에 놀라 집중을 잃는다!

윽! 미나가 주춤한 사이에 라니가 집 밖으로 달렸다. 하수로를 나가 해자 아래로 돌아갔다.

이내 미나가 뒤따라 나왔다. 미리 기다리고 있던 라니는 방금 나온 미나를 향해 활을 겨누었다. 미나도 바로 시위를 당겼다. 해자 위에서 희미하게 쏟아지는 빛이 스포트라이트처럼 최후의 결투를 비춘다.

라니가 말했다. "날 죽일 거야?"

미나가 말했다. "글쎄. 하지만 넌 확실히 나를 죽이겠지."

라니가 눈짓으로 하수구 구멍을 가리켰다. "이렇게 하자. 쏘지 않을 테니까 다시 집에 들어가서 긴 로프를 가져다줘. 그럼 난 로프를 화살로 쏴올려서 절벽 위로 올라갈게. 그렇게 각자 갈 길을 가면 되는 거야. 죽는 사람이 나올 필요도 없고 서로 안 좋은 추억을 남길 필요도 없지. 어때, 미나 언니?"

대답하는 목소리가 미세하게 떨렸다. 울먹이고 있나? "넌 아직 그게 나에게 어느 정도의 위험 감수가 되는지 모르는구나. 식인종이나 광대 군단은 저 안에 못 들어가. 셸터는 선량한 정상인의 것이야. 셸터는 내가 좀비를 숨겼다는 것도 동생을 일부러 감염시켰다는 것도 용납하지 않을 거야. 잘하면 사형, 재수 없으면 추방당해서 죽는 것보다 못한 꼴이 되겠지."

"그렇지 않아." 라니의 목소리가 침착했다. 그녀의 목소리에서 흔히 들리는 조롱과 비웃음은 더는 없었다. "추방당하는 게 최악의 죽음을 의미하지 않아. 날 살려둔다는 게 비밀이 새어 나가는 걸 의미하지 않아. 네가 저지른 짓들이 모두 용서받지 못할 악은 아니야. 선택은 언제나 존재해. 조금만 여유를 가지면 다른 길은 언제나 존재한다고. 우리는 얼마든지 지금까지의 여행으로 돌아갈 수 있어."

예전으로 돌아갈 수 있어.

그 미친놈이 그렇게 사랑하는 과거로.

미나가 피식 웃었다. 조롱과 비웃음이 이쪽에 있었다.

"라니야. 그런 건 살아남는 자들이 갖는 거야. 그런 건 승리하는 자들이 가질 수 있는 여유지. 난 패배자야. 우리 처음 만난 날 기억 나? 들개도 감당 못 해서 목숨이 경각에 달려 있던 꼴을? 무리 안에 있든 무리 밖에 있든, 가족과 함께 있든 친구와 함께 있든, 난 언제나 누군가에게 빌붙어 있는 존재일 뿐이야. 새로운 세상을 지껄이면서도 그걸 만드는 것조차 누군가에게 떠넘기는 게 고작인 존재지. 놓쳐버린 기회들을 떠올리는 것도 사치야. 난 그런 인간이야……."

패배자. 자기 인생을 망친 자를 좀비로 만들어놓고 끝끝내 죽이지 못한 겁쟁이. 오줌 싼 이불을 들키는 게 무서워서 새로 얻은 자매까지 잃고만 멍청이. 감독과 가족들에게 뜯어 먹히던 인생은 상관과 약탈자들에게 뜯어 먹히는 인생으로 변한 것뿐. 영원한 피식자. 가망 없는 버러지.

포식자의 운명을 타고 난 라니가 자비를 베풀었다.

"그럼 쉽게 가는 수밖에 없겠네. 셋을 세면 동시에 쏘는 거야."

미나는 대답도 고개를 끄덕이지도 않았다. 동의의 의사 표명은 그거면 충분했다.

"하나." 라니가 말했다. 조준 실력은 이쪽이 한참 아래다. 요행에 언제까지고 기댈 순 없을 것이다.

"둘." 미나가 말한 순간이었다.

퓩! 셋을 세기도 전에 날아든 화살이 라니의 허벅지에 맞았다. 아악! 라니가 활을 놓치고 바닥에 쓰러졌다. 그런 그녀 앞에 미나가 조심스럽게 다가왔다. 쓰러진 라니와 떨고 있는 미나. 다친 건 쓰러진 쪽인데, 오히려 서 있는 쪽이 압도당한 표정이었다. 라니는 처음 겪는 일도 아닌지 박힌 화살대를 부러뜨리고 상처를 지혈하더니 이를 악문 채 미나에게 고래고래 소리를 질렀다.

"병신 새끼!"

화살에 맞은 게 별로 중요한 일도 아니라는 투였다.

"패배자! 겁쟁이! 멍청이! 충분히 죽일 수 있었잖아? 큰맘 먹고 반칙을 썼잖아? 그래 놓고선 정작 조준할 땐 망설였어? 지금 장난해? 이러면 다시 죽이기만 힘들어지는 거 아니야? 내가 자살이라도 해줘야겠어? 네 반도 안 되는 꼬마가 뒤치다꺼리해주지 않으면 안 되는 거냐고, 이 민대가리야!'

"으으⋯⋯." 미나가 이를 악물었다. 눈물을 줄줄 흘리면서 떨리는 손가락으로 화살을 꺼내는 모습은 생선 한 마리 못 죽일 몰골이었다. 그 꼴을 1초라도 덜 보고 싶었는지 라니가 미나에게 고래고래 재촉했다.

"뭐해? 빨리 쏴! 빨리 끝내라고, 빌어먹을! 날 죽이고 생존자가 되는 거야! 이전 세상의 미련을 버리고 살아남을 수 있는 인간이 되는 거야! 그러려고 죽인 여동생이잖아? 그래야 내 죽음도 의미가 있을 거 아니냐고! 자! 어서 해! 날 위해서라도 어서!"

덜덜 떠는 고개가 느리게 끄덕인다. 당겨지는 활 시위. 라니는 그녀를 위해 시선을 돌려줬다. 그저 이번엔 명중해주기를 바랄 뿐이었다.

착!

명중했다.

좀비의 침이, 마스크를 쓰지 않은 미나의 얼굴에 명중했다.

"아악!"

미나가 쓰러졌다. 문제가 생긴 걸 눈치챈 라니가 등 뒤를 돌아봤다. 두 사람이 하수구 안에 있는 동안 떨어진 좀비가 있었던 모양이다. 심지어 매미였다. 추락으로 다리는 부러졌지만 발사 능력은 남아 있었던 것이다. 바로 두 번째 침을 라니에게 쏘려고 숨을 들이키고 있었다.

그렇게는 안 되지!

순식간에 미나가 떨어뜨린 양궁을 주웠다. 그러곤 바닥에 누운 채로 고개를 뒤로 들고 매미를 조준했다. 이번엔 셋을 세지도, 자비를 베풀지도, 망설이지도 않았다. 정확히, 의심 없이, 매미의 미간을 향해 화살을 날렸다.

라니가 날린 작은 화살은 아름다운 직선을 그리며 날아가 일순간에 매미의 숨통을 끊어버렸다.

털썩. 매미가 쓰러졌다.

털썩. 미나가 바닥에 주저앉았다.

"이런, 미나!" 라니가 활을 내려놓고 미나를 바라봤다. 얼굴의 침을 닦아내긴 했지만 이미 안구와 입안에 바이러스가 득실대는 액체가 들어간 뒤였다. 황망한 표정으로 주저앉은 미나는 이제 눈물마저 말라버린 상태였다.

입꼬리가 기묘하게 올라가 있었다. "하하…… 이게 마지막일 줄 알았으면 그냥 나무 위에 있는 거였는데. 이렇게 끝날 거였으면 그냥 자백하는 거였는데. 이런 결말일 줄 알았으면 동생이 양궁 못 하게 방해하는 건데……."

아직 좀비 바이러스가 뇌에 닿으려면 시간이 걸릴 것이다. 그러나 그녀의 모습은 이미 산송장과 다를 바가 없었다. 이내 그녀는 바닥에서 커다란 돌덩이를 끌어오더니 라니 발치에 밀었다.

"머리를 숙일게. 이걸로 내 머리를 내리쳐. 한방에 끝내줘. 그냥 좀비로 이 삶을 끝내지만 않게 해줘. 부탁해⋯⋯."

그래. 결국 이 여자의 뒤치다꺼리로 끝난다. 잘난 놈들이 피할 수 없는 운명이지.

라니는 내심 이런 결말일 것임을 알고 있었다. 그래서 이럴 때 어떻게 해야 할지 생각해둔 게 있었다. 돌을 발로 툭 차고, 미나 앞에 한쪽 무릎을 꿇고 앉았다.

"이상하단 생각한 적 없어? 왜 좀비가 되면 죽어야 하는 거야? 왜 좀비가 되면 머리를 박살내야 하는 거지?"

미나에겐 그런 라니의 말이 더 이상했다. "그야 주위 사람들을 공격하고 싶지 않으니까⋯⋯ 끔찍한 모습으로 사람을 먹는 괴물이 되고 싶지 않으니까⋯⋯."

"그래서?" 라니가 어깨를 으쓱했다. 입바른 말이 아니라 늘 그녀가 생각하던 진심이었다. "주위 사람을 공격하고 사람을 잡아먹고⋯⋯ 전부 다 산 사람도 똑같이 하는 짓이잖아? 왜 좀비가 되는 게 그렇게 나쁜 일인거야? 좀 못생겨진다는 걸 빼면 그렇게 대단할 게 없는데?"

라니의 인생. 라니의 세상.

그곳엔 언제나 좀비가 있었다. 물어뜯는 자. 빼앗는 자. 자신과 똑같이 타락시키는 자.

그곳엔 언제나 인간이 있었다. 물어뜯기는 척하지만 물어뜯는 자. 빼앗긴 척하지만 빼앗는 자. 누구보다 고결한 척 하지만 다른 자들이 자기 수준으로 추락하기를 간절히 고대하는 자.

종말 이전부터 살았던 자들 눈엔 그 둘이 다르게 보이는 모양이다. 라니에겐 아니었다. 무기를 들었으나 아니냐. 협박이 통하느냐 아니냐. 자기가 심장이 멈춘 줄 아느냐 모르느냐. 그 이상의 차이는 없었다. 일반 좀비와 매미의 차이랑 엇비슷할 정도의 격차였다.

그래서 늘 이해하기 어려웠다. 왜 좀비가 되는 걸 무서워하지? 왜 이전 세상이 돌아오길 바라지?

늘 좀비처럼 살며 좀비보다 더한 것들 사이에 파묻혀 살았으면서 말이야.

그것이 라니의 세계.

희망이라는 이름의 악이 침략해오기 전까진 어둠보다 찬란했던 아름다운 세계.

"쫓겨다니느라 지겨웠지? 잡아먹힐까봐 겁먹는 것도 힘든 일이지? 이젠 쫓아다니고 잡아먹으면서 사는 거야. 인생 2막이야. 먼저 놀고 있어. 나도 조만간 갈 테니까. 물론 조만간이라고 해도 지금 언니보다 늙은 다음에 갈 거지만, 큰 상관 없잖아? 언닌 이제 안 늙을 테니까. 하, 진짜 생각하면 생각할수록 좀비가 되는 것도 나쁘지 않다니까."

홀쩍. 미나가 소매로 말라가는 눈물을 닦아냈다. 점점 그녀의 흰자위에 핏발이 스며들고 있었다. 시간이 얼마 남지 않았다. 작별인사를 해야 할 시간이다.

"난 내가 널 구해주기 위해 우리가 만났다고 생각했어. 하지만 내가 틀렸던 거 같아. 날 위해서 만났던 거야. 이렇게 끝나지 않았다면 좋았을 텐데. 좀 더 도와줄 게 있다면 좋았을 텐데."

라니가 양궁을 들어 보였다. "뭐, 덕분에 심심하진 않았어. 그래도 선물을 주고 싶다면…… 이거 정돈 가져가도 되겠지?"

피식. 미나가 다시 웃었다. 이번엔 조소도, 황망해서 터져 나온 바람 소리도 아니었다. 자신의 양궁을 쥔 라니의 손을 두 손으로 한 번 감싼 뒤, 자리에서 일어났다.

그러곤 바이러스가 자신의 뇌를 더 집어삼키기 전에 해자 안쪽의 어둠 속으로 달려갔다. 더는 라니의 앞길을 막아서지 않도록, 있는 힘껏 어둠 속으로 사라졌다.

좀비로 가득 찬 협곡을 내려다보는 언덕. 핑크색 몬스터트럭이 엔진을 예열하며 목표물을 주시한다. 의외로 트럭이 원하는 건 하이브가 아니다. 아니, 궁극적으론 하이브를 노릴 거긴 한데, 지금은 다른 방향을 보고 있었다. 도개교에서 조금 떨어진 곳, 좀비들의 포위망 한복판에 개조차량 몇 대가 멈춰 서 있었다. 습격 초기에 포위망을 뚫기 위해 다리를 건넜던 선발대가 허무하게 몰살당한 참혹한 현장. 그 절망의 흔적이 용이 일행의 유일한 희망이었다.

운전대를 잡은 가을이 물었다 "근데 왜 저 지경이 된 거야? 전부 한곳에 모여서 멈춰버렸네. 부자연스럽지 않아? 동시에 기름이 바닥난 것도 아닐 테고."

짐칸의 기관총 포대를 맡은 중민이 총열을 점검했다. "몰라. 저 지점에서 갑자기 대원들에게서 연락이 끊겼었어. 얼마 안 가서 몰살당했으니 사정을 재확인할 수단도 없었고 말이야. 대충 어느 멍청이가 전자기기를 잘못 다뤄서 방전되었다고 보는 게 가장 가능성 높겠지."

전자기기를 잘못 다뤄서. 편한 해석이다. 그러나 가을의 머릿속엔 떠오르는 그림이 있었다. 하이브를 저격해서 자극한 자. 크루즈의 흑기사를 단번에 쓰러뜨린 갈 박사란 이름의 거한. 점점 단순한 좀비의 셸터 습격이 아니라는 생각이 강해졌다. 다만 확실하지도 않은 얘기를 꺼내 중민에게 불필요한 집중을 받게 되고 싶진 않았다.

뭣보다, 목이 졸려 의식이 흐려지는 동안 '총대장'이란 호칭이 무전에서 오간 걸 들은 기억이 있었다…….

"어쨌든……." 중민은 짐칸 뒤쪽에 앉아 있는 용이를 내려다보며 말했다. "이건 너가 세운 계획이다. 일이 틀어져도 난 도와주지 않을 거야."

가장 위험한 파트를 맡은 용이도 조용히 있는데 가을이 피식 웃었다. "좀스러운 새끼, 보신주의 철저한 건 여전하네. 변하지 않은 걸로 치자면 용이 자식 못지않구만."

반면 용이는 부정도 긍정도 하지 않았다. 솔직히 그에게도 확신이 있는 작전은 아니었다. 어떻게든 두 사람의 다툼을 막아야겠다는 생각에 꺼낸 임시방편이었다. 그가 늘 떠올리는 목숨을 내놓는 작전이었다. 심지어 이 작전에선 용이 혼자 남은 두 사람분의 위험까지 감당해야 한다. 그럼에도 불구하고 그의 심장이 미쳐 날뛰지 않는 것은, 근거를 댈 수 없는 안도감과 확신이 있었기 때문이다.

그래, 이유는 설명할 수 없었다.

그저 아무것도 겁낼 필요 없었다.

세상이 망하고 처음으로 그는 모든 것이 제자리에 있음을 느꼈으므로.

수업종이 치면 수업이 끝남과도 같이 이 일이 성공할 것임을 알았다.

부아앙! 트럭이 출발했다. 트럭이 최고 속도에 도달하기도 전에 좀비들의 몸뚱이가 장마철 빗방울이라도 되는 것처럼 범퍼에 부딪쳤다. 그러는 동안 중민은 멀리서 달려오는 좀비들을 쏘아 쓰러뜨렸다. 용이는 그의 역할을 준비했다. 등에는 방패를 메고, 양 소매엔 단검을 차고, 두 어깨엔 점프케이블이 든 가방을 메고 있었다. 흔들리는 트럭의 진동이 가방 지퍼에 전해지면서 짤랑짤랑 소리를 냈다.

시체와 고깃덩이를 쳐내며 개조 차량들의 지척에 도달했다. 가을이 목청 높여 외쳤다. "지금이다! 내려, 용!"

철컥! 방독면을 뒤집어쓰자마자 용이가 짐칸에서 뛰어내렸다. 돌진하는 트럭에서 떨어져 나온 용이를 좀비들이 제일 먼저 노리고 달려들었다. 그들을 떨쳐내는 것이 가을과 중민의 임무였다.

두두두! 콰직! 트럭의 바퀴와 기관총 포대의 탄막이 가까운 좀비부터 차례대로 처치한다. 그러는 사이에 용이는 가장 가까운 개조 차량으로 달려가 보닛을 열었다. 이건 꽝이다. 바위라도 들이박았는지 엔진이 통째로 일그러져 있다.

빵빵! "용! 뒤!"

가을이 경적을 울리며 경고한다. 용이가 올린 보닛 너머로 성난 바퀴 한 마리가 빈틈을 노리고 달려든다. 경고가 없었다면 위험할 뻔했다. 용이는 얼른 보닛을 내리곤 자신에게 달려드는 바퀴를 방패로 막아내더니 뒤로 넘겨 내던졌다. 내던져진 바퀴는 달려오는 트럭의 대못에 박혀버린다. 터진 바퀴에게서 튄 체액이 방독면 위에 철퍽 튀어 묻는다.

중민이 허겁지겁 탄창을 갈면서 외쳤다. "제기랄 이럴 줄 알았어! 도박성이 너무 짙었다고! 가망이 없는 계획이었어! 이 트럭이라도 건져야해! 내 말 듣고 있냐, 가을!"

"닥치고 쏴! 쏘라고, 이 안경잡이야!"

"찾았다!" 용이다. 두 번째 개조차량에서 빙고가 걸렸다. 얼른 점프 케이블을 연결하고 시동을 걸었다.

부르릉! 경쾌한 엔진 소리가 계획의 첫 단계의 성공을 알렸다. 그러나 그 소리는 좀비들에게 보내는 러브콜이기도 했다. 지금까지의 공격은 귀여워 보일 정도의 좀비들이 사방에서 몰려들었다. "점프 케이블을 떼 줘!" 운전석에서 용이가 외쳤다. 이미 좀비들이 차를 포위하고 있어 그는 차 밖으로 나올 수가 없는 상태였다.

가을이 의기양양하게 포대를 향해 외쳤다. "어쩔 거냐? 난 운전대를 잡아야 해서 못 움직인다!"

중민은 굳이 밤 가시를 건드리는 남자는 아니었지만 이미 열린 밤을 두고 지나치는 남자도 아니었다. "젠장맞을!" 짐칸에서 풀쩍 뛰어내려 용이에게 달려갔다. 차를 포위한 좀비들을 총으로 쏴 쓰러뜨리곤 점프 케이블을 빼낸 뒤 보닛을 닫았다.

쾅! 보닛이 닫히자마자 용이가 두 번째 점프케이블을 들고 운전석에서 나오려고 했다. 놀랍게도, 중민이 열리는 문을 손으로 막았다.

"됐다. 내가 마무리하지. 넌 엄호나 해." 열린 창문을 통해 점프케이블을 넘겨받고 다음 차를 향해 달려갔다.

좀비들을 막아내는 차가 두 대로 늘었다. 중민은 용이 때보다 훨씬 수월하게 마지막 차를 작동시켰다. 마침내, 좀비들의 비명 소리를 뒤덮는 엔진 소리와 함께 세 대의 개조차량이 좀비 군단 사이를 휘젓기 시작했다. 다만 아직 부족하다. 끝도 없이 밀려오는 좀비들을 무찌르기엔 턱없이 부족한 힘이다.

당연히 용이의 작전은 지금부터 시작이었다. 그들은 하이브를 향해 핸들을 틀었다. 중민이 두 사람에게 나눠준 무전기에 대고 외쳤다 "지금부터 내가 지휘한다! 용이! 작동법은 기억하지?"

"물론!"

"좋아! 조준선에 들어오는 대로 쏴!"

현수교에서 용이와 황제 일행을 구해줬던 갈고리 발사기. 셸터 개조차량의 기본 사양인지 미나의 트럭에서 있던 것과 비슷한 것이 이 차량들에도 달려 있었다. 중민의 지시에 맞춰서 용이가 동시에 방아쇠를 당겼다.

푹, 푹! 거대한 갈고리 두 개가 하이브의 옆구리에 박힌다. 평범한 좀비였던 시절과 달리 하이브는 분노의 비명을 지르지 않는다. 하이브를 자극하려면 다른 게 필요했다. 그건 가을이 가지고 있었다.

"간다!" 갈 박사의 천막 안에서 훔친 것 중에 있었다. 하이브를 자극하는 탄환. 창문을 열고 하이브를 향해 있는 힘껏 던졌다. 원리는 모르지만 그 원통형 금속이 하이브 몸에 충돌하자 우렁찬 심호흡 소리와 힘께 하이브가 부풀어 올랐다.

푸슈슉! 바람 빠지는 소리가 들려온다. 협곡의 모든 좀비들이 일제히 이곳을 바라본다. 됐다. 지금부터가 중요하다. 가을이 앞을 가로막는 좀비들을 집중 공격하는 동안 하이브를 매단 용이와 중민도 일제히 같은 방향을 향해 달렸다. 조금 돌아가야 했지만, 그들의 목표는 명확했다. 협곡 너머 산 뒤쪽. 급류가 흐르는 강을 향하여.

끼에에에! 십만 단위인지 백만 단위인지도 모르겠다. 좀비들이 일제히 지르는 고성은 땅을 흔들고 나무를 떨게 만들었다. 허나 그들의 행동 패턴은 단순했다. 하이브를 따라간다. 하이브 주위에 있는 살아있는 모든 것을 감염시킨다는 목적만이 그들을 이끈다. 좀비들은 하이브를 질질 끌어가는 용이와 중민을 쫓아 강을 향해 돌진했다.

강이 눈앞에 보이기 시작한다. "좋아, 준비해!"

가을이 중민의 차 옆으로 붙었다. "간다!"

중민이 액셀에 고정장치를 걸어놓은 뒤 핑크빛 트럭으로 뛰어올랐다. 용이도 뒤따라 옮겨갔다. 두 대의 개조차량은 운전자도 없이 강을 향해 돌진한다. 이내 균형을 잃은 핸들이 돌아가면서 옆으로 쓰러지지만, 한참 동안 흙바닥 질질 끌려온 하이브는 막대한 관성을 이기지 못하고 데굴데굴 굴러 강으로 추락했다.

풍덩! 집채만 한 하이브가 급류에 빠지면서 거대한 물보라가 일었다.

풍덩, 풍덩! 하이브의 무게에 딸려 끌려간 차량 두 대도 뒤따라 물속으로 들어갔다.

그다음이, 새까맣게 몰려오는 좀비 군단의 순서였다. 죽음을 모르고 두려움조차 없는 좀비들은 일말의 고민도 없이 그들을 부르는 하이브를 따라 세찬 강물 속으로 몸을 내던졌다. 하이브의 부름을 들은 좀비는 단 한 마리도 남김 없이 서로의 몸을 기어오르고 짓밟으며 강에 뛰어들었다. 끝도 없는 투신 행렬에 강이 메워질 기세로 좀비가 쌓여갔지만 빠른 유속 덕분에 좀비들은 다시 기어 올라올 틈도 없이 강의 흐름을 따라 쓸려갔다.

좀비가 모두 사라졌다.

비로소 좀비의 비명 소리가 있던 자리를 환호성이 대신했다.

와아아아! 셸터에서 터져 나오는 기쁨의 탄성이 방금까지 죽음으로 가득하던 협곡으로 쏟아졌다. 셸터의 정문이 열리고 도개교 자리에 임시 교각이 설치되었다. 임시 교각 앞에 핑크색 트럭이 도착했다. 트럭을 단상 삼아 중민이 올라섰다. 교각을 건너 몰려나온 셸터 주민들이 중민이 선 차량을 둘러싸고 만세를 외쳤다. 그들을 내려다보며 중민은 주먹을 위로 들어올렸다.

"우리는!" 확성기가 없는데도 그의 목소리는 쩌렁쩌렁했다. "살아남을 것입니다!"

정중민! 정중민! 그를 칭송하는 합창이 점차 질서와 리듬을 찾아갔다.

총대장은 그게 마음에 들지 않는 눈치였다. 군중을 헤치고 앞으로 나서며 소리쳤다.

"조용, 조용! 뭔가 수상하다! 어떻게 한 거지? 어떻게 하이브의 조종법을 알아낸 거야? 그 핑크색 트럭은 어디서 났지? 왜 구조를 요청하라는 지시를 어겼나? 먼저 해명을……."

안 들린다. 총대장의 목소리는 군중의 함성 속에 묻혀버렸다. 그를 제치고 한 여성이 중민을 향해 달려갔다. 단발에 군복 바지를 입은 여자였는데 달려오자마자 중민에게 안기는 모습이 보통 사이는 아닌 거 같았다. 그 모습을 본 총대장의 얼굴이 하굣길 떡볶이마냥 벌게졌지만, 이미 그의 발언권은 좀비들과 함께 강물에 떠내려간 뒤였다.

중민이 또 이런 거 눈치채는 건 빨랐다. 그는 총대장의 머리에 김이 오르는 걸 포착하자마자 얼른 차에서 내려와 그의 옆에 서선 그의 손목을 잡고 위로 들어올렸다.

함준! 함준! 이번엔 주민들이 총대장의 이름을 부르짖는다. 엎드려 절 받는 꼴이었지만 분위기를 망칠 수 없었던 총대장은 이를 악물며 마지못한 미소를 지었다.

"어떻습니까, 장인어른?" 중민이 주민들을 바라보며 나지막한 목소리로 물었다.

"직함으로 불러라, 4번대 정대장." 총대장의 눈꺼풀이 파르르 떨렸다.

덜컹. 환호성 사이로 들리는 차문 열리는 소리. 중민이 타고 있던 차에서 가을과 용이가 따라 내리자 군중의 환호성이 잠잠해졌다. 생명의 은인임에는 의심할 여지가 없지만, 셸터의 드레스코드인 야구모자가 없을 뿐더러 누구도 보지 못한 얼굴이었다. 다들 설명을 원한다.

다행히, 중민은 대중에게 원하는 것을 주는 재주로 좀비 시대를 살아남았다.

"제 동료들입니다." 마치 자기가 찾아오기라도 한 듯한 목소리다. "강 서쪽에서 이름을 떨치던 '폐교의 고딩'과 최강의 용병으로 유명하던 '크루즈의 흑기사'입니다!"

짝짝짝! 박수갈채가 터져 나온다. 가을은 간만에 만끽하는 호의를 양팔 벌려 유감없이 받아들였다. 반면 용이는 아직 좀비가 등 뒤에라도 있는 것처럼 암살 단검을 접지 않은 채 굳은 안색을 유지하고 있었다.

그때, 총대장을 따라온 일행 중 하나가 앞으로 나섰다. 3번대의 원 대장이다. 그가 가을이 타고 온 트럭을 알아보고는 한 발 한 발 다가왔다. 그는 미나의 상사였다. 이렇게 통통 튀는 디자인의 좀비 학살 병기를 기억 못할 리가 없었다.

"잠깐. 이거 우리 대원의 물건인 거 같은데. 혹시 어디서 구했습니까?"

평범한 질문이다. 충분히 건넬 수 있는 질문. 문제는 그가 트럭 짐칸을 탕, 치면서 말했다는 것이다. 트럭에 손을 대겠다고 허락이라도 구했으면 좋았으련만. 용이가 서둘러 막았더라면 좋았으련만.

덜컹.

원 대장 때문이 아니었다. 트럭 안에서 소리가 났다. 그 소리는 한 번으로 끝나지 않았다. 덜컹, 덜컹. 서서히 주민들의 시선이 트럭 짐칸 바닥의 뚜껑으로 옮겨갔다. 안에 뭔가가 있다. 그것은 절대 전동 안마기나 심벌즈 치는 원숭이 인형이 아닐 것이다.

짐칸을 향해 하나둘 모이는 시선. 상황을 이해하지 못한 가을과 중민의 얼굴. 그리고 부자연스러울 정도로 굳어 있는 용이의 표정. 서서히 총대장의 안면에 미소가 번져갔다. 그는 올라가는 입꼬리를 숨기는 것도 잊은 채 미나의 차를 가리키며 외쳤다.

"짐칸을 열어라. 뭐가 있는지 확인해야겠다!"

중민의 머리가 계산을 시작한다. 이 녀석들을 내치는 게 득이 될까 실이 될까? 어떻게 하면 내 공을 살리면서 의심은 최소화할 수 있을까?

반면, 가을은 단도직입적으로 들어가는 걸 좋아했다. 뭣보다, 기껏 손에 넣은 환영과 찬사를 반납하고 싶지 않았다. 그리려면 해결책은 하나뿐이었다.

"열어! 보여드려, 인마!"

가을이 외치며 짐칸을 향해 손을 뻗었다.

턱. 용이의 손이 가을의 손목을 잡았다.

힘싸움. 신경전. 결과가 뻔한 의미 없는 저항. 무수한 시선이 집중된 가운데 기어이 둘의 몸싸움이 벌어졌다. 의심할 여지도 없이, 완력 싸움이 되면 용이에겐 가을을 제압할 도리가 없었다.

"그만 고집 부려, 멍청한 놈아!"

가을이 힘껏 용이를 집어던졌다. 용이는 나가떨어지고, 그 바람에 가을이 천막에서 훔친 작은 금속 가방도 그의 몸에서 떨어져 함께 바닥을 굴렀다. 쓰러진 용이의 눈에 짐칸을 여는 가을이 들어왔다. 희망을 상상할 여지도 없이, 열린 짐칸에서 입에 재갈 물린 좀비 한 마리가 튀어나왔다.

꺄아악! 으아악! 비명 소리로 돌변한 환호.

좀비 밀반입이다! 무조건 사형이다! 격양된 총대장의 목소리.

가을은 좀비를 제압하느라 그를 향하는 총구를 피하지도 막지도 못하는 상태.

중민은 허리춤의 기관단총에 손을 올린 채 인파 사이로 숨기 위해 자세를 낮춘다.

그래, 아무도 알아보지 못한다. 아무도 신경쓰지 않는다. 오로지 용이뿐이다. 그가 좀비이기 이전에 수한이라는 것을, 그를 셸터의 운명이나 인류의 존속보다 중하게 여기는 자는 이 넓은 세상에서 오로지 용이뿐이었다.

그런 용이의 눈에, 수한이 못지않게 뿌리칠 수 없는 것이 들어왔다.

용이와 함께 나동그라진 가을의 금속 가방.

좀비들을 도륙하는 대소동 속에서 자물쇠가 헐거워졌다. 바닥에 떨어지면서 잠금이 열렸다. 그래서 그 안에 있던 작은 주사기들이 드러났다. 딱 하나만 남고 전부 깨져버린 주사기들이 쓰러진 용이의 시야에 들어온 것이었다.

그것은 파란색이었다. 마치 이 모든 여행이 시작된 날 보았던 그것과 같이. 목숨을 걸고 멸망한 세계를 가로지르며 손에 넣고자 했던 바로 그것과 같이. 그에게 좋았던 시절, 흘러간 시절을 돌려줄 약속을 상징하던 바로 그것과 같이……

사랑하는 그대여,

심장이 뛰는 나의 그대여,

조금만 기다려주오.

사랑보다 강렬한 것을 꿈꾸는 나의 어리석음을 부디 용서해주오.

주사기를 잡았다. 숫구치듯이 뛰어올라 가을을 밀쳐냈다. 수한의 옷 위로 찔러놓고, 피스톤을 눌렀다. 좀비의 죽은 근육 속으로 밀려들어가는 파란 액체. 다들 핏빛 교복 입은 미치광이가 뭘 하는 것인가 싶어 그 어색한 광경을 잠자코 지켜보고 있었다.

악운으로 점철된 용이의 인생에 한 점쯤의 요행은 있었던 걸까? 잘못 넘겨짚은 게 아니었다. 우려했던 것보다 효과가 빠르게 나타났다. 곧 썩어 문드러질 것만 같던 수한의 피부에 홍조가 돌아오기 시작하더니 흰자위의 핏줄도 옅어졌다.

가장 중요한 건, 재갈을 문 채 가을을 물어보려고 허우적거리던 몸짓이 점차 얌전해졌다는 것이다. 심지어 정확히 그를 쳐다보는 가을과 시선을 마주쳤다.

맞서는 힘이 약해지자 가을도 조심스럽게 손을 치웠다. 수한은 그 커다란 눈을 데굴데굴 굴리더니 이내 자기 손으로 입에 채워진 재갈을 풀었다. 재갈 밖으로 흐르던 침을 한 번 스윽 닦고는, 가을을 포함해 자신을 향해 휘둥그레져 바라보는 눈길을 쭉 둘러봤다.

꿈에서 듣던 일정한 톤의 맹한 목소리.

"오우. 저 사람들이 나를 보는 건 아니었으면 좋겠는데."

우오오오오! 이건 환호인지 비명인지 모르겠다. 그 자리에 모여 있던 주민들의 반응은 제각각이었다. 비명을 지르는 사람, 주저앉는 사람, 무릎을 꿇고 눈물을 흘리는 사람, 심지어 덜덜 떨다가 바지에 오줌을 지리는 사람도 있었다.

기쁨, 놀라움, 두려움. 그들의 감정은 각양각색으로 나타났지만, 그들은 모두 한 가지 생각을 했다.

좀비 치료제가 발견된 것이다.

"예스!" 중민이 두 주먹을 불끈 쥐고 펄쩍 뛰어댔다. "예스, 예스, 예쓰! 이거야! 바로 이거라고! 내가 데려온 녀석들이야! 하하! 내 친구들이라고!"

여전히 짐칸 안에 앉아 있던 수한은 이 분위기가 부담스러웠는지 다시 짐칸으로 몸을 움츠렸다. 그러나 수한을 용이가 와락 껴안았다. 다음엔 옆에 있던 가을을 끌어당겼다. 호들갑 떠느라 무방비가 된 중민까지 끌어당겨 한아름 안았다.

용이, 가을, 중민, 수한.

아무것도 얻지 못하진 않았다.

모든 것을 잃음으로써, 모든 것을 얻었다.

"흐으으으……." 세 사람을 껴안은 용이가 흐느꼈다. 이 모든 승리와 기쁨의 순간에 그는 피와 땀이 떡진 몸으로 세 친구를 얼싸안은 채 울었다. 안겨버린 세 사람 모두 이 순간이 그리 달갑지만은 않은 모양이었다. 귀찮다는 표정의 가을, 아직 몽롱한 상태의 수한, 주위 사람들 눈치를 더 살피는 중민.

그러나 누구도 굳이 용이를 밀어내진 않았다.

그 정도로 싫은 순간은 아니었던 것 같다.

핑.

땅거미 질 무렵, 절벽 아래에서 노끈에 묶인 화살이 날아올라왔다. 도 개교 기둥에 걸린 노끈은 곧 절벽 아래쪽에서 고정되었고, 얼마간의 끙 끙거리는 소리가 나더니 작고 노란 형체가 혼자 힘으로 절벽 위로 기어 올라왔다.

라니다. 좀비는 사라지고 전투는 끝났다. 지상으로 올라온 라니가 무 전기를 두드렸다. 지지직. 정작 필요했던 저 땅속에선 꿈적도 안 하더니 이제야 전파를 잡기 시작한다. 환장할 노릇이었다. 붕대로 간신히 처치 한 허벅지가 쓰려왔다. 그 대단한 셸터라면 항생제 정도는 있을 테지.

협곡을 둘러봤다. 거대한 승리를 거둔 직후긴 하지만, 딱히 셸터 주민 들은 벽 밖으로 나와 축하연을 여는 전통 따위 없는 모양이다. 상황이 수 습되자마자 생존자들은 다시 거대한 벽 안으로 돌아가 쥐 죽은 듯이 처 박혔다.

딱 좋았다. 홀가분하다. 이 침묵. 이 고요. 시끄러운 것들, 위협하는 것 들, 뒤치다꺼리해야 하는 것들이 전부 사라졌다. 백화점에서 지낼 때, 이 른 아침에 일어나면 옥상으로 가 동쪽 하늘을 바라보곤 했다. 운이 좋은 날은 커피도 챙길 수 있었다. 모두가 잠든 시간에 태양이 떠오르는 걸 보 며 누릴 수 있는 자유와…….

"으으……."

노을이 지고 있었다.

눈물이 터져 나왔다. 이를 악물어도 끓어오르는 감정은 억누를 길이 없었다. 처음으로 그녀를 대가 없이 사랑해준 자가, 여느 다른 수많은 그 녀의 적들처럼, 라니에게 무기를 겨누다가 어둠 속으로 사라져버렸다.

그러나 지금까지의 승리와 달랐다. 전혀 달랐다. 늪 밖에 마른 땅이 있다는 걸 몰랐다면 행복한 개구리로 죽을 수 있었을 것이다. 사랑받는 삶이 뭔지 몰랐더라면 서쪽을 보며 슬퍼하기보단 동쪽을 보며 행복해할 수 있었을 것이다.

정말로 좀비가 되는 게 뛰는 심장을 안고 사는 것과 다를 게 없다고 생각해?

"아니……"

어째서? 줄곧 그렇게 생각했잖아. 점장에게 배운 거라곤 그거뿐이었잖아.

"이젠 아니야."

무엇 때문에? 이제 와서, 이 짧은 임무에서, 넌 누구에게 뭘 배워버리고 만 거야?

"나는……"

"ㅎㅇㅇ……"

라니의 혼잣말 사이에 다른 울음소리가 섞여 있었다. 누가 또 있다. 황량한 협곡에 주저앉아 셸터 방벽 안으로 들어가지 않고 청승 떨고 있는 인간이 하나 더 있었다.

용이었다. 주민들을 따라 들어가지 않고 남아 있었다. 우연인지는 몰라도 라니와 같은 방향을 보며 울고 있었다. 라니가 지하에서 올라오기 훨씬 전부터.

라니가 눈물을 닦고 일어났다. 먼저 다가가 말을 걸려고 했다. 그러나 이내 용이의 안부보다 중요한 걸 발견했다. 그의 손에 낯익은 주사기가 들려 있었다. 주사기의 안쪽 면에 묻은 푸른 물방울은 그것이 그녀가 알던 그것임을 증명했다. 동시에, 물방울만 남고 텅 비어버린 주사기는 이 지긋지긋한 모험이 아직 끝나지 않았음 역시 증명하고 있었다.

반사적으로 신경질이 났다. "그게 뭐야? 치료제, 찾은 거야? 어디 있었어? 여분이 더 있는 거지? 그건 어디다 썼어? 야, 뭐가 어떻게 된 거냐고!"

대꾸 없는 남자의 멱살을 잡았다. 그런데 똑바로 마주한 용이의 얼굴엔 뭐라 범접하기 힘든 공허가 느껴졌다. 도끼눈을 뜬 라니에게 멱살을 잡혔는데, 말라버린 눈물 자국에선 저항의 의지조차 느껴지지 않았다.

그런 얼굴이 헤실 웃었다. 아니, 무력한 얼굴 근육의 경련이 미소로 보였다.

"미안해. 어쩔 수가 없었어. 달리 방법이 없었어. 한 명을 구하려면 한 명을 포기해야 했어. 나도 이렇게 될 줄은 몰랐어……."

울 힘조차 없다. 눈물조차 말라붙었다. 멱살을 잡은 손에 힘이 풀렸다. 하나를 얻기 위해선 하나를 놓아야 한다. 그래, 알아. 누구보다 잘 알고 있어.

이제 그녀도 알았다.

그녀는 라니.

그는 용이.

빨지 않은 걸레와 상한 두리안처럼, 전혀 다른 거 같지만 같은 냄새를 내는 두 사람.

피와 죽음으로 가득한 세상을 가로질러 오며 얻고자 한 것, 얻었다고 생각한 것을 모두 잃었다. 남은 건 처음 출발했을 때 옆에 있던 것. 두 사람, 서로뿐이었다. 이 여행은 모두 처음부터 끝까지, 용이와 라니였다.

나란히 앉아서 지는 해를 바라봤다.

처음으로 두 사람이 진정으로 같은 방향을 보는 것이었다.

지지지직.

수족관의 첩자에게서 받은 장거리 무전기.

오직 백화점만이 주파수를 알고 있는 무전기.

그 소리는 마치 마른 땅이 갈라지는 것처럼 들렸다.

"어어이, 라니. 들리냐?"

왜?

왜 지금?

"점장님?"

잊을 수가 없는 목소리다. 뭐라고 대답을 해야 하는데, 말문이 막혀버렸다.

"옆에 고딩 있냐? 그 친구랑 할 얘기가 있는데. 엿듣는 사람 없으면 통화 좀 하지."

주위에 다른 사람은 없었다. 적어도 산 사람은. 둘의 대답이 늦어졌지만 점장은 침묵 속에서 긍정의 숨은 뜻을 귀신같이 찾아내는 남자였다.

"용, 용, 용. 우리 유쾌한 친구, 용." 그가 '고딩'이 아닌 이름으로 자신을 부르는 건 처음이었던 거 같다. 성병 걸린 돼지 가죽으로 된 이불을 덮은 기분이었다. "셸터엔 도착했나? 여행은 즐거웠고?"

용이는 숨기듯이 손에 들려 있던 주사기를 놓아 떨어뜨렸다. "아직 치료제를 구하지 못했습니다. 하지만 이제 코앞입니다. 내부 협력자도 있습니다. 시간은 걸리겠지만 돌아가는 길은 올 때보다······."

가만.

점장이 방금 셸터라고 했나?

용이가 라니를 돌아봤다. 서로 마주 보는 두 사람은, 이제 같은 방향을 보고 있지 않은 두 사람이다. 대체 언제 보고한 거지? 대체 어디까지 말한 거야? 대체 어디까지 아는 거냐?

라니의 시선이 대답했다. 아니야! 수습할 수 있었어! 이렇게 될 필요가 없었어!

점장의 명랑한 목소리 뒤로 그의 주위에 모여 있는 부하들의 키득거리는 소리가 섞여 있었다. "내부 협력자! 그거 좋지. 여행길에 친구를 사귀었나 보구만? 훌륭해. 아주 바람직한 자세야! 하지만 친구랑 노느라 본분을 잊어서야 쓰나. 그런 건, 그 뭐냐, 나쁜 학생이잖아? 응?"

용이의 눈빛은 당장에라도 무전기를 찔러 죽일 기세였다. "점장님. 지금 어디십니까?"

"여읍시 '폐교의 고딩'이야! 좀비는 그 날카로운 감으로 잘라 죽이나? 챠하하하! 아, 말 나온 김에 대답하자면······ 여기 폐교다. 네 학교 말이다."

끼에에에! 좀비 소리가 먼 곳에서 들려온다. 희진은 고치다. 굳이 깨운 게 아니라면 소리가 날 리 없다. 설령 소리를 낸다고 해도 여느 좀비의 비명 소리와 크게 다를 리 없다.

그러나 용이는 그 환청을 명확히 알아들을 수 있었다.

아아, 정말 아름다운 목소리다. 백화점 패거리 사이에 섞여 있어도, 무전기 너머의 갇힌 창고 안에서 흘러나와도, 멸망한 세상의 반대편에서 잊힌 메아리처럼 들려온대도 구분할 수 있는 목소리다. 그녀가 나를 부른다. 그녀가 나에게 도움을 청한다.

그런 그녀를, 백화점 패거리가 발견했다.

두근두근.

그녀가 위험에 처했다.

"원하는 게 뭐냐."

용이의 목소리에 힘이 들어갔다. 점장의 목소리도 마찬가지였다. 농지거리의 시간은 끝났다.

"난 언제나 큰 걸 원하는 위인이라. 치료제 따위 네놈이 삶아 먹든 국 끓여 먹든 마음대로 해. 이제 감질나는 주사기 몇 방은 필요 없어. 난 주사기를 만드는 놈들을 가져야겠다. 셸터를 통째로 가져야겠다. 그러니 네가 땅을 다져놔라. 셸터의 우두머리를 죽여. 셸터를 대가리 잃은 도마뱀으로 만들어. 실패하거나 딴생각을 품은 티라도 나면 네 반려동물은 끝장이다. 아, 감시역이 죽어도 약속은 취소다."

버럭 소리를 지른다. "그럼 평소대로 의뢰하면 되잖아! 이럴 필요 없다고! 희진이를 이용할 필요가 뭐가 있느냔 말이야!"

피식. "그건 니 생각이고."

뚝. 무전이 끊어졌다. 용이는 작동을 멈춘 무전기를 한참동안 바라봤다. 그 시선은 점차 위로 올라가면서 무전기의 주인을 향했다. 다시 라니와 용이의 시선이 마주쳤다. 라니의 귓전엔 심장 소리가 요동쳤지만 그것이 누구의 소리인지는 알 수 없었다.

"나는……."

콱! 라니의 첫 마디가 끝나기도 전에 용이의 억센 손길이 그녀의 얇은 목덜미를 움켜잡았다. 목뼈를 으스러뜨리고도 남을 힘이었다. 그러나 지금 그는 그저 증오하는 상대가 대꾸하지 못하게 만드는 정도에서 멈추려고 안간힘을 쓰고 있었다.

"기억해라! 이 모든 일이 끝나고 나면 너는 죽는다. 너와 너희 백화점 일파는 단 한 명도 남김 없이 내 손에 죽을 것이다!"

라니는 입을 닫았다. 소리를 낼 수 없어서가 아니었다. 그녀가 선택했기 때문이었다. 비록 자신이 있을 곳조차 고를 수 없는 그녀였지만, 이것만은 선택할 수 있었다.

그것이 그녀가 마지막 순간에 바라볼 흰 천장이었다.

작가 후기

비록 개인적인 노하우이기는 하나, 재미있게도, 논설이나 칼럼을 쓸 땐 생각의 흐름대로 줄줄 써내려가는 반면 스토리가 있는 소설을 쓸 땐 오히려 고도의 계획과 설계가 필요하다. 머릿속엔 등장인물이 처한 결정적인 순간들이 깨진 조각처럼 흩어져 있는데, 그 장면들이 아무 개입도 없이 저절로 서로 들러붙는 일은 드물다. 그렇다면 나는 온갖 논리, 개연성, 때로는 반전의 접착제를 가져와 조각들을 연결하고 꿈꾸던 장면이 '있을 법한 상황'으로 거듭나게 만든다. 이것이 나의 이야기 만드는 법이다. 물론 어떤 장면이 어쩌다 머릿속에 떠올랐는지 물어본다면 영감이나 무의식의 단계를 살펴봐야겠지만, 그냥 하고 싶은 말만 떠들어도 몇 페이지가 꽉꽉 채워지는 칼럼보단 훨씬 뇌 운동이 필요하다. 내 경우엔 그렇다.

그렇기에 나는 창작의 과정에서 술이든 담배든 그 어떤 판단력 저하 물질도 쓰지 않는다. 나의 창작은 캔버스에 던진 물감 덩어리라기보다 거대한 시계 장치다. 빈틈없이 적재적소한 톱니바퀴들이 맞물리게 하고, 최종적으로 내가 바라던 위치에 시곗바늘을 놓으면, 마침내 이 장치를 독자의 머릿속에서 가동할 준비가 된다. 여기서 가장 아름다운 점은 '톱니를 돌리는 순간, 바늘도 동시에 돌아간다'는 것이다. 레버를 돌리고 한참 뒤에 바늘이 움직이는 게 아니다. 시작과 끝은 동시에 움직인다. 주인공의 첫발이 곧 결말의 운명이다. 과정은 바뀔 수 있지만 결말이 바뀔 순 없다. 변수는 오로지 두 가지뿐이다. 종이 위 가상의 캐릭터에게 자유의지가 존재한다는 증거이든가, 외적 혹은 내적 이유로 작가가 변해버렸든가.

안타깝게도 이 위대한 시계 장치엔 치명적인 단점이 존재한다. 만드는 과정이 난해하고 번거롭다든가, 자칫 과도하게 복잡하고 비효율적인 장치가 된다든가 하는 것과는 별개의 문제다. 마실 것와 피울 것, 비물질과 영감에 의존해서 쓴 스토리와 달리, 이렇게 만들어진 기계는 온전히 나의 책임이다. 이 기계장치가 독자들에게 매력을 갖지 못하고, 설득력을 갖지 못하고, 분만실을 나오자마자 바나나 껍질을 밟고 미끄러지게 된다면 그 책임은 온전히 작가의 판단력, 지적 능력, 상상력에 있다. 누구도 비난하지 못하고 누구에게도 책임을 돌리지 못한다. 캔버스에 던진 물감 덩어리가 팔리지 않는다면 영감과 예술의 신의 멱살을 잡고는 창작하던 당시와 주종만 바꾸어서 술집 구석 테이블에 주저앉으면 된다. 그러나 이성과 통제의 신을 믿는 자는 부족했던 점과 지나쳤던 부분을 스스로에게서 찾고 다음 도전을 위해 개선할 준비를 해야 한다. 여기에 동반되는 고통 중 가장 끔찍한 것은 귀찮음과 성가심이 아닌 자괴감과 좌절감이다. 실패가 곧 나 자신에 대한 믿음의 붕괴로 이어진다. 이것은 결코 익숙해질 수 있는 것이 아니다. 비극적이게도, 작가란 존재는 이것에 익숙해지지 않으면 살아갈 수 없다. 세상 속에서 숨을 쉬고 싶다면 나를 편안하게 해주던 양수를 포기할 용기가 있어야 하는 법.

용이는 세상에 나오는 걸 전혀 좋아하는 아이가 아니다. 누군가와 소통하고 자기 생각을 표현할 일이 생기느니 차라리 소통할 상대를 찔러 죽이고 사방이 조용해지는 걸 선호하는 유순한(?) 아이다. 풀네임이 '조용'인 건 우연이 아니다. 내가 한국 이름을 하도 못 외워서 기억하기 쉬운 걸로 고르다 보니 이 지경이 된 것도 있긴 한데 사소한 건 넘어가자.

어쨌든, 그런 아이조차 줄곧 내 머릿속에서 빨리 밖으로 내보내달라고 소리치고 있었다. 긴 세월을 지나 드디어 그 아이를 세상 밖으로 내놓는다. 용이가 앞으로 걸어갈 길, 그 모든 고통과 타락과 파괴의 책임은 나에게 있다. 이미 정해진 운명이요, 나의 통제를 벗어났다. 그럼에도 책임은 나에게 있다. 이 책임은 누구도 강요한 것이 아니며 작가, 나 자신이 선택한 것이다. 그럼에도 불구하고 만약 이 자리에 기원과 축복이 끼어들 자리가 있다면,

이 여행이 마지막까지 멈추지 않기를.

이 여행을 보는 시선에게 경멸보단 동정이 깃들기를.

여행이 끝난 뒤엔 나무 그늘 아래에 몸을 누이고 쉴 수 있기를.

2024년 6월

오세민

심장이 뛰는 그대에게

1판 1쇄 인쇄 2024년 06월 20일
1판 1쇄 발행 2024년 06월 30일
지은이 오세민
펴낸이 이성욱
책임편집 장인숙
디자인 스튜디오 글리

펴낸곳 story.B
주소 경기도 부천시 길주로 1 417호(상동)
등록 2015년 3월 27일(제2015-000025호)
문의전화 070-4148-1069 **팩스** 032-326-1069
전자우편 webtoon@storycompany.co.kr
ISBN 979-11-87239-99-4 03810